Carolyn Miller
Die ehrenhafte Mrs Hale

CAROLYN MILLER

Die ehrenhafte Mrs Hale

Aus dem amerikanischen Englisch
von Susanne Naumann

SCM
Hänssler

SCM

Stiftung Christliche Medien

SCM Hänssler ist ein Imprint der SCM Verlagsgruppe,
die zur Stiftung Christliche Medien gehört, einer gemeinnützigen Stiftung,
die sich für die Förderung und Verbreitung christlicher Bücher,
Zeitschriften, Filme und Musik einsetzt.

FSC
www.fsc.org
MIX
Papier | Fördert
gute Waldnutzung
FSC® C014496

SCM Hänssler in der SCM Verlagsgruppe GmbH
Max-Eyth-Straße 41 · 71088 Holzgerlingen
Internet: www.scm-haenssler.de · E-Mail: info@scm-haenssler.de

Übersetzung: Susanne Naumann
Lektorat: Katharina Töws
Umschlaggestaltung: Stephan Schulze, Holzgerlingen
Titelbild: © Kregel, Inc.
Satz: Satz & Medien Wieser, Aachen
Druck und Bindung: GGP Media GmbH, Pößneck
Gedruckt in Deutschland
ISBN 978-3-7751-6209-8
Bestell-Nr. 396.209

Für Michael und Maria

Geliebt von Gott

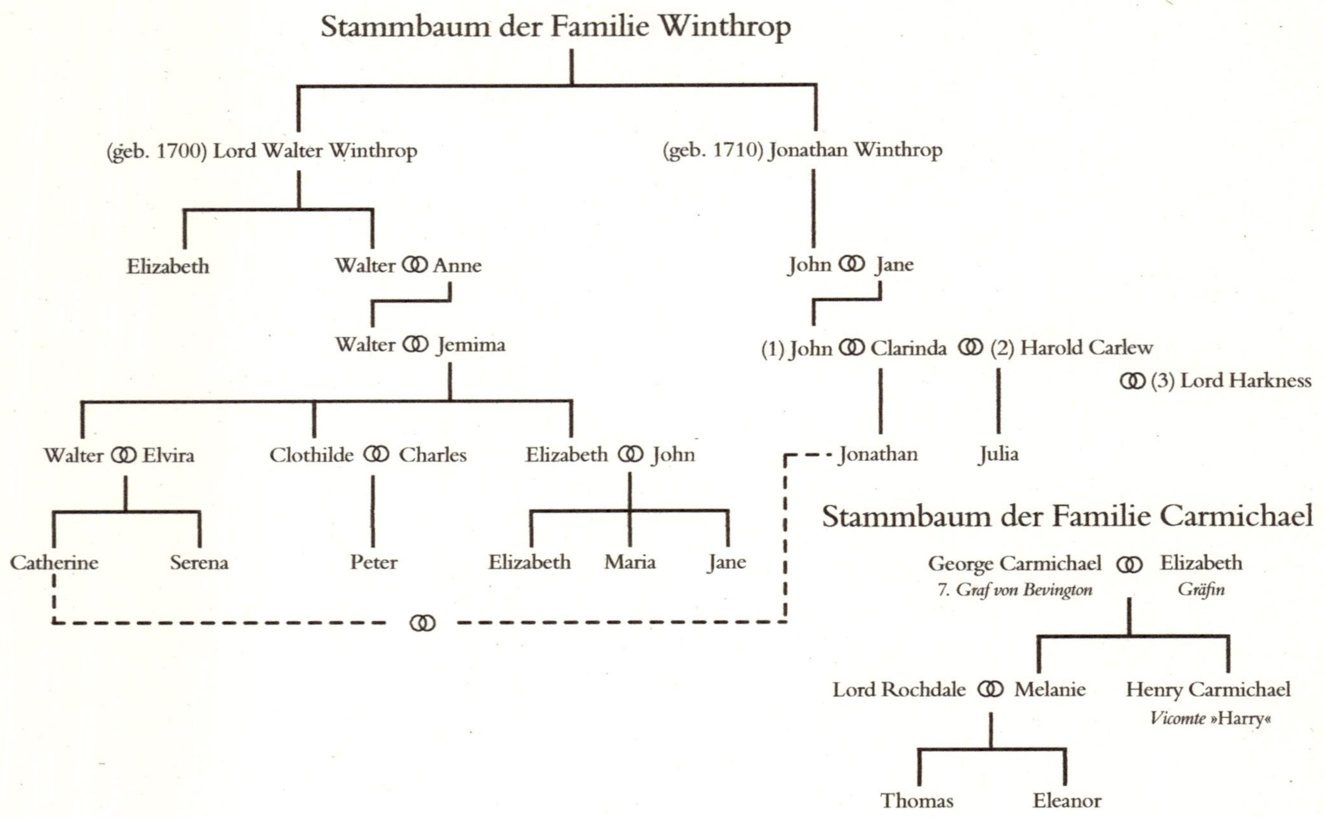
Stammbaum der Familie Winthrop
(geb. 1700) Lord Walter Winthrop
(geb. 1710) Jonathan Winthrop
Elizabeth
Walter ⚭ Anne
John ⚭ Jane
Walter ⚭ Jemima
(1) John ⚭ Clarinda ⚭ (2) Harold Carlew
⚭ (3) Lord Harkness
Walter ⚭ Elvira
Clothilde ⚭ Charles
Elizabeth ⚭ John
Jonathan
Julia
Catherine
Serena
Peter
Elizabeth
Maria
Jane
⚭
Stammbaum der Familie Carmichael
George Carmichael ⚭ Elizabeth
7. Graf von Bevington
Gräfin
Lord Rochdale ⚭ Melanie
Henry Carmichael
Vicomte »Harry«
Thomas
Eleanor

Kapitel 1

Cavendish Square, London
Oktober 1818

Julia Hale hob müde die Hand und klopfte an die gelb gestrichene Tür. *Bitte lass ihn da sein, bitte!* Wen sie da anflehte, wusste sie selbst nicht genau. Die letzte Person, die ihr Beachtung geschenkt hatte, forderte bezahlt zu werden, und als sie dem Mann nicht geben konnte, was er wollte, hatte er seine Bezahlung in einer anderen Währung verlangt. Und deshalb stand sie jetzt hier. Verzweifelt auf ein Wunder hoffend, um ein Wunder bittend.

Vergeblich.

Die Tür blieb verschlossen. Die Hoffnungslosigkeit nahm ihr fast den Atem und der letzte Rest Selbstkontrolle, der ihr noch geblieben war, drohte sich in Luft aufzulösen. Sie hätte wissen müssen, dass es zu viel verlangt war, einen Gott um Hilfe zu bitten, an den sie kaum glaubte. Doch sie war sicher, dass er sich auch dann von ihr abwenden würde, wenn ihr Glaube so groß wäre wie der von Jon. Es gelang ihr nur mühsam, ihre Angst unter Kontrolle zu halten. Vorsichtig zupfte sie an der Decke in dem Korb, der über ihrem Arm hing, und schaute auf das winzige Bündel darin. Sie *musste* etwas tun, sie *musste* einfach. Vielleicht erhörte Gott ja Unschuldige, auch wenn er sich von den Schuldigen abwandte. Dieses Haus war ihre letzte Hoffnung, alle anderen Versuche waren gescheitert. Wenn auch hier niemand öffnete, blieb ihr nur das Armenhaus, und sie hatte gehört, wie es dort zuging. Nie im Leben würde sie ein Kind an einen solchen Ort bringen.

Mit schmerzenden Armen, die sich schwerer als Blei anfühlten, klopfte sie ein zweites Mal. *Bitte hört mich doch, bitte!* Sie hatte doch letzte Nacht die Lichter gesehen. Es *war* jemand zu Hause, und wenn es nur die Dienstboten waren, die das Haus hüteten, während der Graf von Bevington sich auf seinem Anwesen in Derbyshire aufhielt. Warum kam denn niemand an die Tür?

Wieder wurde sie von einem Hustenanfall geschüttelt, der ihre Lunge und ihren Hals wie Feuer brennen ließ. Ihr wurde schwindelig, und Halt suchend legte sie eine Hand auf das eiserne Geländer. Sie hatte keinen Ort, an dem sie sich hätte ausruhen können, und selbst wenn sie eine Zuflucht wüsste, fehlte ihr doch das Geld für Medikamente. Als sie wieder sicherer stehen konnte, schaute sie in das schlafende Gesichtchen, das in die Decke eingehüllt war. Gott sei Dank hatte sie das Kind nicht angesteckt. Noch nicht.

Sie beugte sich erneut über das Bündel in dem Weidenkorb und steckte die Decke noch einmal fest, um das Kleine vor der feuchten Morgenluft zu schützen. »Es tut mir so leid«, flüsterte sie dabei. Ihre Stimme war kratzig und rau. »Ich kann dir nicht mehr helfen.«

Das Baby reagierte nicht, sondern schlief weiter. Eine Reaktion, an die sie sich im Laufe der Tage, die sich ausweglos dahinschleppten, gewöhnt hatte. Wie lange war es her, dass sie einem Mitmenschen mehr als einen Seitenblick wert gewesen war? Drei Monate? Sechs Monate? Noch länger?

Sie beugte sich vor und küsste das flaumige Köpfchen, bevor sie ein letztes Mal an die Holztür klopfte. Noch immer keine Antwort.

Nach einem letzten verzweifelten Blick auf das Kind stellte sie den Korb ab und stolperte die Marmorstufen wieder hinunter, ohne das Geländer loszulassen, denn dann wäre sie gestürzt. Gott mochte ihr vergeben; sie hatte keine andere Wahl.

Die Schuld legte sich wie ein schweres Gewicht auf ihr Herz. Sie zog die dunkle Kapuze tiefer in die Stirn. Diese hatte sie über die schmutzigen, strähnigen Locken ihres blonden Haars gestreift, auf das sie einst so stolz gewesen war. Doch es bestand keine Gefahr, dass irgendjemand sie jetzt erkannte. Das Mädchen von damals hatte in einer anderen Welt gelebt, einer Welt, die ihr jetzt nur noch wie ein Märchen vorkam.

Sie stolperte über einen beschädigten Pflasterstein, schaute sich aber nicht um. Sie hatte wirklich gehofft, durch ihr heutiges Handeln ihr vergeudetes Leben irgendwie wiedergutzumachen, zumindest teilweise. Was nun vor ihr lag, konnte sie sich nicht einmal vorstellen. War sie jetzt eine Gefallene? Oder war sie das für die Welt bereits seit ihrer Flucht aus Bath viele Monate zuvor gewesen? Tränen trübten ihre Sicht. Dummes, schrecklich dummes Mädchen, das sie gewesen war …

Ein Straßenkehrer starrte sie an und verzog abschätzig seinen Mund. Sie machte ihm keinen Vorwurf daraus, schließlich sah sie genau so aus, wie sie sich fühlte: erbärmlich.

Irgendwie taumelte sie weiter. Gott helfe ihr – was sollte sie jetzt tun? Wohin sollte sie gehen? Wer konnte sie retten –

»Miss? Kann ich Ihnen helfen?«

Julia sah sich nach der jungen Stimme hinter ihr um. Blinzelte. Schüttelte den Kopf, als wollte sie den Nebel vor ihren Augen vertreiben. Die Lady – wenn sie denn eine war, so seltsam gekleidet, wie sie da vor ihr stand – schien eine Selbstsicherheit zu besitzen, wie Julia sie nie gehabt hatte – obwohl sie jünger wirkte als Julia.

»Standen Sie gerade vor Lord Carmichaels Haus?«

Die Lady kannte Lord Carmichael? War sie ein Dienstmädchen? Julia schluckte. »Ja.«

»Ich bin die Vicomtesse.«

Julia blinzelte wieder. *Nein.*

»Bitte – kann ich Ihnen irgendwie helfen?«

Julia leckte sich über die trockenen Lippen, dann krächzte sie: »Er ist verheiratet?«

»Ja«, antwortete die junge Dame strahlend.

Neid kam in Julia auf. Oh, wie gut sie sich an diese Zeiten erinnerte!

»Wir waren nicht da«, fuhr Lady Carmichael fort, »wir sind erst vor zwei Tagen zurückgekehrt.«

Julia nickte. Überrascht sah sie, dass die Vicomtesse näher trat und ihr die Hand hinstreckte, um sie zu stützen. Welch eine ungewöhnliche Braut hatte Henry Carmichael sich da ausgesucht!

Wohl wissend, dass sie genauestens in Augenschein genommen wurde, stotterte sie: »I-ich habe gestern Abend die Lichter g-gesehen und wusste, dass jemand da sein muss. In Berkeley Square oder Portman ist niemand. Ich weiß nicht … Mama … Jon.«

Wo *waren* die beiden nur? Mama verließ doch kaum einmal die Stadt und Jons Geschäftsinteressen erforderten ständig seinen Aufenthalt in London. Er hatte doch wohl nicht Ernst gemacht mit seiner Ankündigung, sich in diese trostlose Ecke von Gloucestershire zu vergraben?

Die Frau nahm behutsam ihren Arm und führte sie zurück nach Bevington House, fort von den dreisten Blicken des Straßenfegers. Erst jetzt bemerkte sie, dass ihre Wohltäterin barfuß und ungekämmt war. Was für eine seltsame Frau! War sie wirklich Henrys Braut? Ach, wenn sie sich doch nur erinnern könnte …

»Sie haben Ihren Korb vergessen – oh, er ist leer.«

Julia schrie leise auf. »Nein! Oh nein!« Was jetzt? Sie hatte versagt. Wer konnte es gestohlen haben? Das tonnenschwere Schuldgefühl trübte ihre Sinne, sie trat einen Schritt zurück und blickte sich verzweifelt nach dem Täter um. Aber sie hatte doch gar niemanden gesehen! Wohin konnte er geflohen sein?

»Da bist du ja!«

Sie fuhr zu der jetzt geöffneten Tür herum und unterdrückte einen weiteren Schrei. Lord Henry Carmichael trug einen gesteppten Morgenmantel, hielt ein weißes Bündel auf dem Arm und sah die beiden Frauen vor seiner Haustür mit leicht verwirrtem Gesichtsausdruck an. Als er die Lady, die ebenso unzulänglich bekleidet war wie er, anlächelte, blitzten seine weißen Zähne auf. »Serena, kannst du mir sagen, warum ein Baby auf unserer Vordertreppe liegt?«

»Ein Baby?«

Serena? Eine Erinnerung an ein dunkel gekleidetes Schulmädchen, das sie mit kühlem Blick musterte, blitzte auf. Henry – ihr

Henry – hatte *dieses Mädchen* geheiratet? Die Lady trat näher und musterte ihr Gesicht.

Julia schluckte. Ihr Herz klopfte heftig, als die Vicomtesse die Luft anhielt und plötzlich zu begreifen schien: »Julia?«

Spanien

Major Thomas Hale bewegte sich vorsichtig. Der Schmerz, der von den unzähligen Striemen auf seinem Rücken kam, ließ etwas nach, als der Druck sich löste. Er holte tief Luft und schlug die Augen auf. Doch der Albtraum blieb.

Eine dunkle, feuchte Zelle mit vergitterten Fenstern. Ein klatschendes Geräusch. Ein kreischendes Lachen. Gemurmel in einer fremden Sprache. Er sah zu seinen Zellengenossen hinüber. Dreckig und verwahrlost wie er selbst, wünschten auch sie sich zweifellos, sie wären nie in die bösartigen Fallstricke des Schicksals geraten, in diese aussichtslose Lage, in der sie sich nun schon seit – seit wie vielen Monaten eigentlich? – befanden. Er starrte auf die Wand und zählte die Striche, die für die Tage standen, als wüsste er ihre Zahl nicht ganz genau, als könnte er sich – durch ein Wunder – verzählt haben und als sei seine Lage nicht annähernd so verzweifelt, wie er sehr wohl wusste. Fünf Monate. Fünf Monate!

Ein scharfer Schmerz fuhr durch seine Brust. Jetzt war er schon fast ein halbes Jahr fort. Ein Auftrag, der ein Viertel dieser Zeit hätte in Anspruch nehmen sollen, war durch Lügen und Verrat vereitelt worden. Die Empörung schüttelte ihn förmlich. Wie konnte die Krone ihn im Stich lassen, ihn hier so einfach verrotten lassen? Er starrte zu dem jungen Desmond hinüber, dessen rechter Fuß sämtliche Symptome des Wundbrands zeigte. Die schwarze Verwesung kroch jeden Tag ein wenig weiter sein Bein hinauf. Wie viel Zeit hatte der Junge noch? Ein paar Wochen? Oder waren es eher Tage?

Ein grausiges Geräusch war zu hören; es erinnerte an das Trippeln von Ratten. Thomas schluckte die bittere Galle, die ihm in den Mund gestiegen war, hinunter. Murmelte einen Fluch. Wünschte sich einen Stiefel, den er nach der Ursache dieses Geräuschs hätte schleudern können. Stattdessen gab er sich mit einer Art Bellen zufrieden. Ähnlich hatte er die Männer angebellt, die ihm unterstellt gewesen waren – vor einer Ewigkeit, als sein Majorsrang noch etwas bedeutet hatte.

Die Kreatur hatte sich offenbar verzogen. Jetzt herrschte wieder Stille. Auch Desmonds halbverrücktes Stöhnen war verstummt. Benson redete ohnehin nicht mehr mit ihm. Smith und Harrow, die beiden Männer, mit denen er am meisten gesprochen hatte, waren in einen Zustand dumpfer Mutlosigkeit verfallen. Fairley hatten sie vor zwei Tagen geholt. Thomas schauderte. Er wagte nicht sich auszumalen, was seinen Kameraden erwartete.

Wie hatte der simple Wunsch nach Gold sie alle in solches Elend stürzen können? Sie hatten doch nichts Ungesetzliches getan! Die Krone selbst hatte ihr Tun gutgeheißen. Und es war auch nicht Gier gewesen, die sie dazu getrieben hatte. Er schluckte seine Reue hinunter; schließlich hatte zumindest er selbst keine andere Wahl gehabt. Seinen Lohn hatten sie fast aufgebraucht bei dem Versuch, sich so zu etablieren, dass Julia nichts von dem Luxus, an den sie gewöhnt war, entbehren musste. Er ballte die Fäuste. Wenn er das Ganze doch nur besser geplant hätte, wenn er doch gar nicht zugehört, nicht nachgegeben hätte –

»*Señor.*«

Thomas blinzelte, kehrte aus seinen Gedanken zurück und versuchte, in dem trüben Licht die Gestalt zu erkennen, die in der Tür stand.

Die Frau lächelte. »*Biiitte*, schick *mis nist* weg.« Sie beugte sich nach vorn. Ihre schmutzigen Kleider taugten kaum, ihre üppige Figur zu verhüllen. »Nur ein *biiisschen* reden, eh?«

Er schluckte. Magdalena war wahrscheinlich nur ein weiterer Versuch der Wachen, ihm und seinen Kameraden ein Geständnis zu entlocken – doch sie war mit Sicherheit der abstoßendste dieser Versuche.

»Letztes Mal warst du aber *nist* so kühl, *Señor*«, fuhr sie in ihrem singenden, schmeichelnden Tonfall provokant fort.

Schuldgefühle spießten ihn förmlich auf. Er schloss die Augen. *Vergib mir*, schrie er innerlich und wandte sich von der Versuchung ab. Gott vergebe ihm, aber er war tatsächlich so dumm gewesen zu denken, er könnte etwas von ihr erfahren, vielleicht sogar eine Möglichkeit zu fliehen.

Und er hatte ja auch tatsächlich etwas erfahren. Er hatte erfahren, dass eine spanische Hure von zweifelhafter Attraktivität ihn in einen der tiefsten Abgründe hatte stürzen können, die er jemals erlebt hatte.

Er dachte an seine Frau. *Oh Gott*, seine Frau. Als seine Peinigerin den Raum mit einem anzüglichen Kommentar und einem obszönen Lachen wieder verließ, überschlugen sich seine Gedanken. Was machte sie jetzt ohne ihn? Wie hatte sie die lange Zeit ganz allein überstanden? Hatte sie ihn aufgegeben? Wahrscheinlich. Er war so unsagbar erbärmlich. Aber Julias Lage war nicht völlig verzweifelt, es gab Auswege. Sie konnte jederzeit nach Hause zurückkehren, wohingegen er sein Leben verwetten würde, dass ihre Leute ihn niemals mehr empfangen würden, sollte er je ins Land der Lebenden zurückkehren. Doch was auch geschah, er hoffte, dass seine Julia, sein Liebling, ihn nicht ganz vergessen würde.

»H-Hale?«

Der wimmernde Laut lenkte seine Aufmerksamkeit auf die Gestalt, die in seiner Nähe auf dem Bauch lag. »Desmond?«

Der Junge keuchte, dann schrie er mehrmals durchdringend auf. »Nehmen Sie es weg! Nehmen Sie es weg! Es frisst mich auf!«

Thomas erhob sich schwankend und ging zu dem Jungen. Und wirklich – eine große Ratte knabberte an seinem Fuß. Er packte das pelzige Ding und schleuderte es gegen die Wand, wo es mit einem ekelerregenden Geräusch zerplatzte.

Der Junge sah ihn zähneklappernd an. »Ich k-kann das nicht mehr.

Bitte, *bitte*, machen Sie, dass es aufhört.« Sein Herz zerriss beim hoffnungslosen Blick, den er in den Augen des Jungen sah. »Ich wünschte, ich könnte. Aber wir haben ihnen alles erzählt, was wir wissen.«

Ein Beben erfasste den Körper des Jungen. »Sie werden uns niemals glauben.« Er stöhnte, doch gleich darauf schwoll der leise Ton zu einem ohrenbetäubenden Schrei an.

»Desmond, beruhige dich.« Wenn der Junge nicht verletzt wäre, hätte er ihn geschlagen.

»Ich will sterben! Ich will sterben! Ich will ...«

»Ihr da!« Eine Stimme mit starkem Akzent schrie: »Ruhe!«

»Ich will sterben! Ich will sterben! Ich will sterben!«

Thomas schüttelte den anderen heftig. »Desmond, du musst still sein, sonst werden sie ...«

Ein schwerer Stiefel schlug ihm die Füße unter dem Leib weg, er krachte auf den Boden und knallte mit dem Kiefer auf den schmierigen Stein. Bei dem Versuch aufzustehen traf ihn ein Gewehrkolben an der Stirn und schickte ihn erneut zu Boden.

Sie packten Desmond und schleiften ihn zur Tür. Thomas schrie panisch auf: »Lasst ihn in Ruhe! Er ist doch noch ein Junge! Er weiß nichts ...«

Diesmal knallte ihm der Gewehrkolben ins Gesicht. »Halt den Mund!«

Er rappelte sich auf die Knie und flehte sie auf Englisch, Spanisch und Französisch an, doch Desmond – dessen hohe, schrille Schreie nicht verstummten – wurde fortgeschleift.

Mit brummendem Schädel kämpfte Thomas sich hoch und schmeckte Blut auf der Zunge. Dann stellte er sich an die Gitterstäbe und flehte weiter um Gnade, doch Desmond brüllte so laut, dass er seine eigene Stimme kaum hören konnte.

Plötzlich erklang ein Schuss.

Desmonds Schreie verstummten.

Lähmende Verzweiflung brach über ihm zusammen und ließ ihn auf die Knie sinken.

Kapitel 2

Mit schwerem Atem stolperte Julia unsicher durch die Dunkelheit. Der Mann, an dem sie vorüberging, grinste sie lüstern an und zeigte dabei seine Zähne auf eine Art, die ihre Angst ins Unermessliche steigen ließ. Wie hatte sie nur denken können, ihr Plan sei eine gute Idee? Den Blick fest auf den Boden geheftet, ging sie an ihm vorbei zur Treppe. Die Frau hatte gesagt, ihr Zimmer liege oben. Schritt um knarrenden Schritt stieg sie hinauf. Der Flur oben war dämmerig, und im flackernden Licht der Kerze in ihrer Hand blickte sie zu der mit Spinnweben überzogenen Decke hoch. Sie fühlte sich wie in einer Szene aus dem Roman *Das Schloss von Otranto*. Ihr Herz hämmerte, als sie das kostbare Bündel fester an ihre Brust drückte. Ein Wimmern drang heraus, und sie zwang sich zu einem lauten »Schschsch«! Das Geräusch klang in der unnatürlichen Stille wie eine Explosion. Sie zählte die Türen: eins, zwei, drei, bis sie vor ihrem Zimmer stand. Vorsichtig legte sie sich das Bündel zwischen Kinn und Schulter, nahm die Kerze in die linke Hand, griff nach dem Türknauf, öffnete die Tür und trat ins Zimmer.

»Was woll'n Se hier?«, knurrte eine Stimme. Eine Gestalt setzte sich im Bett auf.

Sie hatte das falsche Zimmer erwischt!

Hastig murmelte sie eine Entschuldigung, zog sich zurück und drehte sich zu dem richtigen vierten Zimmer auf der rechten Seite um. Leise schloss sie die Tür hinter sich. Hoffentlich hielt der Mann sie nicht für ein leichtes Mädchen und folgte ihr! Leider konnte sie ihre Tür nicht abschließen.

Vorsichtig legte sie ihre Last auf das durchgelegene Bett und schob einen wackligen Stuhl, das einzige andere Möbelstück im Raum, vor die Tür. Dort stand noch der kleine Koffer mit ihren wenigen Besitztümern; sie stellte ihn auf den Stuhl. So würde sie einen Eindringling wenigstens hören, auch wenn der wacklige Stuhl ihn nicht lange in Schach halten konnte.

Leise seufzte sie vor Erschöpfung und setzte sich neben das Kind. Ihre Schultern sackten nach vorn. Sie brauchte so dringend ein wenig Ruhe! Sie hätte eine ganze Woche schlafen mögen, doch ihr Verantwortungsbewusstsein ließ es nicht zu. Rasch zog sie den Kleinen aus. Bestimmt hatte er sich beschmutzt und würde bald aufwachen, wenn er nicht gesäubert und frisch gewickelt wurde. Außerdem durfte sie nicht zulassen, dass der Ausschlag auf dem kleinen Körper noch schlimmer wurde. Sie rappelte sich wieder hoch und untersuchte misstrauisch den Wasserkrug. Das Wasser war bestimmt nicht frisch, doch es musste genügen. Sie schleppte sich ein weiteres Mal zu ihrem Koffer und nahm das letzte Stück Leinen heraus. Tränen traten ihr in die Augen, als sie sich zum hundertsten Mal wünschte, dass sie mehr mitgenommen hätte. Der Wechsel der vollen Windel weckte das Baby auf, es fing an, leise zu weinen. Armes Ding! Sie drückte ihn an ihre Brust, das hungrige Greinen zerrte an ihren Nerven.

»Es tut mir so leid, dass ich dir nicht helfen kann«, flüsterte sie. Sie konnte ihm nicht geben, was er brauchte.

Als sie das Gefühl hatte, dass ihre Arme jeden Moment brechen würden, ging das Weinen des Kindes in ein erschöpftes Wimmern über, dann verstummte es. Vorsichtig zog sie dem Baby eine frische Windel an und legte es wieder aufs Bett.

Sie wollte nur noch schlafen, doch der Ausschlag würde nie abheilen, wenn sie die schmutzige Windel nicht gleich auswusch. Sie betrachtete den verschlissenen Lumpen neben der Emailleschüssel, der anscheinend nach dem Putzen hier liegen gelassen worden war, und wusch sich rasch das Gesicht. Als sie den Schmutz der letzten zwei Tage von ihrem Gesicht gewaschen hatte, fühlte sie sich geradezu erfrischt – jedenfalls für den Moment. Kein Wunder, dass die Leute unten sie so misstrauisch gemustert hatten.

Sie wusch die schmutzige Windel, so gut es ging, und legte sie vor den Kamin. Dann schürte sie das bisschen Glut so weit, dass die Windel trocknen und das Zimmer ein wenig wärmer werden konnte. Im Moment bildete ihre Atemluft noch kleine weiße Wölkchen vor ihrem Mund. Von unten hörte sie einen Schrei, gefolgt von heiserem Lachen. Ein unheimliches Pfeifen drang durch die Fensterrahmen, was sich anhörte wie ein geisterhaftes Stöhnen. War sie hier sicher? Sie schüttelte den Kopf, wie um ihre lächerlichen Gedanken loszuwerden. Dann schlüpfte sie zwischen die hauchdünnen Laken und zog sie hoch bis an ihr Kinn, wobei sie sorgfältig darauf achtete, dass das Baby nicht ganz zugedeckt war. Sie blies die Kerze aus und schloss die Augen.

Die Dunkelheit zog sich um sie zusammen, legte sich wie eine schwere Decke über sie, drang in sie ein, lockte sie in den Schlaf …

Ein Geräusch wie von winzigen, trippelnden Füßen war zu hören. Sie schauderte. *Gott, lass es bitte keine Mäuse sein.* Dann ein Stolpern, schwere Schritte auf dem Flur. Ihr Herz hämmerte. Sie hörte ein betrunkenes Murmeln, wie sie es schon so oft gehört hatte – etwas, das, wie sie wusste, zu bösen Dingen führte, Dingen, mit denen ein wohlerzogenes junges Mädchen niemals in Berührung kommen durfte. Sie schloss wieder die Augen und betete, dass der Betrunkene an ihrem Zimmer vorbeigehen würde. *Gott, beschütze mich …*

Ein schwaches Geräusch drang in ihr Bewusstsein. Das Geräusch von Vorhängen, die aufgezogen wurden. Licht fiel ins Zimmer. Jemand ging herum …

»Wer ist da?« Julia setzte sich auf und blinzelte. Oh!«

Ein Dienstmädchen in einem dunkelblauen Kleid mit weißer Schürze und Haube knickste. »Verzeihung, Miss. Lady Carmichael schickt mich, ich soll nachschauen, wie es Ihnen geht.«

Lady Carmichael? Julia legte eine Hand an ihren Kopf. Wer …? Wo …? Hatte sie geträumt? Oder träumte sie jetzt?

»Sie sind sehr in Sorge Ihretwegen, weil Sie so lange geschlafen haben.«

»Wie lange …?«, fragte sie heiser.

Das Mädchen reichte ihr ein Glas Wasser. »Schon fast zwei Tage, Miss.«

»Zwei Tage?«

Das Mädchen nickte. »Ihre Ladyschaft hat sich wirklich Sorgen gemacht.«

Julia trank das Wasser und genoss, wie die süße Frische ihre Kehle herunterrann. Oh, sie könnte eimerweise Wasser trinken, ihr Durst schien unstillbar.

Das Mädchen stellte das leere Glas auf den kleinen Tisch neben dem Bett, dann deutete sie auf die Tür. »Soll ich etwas zu essen heraufschicken lassen?«

»Ich bin nicht …« Ihr Magen knurrte und strafte ihre Worte Lügen. »Ja, bitte.«

»Gern, Miss.« Das Mädchen knickste und verschwand, sie war fort, bevor Julia die falsche Anrede korrigieren konnte.

Sie setzte sich auf und sah sich im Zimmer um. Es war ein Schlafzimmer mit zartgrünen und cremefarbenen Wänden. Seidene Vorhänge rahmten ein Fenster, das, wie sie vermutete, auf die Stallungen hinausging. Ihre Farbe passte genau zum Besatz des Betthimmels und der Bettdecke. Sie strich über den Spitzeneinsatz des Kopfkissenbezugs. Es war an nichts gespart worden, um dieses Zimmer so schön und komfortabel wie möglich zu gestalten. Sie hob die Bettdecke hoch und spähte darunter. Das zerrissene, schmutzige Kleid, in dem sie viel zu viele Tage und Nächte verbracht hatte, war fort. Sie erinnerte sich verschwommen an ein heißes Bad und eine Mahlzeit. Aber warum konnte sie sich nicht an diese Lady Carmichael erinnern? Da war etwas, doch es ließ sich nicht fassen und wurde auch sogleich wieder unter einer nebligen Welle von Müdigkeit begraben. Sie gähnte laut.

Mitten in ihrem Gähnen öffnete sich die Tür. Das Mädchen kam herein, gefolgt von …

»Du bist es wahrhaftig!«

»Liebe Julia. Endlich bist du zurück im Land der Lebenden.« Die elegant gekleidete blonde Frau lächelte. »Ich hatte mich schon gefragt, ob du dich noch an mich erinnerst. Wir sind uns meines Wissens nur wenige Male begegnet.«

»Ich … n-natürlich«, stotterte Julia. Auch wenn die kühle junge Dame in ihrer Erinnerung nur wenig mit der eleganten Lady zu tun hatte, die jetzt vor ihr stand.

»Es ist bereits über achtzehn Monate her, ich mache dir also keine Vorwürfe, wenn du es vergessen hast. Außerdem war ich damals noch ein Schulmädchen, und nichts lag mir ferner als der Gedanke, dass ich jemals mit Lord Carmichael verheiratet sein könnte.« Sie ließ sich auf einen mit Samt bezogenen Stuhl sinken. »Ich freue mich so, dass du wach bist. Wir haben schon angefangen, uns Sorgen zu machen, weil du so lange geschlafen hast.«

Die Tür ging erneut auf. Ein anderes Mädchen kam herein und trug ein Tablett, das sie vorsichtig vor Julia aufs Bett stellte. Getoastetes Brot, Erdbeermarmelade, Butter, Eier und – das Beste – eine Kanne mit dampfend heißem Tee. Das Mädchen schenkte ihr Tee ein und zog sich in eine Ecke zurück. Julia betrachtete das Essen; ihr lief das Wasser im Mund zusammen, ihr Magen hörte gar nicht mehr auf zu knurren. Doch jetzt fielen ihr die guten Manieren wieder ein, mit denen sie aufgewachsen war, und die sie daran hinderten, einfach mit dem Essen anzufangen.

Lady Carmichael deutete auf den Teller. »Bitte, tu dir meinetwegen keinen Zwang an! Du musst jetzt unbedingt etwas essen.«

Julia sah sie an, und auf ein aufforderndes Nicken hin fing sie an zu essen. Doch schon nach wenigen Minuten bekam sie Magenkrämpfe. Es tat so weh, dass sie Mühe hatte, ein Stöhnen zu unterdrücken. Es war lange her, dass sie etwas Richtiges gegessen hatte, kein Wunder, dass ihr Körper protestierte.

»Anna bleibt hier, sie hilft dir, etwas zum Anziehen herauszusuchen.« Lady Carmichael deutete auf das Mädchen, das wieder knickste. »Leider mussten wir dein Kleid verbrennen, und deine genauen Maße kennen wir noch nicht. Aber keine Angst, wir werden eine Schneiderin bestellen, und dann bekommst du passende Kleider. Bis dahin habe ich dir ein paar von meinen Sachen herausgesucht. Ich fürchte allerdings, dass sie dir ein wenig zu groß sind.«

Julia zwang sich, noch einen Bissen Ei herunterzuschlucken. »Danke, Lady Carmichael.«

»Ach, das ist doch selbstverständlich. Und bitte – sag Serena zu mir. Du hast hoffentlich nichts dagegen, dass ich dich Julia nenne. Schließlich sind wir durch Heirat miteinander verwandt.« Serenas Schwester hatte Julias Halbbruder Jon geheiratet. Auf ihr Nicken hin fuhr ihre Gastgeberin fort: »Ich kann dir gar nicht sagen, wie erleichtert wir sind, dass du wach bist. Obwohl ich eigentlich nicht überrascht sein sollte; der Arzt hat uns gesagt, dass es höchstwahrscheinlich nur Erschöpfung ist.«

Ein Arzt war bei ihr gewesen? Julia schauderte. Was war sonst noch passiert, während sie ohne Bewusstsein gewesen war und ein zweites Mal die Albträume ihrer Reise durchlebt hatte? Sie schlug die Augen nieder und konzentrierte sich darauf, ihren Toast vorsichtig in Dreiecke zu schneiden.

»Du bist sicher erleichtert zu hören, dass der Arzt dein Baby für völlig gesund erklärt hat.«

Ein Stückchen Toast blieb ihr in der Kehle stecken. »Er ist nicht …«

»So ein hübscher junger Mann«, murmelte Anna, die vorgetreten war, um Julia noch ein Glas Wasser einzuschenken. Sie nahm es dankend entgegen.

»Ja, das ist er, und sehr wohlerzogen. Anscheinend vermisst er seine Mutter nicht allzu sehr«, sagte Serena. Ihr Lächeln war fast wehmütig. »Er ist ein süßer Junge. Offenbar hat er die Dienstboten in den letzten beiden Tagen ziemlich auf Trab gehalten.«

»Er ist so süß mit seinem schönen roten Haar«, warf das Mädchen ein.

»Ja.«

Ihre Gastgeberin sah Julia prüfend an. »Das muss eine ziemliche Überraschung gewesen sein.«

Zwei Augenpaare sahen sie erwartungsvoll an. Was konnte sie anderes sagen als die Wahrheit? Oder wenigstens keine Lüge? »Es war tatsächlich eine Überraschung«, gab sie zu.

Serena nickte, dann stand sie auf. »Jetzt lasse ich dich erst einmal in Ruhe essen. Wenn du Fragen hast, wende dich an Anna.« Sie lächelte Julia liebevoll an. »Wir freuen uns so sehr, dass du da bist.«

»H-hast du schon mit Jonathan gesprochen?«

Sie schüttelte den Kopf. »Er und Catherine sind momentan in Paris.«

Deshalb war das Londoner Stadthaus also leer gewesen.

»Wusstest du, dass sie geheiratet haben?«

»Ja.« Es hatte in den Zeitungen gestanden, obwohl sie Hunderte von Meilen entfernt waren.

»Henry hat ihm geschrieben. Er müsste den Brief nächste Woche bekommen.«

Julia nickte. »Und Mama?«

»Lady Harkness hat die beiden begleitet. Sie wollte sehen, was es in der Mode Neues gibt. Wir haben sie allerdings im Verdacht, dass sie nur ein Auge auf die kleine Elizabeth haben wollte.« Etwas wie Neid flackerte in ihrem Gesicht auf, dann war ihr Ausdruck wieder beherrscht wie immer. »Ihr Enkelkind.«

Sie blinzelte. »Jon ist Vater geworden?«

»Und Catherine ist Mutter.« Wieder das Aufflackern in den blauen Augen. »Aber jetzt muss ich dich verlassen. Bitte entschuldige mich.« Diesmal wirkte Serenas Lächeln etwas gezwungen. Sie verließ das Zimmer.

Julias Gedanken überschlugen sich. Sie war Tante? Was war sonst noch während ihrer Abwesenheit passiert?

»Schauen Sie, Miss.« Anna hatte zwei Kleider herausgenommen, eins in Blassrosa und ein hellblaues. »Welches gefällt Ihnen besser?«

»Ich …« Es war so lange her, dass sie so hübsche Kleider getragen oder auch nur die Wahl zwischen zwei Kleidern gehabt hatte. Die

Entscheidung überforderte sie. »Ich weiß nicht. Was würdest du mir empfehlen?«

»Nun ja, das rosafarbene ist sehr hübsch und auch warm. Es ist ein bisschen kalt draußen, wissen Sie. Aber das blaue würde Ihre Augen so gut zur Geltung bringen, deshalb … würde ich sagen, das blaue.«

Julia nickte.

»Ich glaube, Sie werden sehr schön darin aussehen, Miss. Außerdem kann ich mir ohnehin nicht vorstellen, dass Sie heute ausgehen möchten, wo es doch so kalt und windig ist und Sie – wenn ich das sagen darf – einen sehr hässlichen Husten haben.«

Julia sah zum Fenster hinüber. Der Anblick ließ sie zusammenschaudern, als müsste sie wieder hinaus und sich den kalten und windigen Elementen stellen. Gott sei Dank hatte ihr hier jemand geöffnet. Sie wusste nicht, ob sie sonst überlebt hätte. Und der arme, süße Charles …

Ihr Herz zog sich schmerzhaft zusammen. »Wo ist Charlie?«

Die Augen des Mädchens leuchteten auf. »Oh, ist das der Name Ihres Sohns? Keine Sorge, Miss, die Haushälterin passt gut auf ihn auf.«

»Ich … ich möchte ihn sehen, wenn ich darf.«

Sie wand sich innerlich. Was tat sie da – ein Dienstmädchen um Erlaubnis bitten? Was war nur aus dem Mädchen geworden, das sie einst gewesen war? Wie tief war sie gefallen?

Das Mädchen lächelte. »Natürlich dürfen Sie, Miss. Sobald Sie angekleidet sind. Sind Sie fertig mit dem Essen?«

Julia schob die Reste ihres Frühstücks fort. Dabei sah sie peinlich berührt, dass sie das Eigelb auf dem Teller mit dem Brot aufgewischt hatte. War sie so hungrig gewesen?

Das Mädchen nahm das Tablett, knickste und ging. Endlich hatte Julia einen Moment Ruhe. Sie sank in das Federkissen, streckte sich sehr undamenhaft aus und genoss ihre luxuriöse Umgebung und den Gedanken, umsorgt zu werden. Wie lange war es her, dass sie so verhätschelt worden war, dass jemand ihr so viel Aufmerksamkeit geschenkt hatte? Wie lange hatte sie kämpfen und um sich schlagen müssen, um sich zu schützen? Sie konnte sich nicht erinnern.

Die Tür ging auf, das Mädchen kam zurück. Die nächste halbe Stunde verging wie in einem wunderbaren Traum. Sie bekam heißes – heißes! – Wasser zum Baden, die zarteste Unterwäsche – »Lady Carmichael entschuldigt sich, falls die Größe nicht ganz richtig ist« – und das schöne Kleid, das man ihr vorhin gezeigt hatte.

»So, Miss, jetzt ziehen wir Sie an. Ja, stecken Sie Ihre Arme hindurch. Das ist wirklich eine hübsche Farbe für Sie. Ich werde Ihnen die Knöpfe schließen, wenn Sie möchten. Soll ich Sie auch frisieren? Ja? Wunderbar. Setzen Sie sich einfach hierhin, ich mache das schon.«

Doch auch wenn all das sie daran erinnerte, wer sie einst gewesen war, hatte sie doch nicht das Gefühl, dass es richtig war – bis sie endlich den kleinen Charles wieder im Arm hielt. Er blinzelte sie schläfrig an, dann schien er sie verwundert zu fixieren, als sei er unsicher, wer die hübsche Dame in dem hübschen Kleid war.

»Hallo, mein kleiner Mann. Ja, ich bin es, unter all dem feinen Zeug.« Sie strich mit der Hand über seine kupferfarbenen Locken. »Geben wir nicht ein schönes Bild ab, du und ich?«

Sie drückte ihn an die Brust und streichelte das zarte Köpfchen. Doch in ihrem Innern nagte die Sorge. Armer kleiner Kerl. Hatte eigentlich irgendjemand an jenem Erdhügel auf dem schottischen Friedhof getrauert? Sie blinzelte das Brennen in ihren Augen fort.

Anna war fertig und ging zur Tür. »Seine Lordschaft und Ihre Ladyschaft erwarten Sie im Wohnzimmer.«

Julia nickte, doch sie spürte, wie ihre Entspanntheit schwand. Die Worte hatten die Blase von Sicherheit, in der sie sich aufgehoben gefühlt hatte, zerplatzen lassen. Es hatte keinen Sinn sich einzureden, dass alles gut sei, dass sie einfach ihr früheres Leben wieder aufnehmen könne, dass es keine Strafe und Folgen ihrer Sünden gäbe. Eine der Konsequenzen ihres Entschlusses hielt sie doch in ihren Armen!

Wie würden sie reagieren, wenn sie ihnen die Wahrheit sagte? Aber wenigstens hatte sie es vorläufig nur mit Henry und seiner Frau zu tun, zwei Menschen, die wohl kaum unbarmherzig die Wahrheit aus ihr herauskitzeln würden, so wie Jon und ihre Mutter. *Deren* Enttäuschung würde sie gern so lange wie möglich hinausschieben.

Julia drückte Charles erneut an sich und flüsterte: »Wir werden das Beste daraus machen müssen und einfach so tun als ob.«

Er gluckste, was sie als Zustimmung nahm. Sie hielt den Kleinen wie einen Schild, stand auf und folgte dem Mädchen, das schon auf dem Flur stand und wartete. Ihre Gedanken überschlugen sich förmlich, während sie überlegte, was wohl am glaubhaftesten war und was am ehesten das Mitleid ihrer Gastgeber wecken könnte – und nicht ihren Zorn.

Kapitel 3

An der Tür war ein Knarzen zu hören. Thomas öffnete mühsam seine Augen. Die Verzweiflung, die so schwer auf ihm lastete, verstärkte sich, als er Schritte und ein leises Klirren von Schlüsseln hörte.

»*Señor?*« Das kehlige Flüstern machte es ihm schwer, die Stimme zu erkennen. War es der Wärter? Die Tochter des Wärters? Ein Soldat?

Er blieb reglos liegen, während seine Augen versuchten, die Dunkelheit zu durchdringen. Wenn er schwieg, dachten sie vielleicht, er schliefe. Sie konnten im Dunkeln schließlich auch nicht besser sehen als er, nicht wenn sie den gleichen Fraß essen mussten, von dem er und seine Zellgenossen seit Monaten lebten.

Er blickte in die Richtung, in der er das Fenster vermutete. Nicht ein Hauch von Dämmerung erhellte den Himmel hinter den Gittern. Was wollte die Person an der Tür? Die Vorsicht riet ihm, sich nicht zu regen, nichts zu sagen. Höchstwahrscheinlich war es wieder eine Falle.

»*Señor?*«

Die Tochter. Wie sie das Wort betonte, klang fast verzweifelt. Er würde ganz bestimmt nicht reagieren. Er tat einfach weiter so, als ob er schliefe. Sie hatte ihn schon einmal hereingelegt.

Ihr Atmen erfüllte den Raum. Ein schleifendes Geräusch drang in seine Ohren, und danach lag ein kühler Hauch in der Luft, als sei sie gegangen. Er blieb trotzdem liegen, falls sie noch einmal zurückkam. Als er nichts mehr hörte, stand er auf, überprüfte die Zelle und ging dann zur Tür. Sie stand halb offen.

Sein Puls raste. Es musste eine Falle sein. Es war bestimmt eine Falle. Nie im Leben hatte sie die Tür für ihn offen gelassen. Aber wenn gerade ein Wunder geschah und der Weg durch diese Tür tatsächlich der Weg in die Freiheit war – konnte er seine Kameraden einfach so im Stich lassen?

Er sah sich nach den schlafenden Gestalten um, die sich unruhig auf den Pritschen herumwarfen. Hatte Smith die Kraft, einen Fluchtversuch zu wagen?

Vielleicht war es das Beste, wenn er erst einmal herausfand, wie weit er allein kam, und dann zurückkehrte – immer vorausgesetzt, ein schmuddeliger spanischer Engel hatte tatsächlich ein Wunder getan und das Ganze war nicht eine Falle, die ein Feind aus der Hölle ihm gestellt hatte.

Thomas stieß vorsichtig die Tür ein Stückchen weiter auf und spähte in die Dunkelheit. Niemand. Nichts. Jedenfalls war nichts zu sehen. Aber spielte es eine Rolle? Er hatte Desmonds Verzweiflung so gut verstanden. Sein eigenes Elend zerfraß ihn förmlich von innen. Es musste etwas geschehen. Seine Männer wurden verrückt. Er musste fliehen, um ihretwillen ebenso sehr wie um seinetwillen – oder bei dem Versuch sterben.

Um seine Wärter nicht aufzuwecken, tastete er sich so lautlos wie möglich voran, indem er eine Hand nach vorne ausstreckte und mit der anderen an der aus dem Felsen gehauenen Wand entlangfuhr. Nach einer gefühlten Ewigkeit stand er vor einer eisernen Gittertür. Er glitt mit den Fingern über das kalte Metall und fand das Schloss. Es steckte kein Schlüssel darin.

»*Señor.*«

Er schrak zusammen.

»*Is* hatte gehofft du kommen.«

Ein kaum wahrnehmbarer Lichtschimmer erhellte ganz leicht ihre Züge. Er sah die kühnen dunklen Augen, den frechen Mund, die sinnlichen Kurven – verlockend und abstoßend zugleich. Mit einem Kopfschütteln versuchte er, die Erinnerungen zu verscheuchen, und konzentrierte sich auf die Frau vor ihm und nicht auf die, bei der er mit Sicherheit in Ungnade gefallen war – falls sie sich überhaupt an ihn erinnerte. »Was tun Sie da?«

Ihre Zähne glitzerten in der Dunkelheit. Plötzlich öffnete sie mit ihrer Hand die Tür und stieß sie auf. »Du wollen fliehen?«

»Ich verstehe das nicht«, flüsterte er. »Warum tun Sie das?«

Sie zuckte die Schultern auf eine typisch spanische Weise. »*Is* fühle Mitleid für *dis*.«

Er schnaubte. »Das hätten Sie vor ein paar Monaten haben sollen.«

»Vor Monaten sie wollten *dis nist* nächsten Tag töten.«

Sein Herz schlug schneller. »Sie wollen mich töten?«

»Alle«, sagte sie, wieder mit dem gleichmütigen Schulterzucken. »Mir liegt *nist* an deinen dummen Landleuten, aber du« – sie legte ihm eine Hand auf die Brust – »an dir mir liegt etwas.«

Thomas schluckte seinen Ekel hinunter. »Warum wollen sie uns jetzt töten?«

»*Is* höre, ihr kostet zu viel Essen.«

Er hätte beinahe gelacht. Ihre Rationen waren, gelinge gesagt, mager, ein Bruchteil dessen, von dem er in seiner härtesteten Zeit im Krieg in Indien hatte leben müssen. »Ich muss die anderen holen.«

Ihr Finger bohrte sich in seine Brust. »Lass sie sterben. Du müssen leben.« Sie legte eine Hand auf ihren Leib. »Du weiß, warum?«

Lieber Gott, nein. Er stieß sie gegen die Wand. »Erzählen Sie mir nicht, dass Sie schwanger sind«, flüsterte er dicht an ihrem Ohr.

»Du wollen, *is* lüge?«

Bittere Galle stieg ihm in den Mund. Das würde er sich nie verzeihen. Wenn er – durch ein Wunder – zu Julia zurückkehrte, konnte er ihr nie mehr in die Augen sehen. Und wenn sie es je herausfand … er konnte genauso gut tot sein. »Woher wissen Sie, dass es meins ist?«

Sie tat so, als sei sie gekränkt, doch er kannte sie, er wusste, dass sie süchtig nach Aufmerksamkeit war und alles tat, um sie zu bekommen. »Du können *nist* wissen, ob es ist *nist* von dir.«

Er stöhnte, lauter, als er beabsichtigt hatte. »Wäre ich Ihnen doch nie begegnet!«

»Aber du bist und du haben genutzt.« Ihr Lächeln wurde verführerisch. »Wir hatten gute Zeit, eh, *Señor*?«

Er schüttelte den Kopf. »Ich muss zu den anderen.«

Sie zog einen Schmollmund. »Aber *is* will *nist* die anderen gehen. Ich nur helfe dir.«

»Wir alle oder keiner.«

»Aber du bist Vater von mein Kind! Die anderen sind *nists* für mich!«

Er ignorierte sie und hastete zurück in die Zelle. Wenn er starb, würde das alle seine Fehler auslöschen. Die Reue, die ihn quälte, war ohnehin nicht zu ertragen. Nur – dann würde die arme Julia nie erfahren, was aus ihm geworden war. Andererseits hatte sie ihn wahrscheinlich schon längst aufgegeben. Er beugte sich über seine Zellengenossen und schüttelte sie. »Aufstehen«, flüsterte er. Benson packte er fester an. »Sie wollen uns umbringen.«

»Lassen Sie mich in Ruhe«, murmelte der und drehte sich auf die andere Seite. »Ich will sterben.«

»Nein. Nichts da.« Thomas knirschte mit den Zähnen, als Benson ihn ignorierte. Dann wandte er sich seinen anderen Kameraden zu. »Steh auf«, flüsterte er dem jungen rothaarigen Leutnant ins Ohr. »Wir können fliehen.«

Harrow schlug die Augen auf. »Ist das ein Traum?«

»Kein Traum«, drängte Thomas. »Wir können fliehen, jetzt, sofort.«

»Das haben Sie schon mal gesagt.«

Das stimmte. In den Wochen nach ihrem ersten Fluchtversuch hatte es Peitschenhiebe und reduzierte Rationen gegeben. »Wir müssen fliehen, sonst ist alles aus.«

Harrow protestierte leise, stolperte aber trotzdem zur Tür. Thomas packte Benson am Arm und zog ihn in den Gang, dann ging er noch einmal zurück, trat zu Smith und zerrte ihn ebenfalls zum Ausgang. Sie mussten sich beeilen, die Wärter konnten jeden Moment kommen. Als sie wieder vor der Tür standen, war Magdalena nirgends mehr zu sehen. Und die Tür war zu. Abgeschlossen.

»Was soll das?«

»Sollen wir hier sterben?«

Thomas' Mut sank. Verzweifelt rüttelte er an den eisernen Stäben, doch sie gaben nicht nach. Dann sah er den Schlüssel, der von außen im Schloss steckte, als hätte ein Engel ihn dort deponiert. Er steckte den Arm durch die Gitterstäbe und konnte den Schlüssel tatsächlich fassen; zum ersten Mal war er dankbar für die kläglichen Rationen, die dafür verantwortlich waren, dass seine Arme nur noch den halben Umfang hatten, auf den er einst so stolz gewesen war.

Er drehte den Schlüssel, doch dann schien er einzurasten und ließ sich nicht weiterdrehen. »Nein!«

Es dämmerte bereits. Irgendwo krähte ein Hahn, als wollte er ihre Wärter warnen. Sie mussten hier weg. Er ruckelte an dem Schlüssel. »Geh auf!« Er fluchte und gleich darauf betete er aus purer Verzweiflung. »Lieber Gott, sei mir gnädig!«

Hinter sich hörte er, dass die Wärter sich regten, oben waren stampfende Schritte zu vernehmen. Er zerrte weiter an dem Schloss. Plötzlich hörte er ein »Pling«, der Schlüssel drehte sich, die Tür öffnete sich mit einem zischenden Quietschen. »Los!«

Noch ein kurzes Stück Gang, dann kam eine weitere – zum Glück nicht abgeschlossene – Tür, die ins Freie und in die frühe Morgendämmerung führte. Der staubige, momentan noch fast dunkle Hof war bis auf ein paar scharrende Hühner und den krähenden Hahn leer. Smith hinter sich herziehend, schafften sie es zu einer niedrigen Steinmauer, neben der eine halb verkümmerte Pinie stand. Sie bot nur wenig Sichtschutz, gab ihnen aber Zeit, kurz stehen zu bleiben, sodass Thomas den anderen seinen Plan erklären konnte, den er sich in den letzten Monaten hundertmal zurechtgelegt hatte. Nie hätte er gedacht, dass er tatsächlich zum Einsatz kommen könnte.

Drinnen ertönte ein Schrei. Benson fluchte. »Die Wärter!«

Smith sackte zusammen, sein Gesicht wurde unter den Bartstoppeln blass.

»Wir müssen zum Hafen«, drängte Thomas. »Auf!«

Er und Harrow legten sich Smiths Arme über die Schultern und trugen ihn halb, halb schleiften sie ihn an einer Reihe von Gebäuden vorbei, in Richtung der kühlen Brise, die ihnen den Geruch von Tang und Salzwasser entgegentrug.

Zum Glück hatte sein Gedächtnis ihn nicht getrogen. Die monatelange Gefangenschaft hatte seinen Orientierungssinn nicht beeinträchtigt. Zu dieser frühen Stunde war noch kaum jemand unterwegs. Gott sei Dank – die Einwohner der Stadt hätten bestimmt kein Verständnis für flüchtende Engländer aufgebracht.

»*Señor*!«

Er sah nach links. Magdalena, die Tochter des Wärters, stand in der geöffneten Tür eines scheunenartigen Gebäudes und bedeutete ihnen, zu ihr zu kommen.

Hinter ihm fluchte Benson: »Ist das …?«

»Ja.« Thomas wollte zu ihr, doch Benson griff nach seinem freien Arm, sodass er Smith loslassen musste. Harrow allein konnte ihn nicht halten und so stürzte er mit einem dumpfen Aufprall zu Boden.

»Ich traue ihr nicht«, protestierte Benson.

Doch Rufe und rennende Schritte hinter ihnen ließen Thomas keine Wahl. Er zog Smith vom Boden hoch und drängte an Benson vorbei zur Scheunentür. »Uns bleibt nichts anderes übrig.«

Die anderen waren offenbar seiner Ansicht, denn sie folgten ihm in die dämmerige Scheune.

»*Señor*! *Is* dachte schon, du kommen gar nicht!« Sie sah ihn und die anderen an und schnalzte verächtlich mit der Zunge. Dann deutete sie auf Smith. »Der is su krank. Er safft nist.«

»Wir sollten ihn hierlassen«, stimmte Benson ihr zu.

»Nein«, sagte Thomas. »Er kommt mit uns.«

Benson sah ihn misstrauisch an. »Das ist eine Falle. Es muss eine Falle sein.«

»Und wenn schon, das ist mir egal«, meinte Harrow. »Ich sterbe lieber bei dem Versuch zu fliehen, als da drin aufzugeben.« Er deutete mit dem Daumen zurück in die Richtung, in der das Gefängnis lag.

»Aber warum hilft sie uns?« Benson kniff die Augen zusammen. »Das verstehe ich nicht.«

Magdalena legte eine Hand auf ihren Leib. »Es ist das Baby …«

»Jetzt ist keine Zeit für Fragen«, unterbrach Thomas sie. Die anderen durften es auf keinen Fall erfahren, auch wenn er befürchtete, dass sein nächtlicher Besuch nicht unbemerkt geblieben war. Gott mochte ihm vergeben! Das Gefühl der Schuld nahm ihm fast den Atem. »Benson, Sie können sich gern allein nach England durchschlagen. Die Alternative ist, dass wir Magdalena vertrauen. Da sie uns die Zellentür aufgeschlossen hat, versuche ich mein Glück mit ihr.«

Harrow sah Thomas nur an und sagte nichts. Schließlich nickte er. Smith konnte nichts sagen; er war kaum noch bei Bewusstsein. Thomas überging das Misstrauen, das nach wie vor in Bensons pockennarbigem Gesicht stand, und wandte sich wieder der Tochter des Gefängniswärters zu. Ihre Augen waren vor Angst aufgerissen.

»Die Soldaten suchen euch. Da.« Sie warf Thomas einen Kartoffelsack zu. Er zog ein paar alte Kleidungsstücke heraus. Sie reichten gerade aus, die zerfledderten Gewänder eines einzigen von ihnen zu ersetzen.

»Was soll das?«, fluchte Benson. »Sie sind fein raus, aber wir anderen …«

Er verstummte. Die Schritte kamen näher. Magdalena schloss eilig die Tür ab, die Männer versteckten sich hinter großen Kisten. Jemand rüttelte an der Tür. Mit rasendem Puls warf Thomas Benson, Harrow und Smith die Kleider zu: ein grobes Baumwollhemd, eine Hose, einen dunkelblauen Mantel. Jeder konnte nur ein Stück tragen. Würde das ausreichen, keinen Verdacht zu erregen? Er selbst zog die blutbefleckten Überreste seines Hemds aus und ersetzte es durch das letzte Stück aus dem Sack – ein Waffenrock, der ihm viel zu groß war, aber zumindest war es mit ihm nicht gleich so offensichtlich, dass sein Träger aus einem Gefängnis geflohen war.

Magdalena kam zu ihm und flüsterte ihm mit brüchiger Stimme etwas von einem Strand, einem Fischerboot und einer Stadt in der Nähe des Hafens von Aviles zu. »Jetzt geh.«

»*Gracias*.«

Tränen traten ihr in die Augen. Sie beugte sich vor, als wollte sie ihn küssen, doch er wandte sich im letzten Moment ab. Dabei sah er gerade noch Bensons angewiderten Gesichtsausdruck und die Missbilligung im Gesicht von Harrow, als ihre Lippen seine bärtige Wange trafen.

Er konnte ihnen keinen Vorwurf machen. Sein Verhalten war genauso schändlich, wie sie ganz eindeutig glaubten. Nur dass er sie diesmal durch sein Handeln befreit hatte. Oder jedenfalls beinahe.

Ein Handeln, das vielleicht bedeutete, eines Tages seine geliebte Julia wiedersehen zu dürfen, wenn die Götter es gut mit ihnen meinten. Falls sie sich überhaupt dazu herabließ, ihn wiederzusehen.

Kapitel 4

»Und genauso ist es passiert.«

Zwei Augenpaare starrten sie an. Lord Carmichaels Augen verdunkelten sich nun vor Zorn. »Du meinst, er hat dich verlassen?«

Ihr traten Tränen in die Augen, wie jedes Mal, wenn sie an ihn dachte – weshalb sie versuchte, nicht öfter als absolut nötig an ihn zu denken. Sie schlug die Augen nieder und rang um Selbstbeherrschung, während die beiden leise miteinander sprachen.

»Henry, bitte. Du quälst sie.«

»Serena, wir müssen die Wahrheit erfahren«, erwiderte er. »Wie soll ich ihr helfen, wenn ich keine Einzelheiten weiß?«

Julia schluckte und hob den Kopf, um sich den Bedenken ihrer Wohltäter zu stellen. Sie schürzte die Lippen. »Ich weiß eure Fürsorge zu schätzen, aber es gibt nichts mehr zu sagen. Ich weiß nur, dass er eines Tages frühmorgens wegging und nicht mehr zurückkam. Ich weiß nicht, warum. Wenn ich es wüsste, wäre ich vielleicht nicht hier. Aber es scheint auf jeden Fall nur zwei Möglichkeiten zu geben.« Und beide waren schrecklich für sie.

Serenas Augen wanderten zu dem Bündel in Julias Armen. »Und er hat dich mit einem Kleinkind alleingelassen.«

Gott mochte ihr vergeben! »Ja, ohne meinen Mann hätte ich Charles nicht«, sagte sie leise, ohne die beiden anzusehen. Denn wenn sie nicht in den Norden gefahren wäre, hätte sie nicht …

»Sein schönes Haar hat er bestimmt von deiner Mutter«, sagte Serena und unterbrach damit Julias Rechtfertigungsversuche. Dabei sah sie den Kleinen so prüfend an, dass Julia unruhig wurde, doch gleich darauf hatte ihr Gesicht wieder den gewohnten gelassenen Ausdruck.

Henry wandte sich mit einem leichten Lächeln an seine Frau. »Das glaube ich kaum, meine Liebe. Der kleine Charles hat seine Haarfarbe bestimmt nicht von Lady Harkness geerbt. Sie war an *diesem* speziellen Fall sicher nicht beteiligt.«

Julia musste gegen ihren Willen lächeln. Der beste Freund ihres Bruders besaß einen Sinn für das Absurde, mit dem es ihm schon immer gelungen war, sie aus ihrer Neigung zur Schwarzseherei herauszuholen. Ein Blick auf Serena zeigte ihr, dass es seiner Frau genauso ging, denn ihr reservierter Gesichtsausdruck wich ganz kurz einem amüsierten Aufleuchten, das jedoch gleich wieder erlosch.

»Bitte verzeih meinem Mann, Julia. Sein Hang zum Leichtsinn ist manchmal stärker als sein Gefühl für Schicklichkeit.«

Julia brachte ein etwas schiefes Lächeln zustande. »Ich kann wohl kaum als Sittenrichter auftreten.«

»Keiner von uns erfüllt zu jeder Zeit die Erwartungen der Gesellschaft.« Serena wechselte einen weiteren vertrauten Blick mit ihrem Mann.

Julia fühlte sich verunsichert. Meinte Serena, dass sie gegen die gesellschaftlichen Konventionen verstoßen hatte, indem sie Julia aufgenommen hatte? Bereute sie es womöglich? »Es tut mir furchtbar leid, wenn ich mich euch aufdränge. Ich möchte euch wirklich auf keinen Fall zur Last ...«

»Unsinn.«

»Henry hat recht«, sagte Serena. »Du kannst dir nicht vorstellen, wie erleichtert wir waren, dich zu sehen.«

»Wir sind so froh, dass du endlich in Sicherheit bist.« Henrys amüsierter Ausdruck war verschwunden, seine Augen blitzten schon wieder vor Zorn. »Ich kann gar nicht an diesen niederträchtigen ...«

»Henry«, unterbrach Serena ihn tadelnd und nahm seine Hand.

»Meine Liebste.« Er hob ihre Hand an seine Lippen und sah ihr mit einem Ausdruck in die Augen, bei dem Julia sich abwenden musste. Das Herz tat ihr weh, als sie daran dachte, dass es so auch zwischen Thomas und ihr gewesen war. Als sie noch dachte, von ihm geliebt zu werden. Bevor sie begriffen hatte, dass das niemals der Fall gewesen war …

Ein Räuspern lenkte ihre Aufmerksamkeit wieder auf Lord Carmichael. »Verzeih mir, Julia. Ich glaube, in diesen Dingen muss ich mich der überlegenen Urteilskraft meiner Gemahlin beugen.«

»Aber natürlich.« Julia sah Serena an, ermutigt von dem Lächeln, das jetzt wieder auf ihren Lippen lag. Was immer sie geärgert hatte, war vorbei. »Ein Ehemann sollte sich immer einer Frau von überlegener Urteilskraft beugen, oder nicht?«

»Ein weiser Mann sollte das, ja«, murmelte sie.

Henry grinste Julia an. »Meine Frau hatte das Glück, einen sehr einsichtsvollen Mann zu bekommen.«

»Und noch dazu einen so bescheidenen«, sagte Serena, als Henry anfing zu lachen.

Hatte sie sich diesen Moment der Anspannung vielleicht nur eingebildet? Es wäre nicht das erste Mal, dass sie eine Beziehung falsch beurteilt hatte. Julia biss sich auf die Lippen; sie dachte an die Gelegenheiten, bei denen sie versucht hatte, eheliche Unstimmigkeiten hinter einer fröhlichen Fassade zu verstecken. Warum hatte sie die Risse zwischen ihnen erst spät erkannt? Sie waren scheinbar so unüberwindbar geworden, dass ihr Mann nur noch die Möglichkeit sah, sie zu verlassen.

»Sei gewiss, dass du uns um deiner selbst willen ebenso willkommen bist wie um Jons willen«, fuhr Serena fort, und ihr wärmer gewordener Blick gab Julia das Gefühl, dass ihre Gegenwart tatsächlich nicht ganz unwillkommen war.

»Das stimmt«, bestätigte Henry. »Der alte Mann würde mir nie verzeihen, wenn wir dich nicht bis zu seiner Rückkehr bei uns aufnehmen würden.«

Ein Lächeln trat auf ihr Gesicht, als sie an die Neckereien dachte, die zwischen ihrem Bruder und seinem einen Tag jüngeren Freund an der Tagesordnung waren. »Ich möchte auf keinen Fall der Grund für einen Streit sein.«

»Ich bin froh, dass du meine Zwangslage erkennst. Du musst wissen, liebe Julia, dass ich tagtäglich in Angst lebe, mir den Zorn deines Bruders zuzuziehen, deshalb bete ich, dass du es nicht für nötig halten wirst, uns vor seiner Rückkehr zu verlassen.«

Ihr Lächeln geriet ein wenig ins Zittern, als sie die Freundlichkeit hinter seinem neckenden Ton erkannte.

»Sie haben dich sicher sehr vermisst«, sagte Serena weich.

Wieder schlug sie die Augen nieder. Dass ihr Bruder und ihre Mutter froh sein würden, sie wiederzusehen, stand außer Frage. Aber ob sie ihr auch vergeben würden …?

»Sie werden sich ganz schrecklich freuen, dich zu sehen«, sagte Serena.

»Das hoffe ich«, flüsterte sie. »Ich habe sie leider sehr enttäuscht.«

»Sie werden so froh sein«, stimmte Henry seiner Frau zu. »Also, mach dir bitte keine Sorgen.«

Julia kaute auf der Innenseite ihrer Unterlippe herum. Jemandem zu sagen, er solle sich keine Sorgen machen, war ebenso sinnlos, wie einem Baby zu sagen, es solle nicht weinen. Im Laufe des letzten Jahres war die Sorge ihre alltägliche Begleiterin geworden; sie wusste gar nicht mehr, wie es war, ruhig und sorglos zu leben. Auch jetzt schnürte die Anspannung ihr die Brust zusammen, obwohl sie umgeben war von Luxus, Sicherheit und Freundlichkeit. So lange hatte sie sich ganz auf sich selbst, auf ihren Scharfsinn und ihre Kraft verlassen müssen, um zu überleben. Jetzt kam ihr die unbekümmerte Aufforderung, sie solle sich keine Sorgen machen, geradezu verantwortungslos vor, als hätte man ihr gesagt, sie solle aufgeben. Das konnte sie nicht. Und sie *würde* es auch nicht, nicht, ehe alles endgültig geklärt war. Doch wie konnte das geschehen, wenn ihr Mann nicht zurückkehrte?

Der Golf von Biskaya
Vier Tage später

Das Schiff schaukelte und neigte sich von einer Seite auf die andere. Das Tosen der aufgewühlten See brüllte in seinen Ohren. Ein Fass, das sich aus seiner Verankerung gelöst hatte, prallte mit solcher Wucht gegen seine Schulter, dass er sich einen Fluch verbeißen musste. Thomas hätte im Traum nicht daran gedacht, dass er auf See sterben könnte; er hatte einfach nicht gewusst, wie rau die Überfahrt sein würde. Und er hatte nicht gewusst, wie lang sie sein und wie seekrank Harrow und Smith werden würden.

Die nächste Welle rollte an und schickte seinen Magen auf eine steile Talfahrt. Ein Gutes aber hatten die Umstände ihrer Flucht: Der lange Nahrungsentzug bedeutete, dass das Risiko, sich zu übergeben und ihre unzulängliche Verkleidung zu beschmutzen, äußerst gering war. Doch wie lange sie noch ohne zu essen durchhalten konnten …

Er rieb sich die schmerzende Schulter und richtete seine Aufmerksamkeit wieder auf die schimpfenden Männer neben ihm. In ihrem Versteck tief im Bauch des Schiffes waren sie einer Entdeckung entgangen. Bis jetzt jedenfalls.

Als hätte er Thomas' Gedanken bemerkt, fixierte Benson ihn wütend. »Ich weiß immer noch nicht, warum wir das hier aushalten müssen.«

Thomas erwiderte nichts darauf; er hatte es oft genug erklärt.

»Sie sagten, wir fahren nach England!«

»Und jetzt nehmen wir den Weg über Frankreich.« Bensons unaufhörliches Meckern nagte an dem letzten bisschen Geduld, das er noch aufbringen konnte. An manchen Tagen wünschte er, der Mann hätte sich auf eigene Faust auf die Rückreise in die Heimat gemacht. »Bettler können nicht wählerisch sein, zumal, wenn sie als blinde Passagiere reisen.«

»Aber … aber …«

»Ach, hören Sie auf, Benson«, schnappte Harrow. »Oder wollen Sie, dass wir entdeckt werden?«

Thomas nickte Harrow zu. Er empfand tiefes Mitgefühl für ihn. Harrow hatte eine Frau und zwei Kinder, zu denen er zurückkehren wollte. Wahrscheinlich vermisste ihn seine Familie ebenso sehr wie er sie. Wie sich das wohl anfühlte? Sehnte Julia sich vielleicht ebenso sehr nach ihm wie er sich nach ihr? Hoffnung flackerte in ihm auf. Und erstarb sogleich wieder. Wohl eher nicht.

Der Geruch von Salzwasser drang ihm in die Nase. Er zog die Knie an und legte die Arme darüber, damit der arme Smith ein wenig mehr Raum hatte. Armer Kerl. Insgeheim hatte er schon gedacht, dass es vielleicht besser für ihn gewesen wäre, wenn sie ihn zurückgelassen hätten. Jedenfalls war die Schiffsreise unter diesen Bedingungen seiner angeschlagenen Konstitution alles andere als förderlich. Thomas schüttelte den Kopf. Das konnte man von keiner ihrer Eskapaden sagen.

Es war ihnen gelungen, vom Militärstandort zu fliehen. Am Strand hatten sie den beschriebenen Fischkutter vorgefunden und waren in buchstäblich letzter Sekunde dem empörten Besitzer und seinen Söhnen entkommen, die eben erst von einer arbeitsreichen Nacht zurückgekehrt waren. Dank einer kräftigen Brise und dank Bensons Erfahrung im Umgang mit einem Boot, die er in Dorset erworben hatte, war es ihnen gelungen, in den Hafen zu gelangen, von dem Magdalena gesprochen hatte. Dort hatten sie sich ein paar Tage versteckt, bis Thomas von dem Frachtschiff erfahren hatte, das nach Frankreich wollte. Die ganze Zeit hatten sie so gut wie nichts zu essen gehabt. Einmal hatten sie ein paar Fischreste gefunden und doch rasch bereut, sie gegessen zu haben, als nämlich Harrow sich plötzlich den Bauch hielt und sich übergeben musste. Es hatte sich herausgestellt, dass der Fisch aus gutem Grund weggeworfen worden war. Er schüttelte abermals den Kopf. Würde er je aufhören, Fehler zu machen?

Wieder rollte ein Fass durch den Schiffsbauch und prallte mit einem lauten Krachen gegen die Wand. Seine Nackenhärchen richteten sich auf. Das war knapp gewesen. Neben ihm betete Smith um göttlichen Beistand. Wie lächerlich für einen Major, hier wie eine Ratte in der Falle zu sitzen, gefangen an Bord einer schwimmenden Katastrophe. Am liebsten hätte er ebenfalls Gott um Hilfe gebeten, doch bestimmt hatte er alle Gebete, die ihm zustanden, längst aufgebraucht. Außerdem war es ohnehin unwahrscheinlich, dass Gott seine Gebete erhörte. Schließlich – es war eine Erinnerung aus lange zurückliegenden Zeiten – hasste Gott doch Sünder, oder nicht? Er verdiente Gottes Aufmerksamkeit nicht. Ehrlich gesagt war er nie gut genug dafür gewesen – nicht einmal im triumphalsten Moment seines Lebens beim Sieg in Indien. Vielleicht würde Gott ihm zuhören, wenn er wie Jonathan Carlew wäre, aber das war er nicht. Er hatte in seinem Leben viel zu viele Sünden begangen.

Eine ganze Parade dieser Sünden zog an seinem inneren Auge vorbei. Die Zeiten, in denen er sich um die Wahrheit herumgedrückt hatte. Die Frauengeschichten. Die Lügen, die er gelebt, die Männer, die er getötet hatte. Er hatte sein Majorat nicht gekauft, sondern hart und ehrlich durch Mühsal und Kampf unter der heißen indischen Sonne verdient. Für ihn war es wie ein Wunder gewesen, dass Jon Carlew ihn tatsächlich als seinen Freund betrachtet hatte, denn sie waren so verschieden wie Tag und Nacht. Doch er hatte Carlew seine Freundschaft nicht gedankt … sondern war mit seiner Schwester durchgebrannt …

Julia.

Sein Herz pochte, und seine Gefühle drohten zu kippen wie die Wogen des Ozeans unter ihnen. War ihr Haar wirklich so blond, wie er es in Erinnerung hatte? Und ihre Augen so blau? Verbarg sie noch immer Geheimnisse in der Tiefe ihrer Augen, in der samtigen Süße ihrer Haut? Wenn er sich doch nur an ihren Duft erinnern könnte! Er unterdrückte ein Stöhnen. Quälende Träume. Quälende Erinnerungen. Es war nicht gut, darin zu schwelgen. Sie würde ihn wegstoßen, so wie er es – wie sie glauben musste – mit ihr getan hatte.

Doch die Gedanken an sie ließen sich nicht zum Verstummen bringen, Julia war das Rettungsseil, das ihn nach Hause zog. Leider eines, nach dem er kaum zu greifen wagte. Nun würde ihrer beider Zukunft weiterhin so unsicher sein, wie sie es immer gewesen war. Er schnitt eine Grimasse, unterdrückte gewaltsam das Schuldgefühl. Er würde sie wiedersehen, vielleicht nicht so schnell, wie er sich wünschte, aber er *würde* sie ganz bestimmt sehen. Irgendwann. *Bitte, Gott,* wagte er zu beten, bevor er in einen leichten Schlaf sank.

Kapitel 5

»Nun sitz doch endlich mal still!«

Julia tat wie ihr geheißen. Nur noch ganz sachte wiegte sie den kleinen Jungen in ihren Armen und betrachtete dabei Serena. Der Geruch nach Leinöl lag in der Luft.

In den letzten vierzehn Tagen hatte sich eine gewisse Tagesroutine herauskristallisiert. Den Morgen verbrachte Julia mit Charles und der Überlegung, was sie anziehen sollte, an den Nachmittagen machte sie Spaziergänge im Hyde Park oder bemühte sich, den Besuchern aus dem Weg zu gehen, die hin und wieder in Bevington House vorsprachen. Julia hatte erleichtert festgestellt, dass Serena und Henry sich nicht übermäßig viel mit ihr befassten. Serena schien sich am liebsten in dem Raum auf der Rückseite des Hauses aufzuhalten, in dem sie ihr Studio eingerichtet hatte. Jedenfalls, wenn sie gerade nicht mit Charles spielte. Charles war dick und rund geworden und außerordentlich lebhaft, er zeigte großes Interesse an seiner Umwelt und strahlte, wenn es ihm gelang, die Aufmerksamkeit der Menschen um ihn herum zu erregen. Diese Lebhaftigkeit stand in ausgeprägtem Gegensatz zu seinem Wesen in den beiden letzten Monaten, in denen er völlig lethargisch gewesen war. Es war, als hätte die Anspannung und der Mangel seine wahre Persönlichkeit überdeckt. Nun kam sein eigentliches fröhliches und liebevolles Naturell zum Vorschein, das in Julia eine ganz neue Zärtlichkeit aufsteigen ließ.

Serena hatte gefragt, ob sie das Kind malen dürfe. Julia hatte zwar ihre Zweifel, was seine Fähigkeit stillzuhalten betraf, hatte aber dennoch zugestimmt, und jetzt arbeitete ihre Gastgeberin fast jeden

Nachmittag mit ihnen. Jedenfalls, wie gesagt, solange sie nicht mit dem kleinen Charles spielte.

Julia wunderte sich über das Leuchten, das in Serenas Gesicht stand, sobald sie den Kleinen sah. Wünschte sie sich vielleicht ein eigenes Kind? Sie und Henry waren sich offenbar äußerst zugetan, wie sie an den vielen von tiefer Liebe zeugenden Blicken und Berührungen und an ihrem ganzen Verhalten sah. Der Anblick weckte Neid und Bedauern in ihr und sie fragte sich, warum wohl ihr eigener Ehemann seine Zuneigung nie in dieser Weise zum Ausdruck gebracht hatte. Vielleicht hatte er es sogar getan, doch sie erinnerte sich nicht mehr daran. Das alles schien eine Ewigkeit her zu sein.

Der Gedanke an ihr eigenes Versagen in ihrer Ehe tat weh. War ihre Verbindung vielleicht von Anfang an zum Scheitern verurteilt gewesen? In Bath war Thomas noch so liebevoll ihr gegenüber gewesen. Seine Aufmerksamkeiten waren Balsam gewesen in einer Zeit, in der Julia mit dem Widerstand ihrer Familie gekämpft hatte. Ihre Angehörigen waren nicht bereit gewesen, ihr einen eigenen Willen zuzugestehen und ihrem Urteil zu vertrauen. Inzwischen fragte sie sich natürlich, ob ihre Entscheidung richtig gewesen war, mit einem Mann, der außer schönen Worten nichts zu bieten gehabt hatte, nach Gretna Green durchzubrennen – dem Hochzeitsort für Paare, die ohne Erlaubnis ihrer Eltern heiraten wollten.

Sie schüttelte den Kopf. Es half nichts, in der Vergangenheit hängen zu bleiben. Sie musste nach vorn schauen – und das hieß auch, sich Mama und Jon zu stellen, wenn sie zurückkamen, wie ihr letzter Brief angekündigt hatte. Oder sollte sie lieber sagen, der Brief hatte ihre Rückkehr angedroht?

»Julia, wenn ich die Chance haben soll, das Bild noch in diesem Jahr fertigzustellen, musst du einfach stillhalten. Oder« – Serena sah sie besorgt an – »wird der kleine Charles dir zu schwer?«

»Er ist nicht schwer«, log sie und setzte ihn wieder richtig hin.

Die hochgezogenen Augenbrauen zeigten ihr, dass die Künstlerin ihr nicht glaubte. Deshalb versuchte sie, das Thema zu wechseln, und fragte wieder einmal nach Jons und Catherines Tochter. Es kam ihr so seltsam vor, dass sie jetzt Tante war.

Serena beantwortete ihre Fragen eher unverbindlich, was Julia verwunderte.

»Freust du dich, eigene Kinder zu bekommen?«

Serena wurde blass, und ihre Hand, mit der sie den Pinsel hielt, erstarrte mitten in der Bewegung. »Eigene Kinder ...« Sie schluckte schwer. »Wenn Gott uns auf diese Weise segnet, ja. Sehr sogar.«

Julia wartete; sie war verunsichert. Sie hätte ihr keine so persönliche Frage stellen dürfen. Kein Wunder, dass die Experten in Benimmfragen angesichts ihres Verhaltens immer die Hände über dem Kopf zusammengeschlagen hatten. »Verzeih die Frage. Ich sollte nicht ...«

»Nein, ich muss lernen, mit solchen Fragen umzugehen.« Serena schenkte ihr ein schiefes Lächeln und zog die Augenbrauen hoch. »Ich glaube, jede frischgebackene Ehefrau muss mit solchen Fragen rechnen. Nicht wahr?«

Julia zwang sich zu nicken. Sie rief sich ins Gedächtnis, dass Serena und Henry erst seit wenigen Monaten verheiratet waren. Wie anders ihre Erfahrungen doch waren als die, die sie selbst gemacht hatte! Hier, inmitten der guten Gesellschaft, wurde die Nachricht von einer bevorstehenden Schwangerschaft fast ebenso freudig begrüßt wie die Aufregung, die mit der Geburt eines königlichen Babys einherging. Henrys und Serenas Kind – wenn es ein Junge war – würde der Erbe einer der bedeutendsten Familien und Anwesen Englands sein. Wie völlig anders war es ihr, Julia, in Schottland ergangen! Niemand hatte von ihrem Status als frischverheiratete Frau gewusst. Aus Angst, entdeckt zu werden, hatten sie sich als bereits seit mehreren Jahren verheiratetes Paar vorgestellt. Und das war nur eine Unwahrheit unter vielen anderen gewesen.

Wohl wissend, dass Serena auf eine Antwort wartete, murmelte sie: »Ich glaube schon. Meistens, ja.«

Serena warf ihr einen scharfen Blick zu, dann sah sie den kleinen Charles mit einer Intensität an, die Julia in Alarmbereitschaft versetzte. Was, wenn sie es erriet? Wie sollte sie es ihr erklären? Würden sie und ihr Mann verstehen, warum sie hatte lügen müssen? Sie schlug die Augen nieder, damit diese allzu scharfsichtigen blauen Augen nicht die Wahrheit erkannten.

Die beiden Frauen schwiegen ein Weilchen, bis Julia schon glaubte, das Thema sei abgeschlossen. Doch dann sagte Serena leise: »Ich ... ich weiß nicht, ob es möglich ist.«

»Bitte?«

»Ich ... ich habe ein Problem, das eine Empfängnis ... schwierig macht.«

Plötzlich begriff Julia – und empfand tiefstes Mitleid. Das erklärte vielleicht auch, warum sie den kleinen Charles immer so intensiv ansah. »Aber du bist doch erst seit ein paar Monaten verheiratet, oder? Es ist doch noch sehr früh.«

Serena lächelte etwas gequält. »Mag sein, aber ich wünsche mir trotzdem, ich könnte Henry einen Erben schenken. Ich wünsche mir einfach, dass das Ungewisse nicht so ... ungewiss wäre.«

Julia nickte. Wie gut sie Serena verstand! Das Ungewisse bestimmte auch ihre Zukunft – und ihre Vergangenheit. Die Zukunft wirkte so unüberschaubar, so unendlich schwierig mit all den Fragen, den Entschlüssen, die gefasst werden mussten, mit ihren Möglichkeiten – hatte sie überhaupt irgendwelche Möglichkeiten? Und was die Vergangenheit anging ...

Die letzten Monate waren vor allem von Fragen und Sorgen bestimmt gewesen. Die Suche nach Antworten hatte sie in Ecken Edinburghs geführt, von deren Existenz sie nichts geahnt hatte, während ihre Gedanken nur um einen Punkt kreisten: »Er könnte hier sein, er könnte hier sein, nur noch ein Versuch, ihn zu finden.« Immer wieder hatte sie geglaubt, ihn zu sehen. War einem Mann gefolgt, der sich dann als Fremder erwiesen hatte. Hatte gedacht, seine Stimme zu hören. Die ganze Zeit hatte ihr Herz zwischen Hoffnung und Verzweiflung geschwankt.

Er war einfach fortgegangen. Er hatte sie verlassen. Er liebte sie nicht mehr, falls er es überhaupt je getan hatte.

Der schon vertraute Stachel in ihrer Seele brannte wie Feuer. Was war leichter zu ertragen? Dass er sie verlassen hatte oder dass er tot war? Auch die letztere Möglichkeit hatte sie in Gedanken durchgespielt und zumindest ihr Stolz kam sehr viel besser damit zurecht als mit der ersten Möglichkeit. Wenn er tot war, war sie frei, sich wieder eine Zukunft zu schaffen. Auch ihre Mutter und Jon könnten sich damit sicherlich sehr viel besser abfinden. War Thomas tot?

Sie blinzelte gegen das Feuer in ihrer Seele an, schluckte den Kloß in ihrer Kehle hinunter und hob das Kinn in etwa in die Position, die Serena für ihre Pose bestimmt hatte. Sie musste sich dem Unbekannten stellen, so viel war sicher. Und zumindest hier in London hatte es den Anschein, als müsste sie es nicht mehr ganz allein tun.

Die Tür ging auf, und Henry kam herein. Er begrüßte seine Frau mit einem Kuss, Julia mit einem Lächeln und Charles mit einem Kitzeln.

»Geht es voran, mein Liebling?

Serena murmelte etwas von schlechten Lichtverhältnissen.

»Ich verstehe«, sagte er und betrachtete mit einem leichten Stirnrunzeln das Bild. Dann sah er Julia an. »Ich hätte nicht gedacht, dass du dich als ein so widerstrebendes Malobjekt entpuppen würdest.«

»Verzeihung?«

Er lächelte. »Meine Frau erfasst das Wesen eines Menschen normalerweise mit ein paar Strichen, aber du machst ihr offenbar richtig Mühe.«

»Erinnerst du dich nicht an die Mühe, die mir dein Bild gemacht hat?«, fragte Serena ihren Mann.

»Oh doch«, sagte er, sogleich wieder ganz auf sie fixiert. »Es ist eine meiner liebsten Erinnerungen.« Die beiden sahen sich mit so tiefer Liebe an, dass Julia wieder neidisch wurde, doch gleichzeitig war sie seltsam froh für den Freund ihres Bruders.

Julia beobachtete ihn verstohlen. Wie anders er doch war, als sie ihn in Erinnerung hatte! Der Spaßvogel in ihm war noch immer zu erkennen, doch er besaß jetzt eine ganz neue Reife. Diese hing zweifellos mit den besonderen Umständen der Krankheit seines Vaters zusammen, wie Serena ihr erklärt hatte – und vielleicht auch mit seiner Ehe. Wie ihre Mutter hatte Julia stets Henrys exquisite Umgangsformen geschätzt, die manche vielleicht als kokett empfinden mochten. Er war ein ausgezeichneter Gesellschafter, dessen Humor auch dann nicht versagte, wenn das Gespräch sich um Politik drehte. Er brachte sie zum Lächeln, was ihm offensichtlich auch bei seiner Frau gelang, und wenn er in dieser Laune war, genoss sie seine Gesellschaft ganz ungemein.

Während das Paar sich leise unterhielt, stiegen wieder Schuldgefühle in ihr auf. Hatte sie den wahren Charakter ihres Mannes vor der Ehe nicht erkannt? Kluge Leute glaubten das wahrscheinlich. Klügere hatten versucht, sie zu warnen, doch hatte sie ihnen zugehört? Catherine, Jons Frau, hatte versucht, ihr die Konsequenzen ihres Vorhabens zu verdeutlichen. Vielleicht hätte sie ihre Vorhaltungen ernst nehmen sollen. Sie war einer der wenigen Menschen gewesen, denen Julia damals in Bath vertraut hatte. Sie konnte nicht anders als dankbar sein, dass ihr herzensguter Bruder eine Frau gefunden hatte, die ihn so liebte, wie er es verdiente.

»Julia?« Serena wirkte besorgt. »Geht es dir gut?«

»Ich war nur in Gedanken«, sagte Julia lächelnd. Es war immer besser, die Aufmerksamkeit von sich selbst abzulenken, möglichst eine Rückfrage zu stellen und dafür zu sorgen, dass die Menschen der Wahrheit nicht zu nahekamen. Sie wusste, dass sie schon bald alles gestehen musste, doch der Gedanke, die friedliche Insel verlassen zu müssen, auf der sie momentan lebte, erfüllte sie mit Entsetzen. Außerdem hatte sie so viel nachzuholen, es war so viel geschehen, seit sie fortgegangen war – bei ihren Freunden, in ihrer Familie, ja selbst in der königlichen Familie, dass es ihr fast etwas … unnötig erschien, von ihren eigenen Geheimnissen zu erzählen. Eines Tages würde sie alles sagen. Aber noch nicht jetzt.

»So, meine liebe Julia«, sagte Henry, »möchtest du mir jetzt deine Aufmerksamkeit schenken?«

»Ich bitte um Verzeihung?«

»Das solltest du auch«, sagte er augenzwinkernd, »denn leider hast du meine äußerst fesselnden Ausführungen ignoriert.«

»Sie können nicht so fesselnd gewesen sein, mein Lieber, wenn Julia so gar nicht gefesselt ist«, murmelte Serena. Sie hatte den Pinsel wieder aufgenommen und sah Julia mit einem konzentrierten Stirnrunzeln an.

»Wie könnte ich meiner Frau nicht zustimmen? Sie ist so unglaublich klug, findest du nicht?«

»Es ist ein Segen, eine Frau zu haben, die sowohl klug und kreativ als auch schön ist.«

»Na, *das* war doch einmal eine wahrhaft kluge Bemerkung«, sagte Serena. Sie hatte ihre Mundwinkel amüsiert nach oben gezogen.

Henry lachte und weckte damit das Baby in ihren Armen auf. Charles' braune Augen wurden groß, er sah zwischen ihnen hin und her, als sei er unsicher, ob er lachen oder weinen sollte.

»Keine Angst, mein kleiner Liebling«, sagte Serena. Rasch trat sie zu Julia und nahm ihn ihr ab. »Alles ist gut.«

Julia fing Henrys besorgten Blick auf. Fürchtete er, dass seine Frau eine zu starke Bindung an den kleinen Jungen entwickelte? Sie selbst war zwiegespalten. Dass sie hier sein durfte und so liebevoll umsorgt wurde, hatte ihr viel von dem Druck, der auf ihr lastete, genommen. Sie brauchte praktisch keine Entscheidungen zu treffen, bis auf die, was sie anziehen wollte, und selbst die nahm Anna ihr gerne ab. Aber vielleicht sollte sie lieber nicht mehr allzu lange bleiben, wenn ihr Aufenthalt so negative Auswirkungen auf Serenas Gefühlszustand hatte.

Serena tröstete den Kleinen noch einen Moment, dann reichte sie ihn Julia zurück und ging wieder zu ihrer Staffelei. Doch Julia musste an ihr vorangegangenes Gespräch denken und ihr Unbehagen blieb. Es musste schlimm sein, wenn man sich ein Kind wünschte und dann erfuhr, dass man sehr wahrscheinlich keines bekommen konnte. Machte ihre Anwesenheit hier alles noch schlimmer für Serena? War es unter diesen Umständen ratsam zu bleiben? Aber wohin sollte sie gehen? Das Beste war wohl, sie schob die Entscheidung auf, bis Jon und ihre Mutter wieder da waren. Sie würden mit ihrer Meinung sicher nicht hinter dem Berg halten.

»Und schon verschwindest du wieder ins Traumland.« Henry kniff besorgt die Augen zusammen, als er Julia ansah.

»Verzeih mir. Ich … ich habe nur gerade überlegt, wann Jon wohl zurück sein wird.«

»Bald, sehr bald«, versicherte ihr Henry. »In seinem Brief schreibt er, Ende dieser Woche. Er scheint es kaum erwarten zu können, dich zu sehen.«

Wie groß Julias Wunsch war, Jon zu sehen, blieb unausgesprochen.

»Ich freue mich auf ihn«, gab sie immerhin zu und zwang sich, ihr Lächeln beizubehalten. Doch was sie sagen sollte, wenn sie vor den beiden stand, wusste sie noch nicht. Ihre Erklärungen und Entschuldigungen Nacht für Nacht im Geiste zu wiederholen, schien nicht zu helfen; es bewirkte nur, dass sie jeden Morgen völlig verspannt und verkrampft aufstand. Würden sie ihr überhaupt zuhören? Würden sie ihr Vorwürfe machen? Oder würden sie die Schuld allein dem Mann geben, den sie sicherlich verachteten – dem Mann, mit dem sie durchgebrannt war, um ihn zu heiraten?

Sie schluckte die bittere Galle hinunter, die ihr in den Hals gestiegen war. Und wie würde sie selbst mit Mutters und Jons Plattitüden fertigwerden, mit dem geäußerten Satz: »Ich hab's dir doch gleich gesagt«? Wie konnte sie der Demütigung die Stirn bieten, damit sie sich nicht ganz so … demütigend anfühlte?

Henry räusperte sich. »Miss Julia?«

Sie schrak zusammen und sah ihn an. »Bitte, verzeih mir. Ich war in Gedanken.«

»Was Henry sagen möchte« – Serena blickte von der Leinwand auf – »ist, dass wir bald nach Derbyshire zurückkehren werden.«

»Oh.« Julia verbiss sich einen Schreckensruf. Sie versuchte, verständnisvoll dreinzublicken und nicht, als erfüllte der Gedanke an die Abreise ihrer Gastgeber sie mit bösen Vorahnungen. Wie sollte sie ihrer Mutter und ihrem Bruder ohne die Unterstützung der Carmichaels gegenübertreten?

»Keine Angst, meine Liebe«, sagte Henry. »Bis dahin wird Jon längst zurück sein.« Sein Lächeln war nicht ganz so strahlend und sorglos wie gewöhnlich. »Ein Brief, den ich heute erhalten habe, hat mich informiert, dass eine baldige Reise in den Norden aufgrund meiner Pflichten erforderlich ist. Es wäre mir recht, wenn ich bis zum Martinstag dort wäre.«

»Natürlich.« Ihr Herz war schwer geworden. Es wäre so schön gewesen, die Unterstützung eines Freundes zu haben, wenn sie sich den Fragen stellen musste, die ihre Mutter und ihr Bruder zweifellos auf sie abfeuern würden. Doch sie zwang sich zu einem Lächeln. »Deine Familie wird sich sehr freuen, dich zu sehen.«

»Es ist ein Weilchen her, dass wir einander zuletzt gesehen haben, also hast du wahrscheinlich recht.« Sein Lachen war nicht ohne leise Bitterkeit. »Eine Person jedenfalls, auf die sich alle freuen, ist meine Frau – das war überhaupt einer der Gründe, warum ich sie geheiratet habe, weißt du. Die entschiedene Vorliebe meiner Angehörigen für Serena ließ mich hoffen, dass sie mich eines Tages auch ein wenig mögen würden.«

Serena verdrehte die Augen, um anzudeuten, dass dies wieder nur ein Unsinn war, wie sie ihn alle von Henry gewöhnt waren.

Henry fuhr fort: »Doch ob man dasselbe über Serenas Vorfreude auf meine Verwandtschaft sagen kann, hängt wohl hauptsächlich davon ab, ob dieses Bild fertig wird, bevor wir abreisen müssen.«

»Ein Umstand, der nur eintreten kann, wenn du nicht alle paar Minuten hereinkommst«, sagte Serena, indem sie wieder in ihre übliche ironische Art verfiel. »Und jetzt geh bitte.«

Er seufzte schwer und sah Julia an. »Siehst du, mit welch einer Frau ich leben muss?«

»Es sind in der Tat schwere Prüfungen, denen du ausgesetzt bist«, antwortete Julia und warf Serena einen raschen Blick zu. Die schien ihr Geplänkel zu ignorieren; lediglich ein Mundwinkel hatte sich ganz leicht gehoben.

»Ich freue mich sehr, dass wenigstens *eine* in diesem Raum mich versteht. Doch jetzt muss ich gehen, bevor meine blonde Schönheit mich in einen Frosch verwandelt.« Er verbeugte sich theatralisch und verließ das Zimmer, doch dabei lächelten er und seine Frau einander zärtlich an, wie Julia sah.

»Er liebt dich sehr«, sagte Julia, auch diesmal nicht ohne eine Spur von Neid.

»Er ist ein guter Ehemann«, stimmte Serena ihr zu und sah Julia mit einem dieser langen, klaren Blicke an, die ihr eigen waren. »Sei unbesorgt, wir fahren nicht, bevor mit dir alles klar und geregelt ist.«

»Klar?« Julia lachte bitter auf. »Ich glaube nicht, dass zurzeit irgendetwas klar ist.«

Serena betrachtete sie noch einen Moment länger, dann legte sie den Pinsel hin, stand auf und streckte die Arme nach dem kleinen Charles aus. Sein Mündchen verzog sich zu einem strahlenden Lächeln. Von ihrer Last befreit, lehnte Julia sich zurück.

Serena sah sie ernst an. »Verzeih mir eine Frage, die man für unverschämt halten könnte, aber möchtest du Aufschluss über das Schicksal deines Mannes erhalten?«

Ihre Gastgeberin betrachtete sie mit hochgezogenen Augenbrauen.

»Natürlich!«

»Aber er könnte tot sein.«

»Ich könnte mir vorstellen, dass das leichter zu akzeptieren wäre.«

Leichter als die Gewissheit, dass er sie verstoßen hatte? Ganz sicher. Sie biss die Zähne zusammen und zwang ihre Mundwinkel zu einem starren Lächeln, während Serenas blaue Augen sie weiter prüfend ansahen.

»Wenn er am Leben ist, wärst du dann bereit, ihn wieder aufzunehmen?«

»Falls er zurückkommt.« Serenas Blick bohrte sich in Julias Fassade von Sorglosigkeit. »Selbstverständlich wäre ich das.«

Nach einem letzten prüfenden Blick nickte Serena langsam. »Mir würde es schwerfallen, ihm wieder zu vertrauen, aber ich glaube, Gott wünscht sich von uns, dass wir es versuchen.«

Gott? Was hatte Gott mit ihrer Ehe zu tun?

Serena fuhr fort: »Und was ist mit allem anderen? Möchtest du dein Leben in der Gesellschaft wieder aufnehmen?«

»Ich weiß es nicht. Wahrscheinlich schon, aber dafür müsste die Gesellschaft mich erst einmal wieder akzeptieren. Es kümmert mich zwar nicht besonders, was andere von mir denken, aber …«

»Es ist gut, dass du so denkst.«

»Aber?«

»Ich glaube, dass du bis jetzt vom Tratsch abgeschirmt wurdest, aber sobald deine Familie zurückkehrt, wird auch der Tratsch wiederaufleben.«

Zumal Julias Mutter sich noch nie besonders um Anonymität bemüht hatte.

Serena rang sich ein Lächeln ab. »Es tut mir leid, diese Dinge ansprechen zu müssen, aber ich weiß aus eigener Erfahrung, wie verletzend solches Gerede sein kann. Deshalb ziehe ich es für meinen Teil vor, mich so weit wie möglich fern von hier aufzuhalten.«

»Du hältst es für das Beste, wenn ich London verlasse?«

»Ich halte es für das Beste, wenn du die Sache mit Jon und Catherine besprichst. Vielleicht gibt es ja einen Ort, an dem du deinen Platz in der Gesellschaft zurückgewinnen kannst, ohne dass die Kritiker jeden deiner Schritte überwachen.«

In Julia regte sich eine leise Hoffnung. Vielleicht konnte sie als Witwe in einem Dorf leben, in dem niemand sie kannte? Sie und Thomas hatten es schon einmal geschafft, in einem ihnen völlig fremden gesellschaftlichen Umfeld eine neue Identität anzunehmen; sie wusste also, was sie dafür zu tun hatte. Einen Augenblick lang stieg eine wundervolle Zukunft vor ihrem geistigen Auge auf: ein eigenes Cottage, ein Kind, das sie großziehen würde, ein Ort, an dem sie geachtet und nicht verurteilt wurde. Und vielleicht würde sie eines Tages sogar einen neuen Ehemann haben – einen, auf den sie sich felsenfest verlassen konnte, der ihr Sicherheit bot und sie nicht in Angst und Schrecken versetzte.

Doch dann kehrte sie aus dem Traum in die Realität zurück. So viele Fragen waren zu klären: wo ihr Mann sich aufhielt – wenn er denn lebte –, die Reaktion ihrer Familie, ihre ungewisse Zukunft, die Reaktion der Gesellschaft. Wie sollte sie nur die nächsten Wochen durchstehen?

»Ich möchte dir keine Angst machen, aber ich halte es für besser, wenn du vorbereitet bist.«

»Danke.« Julia zwang sich zu einem Lächeln.

»Wir werden für dich beten.«

Tränen traten ihr in die Augen angesichts der Güte und Freundlichkeit dieses Mädchens, das jünger war als sie selbst. Sie unterdrückte sie.

Vielleicht kümmerte Gott sich ja um die bezaubernde Serena und den freundlichen Henry, auch wenn er für sie keine Zeit hatte.

Sie hob entschlossen den Kopf. Es würde schwer sein, ihrer Mutter und ihrem Bruder ihre Motive verständlich zu machen. Aber vielleicht konnten Serena und Henry ihr dabei helfen. Und die Gesellschaft? Vielleicht wäre sie eines Tages wieder gesellschaftlich akzeptiert. Und vielleicht wäre ihr das eines Tages sogar wieder wichtig.

Kapitel 6

Dover

»Hallo, wen haben wir denn da?« Eine vollbusige Frau mit leeren Augen kam lächelnd auf ihn zu. Der Goldene Anker war nicht seine übliche Anlaufstelle, doch wenn ein Mann geradezu verzweifelt Geld brauchte, tat er fast alles – und trat sogar über die Schwelle einer heruntergekommenen Spelunke, deren schlechter Ruf jedem sofort in die Augen sprang. Er hätte seinen Kopf verwettet, dass hier früher Schmuggler ein und aus gegangen waren, und seine Hand dafür ins Feuer gelegt, dass die Nachkommen ebendieser Schmuggler noch heute regelmäßig hier untertauchten. Jedenfalls hoffte er das.

»Du machst mir den Eindruck, als könntest du ein wenig Entspannung gebrauchen«, fuhr sie fort und strich mit einer Hand an seinem Hemd hinunter.

Es gelang ihm, nicht automatisch zurückzuweichen. Stattdessen nickte er und ließ sich ins Innere des Etablissements führen. Dabei war er keineswegs auf die Art Entspannung aus, an die sie zu denken schien, aber er würde sich bestimmt entspannen können, wenn er wieder Geld in der Tasche hatte. Und der einzige Weg dahin war die Hoffnung, dass das Glück, das ihn zurück an die englische Küste gebracht hatte, noch etwas anhielt.

Keine fünf Minuten später hielt er einen Drink in der Hand. Nach zehn Minuten war er ziemlich sicher, dass man ihn als leichte Beute einschätzte – ein Eindruck, den die schlecht passende spanische Kleidung, die er trug, begünstigt hatte: Er hatte die zerrissene Hose und Jacke aus dem Gefängnis gegen die etwas saubereren Kleidungsstücke von Harrow und Smith ausgetauscht. Vielleicht lag es aber auch an dem Akzent, mit dem er sprach, oder an seinem Spezialtrick: dem leeren Blick, der ihm im Laufe der Jahre wahre Unsummen an Geld eingebracht hatte.

Innerhalb von fünfzehn Minuten hatte er den Eindruck erweckt, offenbar keinen Alkohol zu vertragen, indem er vorgab, ziemlich benebelt zu sein und trotzdem weiterhin zu trinken. All das schien die Stammkundschaft der verräucherten Taverne zu überzeugen, dass er reif zum Ausnehmen war. Nachdem er sich offenbar sehr für ihr Kartenspiel interessierte, luden sie ihn zu einem Spielchen ein.

Nach einer Stunde allerdings hatte das Bild sich völlig gewandelt. Sein ausgezeichnetes Gedächtnis, das er hinter schweren Augenlidern zu verstecken pflegte, hatte ihm mehr als genug eingebracht, um die Weiterreise zu finanzieren, sowohl für sich selbst als auch für die drei Männer, die draußen in einer Seitengasse zitterten.

»*Señors, gracias* für das Spiel, aber ich muss jetzt gehen«, murmelte er undeutlich und steckte seinen Gewinn in die Hosentasche – die hoffentlich kein Loch hatte. Dann schob er seinen Stuhl zurück und stand auf.

Der Mann ihm gegenüber – ein verdammter Elfenbeinschmuggler, wie er im Buche stand – lächelte ihn wenig vertrauenerweckend an. »Nicht so hastig. Die Nacht ist noch jung …«

»Aber ich nicht.« An manchen Tagen, wie heute zum Beispiel, fühlte er sich älter als Methusalem. Wenn er doch nur ein paar Stunden schlafen könnte.

»Hinsetzen.« Eine Hand legte sich schwer auf seine Schulter.

Thomas zuckte zusammen und zwang sich, sich zu entspannen. Ein verstohlener Blick zeigte ihm, dass die anderen Gäste der Taverne sich bereits interessiert vorbeugten, als rechneten sie mit einem Spektakel. Nun, er wollte sie ungern enttäuschen …

Er gab vor, sich wieder hinzusetzen. Doch in dem Moment, in dem er spürte, dass die Hand auf seiner Schulter sich entspannte, rammte er dem Mann seinen Ellbogen in die Leiste und schmetterte ihm gleich darauf seine Faust auf die fleischige Nase. Dabei nahm er flüchtig die entsetzten Gesichter um sich herum wahr – ja, es waren schmutzige Kampftricks, aber sie waren überaus effektiv – und wusste, dass er nur einen winzigen Augenblick hatte, bevor sie ihrem Landsmann beispringen und den vermeintlichen Spanier halb tot prügeln würden. Er sprang auf, fuhr herum, schleuderte seinen Stuhl zur Seite und hastete zur Tür.

Obszöne Flüche wurden laut; mehrere der Kerle folgten ihm. Doch auf dem schmalen Gang konnte ihn immer nur einer angreifen und seine jahrelange Kampferfahrung kam ihm zugute, sodass er einen nach dem anderen auf den verdreckten Boden schickte.

Sein Adrenalinspiegel stieg, doch leider wusste er, dass er seine alte Kraft noch längst nicht wiedergewonnen hatte. Er musste sehen, dass er wegkam. Gerade stieß ein Bär von einem Mann einen Tisch beiseite, der krachend umfiel. »He!«

»*Sí*?« Bevor der Mann ihn auch nur berühren konnte, trat er ihm mit Wucht gegen die Kniescheibe – wieder ein schmutziger Trick, doch unter Männern wie diesen gab es keine Ehre. Er hörte ein lautes Aufkeuchen überraschter Empörung und beendete die Sache mit einem Faustschlag gegen das Kinn seines Gegners. Der Mann taumelte rückwärts. So viel zu der Annahme, dass die Zeit des Kämpfens hinter ihm lag.

Ohne abzuwarten, ob der Schlägertyp neben dem umgestürzten Tisch zu Boden ging, floh Thomas in die kalte Nachtluft hinaus. Er ignorierte den pochenden Schmerz in seiner Hand und das Brennen in seinen Lungen und rannte zu dem verabredeten Treffpunkt. Gott bewahre, wenn die Männer nicht da waren …

Eine Kurve, eine Gasse weiter, und er war bei Benson, Smith und Harrow. Während er nach Luft rang, legte er warnend den Finger auf die Lippen. Das Geräusch rennender Schritte drang die Straße hinauf.

Er deutete mit dem Kinn auf die gegenüberliegende Tür. Eine andere Taverne. Sie wechselten eilig die Jacken, klopften notdürftig die bei dem Kampf beschmutzte Kleidung ab, dann folgten sie ihm schweigend in das trüb erleuchtete Innere. Er nickte dem Wirt zu, bestellte eine Runde Ale, die er mit seinen kostbaren Münzen bezahlte, und setzte sich mit seinen Gefährten in die dunkelste Ecke der Gaststube.

»Was ist passiert?«, flüsterte Harrow.

»Ich habe genügend Geld und gebe es euch, sobald uns nicht mehr ein Dutzend Augen argwöhnisch beobachten.«

Harrow nickte. Benson grunzte. Smith sah ihn mit einem so leeren Ausdruck an, wie Thomas ihn vorhin zu simulieren versucht hatte. Sein Herz verkrampfte sich vor Mitleid. Armer Kerl.

»Offenbar hatten die Männer etwas dagegen, dass ich auf ihre Kosten gewonnen habe, deshalb musste ich auf andere Methoden der Überredung zurückgreifen.« Er hob eine Faust. »Hoffentlich werden sie nicht jede einzelne Taverne in Dover abklappern, um den armen Pedro aufzustöbern.«

»Pedro?«

»*Sí*.« Er lächelte.

Es würde nicht schaden, wenn die Männer wussten, dass er sich in einem Kampf durchaus behaupten konnte. Und vorausgesetzt, sie kamen hier ohne weitere Kämpfe heraus – der arme Smith würde eine solche körperliche Auseinandersetzung ohnehin nicht überstehen –, dann würden sie ihren Plan durchführen und endlich, *endlich* zu ihren Angehörigen zurückkehren können. Wie immer die anderen auch dazu standen, sie sollten sich lieber nicht beschweren. Er hatte gerade ihrer aller Rückfahrt nach Hause gewonnen.

Die Tür sprang auf, eine Handvoll Männer kam herein. Thomas gab sich betont entspannt, während er sich unauffällig nach möglichen Fluchtwegen umsah. Er tauchte zwei Finger in sein Bier, glättete sich damit das Haar und bedeutete auch den anderen, die militärische Haltung anzunehmen, die ihm einst in Fleisch und Blut übergegangen war. Er rückte noch rasch den traurigen Leinenstreifen zurecht, der ihm als Krawatte diente, und hoffte dadurch, mehr wie ein Mann auszusehen, der früher einen Vicomte zu seinen Freunden gezählt hatte.

An der Theke dröhnte eine laute Stimme: »Ich suche nach einem Spanier. Ist hier grade jemand hereingekommen?«

»Die einzigen Fremden sind die Männer da in der Ecke.«

Mit sinkendem Mut und dem Wunsch, er hätte genügend Zeit gehabt, sich die Bartstoppeln aus dem Gesicht zu kratzen, um sich ein wenig stärker von der Rolle abzuheben, die er vorhin gespielt hatte, wandte Thomas sich an die anderen. »Jetzt hilft nur noch Frechheit. Haltet euch an mich.«

Die Männer waren zu ihrem Tisch gekommen und musterten sie mit harten, misstrauischen Blicken. »Smith, gerade sitzen«, murmelte er.

»Sir! Ihre Hand!«

Mit einem Blick auf die blutigen Abschürfungen, die Harrow meinte, schob Thomas seine rechte Hand unter den Tisch und legte seine weniger vom Kampf in Mitleidenschaft gezogenen Finger der linken Hand um den Zinnbecher. Dann tauchten auch schon die Männer an ihrem Tisch auf. Sie hatten die Brust vorgewölbt wie ein paar Kampfhähne.

»He, die Jacke kenn' ich!«, polterte einer der Männer. »He, du!«

»Ignorieren«, zischte Thomas und nahm unbeeindruckt einen Schluck Bier.

»He! Ich sprech mit dir. Guck mich an!«, sagte der Mann und gab Smith, der ihn gerunzelter Stirn ansah, einen Schubs.

»Wie bitte?«, sagte der mit seiner leisen Stimme.

Thomas hielt die Luft an, froh, dass der Dummkopf den Sanftesten von ihnen für seine Vorwürfe ausgesucht hatte und nicht Benson. Wer weiß, was der Hitzkopf ihm geantwortet hätte!

»Das isser nich«, sagte ein anderer in einem Chor allgemeiner Missbilligung.

»Verzeihung«, sagte Thomas mit der strengen Stimme, die ihm schon auf dem Subkontinent stets den Respekt aller verschafft hatte. »Ich glaube, Sie schulden meinem Freund eine Entschuldigung für Ihr grobes Benehmen.«

»Und wer sin' Sie?«, fragte der Mann und sah ihn mit zusammengekniffenen Augen an.

»Ich bin Major Thomas Hale vom 19. Regiment der Armee Seiner

Majestät.« Dabei sah er dem Mann furchtlos in die Augen, selbst überrascht von dem Gefühl der Ehre, das er empfand, als er endlich die Wahrheit sagte.

Der Mann schnaubte. »Klar. Und ich bin der König von England.«

»Wirklich? Sie überraschen mich. Ich hätte nicht gedacht, dass eine Persönlichkeit von solch hohem Rang einen Ort wie diesen besucht.«

Die anderen fluchten, dann sagte einer mit leiser Stimme, die, wie Thomas befürchtete, nicht überhört werden sollte: »Er sieht aus wie der, den sie den Spanier genannt haben.«

Thomas warf Benson, dessen Hände sich bei diesen Worten zu Fäusten geballt hatten, einen warnenden Blick zu. Dann richtete er sich auf. »Verzeihung, ich muss Sie falsch verstanden haben. Oder besitzen Sie tatsächlich die Dreistigkeit zu behaupten, ich sei nicht der, als der ich mich soeben vorgestellt habe?«

»Na ja, Sie seh'n jedenfalls nich wie'n Major aus. So 'nen Major hab' ich noch nie gesehn.«

»Und wie viele Majore der Armee Seiner Majestät genau hatten Sie Gelegenheit zu sehen?« Bei dieser Frage zog er die Augenbrauen hoch, wie sein einstiger Freund Carmichael es immer zu tun pflegte – ein höchst wirksames Mittel, anmaßendes Verhalten in die Schranken zu weisen.

»Na ja, ich, äh …«

»Mein guter Mann, obgleich es mich schmerzt, mich auf eine so entwürdigende Befragung einzulassen: Ich kann Ihnen mehr als ein Dutzend Männer nennen, die beschwören werden, dass ich Seiner Majestät auf die erwähnte Weise gedient habe. Oder bevorzugen Sie vielleicht die Empfehlung eines Grafen?« Carmichael würde eines Tages ein Graf sein. Doch ob er sich noch als Thomas' Freund sah …

»Ich … äh …«

»Haben Sie Papier und Tinte? Meine Freunde und ich sind erst kürzlich aus Frankreich gekommen und unser Gepäck wurde mysteriöserweise abgefangen« – alles wahr, auch wenn das Gepäck irgendwann während ihrer Gefangenschaft in Spanien verschwunden war, »sodass wir gezwungen waren zu warten, bis uns die Mittel für unsere Rückkehr erreichen. Ich bin jedoch mehr als bereit, euch auf die Sprünge zu helfen, wenn ihr den Nerv habt, meine Wahrhaftigkeit anzuzweifeln.« Er wandte sich an seine Männer, die ruhig sitzen geblieben waren. »Offenbar bin ich heute in sehr guter Stimmung – normalerweise schätze ich es überhaupt nicht, als Lügner bezeichnet zu werden.«

Sie murmelten etwas Beifälliges, wobei sie mehrmals laut das Wort »Major« gebrauchten.

Er sah seine Ankläger an. Ihr Misstrauen schien nun doch leicht von Verwirrung getrübt zu sein. Dann stand er auf und sagte mit gut vernehmlicher Stimme: »Wirt, dieses Ale ist das beste, das ich seit Langem getrunken habe. Wir brauchen eine zweite Runde. Ich versichere Ihnen, die Franzosen haben nichts Vergleichbares.«

Allgemeines zustimmendes Gemurmel. Er spürte, dass die Stimmung unter den Gästen in der Taverne zu seinen Gunsten umschlug, insbesondere als der Wirt neue Becher vor sie hinstellte und Thomas ihn abermals mit einigen seiner hart erkämpften Münzen bezahlte. »Wissen Sie, wie viele Monate es her ist, seit wir so gute Getränke genossen haben? Bestimmt nicht. Wollen Sie es ihnen erzählen, Captain Harrow?«, fragte er und beförderte seinen Freund damit um eine Rangstufe.

»Sechs.«

»Sechs Monate?«

»Ja, fast ein halbes Jahr«, antwortete Thomas. »Können Sie sich vorstellen, was es mit der Seele eines Engländers macht, so lange Zeit auf ein gutes Bier verzichten zu müssen? Es macht ihn fast verrückt.« Er beäugte die Kleidung seines Anklägers mit hochgezogenen Augenbrauen. »Sagen Sie, haben Sie auch Leib und Leben im Dienst Seiner Majestät riskiert? Wissen Sie, wie es ist, auf jegliches Vergnügen zu verzichten?«

»Nun … ich … nein.«

»Wirklich? Sie erstaunen mich.«

Der Mann sagte leise zu seinen Kumpanen: »Er klingt wirklich nicht wie ein Spanier.«

»Ein Spanier?« Thomas zog erneut beide Augenbrauen hoch. »Sagen Sie mir nicht, Sie suchen einen Iberer? Wie hat er ausgesehen?«

»Na ja, nich wie Sie, ein bisschen rauer, irgendwie zwielichtig.«

»Ich bin Ihnen wirklich aufrichtig verbunden, dass Sie den Unterschied bemerken«, sagte Thomas nicht ohne Ironie.

Harrow hustete. Thomas sah ihn streng an, dann wandte er sich wieder den Männern zu, die noch immer vor ihm standen. »Haben Sie Nachsicht mit dem guten Captain hier. Ich fürchte, er hat sich auf der Überfahrt etwas eingefangen.« Er beugte sich vor. »Hoffentlich ist es nicht *allzu* ansteckend.«

Die Männer traten einen Schritt zurück, beäugten sie noch ein paarmal und verließen schließlich das Schankzimmer.

»Moment«, warnte er seine Freunde, insbesondere Benson, der offenbar aufspringen und weglaufen wollte. »Wir dürfen keinen Verdacht erregen, indem wir jetzt sofort fliehen.«

»Fanden Sie es klug, ihnen Ihren richtigen Namen zu nennen?«, fragte Harrow.

»Ich weiß es nicht, aber vielleicht war es gerade die Wahrheit, die sie letztlich überzeugt hat.«

»Das oder Ihr Versuch, wie ein Gentleman zu klingen«, murmelte Benson.

Wie sollte er ihm erklären, dass er die längste Zeit seines Lebens so geredet hatte? Dass er in erlesenen Zirkeln diniert und zahllose Männer von Rang und Namen – und mit großem Vermögen – zu seinen Freunden gezählt hatte? In den letzten Monaten hatte er zwar viel von seinem Leben erzählt, um nicht dem Wahnsinn zu verfallen, doch bestimmte persönliche Dinge wie diese waren schwer zu erklären. Also sagte er nichts.

»Immerhin hat sie das zum Rückzug gebracht«, sagte Smith.

»Genau«, sagte »Captain« Harrow mit einem Seitenblick auf Benson.

Thomas spürte, wie die Zeit drängte. Smith wurde von einem

erneuten rasselnden Hustenanfall gepackt und Thomas war entschlossener denn je, ihn so schnell wie möglich nach Hause zu bringen. Es durfte nicht sein, dass er so weit gekommen war und hier nun alles zu Ende sein sollte. Seine Familie musste ihn sehen, und wenn es zum letzten Mal war. Kurz, sie mussten hier weg, doch zuvor waren noch ein paar wichtige Dinge zu erledigen. Er wartete, bis die wachsamen Augen sich gelangweilt abwandten, dann zog er den Zaster aus der Tasche. Er zählte die Münzen, behielt den wenig größeren Teil für sich selbst und gab den drei Männern ihren Anteil. »Das müsste für die Fahrt nach London reichen«, sagte er.

»Warum mussten Sie noch mehr Ale bestellen? Wir hätten jetzt mehr, wenn Sie das Geld nicht so verschwendet hätten«, murrte Benson.

»Die überlegenen Eigenschaften des Gegners anzuerkennen, hat in der Regel einen entwaffnenden Effekt«, antwortete Thomas. »Sie haben bestimmt gemerkt, dass die Stimmung entschieden freundlicher wurde, als die Männer sahen, dass wir ihr Ale zu schätzen wussten.«

»Aber es war ja noch nicht mal gut.« Benson hörte nicht auf zu maulen. Er betrachtete Thomas' Münzstapel. »Und warum haben Sie so viel mehr als wir drei?«

»Weil ich derjenige bin, der das Risiko des Spiels eingegangen ist. Und ich war es auch, der Ihnen in Spanien den Hals aus der Schlinge gezogen hat. Und ich muss am weitesten reisen – nach Edinburgh, falls es Sie interessiert.« Er betrachtete den geringen Betrag in seiner Hand. »Ich weiß nicht, ob ich damit auch nur halb so weit komme, aber es ist besser als nichts. Und auf jeden Fall reicht es für eine warme Mahlzeit.«

Sie standen auf, wobei Thomas ein weiteres Mal lautstark die Schankstube pries. Draußen kamen sie überein, dass es das Klügste war, sich zu trennen und einzeln ihre jeweiligen Ziele anzusteuern: London, Leicestershire und Schottland.

»Danke, Sir«, sagte Smith. »Ohne Sie wäre ich längst tot.«

Thomas ergriff die ausgestreckte Hand. »Wir beide können zusammen in Richtung Norden reisen. Ich bringe Sie nach Leicestershire, versprochen.«

Der Junge bedankte sich abermals; sein blasses Gesicht verriet etwas von dem, was er innerlich befürchtete. Smith hatte Glück, wenn er es bis nach Hause schaffte, doch Thomas würde sein Bestes geben, ihn durchzubringen.

»Auch ich bin Ihnen dankbar«, sagte Harrow. Der Rotschopf drückte ihm fest die Hand. »Wenn ich irgendetwas für Sie tun kann, brauchen Sie's nur zu sagen.«

Thomas nickte. Dann sah er den Dritten an, dessen mürrischer Gesichtsausdruck sich auch nicht verändert hatte, als die anderen sich bedankten. »Gute Reise, Benson. Ihre Familie wird sich freuen, Sie wiederzusehen.«

»Auch wenn es nur sechs Monate zu spät ist.«

»Das war nicht meine Schuld«, sagte Thomas. »Und es lässt sich auch nicht mehr ändern.«

Harrow sah Benson an, als sei er ein widerliches Insekt. »Man könnte glauben, Sie machen Hale dafür verantwortlich! Was sind Sie nur für ein erbärmlicher Wurm!«

Benson bleckte die Zähne, sein pockennarbiges Gesicht wurde puterrot und er ballte die Fäuste.

»Das reicht«, mahnte Thomas. »Wir wollen nicht noch mehr Aufmerksamkeit erregen. Gute Reise, Harrow.«

»Danke, Sir.« Harrow lächelte. »Ihre Frau wird sich freuen, Sie zu sehen, Sir.«

»Das hoffe ich«, antwortete Thomas und versuchte zu lächeln.

»Ich hoffe, Ihre Frau wird niemals erfahren, wie Sie uns aus dem Gefängnis rausgeholt haben«, sagte Benson hämisch.

Thomas' Nackenhärchen stellten sich auf, seine gute Stimmung schwand schneller als Schnee im Sommer.

Harrow zog die Augenbrauen hoch, sein Blick flog besorgt zwischen den beiden Männern hin und her. »Was soll das heißen, Benson?«

»Nur dass Ihr allmächtiger Retter uns auf die schmutzige Tour mithilfe der spanischen Hure aus dem Gefängnis geholt hat.«

Thomas starrte ihn an. Die Kälte, die ihn erfasst hatte, wurde von der glühenden Wut in seiner Brust verdrängt. »Sie wissen nicht, wovon Sie reden«, sagte er leise.

»Wirklich? Glauben Sie, wir hätten Sie nicht gesehen? Oder nicht gemerkt, dass sie sich wie eine läufige Hündin an Sie rangeschmissen hat?« Benson lachte hysterisch.

Thomas' Finger verkrampften sich. Heute Nacht hatte es schon mehr als genug Kämpfe gegeben …

»Achten Sie nicht auf ihn«, flehte Harrow. »Er war doch schon immer ziemlich außer Kontrolle.«

»Wäre es nicht lustig, wenn die spanische Kuh schwanger wäre?« Benson schrie fast vor Lachen. »Und noch lustiger wäre es, wenn Ihre Frau das herausfände!«

Krach!

Benson ging zu Boden. Ein dünner Blutfaden rann aus seinem Mund in sein blondes Haar.

Thomas massierte sich die Hand und sah Harrow an, der mit offenem Mund dastand, ihn jetzt aber zuschnappen ließ. Er bereute bereits, was er getan hatte. »Ich hätte nicht …«

Harrow schüttelte den Kopf. »Er hat es verdient, der nutzlose Hundesohn. Wie konnte er Sie so behandeln und sich beschweren, nach allem, was Sie für uns getan haben? Und was die Drohungen gegen Sie angeht«, er schüttelte wieder den Kopf, »er hat es weidlich verdient.«

Smith murmelte etwas Zustimmendes.

Thomas schüttelte den Kopf. »Ich konnte es einfach nicht mehr hören. Und ich würde es nicht ertragen, wenn Julia sich so etwas anhören müsste.«

»Nun, von uns beiden erfährt sie nichts, darauf können Sie sich verlassen«, sagte Harrow. »Aber jetzt sollten wir ihn lieber hier fortbringen.«

Thomas sah zu, wie der kleine, gedrungene Harrow Bensons schmale Gestalt unterstützt von dem schwachen Smith in den dunkelsten Teil der Allee hinter eine Reihe großer Kisten zog. »Ich hätte nicht …« Er schüttelte wieder den Kopf.

»Spielt keine Rolle mehr. Ich behalte ihn im Auge, Sir. Wir kehren sowieso beide nach London zurück. Aber Sie und Smith müssen die Kutsche nach Schottland kriegen. Auf Wiedersehen, Sir. Smith.«

Harrow gab beiden die Hand.

»Auf Wiedersehen.«

»Wenn Sie jemals Hilfe brauchen, wissen Sie, wo Sie mich finden.«

»Ja. Danke, Harrow.«

Thomas nickte ihm zu und ging zusammen mit Smith die Straße hinunter. Dabei hielten sie sich im Schatten, bis sie an ein etwas achtbarer aussehendes Etablissement gelangten. Er sicherte sich und Smith schnell eine Passage in einer Kutsche nach Norden, die am nächsten Morgen abfahren würde.

Dann sah er Smith an. Der arme Kerl konnte sich kaum noch auf den Beinen halten. Er unterdrückte einen Seufzer, nahm ein Zimmer für Smith und bestellte zwei warme Mahlzeiten, die ihnen so schnell wie möglich serviert werden sollten. Als Smith protestierte, schüttelte Thomas nur den Kopf und ignorierte das schlechte Gefühl, das er selbst dabei verspürte. Jetzt hatte er wohl nicht mehr genug, um die Weiterreise nach Edinburgh zu bezahlen, aber wenn Smith sich ein wenig ausruhen konnte, würde er es vielleicht lebend bis nach Hause schaffen.

Außerdem würde Julia ja nicht wissen, dass seine Rückkehr sich um einen oder zwei Tage verzögerte. In seiner Erklärung, die er vor vielen Wochen geschrieben hatte, hatte er von einer Abwesenheit von ein paar Wochen, nicht Monaten gesprochen. Sein Herz hämmerte. Er hoffte einfach, dass sie ihn noch vermisste und sich auf seine Rückkehr freute, so wie er davon träumte, zu ihr zurückzukehren, sie lächeln zu sehen, in seinen Armen zu halten. Er erinnerte sich an ihre Wärme, ihren Duft, den Geschmack ihrer Haut …

Er zwang sich, an etwas anderes zu denken. So schön diese Gedanken waren, sie mündeten nur in Frustration.

Stattdessen überlegte er, wie er noch etwas Geld auftreiben konnte, bevor die Kutsche morgen den Ort verlassen würde.

Kapitel 7

Durch die Wohnzimmerfenster konnte Julia den kleinen Park in der Mitte des trostlosen Platzes sehen. Ein frostiger Wind trieb die Wolken dicht an dicht über den düsteren Himmel, brach kleinere Zweige von den Bäumen und jagte die wenigen toten Blätter, die es noch gab, über den Boden. Heute war ein Tag, wie geschaffen zum Unglücklichsein. Von Stunde zu Stunde steigerte sie sich beim Gedanken an das Wiedersehen mit ihren Verwandten mehr in die furchtbare Erwartung hinein, ihre Anschuldigungen und ihren Tadel zu hören. Sie verzog ihren Mund. Das Schlimmste war, dass sie die Verantwortung für das, was geschehen war, auf niemanden abwälzen konnte.

Ein Schauer lief ihr über den Rücken, sie trat vom Fenster weg in die Wärme des knisternden Kaminfeuers. Was würde sie sagen, wenn sie vor ihr standen? Was sollte sie sagen? Sie konnte nicht einfach die *ganze* Schuld ihrem verschwundenen Ehemann in die Schuhe schieben. Auch wenn sie den Verdacht hatte, dass der Zorn der anderen auf ihn sowieso durch nichts, was sie sagen konnte, gemildert werden konnte.

In den vergangenen Nächten war sie bei jedem kleinsten Geräusch aufgewacht und hatte überlegt, was sie zu ihrer Mutter sagen sollte und was die Zukunft wohl bringen mochte, bis die Erschöpfung sie wieder in einen unruhigen Schlummer fallen ließ. Sie wusste, dass sie nicht gut aussah: Sie hatte dunkle Augenringe, ihr Gesicht war blass und die ständige Angst zeigte sich auch am schlaffen Zustand ihrer Haut. Immerhin sah sie durch die regelmäßigen üppigen Mahlzeiten nicht mehr wie eine dürre Vogelscheuche aus. Dennoch glich ihre Erscheinung in nichts mehr der des sorglosen jungen Mädchens, das sie einst gewesen war. Dieses sorglose Mädchen hatte ihre Mutter in Erinnerung, und wenn sie sie nun sah, wäre sie sicherlich geschockt. Doch sie hatte sich ja auch wirklich verändert. Sie war nicht mehr sorglos. Sie konnte nie wieder sorglos sein, so viel Serena auch für ihren Seelenfrieden beten mochte.

Julia strich zärtlich über Charlies rotbraune Locken. Der Kleine schlief in einer Wiege vor dem Kamin. Er war in Sicherheit. Ihr Herz floss über vor Zärtlichkeit und Dankbarkeit. Sie hatte sich durch ihn verändert. Ihre Verwandlung vom selbstsüchtigen, eitlen jungen Ding in eine Frau, der jetzt das wirklich Wichtige auf dem Herzen lag, hatte sie größtenteils ihm zu verdanken. Wenn Charles nicht in ihr Leben getreten wäre, hätte sie höchstwahrscheinlich jede Hoffnung, jedes Gefühl für die Realität verloren. Er war ein wahrer Segen für sie.

Sie blinzelte die Tränen zurück und zwang sich, ruhiger zu atmen und sich auf das stille, ruhige Gesicht des Kindes zu konzentrieren. Er schlief so friedlich, so selig. Gott sei Dank waren die ersten Tage der Unruhe und des vielen Weinens vorüber, und er konnte schlafen. Wie sehr sie ihn darum beneidete! Wie herrlich wäre es, sich entspannen und nur ein einziges Mal richtig loslassen zu können! Wie fühlte es sich wohl an, in solcher Unschuld zu leben und keine Angst zu kennen? Wenn jedes Bedürfnis gestillt wurde, sobald man auch nur anfing zu weinen? Wie herrlich wäre es, in diese Zeit zurückgleiten zu können, in der man verhätschelt und umsorgt wurde! Doch derlei Gedanken waren müßig. Die Verantwortung, die sie trug, würde so etwas niemals mehr zulassen.

Ihre Augenlider flatterten. Nach dem immer wieder unterbrochenen Schlaf der letzten Nacht wollte sie jetzt am liebsten nur noch schlafen. Ihr Herzschlag und ihr langsames Atmen dröhnten in ihren Ohren.

Plötzlich zerriss die Stille durch das Geräusch von ratternden Wagenrädern auf dem Kopfsteinpflaster vor ihrem Fenster. Julia öffnete die Augen. Ihr Herzschlag beschleunigte sich …

Sie hörte, wie sich eine Tür öffnete und wieder schloss. Das Gemurmel von leisen Stimmen und das Wiehern der Pferde, die draußen wieder anzogen, drang in ihre Ohren. Jetzt raste ihr Puls regelrecht. Wer konnte das sein …

»Julia.«

»Oh!« Sie erhob sich.

Zwei Personen, die Julia noch nie zuvor gesehen hatte, betraten hinter Serena das Zimmer. Ihre neue Freundin zuckte die Achseln und sagte: »Verzeih bitte den Überfall. Eine frühere Schulfreundin von mir ist gekommen und ich dachte, ich könnte euch miteinander bekannt machen. Caroline, das ist Mrs Julia Hale. Julia, das ist Lord Aynsleys Tochter, Miss Caroline Hatherleigh.«

Die junge Dame sah Julia neugierig an und sagte: »Erfreut, Sie kennenzulernen.« Beide Damen knicksten.

Der junge, freundlich wirkende Gentleman, der neben ihr stand, betrachtete sie mit ähnlich interessiertem Gesichtsausdruck. Bei dem Gedanken, er könnte von ihrem zweifelhaften Ruf gehört haben, richtete Julia sich auf und straffte die Schultern. Doch bei seinem warmherzigen Lächeln, das bis zu seinen Augen hinaufreichte, entspannte sie sich ein wenig.

»Und das ist Mr Amherst, Lord und Lady Aynsleys Nachbar aus Somerset.«

»Sehr erfreut, Sie kennenzulernen.« Er verbeugte sich und schaute sie beinahe anerkennend an. Dieser Blick brachte Julia ebenso sehr aus der Fassung, wie er seiner jungen Begleitung offensichtlich missfiel.

Doch nach einem kurzen Seitenblick auf Julia wandte sich Miss Hatherleigh an Serena: »Verzeih bitte, aber als ich erfuhr, dass du in der Stadt bist, wollte ich die Gelegenheit ergreifen, dich wiederzusehen. Unsere gemeinsame Zeit bei Miss Haverstock liegt nun schon viele Monate zurück und ich habe mir mehr als einmal gewünscht, letztes Jahr in engerem Kontakt zu dir geblieben zu sein.« Sie plauderte noch ein wenig über die neuesten Gerüchte in der Stadt, dann sagte sie: »Ach, es ist so schön, dich wiederzusehen, Serena.«

Serena reagierte kühl auf die Freudenausbrüche ihrer Bekannten, und Julia wusste mittlerweile, dass sie mit diesem Ausdruck ihre wahren Gefühle verschleierte. Sie murmelte etwas von Vergnügen, das ganz auf ihrer Seite sei. Der Wunsch nach Erneuerung der Bekanntschaft war fraglos ein einseitiger.

Während die beiden Damen ihre Konversation fortsetzten, wurde Julia sich zunehmend bewusst, dass Mr Amhersts Aufmerksamkeit ausschließlich ihr galt. Er lächelte, als sie ihn ansah, und trat näher. »Allem Anschein nach ist unsere Anwesenheit hier überflüssig.«

Nun – seine auf jeden Fall. Sie zwang sich zu einem höflichen Lächeln. »Was führt Sie nach London, Sir?«

»Miss Hatherleigh. Obwohl das klingt, als hätte sie mich hierhergezerrt, dabei war es in Wirklichkeit andersherum. Natürlich nicht, dass ich sie gezerrt habe, auf keinen Fall, das wäre denn doch allzu unschicklich.«

Julia blinzelte. Was für ein Schwätzer dieser Mann war!

Er lächelte. »Wussten Sie, Mrs Hale, dass Sie die schönsten blauen Augen haben, die ich je gesehen habe?«

Sie trat erschrocken zurück. »Verzeihung?«

»Ihre Augen. Sie haben ein ganz bezauberndes Blau.«

»Oh. Äh – danke.«

»Sie haben hoffentlich nichts dagegen, dass ich das sage«, fuhr er nach einem Seitenblick auf die andere Besucherin leise fort. »Caro hätte bestimmt nichts dagegen, sie ist sehr nett, und ich persönlich halte es absolut für angebracht, Komplimente zu machen, wenn sie der Wahrheit entsprechen. Ich finde es ziemlich absurd, einem Menschen erst nach seinem Tod zu huldigen. Der Tote hätte es mit Sicherheit vorgezogen, dieses Lob bereits zu Lebzeiten zu hören, finden Sie nicht auch?«

»Äh – ja.«

»Deshalb wollte ich Ihnen sagen, dass Sie sehr schöne Augen haben.« Sein Lächeln wurde noch wärmer.

Es entstand eine unangenehme Stille zwischen ihnen. Sie wusste nicht, was sie von Mr Amherst halten sollte. Es war so lange her, dass ein Mann derart galant ihr gegenüber gewesen war, dass sie kaum wusste, wie sie reagieren sollte. Das wiederum war auch seltsam, da sie früher sehr geschickt darin gewesen war, das Interesse junger Männer an ihr im Keim zu ersticken. Dieser junge Mann mit seinen verwirrenden und naiven Bemerkungen war höchst befremdlich. Doch er hatte immerhin ein gewinnendes Lächeln.

»Und darf ich so kühn sein, Ihre Frage zurückzugeben?«, fuhr er fort.

Frage? Hatte sie eine Frage gestellt?

»Stammen Sie aus London oder sind Sie zu Besuch hier?«

Sie leckte sich über ihre plötzlich trocken gewordenen Lippen. »Ich ... ich bin in London aufgewachsen und kürzlich hierher zurückgekehrt, um meine Familie zu sehen. Lady Harkness ist meine Mutter. Sie ... und mein Bruder, Lord Winthrop, treffen bald ein.«

»Ah! Dann ist der Zeitpunkt unseres Besuchs also wahrscheinlich eher ungünstig. Verzeihen Sie, dass wir Ihnen Ihre Zeit rauben, aber«, er beugte sich vor und zwinkerte ihr zu, »ich kann nicht behaupten, unglücklich darüber zu sein, durch Zufall mit Ihnen bekannt gemacht worden zu sein.«

Nun musste sie sein Lächeln doch erwidern – entweder durch seine kecken Kommentare, sein einnehmendes Lächeln oder das Funkeln in seinen Augen. Angesichts seiner offenen Bewunderung lief ihr sogar ein kleiner Schauer des Entzückens über den Rücken. Vielleicht war sie ja doch noch keine so traurige, hässliche Alte, wie sie gedacht hatte.

Er verbeugte sich und wandte sich an seine Begleiterin. »Caro, ich glaube, wir sollten langsam aufbrechen. Vielen Dank, Lady Carmichael, dass Sie und Ihre bezaubernde Freundin uns empfangen haben.«

Serena neigte den Kopf in einer Art, die einer Herzogin würdig gewesen wäre, und murmelte etwas von dem Vergnügen über den unerwarteten Besuch, das ganz auf ihrer Seite sei. Doch sie sagte nichts darüber, dass sie auf eine Wiederholung hoffte.

Als die Besucher fort waren, wandte sie sich mit einem leisen Seufzen an Julia. »Es tut mir so leid, dass ich deinen Nachmittag unterbrechen musste. Hätte ich gewusst, dass Caro darauf besteht, so lange zu bleiben, hätte ich sie nie eingelassen. Aber sie ist eine der Personen, die sich ständig in die Angelegenheiten anderer Leute einmischen. Und das macht sie so geschickt, dass es schwer ist, sich ihrem Interesse zu entziehen.«

Julia lachte. »Ich glaube, du hast es ganz gut geschafft. Ein königlich-kühler Blick von dir hat gereicht …«

Serena lachte ebenfalls. »Das sagt Henry auch immer.« Doch ihre Heiterkeit war gleich wieder verschwunden, als sie die Stirn runzelte. »Ich hoffe sehr, dass Carolines Begleiter nicht aufdringlich war. Ich meine, etwas über blaue Augen gehört zu haben?«

Julia wurde rot. »Das war nur so dahergeredet.«

»Hm. Er schien mir sehr von dir eingenommen zu sein.«

»Ich fand ihn amüsant.« Sie beeilte sich, das Misstrauen in Serenas Augen zu zerstreuen: »Ist er mit Miss Hatherleigh verlobt?«

»Ich glaube nicht. Warum?«

Oje. Noch mehr Anlass zu grundlosen Spekulationen. »Ich meinte nur. Ich fand es ungewöhnlich, dass ein Gentleman eine junge Dame bei einem Besuch begleitet, ohne dass die beiden verwandt sind.«

»Ja, das ist es wohl.« Serena betrachtete sie prüfend. »Weiß er, dass du verheiratet bist?«

»Er hat mich mit Mrs angesprochen«, antwortete Julia. »Da dürfte es also keine Missverständnisse geben.«

»Nun gut, lassen wir das – Moment. Ich glaube, ich höre eine Kutsche. Entschuldige mich.«

Serena ging hinaus, während Julia allein mit dem schlafenden Charles zurückblieb. Das Geplauder schien ihn nicht im Geringsten gestört zu haben. Ihre Nervosität flackerte wieder auf, als sie an die von Serena erwähnte Kutsche dachte. War das nun der Besuch, den sie gleichermaßen fürchtete und ersehnte?

Sie sah auf das schlafende Baby – das ihre Gäste vorhin gar nicht bemerkt hatten. Was würde Mutter sagen? Und Jon?

»Julia!«

Sie blickte auf und sah in der Tür eine Gestalt. Ihr Herz machte einen Satz. »Mutter.«

»Oh, mein liebes kleines Mädchen!« Mutters rotgoldenes Haar leuchtete im Licht der Sonne, als sie auf Julia zulief. »Es stimmt also! Wir sind sofort abgereist, als wir es erfahren haben.«

Sekunden später hielt sie Julia fest umfangen und drückte sie an ihre Brust, so wie Julia selbst manchmal Charlie hielt. Als wollte sie ihre Tochter nie wieder loslassen. Als könnte sie sie, wenn sie sie nur lange genug festhielt, vor den harten Tatsachen des Lebens beschützen.

Es dauerte einen Moment, bis Julia merkte, dass ihre Mutter – ihre wunderschöne, selbstsichere Mutter – weinte. Sie hatte sie noch nie weinen sehen. Ihr Herz verkrampfte sich schmerzhaft, plötzlich hatte sie einen Kloß im Hals. Sie war ihr keine gute Tochter gewesen.

»Mama«, murmelte sie in das leuchtende Haar hinein. »Es tut mir so leid.«

»Oh mein Liebling«, sagte ihre Mutter, »ich wünschte so sehr, dass du dich mir anvertraut hättest.«

Julia stimmte ihr insgeheim zu. Wie viel Leid wäre ihr erspart geblieben, wenn sie mit ihrer Mutter geredet hätte! Tränen traten ihr in die Augen, und um sie zurückzuhalten, schloss sie ihre Lider. Voller Scham wirbelten die Gedanken in ihr durcheinander. Wäre sie doch nur nicht durchgebrannt; hätte sie doch nur nicht einem Schuft vertraut, sondern den Menschen, denen wirklich etwas an ihr lag. Hätte sie doch …

Es dauerte einen Moment, ehe Julia bewusst wurde, dass noch jemand ins Zimmer gekommen war. Sie blickte aus der Umarmung ihrer Mutter auf und sah zwei Personen: ihren Bruder und Catherine. Jons Gesicht leuchtete vor Freude. Er trat zu ihr und schloss sie ebenfalls in die Arme.

»Julia.« Seine tiefe Stimme vibrierte in ihrem Ohr. »Ich bin so froh, dass du in Sicherheit bist.«

Jetzt konnte sie die Tränen nicht mehr zurückhalten. Sie wusste, dass ihre Mutter sie liebte, doch insbesondere seit dem Tod ihres Vaters war ihr klar geworden, dass auch die Sorge ihres Halbbruders in einer tiefen Liebe und Zuneigung gründete, die nur ihr Bestes im Sinn hatte. Dass sie ausgerechnet ihn enttäuscht hatte, war fast nicht zu ertragen.

»Du kannst dir nicht vorstellen, wie sehr ich alles bereut habe«, sagte er. Seine Stimme klang heiser.

Die widersprüchlichsten Gefühle tobten in ihr. »Du hast nicht die geringste Schuld.«

Sein Kinn glitt über ihr Haar, als er den Kopf schüttelte. »Ich werde mir aber immer die Schuld geben. Hätte ich dich Hale doch nur niemals vorgestellt.«

Sie schluckte ihren Protest hinunter. Wie sollte sie auch zugeben, dass es ihr unüberlegtes Verhalten und ihr Dickkopf gewesen waren, die das ganze Unglück heraufbeschworen hatten? Sie konnte es einfach nicht.

Ihre Mutter trat beiseite. Jetzt nahm Jon sie noch fester in die Arme. Sie roch sein Rasierwasser und ließ es zu, dass seine wärmende Kraft ihr ganzes Wesen durchdrang. Die Umarmung eines großen Mannes konnte so viel Sicherheit und Trost schenken; sie war der Liebesbeweis, nach dem sie sich so lange gesehnt hatte, seit …

Nein, sie durfte nicht an ihn denken, würde nicht an ihn denken. Was sie betraf, war er tot.

»Ich habe dich vermisst, kleine Schwester«, fuhr Jon mit seiner tiefen Stimme fort. »Bitte vergib mir, dass ich dir nicht zugehört habe.«

»Nur, wenn du mir vergibst.«

»Ich habe dir schon lange vergeben.« Er lehnte sich zurück, lächelte sie an und gab ihr sein Taschentuch. Während sie ihre Wangen trocknete, sagte er: »Darf ich dich jetzt meiner Frau vorstellen?«

Ein Lachen löste ihre Spannung. »Ich glaube, wir wurden einander bereits vorgestellt. Hallo Catherine.«

»Hallo Julia«, sagte Catherine. »Wie schön, dich wiederzusehen.«

Sie trat näher, um sie ebenfalls zu umarmen, und wieder wurde Julia in Sicherheit eingehüllt. Sie dachte daran, dass sie sich vor fast zwei Jahren in Bath nur Catherine anvertraut hatte. Damals hatte sie das Gefühl gehabt, in ihr eine wahre Freundin gefunden zu haben. Ihre Freundlichkeit und ihr starker Geist ermöglichten es ihr, neben dem dominanten Wesen ihres Bruders zu bestehen. Julia selbst war schon Zeuge dieser Stärke gewesen.

»Und das ist unser kleines Mädchen«, fuhr Jon fort. »Elizabeth, komm, ich möchte dir deine Tante Julia vorstellen.«

Ein Dienstmädchen trat vor. Sie hielt ein winziges blondes Mädchen im Arm, das vielleicht fünf Monate alt war.

»Was für ein niedliches Wesen«, sagte Julia und betrachtete staunend den süßen Ausdruck auf dem Gesicht des Mädchens.

»Und wer ist das?«, fragte Catherine. Dabei betrachtete sie Charles, der noch immer in seiner Wiege lag und selig schlief.

»Julia, sag mir nicht …« Die Stimme ihrer Mutter überschlug sich.

Julia überspielte, dass sie zusammengezuckt war, beugte sich über die Wiege und nahm Charles heraus. Da war er nun, der Moment der Wahrheit oder zumindest eines Teils der Wahrheit. Was sollte sie sagen? Sie schluckte. »Das ist Charles.« In diesem Moment wachte der kleine Junge auf und sah sie alle mit großen Augen an.

»Was für ein süßer kleiner Junge!« Ihre Mutter strich dem Kleinen die Locken aus dem Gesichtchen. Es war eine sanfte, mütterliche Geste, wie Julia sie noch nie an ihrer Mutter gesehen hatte. »Oh sieh nur, Catherine, er hat meine Haarfarbe!«

Catherine murmelte etwas Zustimmendes. Julias Schuldgefühl wuchs ins Unermessliche. Sie musste etwas sagen. Sie öffnete den Mund, doch in diesem Moment sah ihre Mutter sie mit Tränen in den Augen an. »Ich kann nicht fassen, dass du ein Kind hast! Und ich wusste es nicht.«

»Mutter«, setzte Julia an, »es tut mir leid, aber …«

»Ich kann nicht glauben, dass dieser Mann dir das angetan hat, dass er uns allen das angetan hat!«

Bei diesem leidenschaftlichen Ausbruch blieben Julia alle weiteren Erklärungen im Hals stecken. Das war wieder die Mutter, die sie kannte. »Mutter, es tut mir leid.« Würden die Entschuldigungen denn nie aufhören? War das von jetzt an ihre Rolle – das für immer reuige Kind?

Sie drückte Charles an sich, wie um sich mit seiner Hilfe gegen Tadel zu wappnen – Tadel, der mit Sicherheit kommen würde, wenn sie die Wahrheit über ihn erfuhren. Vielleicht war es das Beste, alles zuzugeben, zumal ihre Mutter ihn jetzt mit ganz ungewohnt weichem Blick ansah. »Mutter, ich muss dir erzählen …«

»Es gibt sicherlich viele Dinge, die wir in den nächsten Tagen und Wochen erfahren werden«, sagte Jon und sah sie auf eine Weise an, die sie verstummen ließ.

Vielleicht hatte er ja recht. Wenn sie noch ein paar Tage wartete, war der Schock vielleicht weniger groß. Jetzt wäre es einfach zu viel auf einmal.

Jon legte Mutter einen Arm um die Schulter. »Heute ist nicht der Tag für Schuldzuweisungen, sondern zum Feiern. Wir feiern, dass das, was verloren war, wiedergefunden wurde.«

»Die verlorene Tochter ist zurückgekehrt«, sagte Julia und zwang sich zu einem Lächeln.

Ein Räuspern ließ sie zur Tür blicken. Dort standen Henry und Serena und sahen höchst zufrieden aus. »Verzeiht die Unterbrechung, aber soweit ich weiß, erfordert die Wiedervereinigung mit Verlorenen gemästete Kälber.« Henry sah sich im Raum um. »Ich gehe davon aus, ihr alle wisst, dass ihr heute Abend hier essen werdet? Meine Frau besteht darauf und ich als ihr Mann, der unter ihrer Fuchtel steht, muss mich ihrem Beschluss beugen.«

»Danke, Carmichael«, sagte Jon. »Wir wissen das zu schätzen.«

»Das hoffe ich, alter Mann.«

Ihr Bruder und sein bester Freund grinsten sich voller Zuneigung an. Bei diesem Anblick wurde ihr schmerzlich bewusst, dass der Dritte im Bunde fehlte. Gerade in diesem Augenblick schien seine Abwesenheit besonders aufzufallen.

»Ihr werdet uns kaum loswerden, solange Julia hier wohnt«, sagte ihre Mutter. »Ich kann immer noch nicht glauben, dass sie tatsächlich zurückgekehrt ist.«

»Geht es dir wirklich gut?«, fragte Catherine Julia leise und sah sie besorgt an. »Du bist so viel dünner, als ich in Erinnerung habe. Du brauchst dich nicht verpflichtet zu fühlen, uns zu unterhalten, wenn dir nicht wohl ist. Hast du wirklich nichts dagegen, dass wir heute gekommen sind?«

»Aber natürlich nicht!«, rief Julia aus und verzog ihren Mund zu einem fröhlichen Lächeln, das nicht ihrem Gemütszustand entsprach.

Wie um alles in der Welt sollte sie es schaffen, die Fragen ihrer Familie zu beantworten, ohne die ganze Wahrheit zu erzählen? Sie musste auf der Hut sein. Wie früher, wenn sie im Ballsaal eine komplizierte Schrittfolge lernen musste. Leider, so vermutete sie, würde diese Scharade jedoch sehr viel herausfordernder sein als der komplizierteste Tanz.

Was, wenn sie stolperte? Sie sah Charles an. Ihr Entschluss stand fest. Um seinetwillen und um ihrer selbst willen durfte und würde sie nicht aufgeben.

Kapitel 8

Edinburgh

Während er durch die engen kopfsteingepflasterten Gassen ging, wuchs mit jedem Schritt seine Vorfreude auf ihre Begegnung, wie sie zuvor mit jeder Meile gewachsen war, die die Kutsche auf der Fahrt nach Norden zurückgelegt hatte. Die Reise war ihm endlos lang vorgekommen, und es hatte zu viele Hindernisse gegeben, doch jetzt – endlich – würde es nicht mehr lange dauern, bis er seine Frau wiederhatte.

Würde sie ihn verstehen? Er hoffte es. Nicht an allen Verzögerungen war er schuld, auch wenn einige davon in seiner Verantwortung lagen. Er hatte Smith bei seiner Familie abgeliefert. Seine Angehörigen waren außer sich vor Freude gewesen und er hatte sich zu dem Luxus einer warmen Mahlzeit, eines heißen Bades und einer Nacht ungestörten Schlafs überreden lassen. Am nächsten Morgen hatten sie ihn mit neuen Kleidern überrascht, als »ein kleines Zeichen der Dankbarkeit für das, was der Major für unseren Jungen getan hat«. Thomas war gerührt gewesen. Er hatte den praktischen Nutzen dieses Geschenks erkannt und zudem weder das Herz noch die Mittel, den Eigentümern die leicht abgetragenen Kleidungsstücke zurückzugeben. Er würde sich revanchieren, sobald er zu Hause war und sich in seinem eigenen Kleiderschrank bedienen konnte. Dann würde er die geborgten Sachen so schnell wie möglich zurückschicken.

Der Aufenthalt bei den Smiths war eine kleine Insel der Hoffnung in einer ansonsten trost- und endlosen Abfolge von Tagen gewesen. Eine Reisemöglichkeit nach Norden war teuer; sie hatte ihn fast sein gesamtes restliches Geld gekostet, und trotzdem hatte es nur für den billigsten Platz gereicht. Zu viele lange Stunden hatte er auf der Postkutsche oben im Freien gezittert und gegen die Kälte angekämpft. Am Leben erhalten hatte ihn nur der Gedanke, dass er Julia wiedersehen würde. Ob sie ihn wohl noch sehen wollte? Was, wenn nicht?

Aber … nein. Er musste seine Ängste beiseiteschieben, verdrängen. Heute würde er sich keine negativen Gedanken gestatten, heute war ein Tag der Freude. Er musste sich beherrschen, nicht wie ein Kind über die Pflastersteine zu springen. Heute würde er seine geliebte Frau wiedersehen!

Er bog um die Ecke und schlug den Kragen seines geborgten Mantels hoch, als plötzlich ein eisiger Wind aufkam. Die Straße, die vor ihm lag, war ihm vertraut. Er grinste. Mit langen Schritten legte er die halbe Meile bis zu seinem Heim zurück. Gleich würde er sie wiedersehen. Würde ein Bad nehmen, danach seine eigene Kleidung anziehen und würde endlich, endlich seine geliebte Frau sehen, küssen und umarmen, wie er es sich so viele einsame Monate erträumt hatte!

Vor seinen inneren Augen sah er die blonde, schöne Julia vor sich, die für ihn und seine Träume ihre Familie verlassen hatte. Er war nie der Mann gewesen, der sich niederlassen wollte oder sich vorstellen konnte, seine Leidenschaft mit einer einzigen Frau zu leben, doch sie hatte die Heldentat vollbracht und ihn völlig umgekrempelt. Er hatte sie schon immer sehr attraktiv gefunden, doch als Schwester seines besten Freundes – seines ehemaligen besten Freundes – war sie unantastbar gewesen. Und es gab ja auch so viele andere Frauen, die älter und erfahrener und mehr als glücklich gewesen waren, seine Aufmerksamkeit erregt zu haben. Sie hatten sich nur zu gern von ihm verführen und ins Bett locken lassen. Er war damit zufrieden gewesen, bis ihm bewusst wurde, dass Julias Interesse an ihm über einen bloßen Flirt hinausging und auch nichts mit ihrem Wunsch zu tun hatte, ihren überbehütenden älteren Bruder zu ärgern. Er hatte den Eindruck gewonnen, dass sie ihn tatsächlich bewunderte und verehrte.

Gott wusste, warum. Er hatte unter seinen Bekannten nie als sonderlich gut aussehend gegolten; er hatte keinen Titel wie Carmichael und keinen Grundbesitz, der die Frauen offenbar anzog wie Nektar die Bienen. Er besaß zwar ein wenig Geld, doch da Julia eigenes Vermögen besaß, war diese Tatsache wohl kaum von Bedeutung für sie. Nun, damals war sie das auch nicht. Er kämpfte gegen den Schmerz an, der bei diesen Gedanken aufkam. Kämpfte darum, an diesem glücklichsten aller Tage positiv zu bleiben. Welche Fehler auch immer er hatte, sie hatte etwas in ihm gesehen, das er selbst nicht sehen konnte. Ungeachtet dessen hatte Julias Bewunderung in ihm den Wunsch geweckt, ein besserer Mensch zu werden, immer wieder von Neuem ihre Zustimmung und Bestätigung zu gewinnen, und ihr Lächeln hatte eine Zärtlichkeit in ihm geweckt, die er schon lange verloren geglaubt hatte.

Bei diesen Gedanken musste er unwillkürlich lächeln. Über den Prüfungen der letzten Monate war ihm gar nicht bewusst gewesen, wie weich er geworden war. Doch die Härte und Rücksichtslosigkeit, auf die er während seiner Zeit in Indien so stolz gewesen war, befriedigte ihn nicht mehr. Er mochte sich lieber, wenn er mit ihr zusammen war.

Denn auch noch nach ihrer Eheschließung in der Schmiede von Gretna Green, nach der sie sich als Mann und Frau in Edinburgh niedergelassen hatten, hatte er an Julias Verhalten gesehen, dass ihr wirklich etwas an ihm lag. Trotz der Rauheit, trotz der Kälte, trotz der vielen überstürzten Umzüge von einem Ort an einen anderen sah sie mit unerschütterlicher Zuneigung etwas Besonderes in ihm. Gebe Gott, dass es noch immer so war.

Seine Füße taten weh, als er endlich um die Ecke der Häuserreihe bog, die im Schatten von Edinburgh Castle lag. In diesem Teil der Stadt gab es kaum Häuser, die nur von einer einzigen Familie bewohnt wurden; viele waren in Mietwohnungen aufgeteilt, die an mehrere Parteien vermietet waren. Diese Wohnungen waren zweifellos um vieles besser als seine Unterkünfte während seines Soldatenlebens. Doch der Schmutz und die Rußflecken auf den Mauern, der beißende Gestank und die Geräusche, die zu hören waren, waren das absolute Gegenteil zu der kultivierten Eleganz, an die Julia gewöhnt gewesen war.

Wieder stieg der altbekannte Schmerz in ihm auf. Er verdiente sie nicht; er hatte sie nicht so behandelt, wie er sollte. Du lieber Gott, er hatte sie sogar gezwungen, unter dem Namen eines anderen Mannes zu leben. Es war zwar notwendig gewesen, damit sie nicht entdeckt wurden, und sie hatten beide über den albernen Zusammenhang mit seinem richtigen Nachnamen gelacht, doch das Bewusstsein, dass eine solche Irreführung überhaupt nötig war, hatte doch auch etwas Beschämendes. Wenn er es doch nur anders angefangen hätte! Sie war viel zu gut für ihn. Er hatte unablässig zu beweisen versucht, dass er ihrer würdig war.

Ihrer würdig zu werden, war vielleicht etwas zu hoch gegriffen. Aber wenigstens konnte er dafür sorgen, dass sich manches änderte. Es war ein Fehler gewesen, seine Zukunft auf Zusagen anderer aufzubauen; so viel wusste er jetzt. Jetzt, wo er sie so sehr vermisste, war ihm klar geworden, dass er es sich nicht leisten konnte und wollte, Geld und Gold nachzujagen, wenn er dafür ihre Liebe aufs Spiel setzte. Er hatte diese Liebe für selbstverständlich gehalten und nicht gewusst, wie sehr er seine Frau liebte, bis er erkannte, wie klaglos sie ein Leben ertrug, das so völlig anders war als das, in das sie hineingeboren worden war. Sie besaß sehr viel mehr persönliche Würde und Stärke, als ihre zarte Erscheinung vermuten ließ.

Er stapfte die Treppe zu ihrer schäbigen Wohnung hinauf – noch etwas, das er ändern würde, sobald er es sich leisten konnte – und klopfte an die Tür. Dabei malte er sich ihre Überraschung aus und die – hoffentlich deutlich sichtbare! – Freude, wenn sie ihn erkannte.

Die Tür ging auf. »Hallo, meine …« Beim Anblick der ungepflegten Frau mit dem mausbraunen Haar und dem faltigen Gesicht blieben ihm die Worte im Hals stecken. Hatte Julia sie vielleicht als eine Art Haushälterin eingestellt? Fast wurde er ärgerlich. Hatte er sie nicht oft genug ermahnt, kein Geld für unnötige Haushaltsausgaben zu verschwenden?

»Ihre was?«, fragte sie misstrauisch.

Er verbeugte sich knapp. »Verzeihen Sie, Madam.« Es hatte keinen Sinn, eine Bedienstete zu beleidigen. »Ich wollte fragen, ob Mrs Rayne zu Hause ist.«

Plötzlich musste er lächeln. Warum stand er eigentlich hier vor der Tür? Dies war sein Zuhause. Und wenn Julia die vornehme Dame spielen und nicht an die Tür kommen wollte, musste er eben zu ihr hineingehen. »Entschuldigen Sie.« Er drängte sich an der Frau vorbei.

»He!« Sie protestierte und schlug ihm ganz und gar nicht dienstbotenähnlich auf den Arm. »Was bilden Sie sich ein?«

»Ich suche meine Frau«, sagte er stirnrunzelnd und sah sich in dem schäbigen Raum um. Er war nicht einmal so sehr anders eingerichtet, als er in Erinnerung hatte, doch es fehlten so viele Stücke, dass er unwillkürlich überlegte, ob dies wirklich seine Wohnung war. Er sah aus dem Fenster; nein, der Blick auf die über allem thronende Burg war genauso wie in seiner Erinnerung. Wie konnte er nur so etwas denken? Natürlich war er hier richtig.

»Raus! Raus hier, sag ich!«

»Ma'am, ich weiß, dass wir uns noch nie begegnet sind und dass es etliche Monate her ist, seit ich zuletzt hier war, aber ich versichere Ihnen, ich bin Mrs Raynes Ehemann.«

»Es is mir egal, wer Se sind oder wem sein Mann Se angeblich sind, raus aus meiner Wohnung!«

»Ihre Wohnung?«

»He, was soll das?« Ein stämmiger Mann erschien in der Tür des Schlafzimmers. »Wer zur Hölle sind Sie?«

Thomas richtete sich auf. »Das möchte ich Sie fragen, Sir.«

»Sir?« Der Mann kicherte, doch dann wurden seine Augen hart. »Sie haben die Missus gehört. Raus!«

»Aber das ist mein Haus!«

»Seit den letzten vierzehn Tagen bestimmt nicht mehr.«

»Was?«

»Se ham ihn gehört«, sagte die Frau. »Es is unsres.«

»Aber … das sind meine Bilder da an der Wand.«

»Und das soll'n wir Ihn'n glaub'n?«

»Ja. Ja, das sollten Sie, weil es die Wahrheit ist. Schauen Sie.« Er ging zum Kamin, wo eine kleine Skizze einer indischen Szenerie stand. »Das habe ich von General Whitby in Anerkennung für geleistete Dienste in Kalkutta erhalten.«

»Und wenn Se's von König George gekriegt hätten – es gehört Ihn'n nich mehr.«

»Doch!« Seine Stimme klang stahlhart. »Ich werde Sie wegen Diebstahls anzeigen.«

»Und ich werd Sie wegen Hausfriedensbruch und falsch'n Behauptungen verklagen!«

Er spürte, wie er wütend wurde, und ballte die Fäuste. Was zum Teufel bildeten diese Leute sich ein? Und wo zum Teufel war …

»Mr Rayne.«

Er drehte sich zu der Stimme an der Tür um. Dort stand eine schmale, zarte Frau. Wie war noch mal ihr Name? »Becky?«

Sie nickte. »Suchen Sie Julia?«

»Ja. Wo ist sie?«

Sie schüttelte stumm den Kopf und bedeutete ihm mitzukommen, fort von den neugierigen Ohren. Sie führte ihn über den Flur zu ihrer eigenen kleinen Wohnung.

»Julia ist nicht mehr hier«, sagte sie.

»Ich verstehe nicht …«

Sie zuckte die Achseln. »Sie ist fortgegangen.«

»Was?«

»Sie dachte, Sie seien tot.«

Nein. Das konnte sie nicht denken. Wozu hatte er ihr geschrieben und ihr alles erklärt? Zugegeben – er kam mehrere Monate später als angekündigt, aber trotzdem … Sie konnte doch nicht denken, dass er tot war!

Angesichts des angespannten, traurigen Gesichtsausdrucks von Becky schwand seine Empörung, und er begann langsam zu begreifen. Ganz tief in seinem Bauch stieg Übelkeit auf. Vielleicht hätte er darauf bestehen müssen, sie noch einmal sehen zu dürfen, bevor er abreiste, aber woher sollte er wissen, dass der Auftrag, der ein paar

Wochen hätte dauern sollen, ihn fünf Monate seines Lebens kosten würde?

Doch diese Reue nützte ihm jetzt nichts; jetzt musste er ihren neuen Wohnort herausfinden und mit ihr reden. Er verstand nicht wirklich, warum sie so viele der Gegenstände einfach zurückgelassen hatte, obwohl sie sehr wohl wusste, wie sehr er an ihnen hing …

Trotz der Zweifel, die an ihm nagten, setzte er ein Lächeln auf. »Nun, wie man sieht, bin ich nicht tot. Wären Sie so gut, mir ihre Anschrift zu geben?«

»Es tut mir leid, Sir, aber das kann ich nicht.«

Sein Blick wurde hart. »Becky, ich war viele Tage lang unterwegs und bin nicht in der Verfassung, mich abspeisen zu lassen. Sagen Sie mir bitte sofort, wo meine Frau ist.«

»Sir, ich wünschte, ich könnte es, aber sie ist einfach gegangen, ohne mir zu sagen, wohin.«

Die Alarmglocken in seiner Seele schrillten lauter. »Wollen Sie mir erzählen, dass sie einfach verschwunden ist?«

Sie betrachtete ihn mit zusammengekniffenen Augen. »Ich weiß es nicht, Sir. Ich weiß, dass sie lange gekämpft hat, aber sie hatte nicht genug Geld …«

»Gekämpft? Aber ich habe ihr doch genug dagelassen. Sie hätte sich nur ein wenig einschränken müssen …« Ihm wurde eng um die Brust. »Es sei denn, sie hat alles für dummen Tand ausgegeben.«

»Sie hatte ja kaum genug zu essen!« Jetzt waren auch ihre Augen hart vor Verachtung. »Wie konnten Sie sie monatelang im Ungewissen und ohne jede Nachricht lassen?«

»Aber ich habe ihr doch eine Nachricht zukommen lassen! Ich war zwar etwas länger weg, als ich angekündigt hatte, aber ich habe sie benachrichtigt und habe ihr auch Geld geschickt.« Er runzelte die Stirn. »Soll das heißen, sie hat es nicht bekommen?«

Ihr verbitterter Ausdruck wurde ein wenig weicher. »Offensichtlich nicht. Sie tat ihr Bestes und hat verkauft, was sie konnte, aber die Bilder und ihre hübschen Kleider brachten nicht genügend ein.«

Er schluckte. »Sie hat ihre Kleider verkauft?«

»Anscheinend schon, denn die, die sie zum Schluss trug, waren nicht viel besser als meine, das ist mal sicher. Und Sie wissen ja, wie sehr sie ihre hübschen Sachen geliebt hat.«

Ja, das wusste er. Eine dunkle Wolke von Schuld legte sich über ihn. Er hätte mit ihr reden, hätte ihr irgendetwas sagen sollen. Er ging zum Fenster und starrte auf die trostlosen Reihen ärmlicher Häuser. »Ich dachte, ich hätte sie gut versorgt zurückgelassen.«

»Nun – das haben Sie nicht.« Er drehte sich zu der abgemagerten Frau um. Sie richtete sich auf und erwiderte seinen Blick. »Sie haben sie mit gar nichts zurückgelassen.«

Er ballte die Fäuste. »Ich werde mich nicht vor Ihnen rechtfertigen. Sagen Sie mir nur eines: Wo ist meine Frau? Sie beide waren doch immer Freundinnen ...«

»Wie ich schon sagte: Ich weiß nicht, wo sie ist.« Sie schüttelte wieder den Kopf. »Ich weiß nur, dass sie kam, sich verabschiedete und sagte, dass sie ihre Familie suchen wolle. Sie wirkte so verloren.« Ihre blassen Augen starrten ihn anklagend an.

Ihre Familie. In London. Oder vielleicht in Gloucestershire. Die Leute, die ihn wahrscheinlich am liebsten hängen sehen würden. Er murmelte einen Fluch. Wie zum Teufel sollte er die Rückreise in den Süden bezahlen? Wo er doch gerade fast sein ganzes Geld ausgegeben hatte, um hierherzukommen? Jetzt sah es so aus, als müsse er wieder ganz neue Pläne schmieden. »Und diese beiden?« Er deutete mit dem Daumen hinter sich.

»Sie sind Freunde von Mr Henderson. Sie erinnern sich an Mr Henderson? Der immer kam, die Miete zu kassieren?«

Er nickte ungeduldig. Ja, er erinnerte sich, weil der gichtkranke Vermieter auch gekommen war, wenn sie ihre Miete rechtzeitig bezahlt hatten. Dann hatte er Julia schamlos angestarrt. »Was ist mit ihm?«

Sie zuckte hilflos die Achseln. »Ich habe gehört, wie er und Julia einige bittere Worte wechselten. Anscheinend konnte sie nicht zahlen, wollte aber nicht, dass jemand davon erfuhr.«

Der alte Carlew-Stolz. Er schluckte die erste scharfe Antwort hinunter, die ihm auf der Zunge lag. Und die zweite ebenfalls. Er zwang sich, seine Stimme zu mäßigen. »Und Sie glauben also, sie ist nach England zurückgekehrt?«

Sie nickte. »Sie hat nur mitgenommen, was in einen kleinen Koffer gepasst hat, und vorher noch so viel wie möglich verkauft.« Sie seufzte schwer. »Ja, es war eine schreckliche Zeit. Erinnern Sie sich noch an die arme Meggie? Im Untergeschoss? Sie ist etwa um die Zeit schwer krank geworden, nachdem sie die Nachricht erhalten hatte, dass ihr Mann gestorben war. Armes Ding. Und dabei hatte sie doch gerade ein Kind bekommen! Nun ja, sie hat ihn nicht lange betrauern müssen.«

Er kämpfte gegen seine Ungeduld. Momentan erinnerte er sich weder an diese Frau noch interessierte sie ihn. »Ich verstehe.« Er holte angestrengt Luft. »Ich werde mich wohl mit Henderson unterhalten müssen.«

Sie nickte. »Er müsste unten sein.«

Er bedankte sich schroff und lief die schmale Treppe hinunter. Nachdem er mit Henderson gesprochen hatte, würde er noch einmal in seine alte Wohnung gehen und die Sachen holen, die Julia offenbar für wertlos gehalten hatte. Dann würde er jemand anderes besuchen. Jemand, der ihm viel zu erklären hatte.

Kapitel 9

»Er ist ein Schuft, schlicht und einfach ein Schuft!«

»Ein Lump ohne jedes Ehrgefühl!«

»Tut mir leid, Julia, aber dem Mann konnte man noch nie trauen.«

Julia biss die Zähne zusammen, während die altbekannten Anschuldigungen, die sie so gefürchtet hatte, das Wohnzimmer erfüllten. Sie machten jegliche Erleichterung, die sie nach ihrer Ankunft hier empfunden hatte, wieder zunichte. Ihr Herz schmerzte, und ihr Selbstvertrauen schmolz dahin. Hatte es wirklich nur ein paar Stunden gedauert, bis die Erleichterung der Wiedervereinigung in diese Auseinandersetzung gemündet war?

»Ich will, dass er vor Gericht gestellt und bestraft wird«, echauffierte sich ihre Mutter. »Ich kann nicht fassen, dass dieser Hallodri dich auf diese Weise hat sitzen lassen!«

»Mutter, wir wissen ja gar nicht, ob er das getan hat«, widersprach Julia müde.

»Stimmt. Er könnte schließlich auch tot sein.«

»Jonathan!«, rief Catherine. »Wie kannst du so etwas sagen!«

»Ich kann es aber auch nicht ausschließen.« Jon sah Julia an. »Und ich glaube, Julia denkt das auch.«

Sie wandte mit einem Ruck den Kopf ab, als die Angst in ihr aufstieg. Sie konnte keinen von ihnen ansehen. Am liebsten hätte sie geweint, ohne zu wissen, warum. Er war ihre Tränen nicht wert – es sein denn, er war wirklich tot.

»Was wäre dir denn lieber?«, fuhr Jon fort. »Dass Hale tot ist oder dass er sie verlassen hat?«

»Es wäre leichter, wenn er tot wäre«, sinnierte ihre Mutter. »Dann wäre Julia eine Witwe und wir könnten so tun, als sei überhaupt nichts geschehen.«

»Darf ich euch daran erinnern, dass ich hier neben euch sitze?«, murmelte Julia. Ihr Drang zu weinen war verschwunden; sie brauchte alle Kraft, um mit der Bitterkeit fertigzuwerden, die sie zu ersticken drohte. Warum musste ihr Bruder immer so überlegen tun und sie wie ein kleines Kind behandeln? Sie war jetzt eine Frau, eine Mutter, eine Ehefrau, und sie verdiente etwas mehr Respekt! »Ich möchte nicht über ihn sprechen«, sagte sie mit lauter Stimme.

»Das müssen wir aber leider«, fuhr Jon fort. »Wir müssen herausfinden, was passiert ist. Du willst doch bestimmt auch die Wahrheit wissen?«

Wollte sie das? Wollte sie wirklich wissen, dass er sie verlassen hatte? Wollte sie wissen, dass er tot war? Vielleicht war es das Beste, so zu tun, als seien die beiden letzten Jahre eine Art Albtraum gewesen. Jetzt, wo sie wieder bei ihrer Familie war, konnte sie das Leben wieder aufnehmen, das sie vor ihrer Flucht nach Gretna Green geführt hatte. Das Leben von damals, als sie noch die hübsche, verwöhnte Tochter von Lady Harkness gewesen war. Als sie noch das Gefühl gehabt hatte, dass die ganze Welt ihr zu Füßen lag.

Der kleine Junge in ihren Armen gähnte und erinnerte sie auf diese Weise daran, dass es schon spät war und dass es selbst inmitten des Kummers der letzten Monate winzige Funken der Freude für sie gegeben hatte. Dass sie Charles vor einem Leben gerettet hatte, das noch trostloser war als ihr eigenes, war auf jeden Fall ein Segen gewesen. Für sie und für ihn.

»Nein,« sagte Jon. »Wir *müssen* Hale finden und dann werden wir ihn zwingen, uns sein Handeln zu erklären.«

»Mir fällt es schwer zu glauben, dass die Leute, die du mit Nachforschungen beauftragt hast, ihn nicht finden konnten«, sagte ihre Mutter zu Jon.

»Ich werde nochmals mit ihnen reden, das versichere ich dir. Edinburgh liegt ja schließlich nicht aus der Welt.«

Jon sah seine Schwester an. Sein Blick zwang sie, ihnen etwas zu gestehen. Schließlich wollten sie ihr ja helfen. »Vielleicht …«

»Ja?«

Er runzelte die Stirn. Daraufhin zögerte sie zuerst weiterzusprechen, doch dann holte sie tief Luft und sagte: »Vielleicht solltet ihr nach einem Mann namens Rayne suchen.«

»Rayne? Das verstehe ich nicht.«

»Es … es war der Name, den er benutzte, als wir nach Norden reisten.« Und auch der Name, den sie benutzt hatte, als auch sie nicht gefunden werden wollte. »Er hat unsere Wohnungen unter diesem Namen gemietet.«

»Er hatte nicht einmal den Anstand, seinen eigenen Namen zu benutzen?« Mutter murmelte etwas höchst Undamenhaftes.

»Du sagst ›Wohnungen‹?« Jons Stirnrunzeln wirkte wie festgefroren. »In wie vielen Wohnungen habt ihr denn gewohnt?«

Sie überlegte. Und erinnerte sich an ihre überraschte Freude über ihr erstes Stadthaus in New Town, einem der elegantesten Viertel Edinburghs. Leider stellte sich bald heraus, dass ihr Mann nicht das Talent im Umgang mit Geld besaß, das ihren Bruder auszeichnete. Sie hatten aus dem schönen Haus mit dem herrlichen Blick auf den Park ausziehen und sich etwas anderes suchen müssen. Ihre neue Bleibe war kleiner, nicht so sauber und sie hatten sehr viel weniger Dienstboten gehabt. Sie hatte versucht, sich nicht zu beklagen und die Wohnung mit hübschen Kleinigkeiten zu verschönern, die sich sie vom Haushaltsgeld absparte. Doch obwohl sie sich bemühte, bescheiden zu sein, sah sie doch seine angespannte Miene, wenn er sie fragte, woher sie die Sachen habe. Er schien nicht zu verstehen, wie schwer es ihr fiel, so ganz ohne schöne Dinge zu leben.

Doch sie hatte nicht gewusst, worauf sie in ihrem Leben verzichten konnte, bis sie in ihre letzte Wohnung zogen. Sie schauderte. Das einzig Gute an der Zeit in diesen schäbigen, muffigen Räumen war gewesen, dass sie dort Freunde gewonnen hatte. Tränen traten ihr in die Augen. Sie drückte den kleinen Charles fester an sich.

»Julia?« Catherine sah sie voller Mitleid an.

Sie zwang ihre zitternden Lippen zu etwas, das hoffentlich nach einem Lächeln aussah. »Ich habe nur an die Zeit zurückgedacht.«

»Es muss eine schwere Zeit für dich gewesen sein.«

Julia nickte und senkte den Kopf, obwohl sie keinen Hauch von Verurteilung in den sanften braunen Augen sah. Doch sie hörte die unausgesprochene Mahnung: Durch ihre Flucht nach Gretna Green hatte sie eigenmächtig über ihr Schicksal entschieden und durfte jetzt nicht darüber jammern.

Plötzlich wurde ihr bewusst, dass Henry sprach.

»... glaube ich nicht, dass es überhaupt feststeht, dass er dich verlassen hat oder tot ist. Es gibt zahllose andere mögliche Erklärungen, warum er nicht wiederaufgetaucht ist. Was, wenn er eine Kopfverletzung hatte und sich nicht daran erinnert, wer er ist oder woher er kommt? Oder er könnte irgendwo gefangen sein.«

»Was? Gefangen? Zum Beispiel in einem Schloss? Wie in einem Schauerroman?«, meinte Jon höhnisch.

»Nein«, sagte Henry ruhig. »Aber vielleicht hat er eine Krankheit wie mein Vater und kann sich nicht mehr erinnern, wer er ist.«

Alle Anwesenden wurden plötzlich sehr ernst und blickten zu Boden. Da war offensichtlich noch etwas, das sie verpasst hatte. In ihrem früheren Leben hätte sie darüber Bescheid gewusst, doch jetzt musste sie erraten, was los war. Henrys Vater war krank?

»Das tut mir sehr leid, Henry«, sagte sie.

Serena, die bis jetzt geschwiegen hatte, trat neben ihren Mann und legte ihm eine Hand auf den Arm. »Dem Grafen geht es schon länger nicht gut. Er könnte möglicherweise nur noch wenige Monate zu leben haben.«

Starkes Mitleid wallte in Julia auf. *Armer Henry.*

»Leider muss ich euch sagen, dass wir so bald wie möglich in den Norden fahren müssen.« Henry lächelte Jon entschuldigend an. »Es tut mir schrecklich leid, alter Mann.«

Jon schüttelte den Kopf. »Du hast Pflichten, die nicht warten können. Das verstehen wir.«

Julia starrte ihren Bruder an. Wenn Henry und Serena abreisten, würde sie dann statt bei ihnen bei ihrem Bruder leben müssen?

»Du musst deine Eltern natürlich von uns grüßen, Henry«, sagte ihre Mutter. »Ich würde sie gerne sehen und mich vielleicht auch selbst vom Fortschritt meines Bergbauvorhabens überzeugen, aber im Moment ...« Sie hob hilflos die Hände und sah Julia an.

»Natürlich. Aber wir werden diese Dinge ohnehin noch aufschieben müssen, bis alles ... geklärt ist.« Henrys Gesicht hatte sich verdunkelt.

Wieder spürte sie eine warme Welle des Mitgefühls. Er hatte damit gemeint, wenn sein Vater gestorben war.

Das Teetablett wurde hereingebracht und das Gespräch wandte sich anderen Dingen zu, bis Julia sich fragte, ob sie wohl jemals auf das Thema zurückkommen würden, das sie schon so lange auf ihrem Stuhl festhielt. Charlie fing an zu jammern – er hatte Hunger. Glücklicherweise musste sie ihm nun nicht mehr die wässrige Milch oder die dünne Schleimsuppe geben, die das Einzige gewesen war, das sie auf ihrer Reise in den Süden hatte auftreiben können. Sie sah die kleine Elizabeth an, deren gesundes Aussehen ein Beweis dafür war, was Geld und ein intaktes Familienleben bewirkten. Ihr würde es mit Sicherheit niemals an etwas fehlen ... Nun kam Serena auf sie zu und nahm ihr Charles ab, um ihn zu füttern. Das Dienstmädchen hatte soeben seine Mahlzeit hereingebracht.

»Wir schweifen ab«, sagte ihre Mutter plötzlich. »Erst einmal sollte es absoluten Vorrang haben, dass Hale aufgespürt und dem Gericht übergeben wird. Ich werde ihn ganz bestimmt nicht aus der Verantwortung entlassen für das, was er meiner Tochter angetan hat.«

Julia ließ den Kopf sinken, doch sie konnte das einfach nicht so stehen lassen. »Ich bin freiwillig mitgegangen. Du kannst ihn nicht für meine Entscheidungen verantwortlich machen.«

»Aber du warst noch so jung«, sagte ihre Mutter. »Er hat dich ausgenutzt. Du wusstest ja gar nicht, was du tust.«

»Ich wusste ganz genau, was ich tat.« Julia hatte sich aufgerichtet.

»Ich weiß, dass es Unrecht war, und das wusste ich schon damals. Aber ich glaubte ihn zu lieben.«

»Und wie ist es jetzt?«

Fünf Augenpaare sahen sie an.

Sie zuckte hilflos die Achseln. Es war so schwer, in dieser Situation klar zu denken. So vieles, das sie damals für wahr und richtig gehalten hatte, hatte sich als Lüge entpuppt. Und wenn Thomas durch ein Wunder zurückkehrte, wüsste sie kaum, was sie sagen sollte. Würde sie noch immer diese leidenschaftliche Liebe für ihn empfinden? Würde sie ihm jemals wieder vertrauen können? Was würde er sagen, wenn er Charles sah? All diese Ungewissheiten lagen wie Blei auf ihrer Seele und schnürten ihr die Luft zum Atmen ab.

Wenn er vor Gericht gestellt wurde – was war überhaupt die Strafe für einen Mann, der mit einer Minderjährigen durchbrannte? Würde man ihn nach Newgate bringen? Würde er das Gefängnis überstehen?

»Arme, liebe, süße Julia«, sagte ihre Mutter und nahm sie in die Arme. »Mach dir keine Sorgen. Wenn dieser Mann zurückkehrt, werden wir dich beschützen.«

Sie wand sich aus der Umarmung ihrer Mutter heraus. Wollte sie denn überhaupt beschützt werden? Wollte sie kleinlaut in die Arme ihrer Familie zurückkehren? Jetzt, da sie die Freiheit geschmeckt hatte – wollte sie wirklich wieder die pflichtbewusste Tochter sein, die brave Schwester spielen? Wollte sie ihr altes Leben wiederhaben? Selbst in diesem Moment spürte sie den Druck, den die Zuneigung ihrer Mutter und ihres Bruders in ihr bewirkte. War es wirklich das Beste, gehorsam zu tun, was sie wollten? Serenas Worte fielen ihr ein. Wenn sie doch nur ein eigenes Cottage hätte und damit die Möglichkeit, ganz von vorn anzufangen. Dann wäre sie frei von den Moralpredigten ihrer Verwandtschaft und könnte ihr eigenes, selbstbestimmtes Leben führen.

Sie musste sich eingestehen, dass sie tief in ihrem Inneren noch immer ein zartes Pochen der Zuneigung zu ihm empfand. Sie hatte

Thomas Hale geliebt – mit all seinen Fehlern. Sie hatte geglaubt, er könne ihr die Sterne vom Himmel holen. Sein Mut, seine Güte, seine Bemühungen, ihr zu gefallen – das waren seine Eigenschaften, an die sie sich erinnern sollte, auch wenn sie von seinem Verhalten zuletzt überschattet wurden. Liebte sie ihn noch? Konnte ihre Liebe wiederbelebt werden? Möglich. Es war schwer abzuschätzen, was geschehen würde, wenn er zurückkam. Würde sie ihm ihre Lippen darbieten, ihre Arme – vielleicht mehr? Ihr Gesicht brannte. Der Versuch, ihre widersprüchlichen Gefühle zu sortieren, war ermüdend und verwirrend. Sie wusste überhaupt nichts mehr mit Sicherheit.

»Ich glaube, die Klärung einiger dieser Fragen sollten wir auf einen anderen Tag verschieben«, meinte Henry schließlich. »Ich weiß, dass wir gern alles sofort klären würden, aber ich glaube, wir sind alle müde, und das führt zu schlechten Entscheidungen.« Er schenkte ihr ein schiefes Lächeln. »Ich spreche aus eigener Erfahrung.«

»Ich glaube, du hast recht«, sagte Catherine. »Und wenn du nach Derbyshire zurückkehren musst, sollten wir dich jetzt gehen lassen, damit du die nötigen Vorkehrungen treffen kannst.«

»Nur langsam«, meinte Henry. »Wir wollen niemanden hetzen.«

»Aber wir wollen nicht, dass deine Abreise sich unseretwegen verzögert.«

»Es geht aber nicht nur um meine Wünsche.«

Sie sahen Julia an. Die wurde rot. »Ich möchte auch nicht der Grund sein, dass du nicht abreisen kannst.«

»Wir würden aber nicht nur deine Gesellschaft vermissen.«

Catherine und ihr Schwager wechselten einen bedeutsamen Blick, dann sahen sie zu Serena hinüber, die den kleinen Charles auf dem Schoß hielt.

Sie setzten ihr Gespräch leise fort, doch Julia verstand nicht, was sie sagten. Als sie merkte, dass sie nicht mehr auf sie achteten, atmete sie insgeheim auf. In den nächsten Tagen und Wochen galt es viele Fragen zu beantworten, und die Frage, wo sie leben würde, war nicht die unwichtigste darunter. Die altbekannten Sorgen meldeten sich wieder. Nach diesem langen, anstrengenden Tag der turbulenten Wiedervereinigung würde es heute bestimmt lange dauern, bis sie einschlafen konnte.

Thomas betrat die Taverne. Sogleich stiegen Bilder anderer Kneipen in ihm auf, in denen er auf seiner Reise in den Norden Station gemacht hatte. Und die Erinnerung an einen Ort, den er jetzt abermals aufsuchen musste, wenn er genügend Geld zusammenbekommen wollte, um in Englands Hauptstadt zurückkehren und – so Gott wollte – seine vermisste Frau wiederfinden zu können. Vorausgesetzt er fand den Mann, der die Schlüssel zu all dem in den Händen hielt.

Er sah sich in dem Raum um und sah ein paar bekannte Gesichter, doch leider nicht den Mann, den er suchte.

»Sieh ma an, wen hab'n wir denn da!« Sein Blick fiel auf das freundliche Gesicht von Munro, der am Zapfhahn stand. Mit ihm hatte er sich vor seiner Mission des Öfteren unterhalten.

»Munro.« Er ging zur Bar und bestellte ein Glas von Schottlands Feinstem. Nach den Enttäuschungen der letzten vierundzwanzig Stunden war er mehr als fällig für ein oder zwei Gläschen. Nachdem Munro ihm eingeschenkt hatte, trank er einen Schluck und spürte, wie die köstliche Wärme seinen Hals hinunterrann und seinen Magen wärmte.

»Na, wie geht's dir, kleiner Engländer? Wo haste dich so lang versteckt? Hab deine hässliche Visage seit sechs Monaten nich geseh'n. Hab mich schon gefragt, ob du v'leicht fromm geworden bist!«

Thomas schnaubte. Religion! Was konnten ihm derlei Dummheiten nützen? »Sehr witzig, Munro, wirklich.«

»Schon gut«, meinte der versöhnlich. »Jetzt erzähl. Du säufst den Whiskey, als hättste seit Jahren nix getrunken. Trotzdem siehste aus wie'n Mann auf 'ner Mission. Kann ich dir mit irgendwas helfen?«

»Ich suche Joseph McKinley.«

»McKinley, McKinley.« Der Mann strich sich nachdenklich über das Kinn. »Kann nich sagen, dass ich ’n kürzlich gesehn hab. Aber ich hab gehört, dass er in letzter Zeit viel in der Stadt rumkommt. Scheint förmlich in Geld zu schwimmen. Sagt, er sei zu Vermögen gekommen oder so ähnlich. Versucht, sich ’nen Namen zu machen.« Er nickte bedächtig. »Hab ihn ’n paarmal unten im Black Harp entdeckt.«

Thomas zog die Augenbrauen hoch. »Die lassen dich manchmal hier raus?«

»Aye, und das brauch ich auch. Die Kunden sin’ auch nich mehr, was se mal waren.« Munro musterte Thomas grinsend. »Se lassen hier jetzt alles mögliche Gaunergesindel rein.«

»Gott sei Dank«, antwortete Thomas ebenfalls grinsend und verabschiedete sich, nachdem er den Rest des Whiskeys hinuntergestürzt hatte. Es hatte sich gelohnt, das Geld für den Drink zu investieren, um die Informationen über McKinleys Aufenthaltsort zu bekommen.

Zwei Straßen weiter stand er dann vor dem Black Harp, einem Etablissement, das einen deutlich besseren Ruf genoss als das, in dem er gerade gewesen war. Nachdem er sich einen raschen Überblick über den Schankraum verschafft hatte, atmete er erleichtert auf. Endlich.

An einem Ecktisch saß der Gesuchte zusammen mit anderen Männern. Thomas war erstaunt, ihn fast so gut gekleidet anzutreffen wie er selbst in seinen guten Zeiten. Die Art, mit der die anderen Männer mit ihm sprachen und ihm zugewandt waren, verriet, dass sie seine willigen Gefolgsleute waren. Thomas unterbrach grob das Gespräch. »McKinley.«

»Hale!« Der dunkelhäutige Mann riss die Augen auf. »Das ist aber mal eine Überraschung!«

»Wirklich?« Er sah die anderen Männer an. »Entschuldigen Sie uns kurz. Wir haben etwas Geschäftliches zu besprechen.«

Empörtes Gemurmel wurde laut, doch nach einem Blick und einem Nicken von McKinley verließen die Männer den Tisch.

McKinley lehnte sich zurück, als Thomas sich ihm gegenüber

hinsetzte. »Das war aber nicht gerade die feine englische Art, mein Freund.«

»Dafür habe ich momentan auch keine Zeit.«

»Das brauchst du doch nicht eigens zu sagen. Ein Blick auf deine Kleidung genügt«, murmelte McKinley und musterte Thomas missbilligend.

Thomas bezwang seine Ungeduld. Sein ehemaliger Kollege hatte sich schon immer wie ein Dandy aufgeführt. »Wo ist sie?«

»Wo ist wer? Mein Lieber, die Frage klingt ja wie ein Angriff! Komm, ich geb' einen aus und wir feiern erst mal deine Rückkehr.« Er ignorierte Thomas' Protest und bestellte mit einem Fingerschnippen eine Flasche Whiskey. »Wir dachten alle, du seist tot.«

»Wirklich?« Thomas musterte das Gesicht des anderen, doch er entdeckte nicht eine Spur von Schuldbewusstsein. »Und warum dachtet ihr das?«

Der Wirt stellte zwei Gläser vor ihnen ab.

McKinley zuckte die Achseln. »Man hört halt so dies und das. Du kennst das ja.«

Nein. Thomas kannte das nicht. Doch er spürte, dass McKinley nichts weiter sagen würde, wenn er insistierte. »Nun ja. Ich lebe also noch.«

»Dafür sei Gott gedankt.« McKinley hob sein Glas mit der bernsteinfarbenen Flüssigkeit hoch. »Ich freue mich, dass du wieder unter den Lebenden weilst.« Er nahm einen großen Schluck.

»Ich war nie unter den Toten.«

»Nicht? So hab' ich es aber gehört.«

»Bitte?«

McKinley trank einen weiteren Schluck, während seine Nase bereits rot wurde. »An dem Tag, an dem ich deine arme kleine Frau aufgesucht und ihr deine Nachricht und das Geld gegeben habe …«

»Was? Du hast es ihr also gegeben?«

»Natürlich hab' ich das. Was denkst du denn von mir?« McKinley beäugte ihn neugierig.

Thomas presste die Lippen zusammen. Wem sollte er glauben?

Becky, die nie viel von ihm gehalten hatte – mehr als einmal hatte er abfällige Bemerkungen der armen Witwe über seinen zweifelhaften Lebenswandel mitbekommen – oder seinem engsten Freund in Schottland, dem ehemaligen Major? Damals in Indien hatten sie sich so nahegestanden, dass Thomas ihn für den Einzigen gehalten hatte, dem er die Wahrheit sagen und die Zukunft seiner Frau anvertrauen konnte.

Doch wenn McKinley recht hatte – warum waren die Dinge dann schiefgelaufen? Henderson – er mochte so durchtrieben sein, wie er wollte – hatte ganz offen gesprochen. Julia hatte fast zwei Monate die Miete nicht gezahlt und er mochte, so sagte er, ein wirklich geduldiger Mensch sein, »aber ein Mann muss essen, und als sie die Miete auch im dritten Monat nicht aufbringen konnte, musste ich ihre Wohnung an jemanden vermieten, der das konnte.«

Wie sollte er diese widersprüchlichen Aussagen zusammenbringen? Das war unmöglich. Es sei denn, sein erster Gedanke war richtig gewesen und Julia war wie immer zu verschwenderisch mit dem Geld umgegangen. Doch passte das dazu, dass sie, wie Becky sagte, ihre Kleider verkauft hatte? Aber vielleicht – bei diesem Gedanken zog sich sein Herz zusammen – hatte Julia ja auch alle ihre Sachen weggegeben, um sämtliche Spuren von ihm und ihrer unglücklichen Ehe aus ihrem Leben zu tilgen.

Er legte seine Hände um das Glas und starrte in die bernsteinfarbene Flüssigkeit, ohne davon zu trinken.

»Hale? Verzeih mir, aber du siehst gar nicht gut aus. Wann hast du zuletzt etwas gegessen?«

»Gegessen?« Er schüttelte den Kopf. »Kann mich nicht erinnern.«

Auf ein weiteres Fingerschnippen seines alten Freundes hin tauchte ein Dienstmädchen auf, das fragte, was er essen wollte. Diese Geste weckte die Aufmerksamkeit eines anderen Mannes, der McKinley – nach einem raschen Blick auf Thomas – auf ein Wort beiseitenahm.

Um ihn herum schien der Lärm sich zu verstärken. Er spürte, wie ihm schwindelig wurde, doch das war wohl die Wirkung des Alkohols auf leeren Magen. Zum Glück hatte er sich hingesetzt.

Woher sollte er wissen, was wahr und richtig war? Wem sollte er vertrauen? Er sehnte sich nach den alten Tagen, in denen er Freunde hatte, auf deren Wort er sich verlassen konnte. Bevor er ihr Vertrauen missbraucht hatte und mit der Schwester seines besten Freundes durchgebrannt war.

Lieber Gott …

Er vergrub das Gesicht in den Händen. So wartete er, bis das Essen kam und er seinen Hunger stillen und dem Chaos in seinem Kopf entkommen konnte. Doch als die Mahlzeit dann tatsächlich vor ihm stand, protestierte sein Magen gegen den fettigen Eintopf und die Blutwurst und er musste sich mit einer Kartoffel und ein wenig Brot zufriedengeben.

»Sie ist ja wirklich ein hübsches Ding, deine kleine Frau«, sagte McKinley, der sich wieder zu ihm gesetzt hatte. »He, du brauchst mich nicht so anzusehen, ich sag doch nur, wie's ist! Ich muss allerdings zugeben, dass sie nicht sehr erfreut schien, als ich ihr sagte, dass ihr Mann fort war, praktisch ohne sie zu informieren.«

»Die entsprechende Erklärung dafür stand in dem Brief, den du ihr geben solltest.«

»Aber das habe ich doch gemacht! Glaubst du mir etwa nicht? Schöne Art, einen alten Kameraden zu behandeln! Immerhin waren wir zusammen in Poona.«

»Poona interessiert mich im Moment nicht im Geringsten. Ich mache mir Sorgen um meine Frau!«

»Du weißt also nicht, wo sie ist?«

»Wenn ich es wüsste, säße ich jetzt nicht hier und spräche mit dir!«

»Nun, das ändert die Lage.« McKinley lehnte sich seltsam lächelnd wieder in seinem Stuhl zurück. »Das tut mir wirklich leid zu hören.«

»Du hast ihr also das Geld gegeben?«

»Das sage ich doch! Ja!«

»Und sie hat meine Nachricht ganz bestimmt erhalten?«

»Natürlich!« McKinley sah ihn beinahe mitleidig an. »Tut mir leid, Hale. Das Ganze ist sicher nicht einfach für dich.«

Was genau? Dass seine Frau ihn verlassen hatte? Dass er ihr jetzt in die Hauptstadt von England nachreisen musste? Er schüttelte den Kopf. Er konnte sich noch immer nicht vorstellen, dass Julia das wirklich getan hatte. Hatte sie ihn tatsächlich verlassen? Oder fiel es ihm leichter zu glauben, dass sein Freund ihm ins Gesicht sehen und dabei so unverfroren lügen konnte? Er schob den Teller fort. Es widerstrebte ihm, nur eine Sekunde länger in der Schuld dieses Mannes zu stehen.

»Wie ich schon sagte, mein Freund: Tut mir wirklich leid. Du scheinst eine schwere Zeit durchgemacht zu haben.«

Thomas stieß ein raues Lachen aus. »Du weißt ja nicht einmal die Hälfte.«

»Dann klär' mich doch auf.«

Doch irgendetwas in den Augen, die ihn fixierten – vielleicht das Mitleid, das er darin sah – hinderte Thomas daran, ihm alles zu erzählen. Einen Moment lang glaubte er sogar, so etwas wie Befriedigung in McKinleys Gesicht erkannt zu haben. Sie hatten zusammen gedient, waren Waffenbrüder gewesen. Er hatte in ihm immer einen Freund gesehen. Konnte sein alter Freund ihn wirklich anlügen?

»Und als du mit ihr gesprochen hast, hat sie dir da nichts von ihren Plänen erzählt?«

»Nein. Tut mir wirklich leid!« McKinley lächelte ihn mitfühlend an. »Du willst sie suchen?«

»Natürlich.«

»Ich – äh, vielleicht ist das eine etwas heikle Frage, aber hast du genügend Geld für die Fahrt?«

»Natürlich«, log er.

McKinley sah ihn zweifelnd an, sagte aber nichts.

Thomas schob seinen Stuhl zurück. Während er aufstand, murmelte er etwas von einer anderen Verpflichtung und wandte sich zum Gehen, bevor er noch etwas sagen konnte, das er ewig bereuen würde. Doch ehe er sich entziehen konnte, hielt der kleinere Mann ihn auch schon in einer Art Umarmung und tätschelte ihm den Rücken.

»War schön, dich zu sehen. Um der alten Zeiten willen.«

Thomas zwang sich zu einem Lächeln. »Hat mich auch gefreut. Danke für alles.«

»Keine Ursache.« McKinley verbeugte sich leicht und lächelte, und dann kehrten auch schon seine Gefolgsleute zurück.

Thomas verließ fluchtartig den Raum. Als er wieder auf der Straße stand, schloss er die Augen und sog tief die kalte Luft ein. Dann konzentrierte er sich auf die beschwerliche Aufgabe, die vor ihm lag.

Nach diesem Gespräch hatte er nur noch eine einzige Wahl: Er musste seine Frau ausfindig machen und die Wahrheit herausfinden. Er hätte wissen müssen, dass ein Leben mit ihm nicht zufriedenstellend für sie sein würde. Er hätte sich nie gestatten dürfen, daran zu glauben, dass das, was sie verband, von Dauer sein würde. Er hätte ihr nicht glauben dürfen, dass sie ihn liebte.

Es war Zeit, der Wahrheit ins Gesicht zu sehen.

Kapitel 10

»Julia, ich glaube wirklich, es ist an der Zeit, den lieben Henry und die liebe Serena aus jeglichem Gefühl der Verpflichtung zu entlassen, damit sie in den Norden fahren können. Es war sehr freundlich von ihnen, dass sie dich aufgenommen haben, aber jetzt solltest du zu deiner Familie zurückkehren.«

Ich weiß, wollte sie sagen, doch sie schwieg. Wo sollte sie hin? Ihre Mutter, das wusste sie, ging davon aus, dass sie wieder zu ihr in das Haus am Portman Square zog. Doch irgendetwas in Julia wehrte sich dagegen, sich wieder wie früher von den Wünschen ihrer Mutter vereinnahmen zu lassen. Es war beinahe, als hätte Mutter vergessen, was in den letzten Monaten geschehen, dass Julia eine verheiratete Frau mit eigenen Vorstellungen und Wünschen war. Auch wenn sie diese im Moment nicht in die Tat umsetzen konnte.

Gestern war ihr einmal mehr aufgefallen, wie die Bindung zwischen dem kleinen Charles und Serena immer tiefer wurde. Offenbar waren sich auch Henry und Catherine Serenas zunehmender Fixierung auf das Kind bewusst, und das war wohl nicht zuletzt der Grund, warum sie so sehr auf die Abreise zu Henrys Familie drängten. Julia widerstrebte es, einem Menschen, der ihr so geholfen hatte, Schmerz zuzufügen. Doch auch ihr schien es das Beste, wenn die beiden aufbrachen und sie selbst zu ihrer Mutter zog – jedenfalls vorläufig.

Ihr war aufgefallen, dass Catherine sich anders bewegte, und sie hatte überlegt, ob ihr Bruder vielleicht erneut Vater werden würde. Noch hatte niemand etwas gesagt oder angedeutet, doch nach den Blicken zu urteilen, die die beiden wechselten, würde das wohl bald geschehen. Und wenn ihre Vermutung stimmte, dann war eine bekümmerte und sorgenbeladene Julia mit Sicherheit die Letzte, mit der sie zusammen sein wollten – insbesondere eine Julia mit einem Kind, das letzte Nacht vergessen zu haben schien, wie man schlief, und sie alle stundenlang wach gehalten hatte.

Nein, je eher sie und Charles fort waren, desto besser.

Die Neuigkeit wurde am selben Abend verkündet. Henrys erleichterter Blick wich rasch seiner üblichen freundlichen Miene. Serena machte ihrem Namen – die Heitere – wenig Ehre, doch auch ihr gelang es, eine höfliche Maske aufzusetzen. Catherines Reaktion aber kam völlig unerwartet.

»Verzeihung, Lady Harkness, aber ich bezweifle, dass das klug ist. Sie führen ein sehr offenes, geselliges Haus und haben häufig Gäste. Ich denke jedoch, dass Julia noch ein wenig Zeit braucht, bevor sie wieder am gesellschaftlichen Leben teilnehmen möchte – falls sie das überhaupt je wieder wünscht.«

»Und warum sollte sie es nicht wünschen?«, fragte Mutter. »Sie ist schließlich meine Tochter.«

»Mutter«, warf Jon mit seiner tiefen Stimme ein, »ich glaube, Catherine hat recht.«

»Natürlich glaubst du das«, war die gemurmelte Antwort.

»Wir können schließlich nicht einfach so tun, als hätte es die letzten anderthalb Jahre nicht gegeben«, fuhr ihr Bruder fort. »Die Leute wissen, was geschehen ist, und es wird Fragen geben, peinliche Fragen. Ich glaube, wir brauchen alle noch ein wenig Zeit, bevor wir Julia diesen Dingen aussetzen.«

Julia hatte die Augen niedergeschlagen. War ihnen denn gar nicht bewusst, dass sie hier mit ihnen am Tisch saß? Dass sie vielleicht eine eigene Meinung zu diesem Thema hatte? Warum behandelten alle sie, als sei sie unzurechnungsfähig?

»Schade, dass wir damals in der Zeitung bekanntgegeben haben, dass Julia geheiratet hat und nach Schottland gezogen ist, sonst könnten wir jetzt einfach so tun, als hätte es das letzte Jahr nicht gegeben, und die Ehe in aller Stille annullieren lassen.«

»Aber *ich* kann nicht so tun, als sei nichts geschehen«, sagte Julia plötzlich laut. »Und ich will es auch gar nicht. Ich habe ihn geliebt. Manchmal denke ich, dass ich ihn noch immer liebe.«

Ein verlegenes Schweigen breitete sich aus und hielt an, bis es vom Seufzer ihrer Mutter unterbrochen wurde. »Wie kannst du das sagen, nach allem, was er …«

»Und außerdem« – Julia hob stur das Kinn – »was würde es für den armen Charles bedeuten, wenn wir so tun, als hätte es das letzte Jahr nicht gegeben?«

Bei diesen Worten wurde es erneut still im Raum. Jon runzelte die Stirn. Catherine biss sich auf die Lippen.

Ihre Mutter zuckte die Achseln. »Wir könnten sagen, dass du für eine Freundin auf ihn aufpasst.«

Julia schnappte nach Luft. Hatte ihre Mutter Verdacht geschöpft? Glücklicherweise schienen die anderen ihre Reaktion anders zu deuten.

»Lady Harkness, Sie können doch von einer Mutter nicht verlangen, dass sie auf ihr Kind verzichtet«, sagte Catherine.

»Das wäre völlig unzumutbar«, murmelte Serena.

»Ich möchte auf keinen Fall hartherzig wirken«, sagte ihre Mutter und setzte einen unschuldigen Blick auf. »Ich will doch nur Julias Bestes. Und da wir nichts über den Verbleib dieses Schuftes wissen, müssen wir davon ausgehen, dass er tot ist. Was meiner Ansicht nach das Beste wäre.«

Julias Augen fingen an zu brennen. Sie wollte glauben, dass Thomas nach ihr suchte, dass er zurückkehren wollte. Aber vielleicht war es tatsächlich das Beste, davon auszugehen, dass er tot war. Dann konnte sie alle Hoffnungen endgültig begraben und würde vielleicht die Kraft finden, sich ein neues Leben aufzubauen.

»Ja, ich glaube wirklich, es wäre das Beste«, fuhr Mutter fort. »Ich werde meine Anwälte beauftragen, ihn für tot erklären zu lassen …«

»Verzeihung, Lady Harkness, wenn ich Ihnen an dieser Stelle das

Gesetz in Erinnerung rufen muss«, sagte Henry, »aber nach schottischem Gesetz ist Julia noch verheiratet. Deshalb verstehe ich nicht ganz, warum die Mutmaßung über seinen Tod ihr helfen sollte. Er mag vielleicht tot sein, doch ehe wir das sicher wissen, können wir nicht zulassen, dass Julia als Witwe gilt – denn was wäre, wenn er plötzlich auftauchen würde?«

Jon rieb sich den Nacken. »Ich muss mich mal näher mit dem Ganzen befassen.«

»Ich glaube, für Julia wäre es sehr viel besser, wenn sie zu euch nach Gloucestershire ginge oder sich an einen noch entlegeneren Ort zurückzieht. Später kann sie dann vielleicht wieder am gesellschaftlichen Leben teilhaben, ohne zum Opfer boshafter Lügen und Gerüchte zu werden«, sagte Henry.

»Das denke ich auch«, stimmte Catherine ihm zu und sah Jon an. »Jon, könnte Julia nicht bei uns leben?«

»Oh, aber …«

»Mutter, ich weiß, dass du ihr nur helfen willst, aber Carmichael hat da tatsächlich ein paar wichtige Argumente angeführt. Wir wollen doch nicht unnötigen Spekulationen Vorschub leisten, wenn es sich vermeiden lässt.« Jon wandte sich an sie. »Julia, wo möchtest du denn leben?«

Also fragten sie sie endlich selbst? »Danke, dass du meine Meinung hören möchtest.«

»Sei bitte nicht gekränkt. Wir wollen dir doch nur helfen.«

»Indem ihr mich bevormundet?«

»Ich vergaß – du magst es nicht, bevormundet zu werden«, sagte Jon höhnisch.

»Gefällt es dir denn, wenn andere sich in deine Angelegenheiten einmischen?«, fragte sie ihn mit hochgezogenen Augenbrauen.

»Niemandem gefällt das«, sagte Catherine ruhig.

»Und du, Julia, vergisst, dass es hier nicht nur um dich geht. Das Ganze fällt auch auf uns zurück.«

Julia holte tief Luft und zwang sich, die Hände nicht zu Fäusten zu ballen. »Dann wäre es wohl wirklich das Beste, wenn ich irgendwo hinziehe, wo mein Ruf euch nicht schadet.« Und hoffnungsvoll fügte sie hinzu: »Ich wäre mit einem kleinen Cottage zufrieden …«

»Du?«

»Warum fragst du, wenn meine Wünsche dich überhaupt nicht interessieren?«

»Wovon würdest du das bezahlen?«

»Wenn meine Mitgift freigegeben würde …«

»Ich weigere mich ganz entschieden, diesem Mann auch nur einen Penny von deiner Mitgift zukommen zu lassen.«

»Aber Mutter …«

»Nein! Ein Aufenthaltsort weit entfernt von uns kommt nicht infrage. Ich glaube, du kannst dir nicht vorstellen, wie es ist, wenn deine einzige Tochter für dich verloren ist.«

Schuldgefühle stiegen in ihr auf, und sie versuchte, einen versöhnlicheren Ton anzuschlagen. »Aber ich bin kein Kind mehr …«

»Das wissen wir«, unterbrach ihre Mutter sie. »Aber wir machen uns ganz einfach Sorgen um dich und möchten dich in Sicherheit wissen.«

Wie sollte sie sich gegen diese Sorgen wehren? War sie wirklich so undankbar? Vor ihren Augen entstand ein Bild ihrer Zukunft, in der sie zwischen den Plänen ihrer Mutter und ihres Bruders eingesperrt war. »Das weiß ich, aber manchmal scheint ihr zu vergessen, dass ich verheiratet bin …« Jetzt kamen ihr doch die Tränen. Die Gesichter der anderen verschwammen vor ihren Augen. Sie ärgerte sich über sich selbst. Tränen waren wenig geeignet, ihren Anspruch auf Mündigkeit und Reife zu untermauern.

Catherine stand auf und umarmte sie. »Es tut mir so leid, Julia. Keiner von uns will das alles noch schwieriger für dich machen. Wenn wir nur wüssten, wo Hale ist, dann wäre alles viel klarer. Aber du sollst wissen, dass du uns jederzeit willkommen bist, solltest du bei uns leben wollen«, flüsterte sie ihr noch ins Ohr.

»Danke«, murmelte Julia. Sie sah ihre Mutter an, deren Gesicht ganz starr vor Ärger war. »Sieh mich nicht so an, mein Mädchen.

Ich kann mich ja wohl kaum darüber freuen, dass meine Tochter fern von mir leben möchte.«

»Mama …«

»Und glaub nicht, dass ich diesen Mann jemals in meinem Haus willkommen heißen werde! Lieber sähe ich ihn hängen.«

Ihre Brust zog sich zusammen. Catherines Umarmung wurde fester. Wie konnte ihre Mutter so grausam sein?

»Was möchtest du denn tun?«, murmelte Catherine an ihrem Ohr.

Sie würde am liebsten in ein Cottage am Meer fliehen und dort mit dem kleinen Charles ohne Druck und ohne familiäre Verpflichtungen leben. Doch das war ihr wohl nicht vergönnt. Vorerst jedenfalls nicht.

Nachdem Julia sich kurz gesammelt hatte, sagte sie: »Ich werde wohl erst einmal bei Mutter wohnen, jedenfalls, bis die Umstände sich ein wenig geklärt haben.« Oder bis die Umstände es ihr unmöglich machten, weiterhin bei ihrer Mutter zu wohnen.

Während ihre Mutter und ihr Bruder erleichtert zustimmten, flüsterte Julia ihrer Schwägerin zu: »Aber wenn dein Angebot bestehen bleibt, komme ich vielleicht auf einen längeren Besuch zu euch. Wir könnten die kleine Elizabeth besser kennenlernen.«

Catherines Augen leuchteten auf. »Es wäre herrlich, wenn Cousin und Cousine Freunde werden würden.«

Wieder schnürte ihr das Schuldgefühl die Kehle zusammen. Eines Tages würde sie die Wahrheit sagen müssen, aber nicht heute. Sie sah ihre Mutter an, deren unnachgiebiger Blick fast zu einem Ausdruck von Herzlichkeit geschmolzen war, wenn sie auch noch immer etwas angespannt wirkte. Julia zwang sich zu einem Lächeln. Vielleicht war es so ja wirklich am besten, im Moment jedenfalls. Außerdem war es sehr unwahrscheinlich, dass ihr Ehemann in nächster Zeit auftauchte.

Thomas klammerte sich mit klappernden Zähnen an seinem Sitz auf dem Dach der Postkutsche fest. Hoffentlich würde er nie mehr auf derart elende Weise reisen müssen! In dem Wissen, dass er der Misere in Schottland entfliehen und so schnell wie möglich nach London gelangen musste, hatte er die einzige Reisemöglichkeit gewählt, die er sich leisten konnte. Und er konnte sich sehr wenig leisten, selbst mit dem Geld, das er in einer nächtlichen Spielrunde gewonnen, und den geheimnisvollen zehn Pfund, die er in der Tasche seines Überrocks gefunden hatte – eine überraschende Geste, die er McKinley zuschrieb. Sein Stolz war zu groß – oder vielleicht auch zu klein, als dass er umgekehrt wäre, um herauszufinden, ob sein Freund aus Militärzeiten ihm die Banknote tatsächlich bei ihrem letzten Gespräch in die Tasche gesteckt hatte.

Nein, er musste Edinburgh so schnell wie möglich – und so preisgünstig wie möglich – verlassen. Er musste Julia finden und sie überzeugen, dass er sie nicht verlassen hatte, ganz gleich, was alle anderen sagten. Er hatte versucht, ein guter Ehemann zu sein. Er war nur eben kein guter Ehemann. Sein Verhalten in den letzten Monaten hatte gezeigt, dass er überhaupt kein Ehemann war. Denn welcher Mann verließ seine Frau, um der Verlockung des Goldes nachzujagen?

Er blickte über die Felder. Auf den einsamen Moorflächen grasten Schafe, die von ihrem Hirten gehütet wurden. Hirten waren immer für ihre Schafe da und ließen sie niemals allein. Dieser Gedanke zerriss Thomas schier das Herz. Er hätte für Julia wie ein Hirte sein sollen und sie wie ein kostbares Lamm vor den Stürmen des Lebens beschützen sollen. Stattdessen hatte er sie wilden Tieren überlassen und einfach gehofft, sie sechs Monate später gesund und wohlbehalten wieder anzutreffen. Was war er nur für ein Mann? Er war ein Versager.

»Schlimm, nicht wahr?«, murmelte der Passagier neben ihm.

»Kann man wohl sagen«, stimmte Thomas seinem Mitreisenden zu, einem jungen Büroangestellten namens Siddens, dessen schmächtige Gestalt kaum in der Lage schien, die Meilen bis zur nächsten Poststation durchzuhalten.

Und es war tatsächlich kein Wunder, dass er sich beklagte. Es war immer wieder zu Verspätungen gekommen, wenn die Kutsche mehr als einmal im Schlamm stecken geblieben war. Steile Steigungen hatten wiederholt erfordert, dass die Passagiere ausstiegen und alle Männer, die dazu imstande waren, halfen, die Postkutsche bergauf zu schieben – was zu gebrüllten Befehlen, Wutausbrüchen und schlammbespritzter Kleidung geführt hatte.

Der heutige Tag war besonders herausfordernd gewesen. Nachdem sie aus den Betten voller Flöhe aufgestanden waren, hatte man ihnen dünnen Tee und wässrigen Eintopf serviert, um sie so schnell wie möglich wieder loszuwerden. Während sie im Hof auf die Kutsche gewartet hatten, hatte ein stämmiger Gentleman über den Verlust eines Goldstücks lamentiert, das auf dem mit Stroh bestreuten Boden nicht wiederzufinden gewesen war. Thomas hatte beobachtet, wie einer der Stallburschen sich verstohlen danach gebückt hatte. Später hatte der Gentleman dann laut bemerkt, dass der kleine Junge neben ihm aussah, als hätte er Masern. Diese Beobachtung hatte ihm böse Blicke und eine schrille Tirade der Mutter des Jungen eingetragen. Der Streit zwischen den beiden begleitete sie jetzt schon die letzten Meilen und war so laut, dass er bis zu ihnen aufs Dach hinaufdrang. Thomas verzog den Mund. Vielleicht hatte der Platz hier oben ja doch seine Vorteile – so gering sie auch sein mochten.

Die Kälte jagte ihm Schauer über den Rücken. Er verkroch sich tiefer in seinen Mantel und rieb seine behandschuhten Hände an seinen Armen. Er hatte von Männern gehört, die an Frostbeulen gestorben und wortwörtlich an ihren Sitzen festgefroren waren. Anderen waren die Gliedmaßen in der Kälte so taub geworden, dass sie sich nicht mehr festhalten konnten. So waren sie aus großer Höhe zu Boden gestürzt und hatten sich das Genick gebrochen.

Doch für einen Mann, der kaum einen Sixpence zusammenkratzen konnte, war dies nun einmal der schnellste und billigste Weg nach London. Ein Weg, der ihn, so Gott wollte, in wenigen Tagen in Julias Arme führen würde. Er biss die Zähne zusammen, damit sie aufhörten zu klappern, und zwang seine Gedanken auf Bahnen, die seinen Plänen dienlich waren.

Er hatte vor, sich als Erstes zu Henry Carmichaels Stadthaus zu begeben. Er wagte es nicht, Jon Carlew direkt aufzusuchen. Besser, er fragte zunächst bei jemand anderem, wo Julia sich aufhielt. Zudem würde Jon ihn bestimmt nicht empfangen, geschweige denn würde er ihm sagen, wo er Julia finden konnte. Carmichael hingegen würde ihn vielleicht verstehen, denn er legte einen sehr viel milderen Maßstab an das menschliche Verhalten. Er schien zu wissen, dass alle Menschen Fehler machten. Jon dagegen urteilte streng nach seinen festen Prinzipien und war dadurch weniger mitfühlend jenen gegenüber, denen es in seinen Augen an Charakterstärke fehlte.

Thomas dachte an ihre letzte Begegnung und ihr letztes Gespräch vor zwei Jahren, als er den frischgebackenen Baron Winthrop auf dem soeben geerbten Winthrop Manor besucht hatte. Thomas hatte von seinen Heiratswünschen gesprochen und Jon hatte ihn tatsächlich ausgelacht. Ausgelacht!

»Du willst heiraten?« Wie gut er sich an Jons verächtlich verzogenen Mund erinnerte! »Warum nur wunderst du dich, dass ein Mann zögert, dir einen Menschen anzuvertrauen, der unter seinem Schutz steht.«

Das Urteil, das ihn so sehr an seinen Vater erinnerte, hatte wehgetan. Und dann hatte Jon noch Thomas' Ehrgefühl infrage gestellt …

Wieder stieg die alte Empörung in ihm auf. Damals hatte er geschworen, seinen Freund eines Besseren zu belehren. Doch er hatte Julia nicht aus Rache den Hof gemacht. Er genoss ihre Gesellschaft und ihren Sinn für Humor. Er konnte sie verstehen und wusste nur zu gut, was rigide Strukturen und unnachgiebige Strenge mit der Seele junger Menschen anrichten konnten. Sie bewirkten nur den starken Wunsch, den engen Grenzen ihres Lebens zu entfliehen und herauszufinden, was hinter dem lag, was sie schon immer gekannt hatten. In Julia, die überbehütet und stark beschützt aufgewachsen war, hatte er sehr schnell die gleiche Abenteuerlust erkannt, die auch ihn ergriffen hatte. Es war das Temperament, das ihn schon mit sechzehn Jahren bewogen hatte, in die Armee einzutreten, und ihn kurz darauf nach Indien geführt hatte, während andere in seinem Alter die Ehre auf europäischen Schlachtfeldern suchten. In Indien hatte er eine wunderbare Zeit gehabt und anfangs hatte er sogar gehofft, dass die Frau, die er liebte, ihm dorthin folgen würde. Doch als er das Thema angesprochen hatte, hatte sie nur gelacht und gesagt, das werde wohl ein unerfüllbarer Traum bleiben.

Nun, vielleicht musste es so sein, dass er nicht mehr nach Indien zurückkehren würde. So blieb es eine hoffnungsvolle Erinnerung an die Vergangenheit. Doch es gab auch Dinge, die er bereute und die ihn in die Verzweiflung stürzen konnten, wenn er zu lange daran dachte. Es war besser, sich auf die Zukunft zu konzentrieren und damit auf das, was er tun konnte.

Die Kutsche ratterte über eine Brücke. Jede einzelne Planke schien sich in sein Rückgrat zu bohren, während ihm zeitgleich eisige Kälteschauer über den Rücken liefen. Neben ihm fing Siddens an zu stöhnen und mit den Zähnen zu klappern. Thomas zwang sich, an irgendetwas zu denken, das ihn von der Kälte ablenkte. Die Luft war so eisig, dass er kaum atmen konnte. Er setzte große Hoffnung auf Carmichael, doch wenn der Vicomte sich weigerte, ihm zu helfen, musste er es wohl doch wagen, sich an Jon zu wenden. Immerhin konnte er ihn nicht ins Gefängnis werfen lassen; er und Julia waren schließlich rechtskräftig verheiratet – zumindest nach schottischem Gesetz. Jon wusste bestimmt, wo seine Schwester sich aufhielt. Vielleicht war er ja sogar froh, dass Thomas ihn um Hilfe bat; in dieser Rolle hatte er sich doch schon immer gefallen.

Und falls Jon sich weigerte, konnte er immer noch zum Portman Square gehen und sich seiner Schwiegermutter stellen. Lady Harkness würde geradezu begeistert sein, ihn zu sehen! Oder sie würde ihn erschießen. Oder wahlweise aufknüpfen lassen.

Er atmete langsam aus. Sein Gewissen verlangte, dass er sich Julias

Mutter stellte und ihr alles erklärte, doch sein Herz verzagte bei dem Gedanken. Hatte er sich wirklich einmal für mutig gehalten? Damals in Indien hatte er sich einem tobenden Elefanten in den Weg gestellt – ein Moment, von dem Jon sagte, er sei der schlimmste seines Lebens gewesen. Doch Thomas war damals nicht gewichen. Er hatte getan, was nötig gewesen war. Auch jetzt kannte er seine Pflicht, doch er wusste, dass Lady Harkness ihm nicht helfen würde. Wenn Julia im Haus ihrer Mutter Zuflucht gesucht hatte, würde ihre Mutter ihm eher ins Gesicht spucken, als ihm zu sagen, wo ihre Tochter war. Sie würde sie vor ihm verteidigen wie eine Löwenmutter ihre Jungen. Erbarmungslos und ohne Mitleid.

Das Schlimmste war, dass Thomas ihr keinen Vorwurf daraus machen konnte.

Er blies kalte Luft in seine eisigen Hände. Er konnte sich keine Erfrierungen leisten. Er konnte es sich nicht leisten, dass seine Konzentration nachließ und er vom Kutschdach auf den Boden stürzte.

Carmichael musste ihm einfach helfen.

Thomas musste herausfinden, wo seine Frau war. Sein Herz, seine Seele, alles in ihm musste einfach wissen, ob er noch eine Chance hatte.

Abermals ging es über eine Brücke. Der eisige Fluss weit unter ihnen ließ ihren Sitz noch höher erscheinen. Während er hinuntersah, neigte sich die Kutsche plötzlich stark auf eine Seite. Siddens schrie auf. Thomas fuhr herum. In diesem Augenblick wurde Siddens von seinem Sitz geschleudert. Im letzten Moment bekam Thomas den Mantel des Mannes zu fassen. »Ich hab' Sie!«

»Lassen Sie mich nicht fallen!«

»Nein«, presste er heraus. Wenn der Mann fiel, wäre das sein Todesurteil. Denn das brausende Wasser lag mindestens sechs Meter unter ihnen und verschluckte soeben den Hut des jungen Mannes.

Mit der linken Hand klammerte Thomas sich ans Kutschendach, während er den Mann mit der rechten ganz langsam hochzog. Es war ein Gefühl, als würde ihm jemand den Arm aus dem Schultergelenk reißen. »Nicht … bewegen«, stöhnte er vor Anstrengung.

Siddens Schreie hatten inzwischen den Kutscher alarmiert, der laut mit der Zunge schnalzte und Thomas bat, seinen Passagier auf keinen Fall loszulassen. »Sonst krieg ich 'nen Riesenkrach mit meinem Boss!«

Endlich bekam Siddens das Gepäckfach zwischen den Hinterrädern zu fassen, zog sich hoch und plumpste wenig elegant in den Sitz. Völlig außer Atem dankte er Gott, dass Thomas ihn noch rechtzeitig zu fassen bekommen hatte und er noch am Leben war.

Der Kutscher versicherte sich mit einem kurzen Blick, dass seine Passagiere in Sicherheit waren, dann trieb er die Pferde auch schon wieder an. Thomas tat die linkischen Dankesworte seines jungen Mitreisenden mit einer Handbewegung ab. Der untersetzte Gentleman stöhnte über die ständigen Verzögerungen und wollte dann wissen: »Was ist das für ein infernalischer Gestank?«

Thomas rieb sich die Schulter, um den Schmerz ein wenig zu lindern. Gott sei Dank war er hier gewesen und hatte Siddens das Leben retten können.

Doch Julia wiederzusehen, wieder mit ihr vereint zu sein …

Das wäre etwas, für das er Gott aufrichtig dankbar wäre.

Falls Gott einen Sünder wie ihn erhörte.

Kapitel 11

Portman Square, London

Julia schaute sich im Schlafzimmer um und zog ihre Handschuhe aus, während die Diener ihre Koffer hereintrugen. Sie sah ihre Mutter an, die neben ihr stand und zufrieden lächelte. Zweifellos war sie glücklich darüber, das gestrige Wortgefecht um Julias Aufenthaltsort gewonnen zu haben. »Ich bewundere dich wirklich, dass du alles so schnell einpacken konntest«, murmelte Julia.

»Aber natürlich konnte ich das, Liebling. Du hast ja nicht viel – ehrlich gesagt hatte ich den Eindruck, der kleine Charles besitzt fast mehr Sachen zum Anziehen als du. Ich muss zugeben, das hat mich ein wenig überrascht.«

Julia zwang sich zu einem Lächeln. Sie hätte ihr sagen können, dass Serena ihre und Charles' Sachen hatte verbrennen lassen, weil sie nicht einmal mehr dem schmuddeligsten Straßenkind zuzumuten waren. Sie hätte ihr auch erzählen können, dass sie all ihre Besitztümer – abgesehen von ein paar Kleinigkeiten, die sie aus Edinburgh gerettet hatte – Henrys Großzügigkeit und Serenas gutem Geschmack zu verdanken hatte. Doch sie vermutete, ihre Mutter würde diese Freundlichkeit und die sich daraus ergebende Verpflichtung nur sehr begrenzt zu schätzen wissen, und schwieg deshalb.

Heute Morgen hatte sie sich von ihren Gastgebern verabschiedet. Henry hatte versucht ihr das Gefühl zu geben, willkommen gewesen zu sein, doch Julia wusste, wie sehr sie und der kleine Charles den Alltag der jungen Eheleute durcheinandergebracht hatten. Den sorgenvollen Ausdruck in seinem Gesicht, als er sah, wie lange und zärtlich seine Frau Charles liebkoste, bevor sie ihn widerstrebend Julia gab, konnten auch seine guten Manieren nicht verdecken. Nein, es war Zeit gewesen, sie zu verlassen; nicht zuletzt, damit sie endlich zu Henrys krankem Vater fahren konnten. Sie musste die glückliche kleine Insel, auf der sie nun eine Zeit lang gelebt hatte, verlassen und irgendwie mit dem neuen Leben zurechtkommen, das sie nun erwartete.

Sie trat ans Fenster und sah hinaus auf den kahlen Park vor dem Haus. Er bestand aus einem Fleckchen verkümmertem Gras, ein paar Bäumen und Büschen und war mit spitz zulaufenden Gitterstäben eingezäunt, um ihn vor unbefugtem Betreten zu schützen. Auf der anderen Straßenseite stand das neoklassizistische Montagu House und etwas weiter unten die elegante Residenz der Gräfin von Home. Prachtvolle Anwesen der Reichen und Adligen. Welch eine Ironie, dass sie jetzt ausgerechnet hier lebte, wo sie doch geglaubt hatte, das alles hinter sich gelassen zu haben.

Es war seltsam, wieder im Haus ihrer Mutter zu sein. Jon hatte sich oft über die sterile und eher kühle Einrichtung beschwert, doch Julia hatte nichts dagegen gehabt, dass es so modern war. Und nach der schäbigen, muffigen Mietwohnung in Edinburgh wusste sie die kühlen, klassischen Linien dieses Stadthauses umso mehr zu würdigen. Nicht zuletzt war es sehr leicht sauber zu halten. Bei dem Gedanken musste sie unwillkürlich lächeln. Wie sehr hatte sie sich in den letzten Monaten verändert – früher wäre es ihr niemals in den Sinn gekommen, dieses Kriterium für einen Vorzug an einem Haus zu halten.

»Worüber lächelst du, mein Liebes?«, fragte ihre Mutter mit einem nachsichtigen Lächeln. »Bist du froh, wieder hier zu sein?«

Was konnte sie auf diese Frage anderes antworten als Ja?

»Es ist so wundervoll, dich wieder zu Hause zu haben.« Ihre Mutter umarmte sie liebevoll. »Ich habe dich so vermisst.«

Wieder lautete die einzig korrekte Antwort, dass sie sie ebenfalls vermisst hatte.

Und vielleicht stimmte das ja sogar. Es war zugegeben sehr angenehm, sich wichtig zu fühlen und die Liebe und Fürsorge ihrer Mutter zu spüren. Serenas Bestrebungen, sie angemessen zu kleiden, wurde von den Plänen ihrer Mutter, Julia umgehend nach der neuesten Mode auszustatten, völlig in den Schatten gestellt. Wo Julia all diese Roben tragen sollte, war eine andere Frage. Sie hatte nicht das Bedürfnis nach Teilhabe am gesellschaftlichen Leben und würde ganz bestimmt keine Theateraufführungen oder Bälle besuchen. Catherine hatte recht gehabt: Julia wollte nirgendwohin gehen, wo sie angestarrt wurde und die Menschen über sie tuschelten. Der fröhliche Wirbel, in dem ihre Mutter lebte, lockte sie nicht im Geringsten. Julia würde nicht zulassen, dass ihr Kind sehnsüchtig aus einem Fenster im Obergeschoss beobachtete, wie die Gäste ihrer Mutter zu einer Soiree eintrafen. Es sollte nicht damit aufwachsen, dass das Haus bis in die frühen Morgenstunden von lachenden Gästen erfüllt war, und sich dabei fragen, warum seine Mutter niemals auf diese Art mit ihm lachte. Julia wünschte sich stattdessen ein ruhiges und häusliches Leben, wie sie es sich bei Catherine gut vorstellen konnte. Vielleicht in einem Cottage am Meer, wo sie friedlich mit ihrem Kind und ihrem Ehemann leben konnte.

Bei dem Gedanken an ihren Ehemann brannten ihre Augen und in ihrem Hals steckte ein dicker Kloß. Der Schmerz in ihrem Herzen wuchs.

Drei Tage später

»So, Julia, nun hoffe ich, dass du ein wenig zur Ruhe kommen wirst, denn so kann es nicht weitergehen. Bei jedem kleinsten Laut des Jungen springst du auf, als hätten wir keine Dienerschaft und keine qualifizierte Kinderfrau.«

Julia biss sich auf die Zunge, wie sie es schon Dutzende Male getan hatte, seit sie wieder im Haus ihrer Mutter lebte. Sie wusste, dass sie dringend Schlaf brauchte – ja, sie sehnte sich mit jeder Faser ihres Körpers danach, doch ihre innere Rastlosigkeit ließ keinen Schlaf zu. Ob es einfach an ihrer Müdigkeit lag oder an der alten Rollenverteilung von dominanter Mutter und braver Tochter – sie war gereizt und hätte ständig weinen oder schreien oder etwas schütteln können. Am liebsten hätte sie etwas völlig Unvernünftiges getan und spürte, dass nur noch ein letzter Rest Anstand sie davor bewahrte, etwas zu tun, was sie womöglich bereuen würde.

Es hatte nur einen Tag gedauert, bis ihre Mutter die Treffen mit Freunden und Hutmacherinnen wieder aufgenommen hatte, obwohl sie ihr zuvor zugesichert hatte, eine Pause davon einzulegen. Doch schon nach diesem einen Tag war sie scheinbar daran erinnert worden, wie langweilig ihre mütterlichen Pflichten für sie waren. Julia musste lächeln. Sie wusste doch, wie ermüdend ihre Mutter es schon empfunden hatte, ihre eigenen Kinder großzuziehen. Oder aber sie hatte nur Julias Erziehung fremden Leuten überlassen. Jonathan hatte sie immer sehr viel lieber gemocht als ihre Tochter.

»Julia? Warum guckst du so?«

»Verzeihung, wie gucke ich denn?«

»Vielleicht solltest du mich begleiten. Es würde dir bestimmt guttun, ein bisschen an die frische Luft zu kommen. Vielleicht eine Ausfahrt in den Hyde Park …«

»Nein.« Und sich von den Klatschbasen anstarren lassen? Sie würde im Erdboden versinken.

»Aber Julia, du siehst wirklich nicht gut aus. Es kann doch nicht sein, dass du hier eingesperrt sein willst und ständig auf der Lauer liegst, ob das Kind vielleicht weint. Dafür haben wir doch Crabbit.«

Wie sollte sie erklären, was sie dazu trieb, sich mit fast verzweifelter Sorge um ihn zu kümmern, alles dafür zu tun, dass es ihm gut ging? »Mutter, mir ist absolut nicht nach Gesellschaft zumute. Aber ich werde versuchen, mich auszuruhen. Versprochen.«

»Das hoffe ich sehr.«

Im selben Moment fing der Kleine wieder an zu weinen. Julia sah den entnervten Ausdruck, der über das Gesicht ihrer Mutter huschte. Sie schaute Julia an, als warte sie nur darauf, dass sie ihrem Kind zu Hilfe eilte. Doch die zwang sich stehen zu bleiben.

»Bitte, mein liebes Kind, überlass das Crabbit. Wenn du dich so überanstrengst, wird alles nur schwerer für uns.«

»Ich gehe hinauf in mein Zimmer«, versprach sie.

»Und ruhst dich aus?«

»Ja.« Obwohl es ihr schwerfiel, gelang es ihr zu lächeln. »Ich weiß deine Fürsorglichkeit sehr zu schätzen, Mutter.«

»Hm.« Ihre Mutter musterte sie mit dem sonderbaren Blick, der besagte, dass sie die innere Abwehr hinter Julias gehorsamer Fassade genau spürte, aber nichts dazu sagen würde. »Nun gut. In dem Fall werde ich dafür sorgen, dass du nicht gestört wirst. Du brauchst auch nicht zum Dinner herunterzukommen, wenn du nicht möchtest.«

»Das weiß ich wirklich sehr zu schätzen. Vielen Dank, Mutter.«

Ihre Mutter trat zu ihr und strich ihr traurig lächelnd über die Wange. »Ich möchte doch nur, dass du glücklich bist, mein Liebes. Und ich weiß, wie schwierig alles scheint, wenn man übermüdet ist.«

Ihre Fürsorge ließ Julia Tränen in die Augen steigen, Tränen, die ohnehin ständig dicht unter der Oberfläche warteten. Zu ihrer Überraschung und Erleichterung sagte ihre Mutter nichts weiter, sondern küsste sie nur auf die Stirn und schickte sie dann nach oben. Die Diener ermahnte sie, Miss Julia unter keinen Umständen zu stören. Jegliche Besucher sollten abgewiesen werden.

Julia schleppte sich zur Treppe und legte eine Hand auf das Geländer. Ihre Mutter rief ihr noch einen Gruß zu, öffnete die Vordertür und war fort.

Vielleicht war ihr Herz so rasch dabei, ihre Mutter zu verurteilen, weil sie so müde war. So furchtbar müde. Bei aller Verzweiflung musste sie über sich selbst lachen. Sie mochte es verabscheuen, wie ein Kind behandelt und ins Bett geschickt zu werden, doch manchmal war es offenbar nötig.

Charles' Weinen, das verstummt war, setzte von Neuem ein. Sie biss die Zähne zusammen und fragte sich, warum dieses Weinen ihr durch Mark und Bein ging wie kein anderes Geräusch. Kein Wunder, dass Mutter es nicht ertrug. Der arme Kleine schien in letzter Zeit nicht besonders glücklich zu sein.

Vor ihrer Schlafzimmertür blieb sie stehen. Sie konnte schlafen gehen ... aber was, wenn er weinte, weil er die neue Kinderfrau, die ihre Mutter eingestellt hatte, nicht mochte? Das Kindermädchen, das Serena besorgt hatte, hatte Mutter nicht gefallen. Sie sagte, es sei etwas an ihrem Blick und sie würde dieser Frau nicht vertrauen, selbst wenn ihr Leben davon abhinge. Nun ja, Mutters Leben hing nicht von dem Kindermädchen ab, wohl aber das des kleinen Charles. Julia lenkte ihre schwankenden Schritte zum Kinderzimmer im zweiten Stock.

»Hallo Crabbit.«

»Guten Tag, Miss.«

Julia korrigierte die Anrede nicht, auch wenn sie sich in den einsamen Nachtstunden manchmal fragte, was die Diener wohl von ihr dachten. Ob sie sie für eine Ehebrecherin hielten? Oder für eine gefallene Frau? Noch etwas, worin sie sich geändert hatte – nun machte sie sich plötzlich darüber Sorgen, was die Diener über sie dachten. Sie versuchte, sich ihre Minderwertigkeitsgefühle nicht anmerken zu lassen, und trat zu der Kinderfrau, die den Kleinen auf dem Arm hatte.

»Tut mir leid, Miss«, murmelte Crabbit. »Es dauert immer ein Weilchen, bis ein Kind sich an zwei neue Arme gewöhnt hat.«

»Natürlich.« Sein Weinen ließ ein wenig nach, als sie zärtlich über seine kupferfarbenen Locken strich und wie die Kinderfrau tröstende Worte murmelte. »Komm schon, kleiner Mann, du musst doch schlafen.«

Charles hickste und holte zitternd Luft, als sei er unsicher, ob er weiterschreien oder sich beruhigen sollte.

»Ah, der kleine Liebling kennt die Stimme seiner Mama.«

Julia zwang sich zu einem Lächeln. Leider nicht. Er würde die Stimme seiner Mutter nie wieder hören.

Während Charles zappelte und sich weiter wand, ließ sie ihre Hand sinken und machte einen Schritt nach hinten. Vielleicht hatte Mutter ja recht und sie sollte die Kinderfrau ihre Arbeit tun lassen. »Schhhh, es ist Schlafenszeit.«

Doch sein verängstigtes, puterrotes Gesicht weckte heftige Schuldgefühle in ihr. War es falsch gewesen, eine derart weite Reise mit einem kleinen Kind zu unternehmen? Wie oft hatte sie um ein wenig Milch für den Kleinen gebettelt und sich mit Wasser oder dünner Schleimsuppe zufriedengeben müssen! Hatte das Hungern ihm geschadet? Sie war auf der Reise viel Freundlichkeit begegnet, manche Menschen hatten ihr sogar aktiv geholfen, als sie sahen, wie klein Charles noch war. Doch sie war nur eine von zahllosen anderen armen Reisenden, und viel zu vielen dieser ausgemergelten Gestalten sah man die Sorgen und das unzureichende Essen an.

Ein wenig leichter war ihr zumute gewesen, als der Arzt, der gestern gekommen war, ihr versichert hatte, dass der kleine Charles völlig gesund und groß und kräftig genug für sein Alter war und dass sie sich über sein Weinen keine Sorgen zu machen brauchte. Seither war sie etwas ruhiger, aber wirklich beruhigt würde sie erst sein, wenn er schlief.

Jetzt bewegte er sich und schlug die dunklen Augen zu diesem unverkennbaren Blick auf, der sie immer wieder in seinen Bann zog. Doch dann verzog sich sein Gesichtchen erneut und er begann abermals, herzzerreißend zu weinen. Es war ein Geräusch, das ihr durch Mark und Bein ging.

»Aber, aber«, sagte Crabbit. »Hör doch auf damit, mein Kleiner. Deine hübsche Mama braucht doch auch ihren Schlaf.« Sie wirkte, als wäre sie sich ihrer Sache sehr sicher. »Keine Sorge, Miss. Ich bleibe bei ihm. Sie können sich ruhig hinlegen.«

»Ganz bestimmt?«

»Der kleine Charles ist nicht der Einzige, der ein wenig Schlaf dringend nötig hat.«

Julia lächelte müde. »Na gut.«

Doch als sie in ihrem Zimmer war, wollte der Schlaf sich einfach nicht einstellen. Nicht mit dicht zugezogenen Vorhängen, nicht mit einer Schlafbrille und auch nicht, als sie ihr Morgenkleid auszog, ein Nachthemd überstreifte, unter die Bettdecke schlüpfte und ihrem Körper auf diese Weise signalisierte, dass Schlafenszeit war. Die Ruhelosigkeit und die ängstliche Nervosität wollten nicht weichen. Vielleicht würde es sie beruhigen, wenn sie noch ein wenig las.

Sie schlug die Bettdecke zurück, warf einen Morgenmantel über und ging ins Wohnzimmer hinunter – glücklicherweise ohne das Begleitgeräusch von Kinderweinen und ohne von den Dienern gesehen zu werden. Nach einem Moment der Suche in den Bücherregalen nahm sie einen Band mit Schriften von Pope heraus und schlug sie auf. Ja, das passte. Mit dem Buch unter dem Arm verließ sie den Raum und ging zur Treppe.

In diesem Augenblick klopfte es an der Tür. Gott bewahre, dass, wer auch immer es war, sie dermaßen unschicklich gekleidet zu Gesicht bekam! So schnell sie konnte, lief sie die Treppe bis zum ersten Absatz hinauf, drehte sich dann um und spähte hinunter. Ein Diener öffnete die Tür.

Sie hörte eine tiefe, männliche Stimme, die ihr allzu vertraut war. Das Buch glitt ihr aus den Händen und ihr Herz drohte stehen zu bleiben. Konnte es wahr sein?

»Es tut mir leid, aber Miss Julia ist nicht zu Hause.«

Der Diener gab seine Standardantwort für unerwartete Besucher. Aber dieser Besucher war anders …

Ihr Mund war wie ausgetrocknet. Sie schluckte. »Danke, William«, brachte sie dann heraus, griff nach dem Geländer und ging leicht schwankend die Treppe hinunter. Den überraschten Blick des Dieners ignorierte sie. »Ich bin zu Hause.«

Wie in Trance ging sie langsam durch die Halle und richtete ihren Blick fest auf das Gesicht, das wiederzusehen sie nicht mehr gehofft hatte. »Danke, William, Sie können gehen.«

Sie hörte kaum, wie er sich zurückzog, und konnte den Blick nicht von dem vertrauten Gesicht abwenden. Es war so wohlbekannt und doch so verändert mit den eingefallenen Wangen und den dunkelbraunen Augen, die sie mit einem schmerzlichen Ausdruck ansahen. »Thomas.«

»Hallo, mein Liebling.«

Seine dunklen Augen blickten sie so intensiv an, als könnte er nicht genug von ihr bekommen. Ihr stockte der Atem. Ihr Herz fing an zu rasen. Sie schwankte. »Was … was machst du hier?«

Seine Lippen verzogen sich zu einem schiefen Grinsen. »Dich suchen.«

In ihren Ohren rauschte es. Ein heftiger Schwindel überfiel sie, und sie spürte, dass sie gleich ohnmächtig werden würde. In dem Moment, in dem ihre Beine nachgaben, trat er vor – und fing sie auf.

Als sie benommen wieder zu sich kam, lag sie in seinen Armen. Sie roch seinen Moschusduft, spürte die Bartstoppeln auf seinem Kinn und hörte leise, zärtliche Worte. Vage bemerkte sie, dass er sie durch die leere Halle in den Salon trug, die Tür schloss und sie vorsichtig auf das Sofa legte. Sie schloss die Augen. Das alles war nicht real. Oder vielleicht doch? Vielleicht hatte sie auch nur einen Traum von ihren Flitterwochen, als sie ein paar Nächte in einem winzigen schottischen Dorf namens Kirkcudbright verbracht hatten, das an der Küste in der Nähe von Solway Firth lag. In jenen Nächten hatte sie gelernt zu lieben und sich lieben zu lassen. Sie hatte gelernt, was es bedeutete, in jeder Hinsicht Mann und Frau zu sein. Sie *musste* träumen. Wahrscheinlich lag es an ihrer Erschöpfung …

»Oh mein Liebling, ich habe dich so vermisst!«, murmelte er. Seine Lippen berührten zärtlich ihre Stirn.

Sie schlug die Augen auf. Es war also doch kein Traum. Er war da, war am Leben, und seine Augen ließen sie nicht mehr los. Er wirkte, als hätte er nie von ihr getrennt werden wollen. Sie hob die Hand, legte sie an sein raues Kinn und spürte seinen Atem auf ihrer Haut. »Ich dachte, du seist tot.«

Er verzog erneut das Gesicht. »Beinahe.«

»Ich habe gewartet und gewartet …« Ihre Augen füllten sich mit Tränen.

»Es tut mir so leid.« Seine Lippen liebkosten ihre Stirn und ihre Wangen. Einen Moment lang vermischte sich ihr Atem, ihre Blicke versanken ineinander, und sie fühlte das altvertraute Begehren in sich aufsteigen, das einen Widerhall in seinen Augen fand. Dann trafen sich ihre Lippen in einem Kuss, der sich vertraut und doch völlig neu anfühlte.

Sie seufzte tief auf.

Er schlang die Arme um sie und schloss sie in einen Kokon aus Liebe und Sicherheit ein. Mit allen Sinnen sog sie die Zärtlichkeit auf, und ihre Erschöpfung von vorhin war wie weggeblasen. Mit einem tiefen Aufstöhnen warf sie die Arme um seinen Hals und gab sich seinem leidenschaftlichen Kuss hin. In diesem Augenblick brauchte sie keine Erklärungen, es genügte, dass er am Leben war, dass er hier war und dass er sie noch liebte.

»Julia, meine Liebste, wir sollten nicht hierbleiben«, murmelte er irgendwann mit vor Leidenschaft belegter Stimme. »Deine Mutter …«

»Ist nicht da«, flüsterte sie an seiner Wange.

»Aber die Diener …«

Könnten jeden Moment hereinkommen und die Tochter des Hauses in einer höchst unschicklichen Situation ertappen. Damit würden sie ihre schlimmsten Befürchtungen bestätigt sehen. Sie sog scharf die Luft ein, schob ihn weg und setzte sich auf. »Komm mit nach oben.«

»Was? Das kann ich nicht … deine Mutter … die Diener …«

Sie lachte leise. »Meine Mutter und die Diener glauben, dass ich schlafe.«

»Aber der Diener, der mir die Tür geöffnet hat …«

»Wird nichts sagen. Er hat dich nicht hier hereinkommen sehen, oder?«

»Ich glaube nicht.«

Als sie aufstand, folgte ihr sein Blick voller Begehren. Sie legte die Hände an sein Gesicht, presste ihre Lippen auf seine und murmelte: »Ich habe dich vermisst.«

Seine Augen weiteten sich. Schließlich nickte er. Auf ihrem Weg aus dem Zimmer durch die Halle und die Treppe hinauf in ihr Schlafzimmer frohlockte Julia, dass niemand sie gesehen hatte. Sie schloss die Tür.

Dann lehnte sie sich gegen die Eichentür und sah zu, wie er sich in dem dämmerigen Zimmer umschaute. Er blickte auf das zerwühlte Bett und wandte sich wieder zu ihr um. Doch dann zögerte er, als wagte er es nicht, sich ihr ohne erneute Aufforderung zu nähern. Deshalb lächelte sie, schloss die Tür ab und ging zu ihm.

Seine Augen blickten sie eindringlich an, doch er rührte sich noch immer nicht. »Was willst du tun?«

Nur das eine.

Sie stellte sich auf die Zehenspitzen und küsste ihn erneut.

Nach einem kurzen Zögern gab er nach. Er legte seine Arme um sie und zog sie an sich, als wollte er sie nie wieder loslassen. Sein Kuss wurde drängender und leidenschaftlicher, während die Welt um sie herum anfing, sich zu drehen.

Sie löste sich von seinen Lippen und rang nach Luft, als sie ihn flüstern hörte: »Ich liebe dich.«

Die Rätsel der letzten Monate zählten nicht mehr. Er war tatsächlich hier bei ihr, und in diesem Augenblick war allein ihre Liebe von Bedeutung. Alles andere war unwichtig. Charles. Ihre Mutter. Jon. Nichts zählte mehr.

»Ich liebe dich auch.«

Dann fanden seine Lippen erneut die ihren, und seine starken und muskulösen Arme umschlangen sie. Seine Küsse gaben ihr Sicherheit. Sie spürte, wie er sie verehrte, und dachte voller Glückseligkeit an ihre gemeinsame Zukunft. Dann gebot sie ihren Gedanken Einhalt. Heute wollte sie sich nur dem Augenblick hingeben und an nichts anderes mehr denken als an ihre Liebe.

Kapitel 12

Thomas blinzelte. Seine Augen brauchten einen Moment, bis sie sich an das Dämmerlicht gewöhnt hatten. Das Zimmer war ihm fremd. Ein süßer Duft drang in seine Nase und ließ ihn schnuppern. Allmählich kehrte seine Erinnerung zurück und seine Sinne erwachten. Der Grund, warum er hier war, erfüllte ihn mit jubelnder Freude und mit einer unendlichen Erleichterung, ja Erlösung.

Das Bett gab nach, als er sich auf die Seite drehte. Er betrachtete Julias nackten Rücken. Der Anblick der zarten Kurve ihres Rückgrats ließ ihn lächeln. Er strich mit dem Finger über ihre vollkommene Haut, staunte über ihre Zartheit und war froh, dass sie nicht aufwachte. Ihre Haut hatte ihn schon immer fasziniert – sie war so hell, so glatt, so makellos und so ganz anders als seine eigene. Der Unterschied ihrer beider Haut schien ihm wie ein Sinnbild zu sein: Sie war zart und rein und lieblich; er war hart, dunkel verbrannt von der Sonne Indiens, und sein Körper trug die Narben von Erfahrungen, die er am liebsten vergessen wollte. Das Herz tat ihm weh, doch er achtete nicht darauf. Es war noch genügend Zeit für Erklärungen. Er beugte sich vor und atmete ihren Duft ein, der wie ein Parfum war und ihn an die nach Vanille duftenden Orchideen im Garten seiner Mutter in Norfolk erinnerte.

Weitere Erinnerungen stiegen auf, doch er schob sie weg. Stattdessen beugte er sich vor und hauchte einen Kuss auf ihre Schulter, um noch einmal den süßen Duft tief einzuatmen. »Ich liebe dich«, flüsterte er dabei.

Als sie im Schlaf zu lächeln schien, fragte er sich, ob es töricht war zu glauben, er könnte seine Frau glücklich machen. Vielleicht. Doch das kümmerte ihn in diesem Moment nicht. Zum ersten Mal seit einer Ewigkeit – so kam es ihm jedenfalls vor – war sein Körper völlig entspannt. Eigentlich drängte es ihn weiterzuschlafen, doch er hatte es schon immer geliebt, seiner Frau beim Schlafen zuzusehen. Er liebte diesen Ausdruck von Zufriedenheit auf ihrem Gesicht und das Wissen, dass er ihn hervorrufen konnte.

Er strengte sich an, um im ersten Licht der Morgendämmerung, das durch die Vorhänge fiel, etwas zu erkennen. Als er sah, dass Julia immer noch im Schlaf lächelte, ließ er sich aufs Kopfkissen zurücksinken. Dabei trat auch auf seine Lippen ein zufriedenes Lächeln. Nachdenklich sah er zu der filigranen Stuckarbeit an der Decke hinauf. Wie wundervoll und wie erstaunlich, dass sich alles so einfach ineinandergefügt hatte. Er hatte überhaupt keine Erwartungen gehabt, als er in London eingetroffen war und sich ein Zimmer in einem billigen Gasthaus genommen hatte, um zu baden und wieder ein einigermaßen respektables Äußeres anzunehmen. Am gestrigen Morgen war er dann zu Carmichaels Stadthaus gegangen, wo ihm jedoch nicht einmal mehr ein Dienstbote geöffnet hatte – scheinbar waren alle verreist. Danach hatte er beinahe allen Mut verloren, war er doch überzeugt, nun Jon aufsuchen, mit ihm reden und ihm seine Abwesenheit erklären zu müssen, um so Julias Aufenthaltsort in Erfahrung zu bringen. Doch als er dort vorgesprochen hatte, war ihm lediglich von einem Dienstboten geöffnet und erklärt worden, dass Lord und Lady Winthrop an diesem Tag außer Haus seien. Daraufhin war er noch niedergeschlagener gewesen und gegangen, ohne seinen Namen zu hinterlassen. Jetzt wollte er nur noch so schnell wie möglich zum Haus von Julias Mutter und sich ihr zu Füßen werfen, um hoffentlich ein winziges bisschen Gnade vor ihren Augen zu finden.

Als er dann vom Diener erfahren hatte, dass auch sie nicht zu Hause war, und gleich darauf auch Julias Anwesenheit verleugnet wurde, hatte er geglaubt, unter dem Gefühl der Verzweiflung, das ihn gepackt hatte, zusammenzubrechen. Im selben Augenblick war das Wunder geschehen und seine Frau war auf ihn zugekommen. In ihren Augen hatte er das gleiche Staunen gesehen, das auch er tief in seiner Seele empfand. Anfangs schien sie zu zögern, doch dann hatte ihre Reaktion – ihre zutiefst befriedigende Reaktion – keinen Zweifel daran gelassen, was sie empfand.

Sie liebte ihn. Sie hatte ihm vergeben. Mehr wollte er nicht.

Er zog die Decke höher, schloss die Augen und sank in den Schlaf.

Plötzlich wurde er von einem Geräusch geweckt, das wie ein Schlüsselklirren klang. Sofort verspannte sich sein Körper, und sein Herz hämmerte laut. Wo war er? Dann spürte er das weiche Bett, in dem er lag, und atmete erleichtert aus. Er befand sich im Haus von Julias Mutter. Durch die verschlossene Tür hörte er Stimmengemurmel. Es grenzte an ein Wunder, dass sie so lange ungestört geblieben waren.

»Julia.«

Sie schlief weiter. Sie musste in letzter Zeit sehr wenig geschlafen haben. »Liebste«, flüsterte er. »Mein Schatz, wach auf.«

»Nein«, murmelte sie. »Ich habe so schön geträumt. Ich will nicht aufwachen …«

Er lächelte, beugte sich vor und küsste sie auf die nackte Schulter. »Sosehr ich mir auch wünsche, wir könnten hier für immer liegen bleiben – ich glaube, da draußen ist jemand.«

»Was?« Sie riss die Augen auf und richtete sich auf. Ihr Gesicht war blass geworden. »Oh nein!«

Es klopfte an der Tür, dann hörte man eine Stimme – eine, die er nur zu gut kannte. »Julia? Julia, bist du da drin?«

Sie sah ihn voller Angst an. »Mutter«, flüsterte sie.

»Julia? Ist jemand bei dir? Ich habe Stimmen gehört.«

Ein amüsiertes Lächeln glitt über Julias Gesicht, verschwand jedoch sogleich wieder und machte einem ängstlichen Ausdruck Platz. »Was soll ich sagen?«

»Du kannst ihr sagen, dass die meisten Leute, die Stimmen hören, in Bedlam landen.«

Sie unterdrückte ein Lachen und hielt sich eine Hand vor den

Mund, doch die Beklemmung wich nicht aus ihrem Gesicht. Das Klopfen an der Tür wurde lauter und stärker.

»Julia? Mach sofort auf!«

Sie warf ihm einen Blick zu. Er bedeutete ihr zu antworten. Sie seufzte und rief: »Mutter?«

»Julia? Oh, mein liebes Mädchen! Wir haben schon befürchtet, dass etwas passiert sein könnte.«

Nun verkniff er sich ein Lachen. Damit hatte sie zweifelsfrei recht. Es war etwas passiert.

Sie warf ihm einen strengen Blick zu, räusperte sich und sagte: »Das tut mir leid. Ich glaube, ich habe sehr lange geschlafen.«

»Und ob! Aber du hast es bestimmt nötig gehabt.«

Jetzt konnte er nicht anders und lautes Lachen brach aus ihm heraus.

Julia starrte ihn mit offenem Mund und aufgerissenen Augen an.

Dem furchterregenden Schweigen vor der Tür folgte ein lautes Stimmengemurmel, dann klopfte es erneut. »Julia! Wer ist da bei dir? Öffne sofort die Tür!«

Thomas stand auf und kleidete sich so rasch wie möglich an. Er würde sich ganz bestimmt nicht nackt von seiner Schwiegermutter erwischen lassen. »Zieh dich an«, zischte er Julia zu, die noch immer wie erstarrt im Bett saß.

»Julia, ich verlange, dass du die Tür öffnest!«

Seine Frau wandte sich zu ihm und hob hilflos die Hände. »Was soll ich nur tun?«

»Willst du, dass deine Mutter dich so sieht?«

»Gott bewahre!«

Sie sprang aus dem Bett, hob ihr Nachthemd hoch und streifte es über. Thomas konnte nicht anders und musste dabei ihren Körper anschauen.

»Julia?«

Das Geräusch eines Schlüssels, der ins Schlüsselloch gesteckt wurde, ließ sie zur Tür rennen, aufsperren und hinausstürzen. »Ja, Mutter? Was ist?«

Thomas hielt die Luft an. Was sollte er tun? Sollte er sich zu erkennen geben oder war es besser für Julia, wenn er halb verborgen hinter dem großen Schrank blieb?

Er trat einen Schritt vor und blieb wieder stehen. Lady Harkness stürmte an Julia vorbei ins Zimmer. Sie warf einen Blick auf die zerwühlten Betttücher und stieß einen unartikulierten Schrei aus. Dann blickte sie sich wild im Zimmer um und entdeckte ihn. »Nein!«

Thomas richtete sich auf und versuchte sich energisch ins Gedächtnis zu rufen, dass er früher Hunderte von Soldaten in die Schlacht geführt und sich sogar dem angreifenden Elefanten in den Weg gestellt hatte. Doch all das verblasste vor der Frau, die sich jetzt vor ihm aufbaute.

»Wie können Sie es wagen?« Sie hob den Zeigefinger. »Wie können Sie es wagen, mein Haus zu betreten!«

Er sah ihr in die Augen und sagte mit leiser Stimme: »Wie können Sie es wagen, sie von mir fernhalten zu wollen?«

»Was?« Ihre Augen sprühten grüne Blitze, und ohne Vorwarnung hob sie eine Hand, um ihm eine schallende Ohrfeige zu geben.

Der Schmerz ließ ihn beinahe zusammenzucken. Sein Zorn kochte hoch, doch er biss die Zähne zusammen. Er war entschlossen, keine Reaktion zu zeigen, denn das hieße, Schwäche zuzugeben.

»Wie reden Sie mit mir? Sie sind der« – hier spuckte sie ein Schimpfwort aus – »der mir meine geliebte Tochter gestohlen hat, der sie mit seinen Lügen verführt hat …«

Er beobachtete sie misstrauisch und war bereit auszuweichen, falls sie erneut zuschlug. Er wünschte, Julia und die Hausangestellten müssten diese wilde Schmähredе nicht mitanhören. Als ihr endlich die Luft ausging, sagte er nur: »Die Art und Weise, wie wir geheiratet haben, bedaure ich, aber ich bedaure es nicht, dass ich Ihre Tochter liebe. Sie ist …«

Klatsch!

»Mama!«

Er blinzelte und biss erneut die Zähne zusammen, als ein glühendes Feuer nun auch durch seine andere Wange fuhr – nur zum Teil hervorgerufen durch den Schlag. Diesen hemmungslosen Angriff hatte er nicht kommen sehen! »Fühlen Sie sich besser, Madam, wenn Sie mich wie einen Boxsack behandeln?«

»Und ob«, schnaubte sie und schlug nun mit beiden Händen auf sein Gesicht ein.

»Mutter, hör auf«, schrie Julia. »Hört auf, alle beide!«

Er packte die Handgelenke seiner Schwiegermutter und hielt sie fest, ohne ihr wehzutun. Dabei sah er sie mit einem Blick an, der so manchen seiner Untergebenen in Indien in Angst und Schrecken versetzt hatte. »Sie blamieren sich vor Ihrer Dienerschaft und regen meine Frau auf!«

»Julia ist meine Tochter«, keuchte sie, während sie seinen Blick erwiderte. »Meine Tochter, nicht Ihre Frau.«

»Ihre Tochter *und* meine Frau.«

Sie entriss ihm ihre Hände, lief zu Julia und schlang die Arme um sie. »Ich lasse nicht zu, dass Sie sie wieder mitnehmen. Sie dürfen sie nicht mitnehmen! Sie dürfen es nicht!«

»Madam, ich habe nicht den Wunsch, Sie und Julia einander zu entfremden, aber Julia muss selbst sagen, was sie wünscht.«

»Sie geben also zu, dass Sie Spaltung zwischen uns gesät haben!«

»Durch die physische Entfernung habe ich eine Trennung verursacht, ja«, – jetzt sprach er leiser – »doch ich glaube, die Entfremdung bestand schon lange, bevor ich auf dem Plan erschien.«

»Wie können Sie es wagen?«, sagte sie abermals. Ihre Augen glühten vor Abscheu. »Ich hasse Sie! Ich werde Ihnen nie vergeben, was Sie getan haben!«

»Wie ich schon sagte, Madam, es tut mir leid, dass ich Ihnen Kummer bereitet habe, aber ich kann mich für meine Gefühle für Julia nicht entschuldigen. Ich liebe sie.«

»Sie lieben sie?«, schrie sie. »Das wagen Sie zu behaupten, obwohl Sie sie für über ein halbes Jahr einfach verlassen haben?«

Julia, deren entsetztes Gesicht sich ihnen abwechselnd zugewandt hatte, wurde noch blasser. »Mutter, das geht nur Thomas und mich etwas an.«

»Oh nein, das tut es nicht! Sein Handeln betrifft uns alle! Deshalb muss er es uns allen erklären!«

Julia wandte sich zu ihm um. Ihr Gesicht war nun totenbleich. Sie sah ihn bittend an. »Thomas?«

Er trat näher und nahm ihre Hände. »Das werde ich, aber nicht so.« Er blickte zu der offenen Tür hin, wo die Diener sich erschrocken zerstreuten, als hätten sie plötzlich eilige Aufgaben zu erledigen, während sie weiter die Ohren gespitzt hielten, damit ihnen kein Wort dieses Streits entging.

Er wandte sich wieder an Lady Harkness. »Ich erkläre Ihnen gern, was ich in den letzten Monaten getan habe, aber meine Frau hat das Recht, meine Erklärung als Erste zu hören. Ich würde es schätzen, wenn ich erst einmal ungestört mit ihr sprechen könnte.«

»Das glaube ich gern und ich glaube auch, dass Sie die Wahrheit verdrehen werden, um sich selbst besser dastehen zu lassen!«

»Ich würde ihr alles ...«

»Sie würden sie manipulieren und belügen!«

Er kniff die Augen zusammen. »Ich bin ein Ehrenmann.«

»Sie sind ein Intrigant und eine falsche Schlange! Sonst hätten Sie sie nicht überredet ...« Ihre Worte erstarben, und ihr Blick auf das zerwühlte Bett zeigte ihm, was sie ihm unterstellte.

Er sah Julia an. Seine Lippen waren zu einem hoffentlich ermutigenden Lächeln verzogen. Nein, er würde nicht verraten, wer wen dazu verleitet hatte.

Mit gleichmütigem Gesichtsausdruck verbeugte er sich vor Lady Harkness. »Ich komme in zwei Stunden zurück, wenn Julia angekleidet und bereit ist, und werde dann mit ihr reden. Danach – wenn sie es wünscht – werde ich mich bemühen, auch Ihnen und Ihrem Sohn alles zu erklären.« Er lächelte angespannt. »Bis dahin werden Sie ihn bestimmt benachrichtigt haben.«

»Und wenn er nicht in London ist?«

»Ich weiß, dass er hier ist.« Er zupfte an seinem Ärmel. »Seine Diener haben es mir gestern gesagt.«

Damit verbeugte er sich erneut. Dann trat er zu seiner Frau und küsste sie. Hinter sich hörte er ein entrüstetes Schnauben. Er gab Julia einen Handkuss. »Ich komme wieder. Versprochen.«

»In zwei Stunden?«

»Ja.«

Mit einem zärtlichen Lächeln für seine Frau und ohne ein Lächeln für ihre Mutter verbeugte er sich ein letztes Mal und ging.

Kapitel 13

»Julia, du weißt gar nicht, wie sehr ich mich für dein Verhalten schäme!«

Die übliche gelassene Selbstsicherheit ihrer Mutter war absoluter Unversöhnlichkeit gewichen; die roten Flecken auf ihren Wangen und das zornige Glitzern in ihren Augen deuteten darauf hin, dass jederzeit ein erneuter Ausbruch stattfinden konnte. Und sie wusste genau, wie der aussehen würde!

»Wie konntest du auch nur mit ihm sprechen – geschweige denn etwas anderes mit ihm tun! Oh, ich schäme mich so sehr, dass ich kaum weiß, wo ich anfangen soll!«

»Mutter, er ist mein Mann …«

»Ach, wirklich? Ist er das? Wie können wir auch nur ein Wort von dem, was dieser Mann sagt, glauben? Mag sein, dass eine solche in Schottland geschlossene Ehe vor dem Gesetz gültig ist, aber ich bin nicht überzeugt davon! Solche barbarischen Sitten …«

»Wohl kaum barbarisch, Mutter«, murmelte Julia, doch ihre Mutter schien sie gar nicht zu hören, sie setzte ihre Schmähreden mit ungeminderter Heftigkeit fort.

Vielleicht war ihre Reise nach Gretna Green ja wirklich ein wenig unorthodox gewesen: die Flucht mit der Kutsche von Bath nach Bristol, dann mit dem Segelschiff nach Liverpool und zum Schluss die verrückte Fahrt an die Grenze.

Doch die Zeremonie selbst war völlig korrekt gewesen. Sie hatte zwar nicht in einer Kirche stattgefunden, sondern in einem weiß gekalkten Zimmer in einem Landgasthof. Ein in einem Talar gekleideter Gentleman hatte sie getraut und die Gäste waren Wirte, Postkutscher und Hausierer gewesen, die eher aus Neugier an der

Zeremonie teilnahmen. Man hatte ihnen die einfache Frage gestellt, ob sie einander heiraten wollten, und auf ihr Einverständnis hin war ihnen ein schlichter Goldreif an den Finger gesteckt worden. Anschließend waren sie gebeten worden, ein Formular auszufüllen, auf dem das Wappen des Vereinigten Königreichs, ihrer beider Namen und dem der Zeugen zu sehen war. Eine einfache Erklärung, dass sie nun Mann und Frau seien, ein Händeschütteln und ein Kuss – das war alles gewesen.

Sie war nicht gezwungen worden, sie hatte es aus freiem Willen getan. Thomas hatte dem »Pfarrer« anschließend zwanzig Pfund bezahlt. Sie hatten Champagner getrunken und dann etwas gegessen. Danach wurden sie in ein hübsches Zimmer geführt, in dem die Ehe vollzogen worden war. Ihre Wangen röteten sich bei der Erinnerung daran.

»Das dachte ich mir, dass du jetzt so guckst!«

Julia schlug die Augen nieder, um ihr unschickliches Amüsement zu verbergen.

»Ich traue ihm nicht. Nicht eine Sekunde!« Ihre Mutter unterbrach ihre Tirade, und Julia zwang sich aufzusehen, um ihren Blick unter den hochgezogenen Augenbrauen zu erwidern. »Nun? Was hast du dazu zu sagen?«

»Nichts, das du hören möchtest«, murmelte sie.

Die Augen ihrer Mutter sprühten Blitze. Sie öffnete den Mund, um etwas zu sagen, doch anscheinend überlegte sie es sich anders, denn sie schloss ihn wieder, drehte sich auf dem Absatz um und rauschte an den gaffenden Dienern vorbei aus dem Zimmer.

Julia schloss die Augen. Widersprüchlichste Gefühle nisteten sich in ihrem Bauch ein – wie damals auf ihrer Flucht von Bristol nach Liverpool die Übelkeit. Welch verrückte vierundzwanzig Stunden sie hinter sich hatte! Wer hätte so etwas für möglich gehalten? Ein Lächeln trat auf ihre Lippen, und sie öffnete die Augen. Thomas war genau so, wie sie ihn in Erinnerung hatte: sanft, aber stark, gut aussehend, aber bescheiden. Zugegeben, sein Haar war etwas länger, als sie es zuletzt gesehen hatte, und er wirkte magerer und müder als früher. Sie runzelte die Stirn. Daraus, dass sie beide so lange geschlafen hatten, konnte sie schließen, dass er mindestens so erschöpft gewesen war wie sie.

»Entschuldigen Sie, Miss.«

Ihre Gedanken wurden von Crabbits Stimme an der Tür unterbrochen, die ihr versicherte, dass Master Charles gut geschlafen hatte und jetzt zufrieden spielte. Nach ihrem Bericht trat das Mädchen ein und fragte, ob sie ihr beim Ankleiden helfen sollte. Sie stimmte zu, sagte einem zweiten Mädchen, dass es das Schlafzimmer sauber machen und aufräumen sollte, und wartete dann schweigend ab, bis die beiden das Zimmer wieder verlassen hatten. Während der gesamten Zeit dachte sie darüber nach, was sie sagen könnte.

Dass er sie liebte, wusste sie jetzt. Dass sie ihn noch immer liebte, war ihr ebenfalls klar geworden. Denn sobald die erste Überraschung vorüber gewesen war, hatte sie gewusst, dass bei aller Verwirrung und allem Groll, den sie empfunden hatte, ihre Liebe nie erloschen war. Doch das beantwortete noch lange nicht ihre Fragen. Was konnte ihn so lange abgehalten haben, zu ihr zurückzukehren? Wie sollten sie ihre Ehe fortführen? Wo sollten sie leben? Verdiente er genügend, um die Miete für eine Wohnung zu bezahlen? Was würde er überhaupt tun? Was würde er sagen? Was würde Jon sagen?

Mit Sicherheit schickte ihre Mutter in diesem Moment einen Diener zu Jon. Sie würde darauf bestehen, dass er bei ihrem Gespräch anwesend war und sich Thomas' Erklärung anhörte. Ihrer Ansicht nach musste diese Erklärung auch andere Personen zufriedenstellen, nicht nur seine Frau. Julia biss sich auf die Lippen. Thomas würde die Wahrheit nicht manipulieren – oder? Er war vertrauenswürdig.

Oder?

Zweifel erfassten ihr Herz und erschütterten das Vertrauen, das sie in seinen Armen wiedergefunden hatte.

»War das alles, Miss?«

War das Verachtung in den Augen ihrer Zofe? Julia hob das Kinn und nickte, woraufhin das Mädchen sich entfernte. Warum nur hatte ihre Mutter den Familienstreit vor den Dienstboten ausgetragen? Sie hätte doch wenigstens die Tür schließen und ihre Stimme mäßigen können!

Sie seufzte, strich glättend über ihren Rock und ging die Treppe hinunter in den Salon. Dabei gab sie vor, die Blicke der Diener und Mädchen nicht zu sehen, die sie verstohlen beobachteten. Im Salon setzte sie sich möglichst würdevoll auf das Sofa, zu dem er sie getragen hatte, als sie ohnmächtig geworden war. Beinahe wurde ihr erneut schwindelig, als sie sich an seine Küsse erinnerte. Oh, wenn er sie doch nach Hause holen würde, wo immer das jetzt sein mochte! Ein Gedanke plagte sie. War es falsch gewesen, Edinburgh ohne einen Hinweis auf ihren Verbleib zu verlassen? Er hatte sie zwar gefunden, aber vermutlich waren auf beiden Seiten Erklärungen dringend nötig. Doch wie auch immer, er würde bald hier sein, die Türglocke würde läuten und der nächste Akt ihres Lebens würde beginnen.

Bitte, Gott … wagte sie zu beten. *Bitte lass alles gut ausgehen.*

Die Türglocke erklang. Sie sprang auf, setzte sich jedoch gleich wieder hin. Es war nicht angebracht, so eifrig zu wirken, auch wenn sie es kaum erwarten konnte, wieder in seinen Armen zu liegen, seine Lippen auf den ihren zu spüren, seine Hände …

Sie errötete und versuchte zu verstehen, was die leise Stimme an der Tür sagte. Sie war ziemlich sicher, den Namen »Julia« zu hören und auch »Charles«, doch der Rest war zu leise. Sie zwang sich, sitzen zu leiben. Dann ging die Tür zum Salon auf und herein kam …

»Jon!« Ihr Herz sank, ihre Schultern sackten nach unten.

»Ich bin gekommen, um dich zu beschützen«, sagte er und verzog den Mund zu etwas, das wohl ein Lächeln darstellen sollte. Doch sein Gesicht hellte sich nicht auf, seine Augen waren hart und kalt.

»Du meinst, mich vor mir selbst zu schützen.« Sie formulierte es als Aussage, nicht als Frage, und war nicht überrascht, als er nickte.

»Catherine wollte nicht, dass ich komme, sie hält es für das Beste, wenn du und Hale allein miteinander sprecht …«

»Wirklich lieb von ihr«, brachte sie heraus und hoffte, nicht allzu sarkastisch zu klingen.

Er zog die Augenbrauen hoch. »Und ich war schon halb geneigt, ihren Wunsch zu erfüllen …«

»Jon!«

Er ignorierte ihre Mutter, die in den Salon gekommen war, und sah Julia unverwandt an. »Aber dein Verhalten hat mir erneut verdeutlicht, warum ich hier sein sollte. Ich traue Hale nicht. Ich kann nicht ausschließen, dass er dich abermals zu Handlungen verleitet, die du bereuen wirst.«

Sie warf den Kopf zurück. »Ich bereue keine einzige meiner Handlungen mit ihm!«

»Auch nicht die von heute Morgen?«, fragte ihre Mutter. »Meine Liebe, ich kann beim besten Willen nicht verstehen, wie du dich zu so etwas bereitfinden konntest!«

»Und warum sollte ich nicht mit meinem Ehemann schlafen?«, brauste Julia auf. »Wir sind verheiratet! Wir lieben uns …«

»Ich verstehe vor allem nicht, was er hier will. Hattet ihr eine geheime Absprache?«

»Jonathan!«

»Wenn doch nur die Dienstboten nicht alles mitbekommen hätten!«, klagte ihre Mutter. »Es ist schlimm genug, dass unsere Freunde Spekulationen über meine Tochter anstellen, aber dass nun auch noch die Diener tratschen …«

»Sie hätten es nicht miterleben müssen, wenn du nicht mit Gewalt in mein Zimmer eingedrungen wärst«, murmelte Julia.

»Hast du denn den letzten Respekt vor deiner Familie verloren?«, fragte Jon.

»Ich dachte, du seist krank!«

»Mutter, du hast mir doch selbst gesagt, ich solle so lange schlafen wie nötig.«

»Aber nicht mit einem anderen in deinem Bett!«

Plötzlich packte sie der Zorn, und sie ballte die Fäuste. Was konnte sie sagen, damit sie sie verstanden? Sie atmete langsam aus, zwang sich, ruhig zu werden und ihnen gleichmütig in die Augen zu sehen. »Ich liebe ihn.«

Ihre Mutter protestierte. Ihr Bruder sagte mit seiner tiefen Stimme: »Ich glaube nicht, dass du auch nur noch eine einzige Sekunde deines Lebens an ihn verschwenden solltest.«

Sie schüttelte den Kopf, blieb ruhig und bewahrte ihre Haltung. »Wenn er zurückkommt, werdet ihr hoffentlich so höflich sein, euch seine Erklärung anzuhören.«

»Falls er zurückkommt«, höhnte ihre Mutter. »Du kannst dich wohl kaum darauf verlassen, dass dieser Mann sein Wort hält.«

»Er wird dich Lügen strafen«, sagte Julia stolz.

»Nun, dann sollte er besser bald auftauchen. Es ist schon fast an der Zeit.«

Julia wartete. Es fiel ihr schwer, die leise gemurmelte Antwort zu ignorieren und bei dem inneren Aufruhr, der in ihr tobte, Ruhe zu bewahren. Thomas würde kommen, ganz bestimmt! Und sie würden diesen Ort verlassen, würden London verlassen und in einem hübschen Cottage irgendwo auf dem Land wohnen, zusammen mit dem kleinen Charles, und so glücklich sein ...

Charles.

Ihr Herz zog sich schmerzhaft zusammen. Sie würde Thomas von Charles erzählen müssen! Sie biss sich auf die Unterlippe. Sie beide hatten einander viel zu erklären.

Je näher die Uhrzeiger der festgesetzten Stunde rückten, desto nervöser wurde sie. Sie musste sich zwingen, ruhig sitzen zu bleiben und nicht ängstlich zu wirken, während sowohl ihre Mutter als auch ihr Bruder immer zweifelnder wirkten.

Bitte, Gott, lass Thomas kommen und lass ihn eine gute Erklärung haben. Wobei es sicher wenig Erklärungen gab, die für ihre Mutter und ihren Bruder akzeptabel wären. Aber vielleicht konnte er doch irgendetwas sagen, dass sie etwas geneigter stimmen würde.

Die Uhr schlug zwei. Sie vergaß beinahe zu atmen, so angespannt lauschte sie auf jedes Geräusch. Er würde kommen. Er würde ganz sicher kommen. Er musste kommen!

Eine Minute nach der Zeit. Nun gut, wenn er eine Minute zu spät kam – das wäre völlig verständlich. Vielleicht ging seine Taschenuhr falsch.

Vier Minuten vergingen, dann drehte ihre Mutter sich um und sagt triumphierend: »Er verspätet sich.«

»Er ist unterwegs«, murmelte Julia.

»Nein, ist er nicht. Er hat seinen Spaß gehabt und jetzt ist er über alle Berge, wer weiß wohin …«

»Wie kannst du so etwas sagen, Jon? Er war doch dein Freund!«

»*War* ist die richtige Zeitform.«

»Aber du hast ganz bestimmt seine guten Eigenschaften gesehen, sonst wäre er nicht dein Freund geworden.«

»Er hat sich verstellt.«

»Oh ja – etwas, das du ganz gewiss nie getan hast!«

Er wurde rot, doch sein Blick blieb hart. »Ich denke, ich kann mich zu Recht als zuverlässig bezeichnen.«

»Man kann sich darauf verlassen, dass du deine Freunde abservierst, da hast du recht.«

Er kniff die Augen zusammen. »Was willst du damit sagen?«

Sie zuckte mit den Achseln. »Nun, für mich ist es kein sonderlich christliches Verhalten, seine Freunde zu brüskieren, nur weil sie einmal anderer Meinung sind.«

»Und ich halte es nicht für christlich, tatenlos zuzusehen, was ein Wüstling mit meiner Schwester anstellt«, sagte er gleichmütig.

Ihr wurde ganz heiß vor Zorn. Es war sinnlos, mit ihm zu reden. Sie zog sich in ihre scheinbare Distanziertheit zurück, während sie weiter auf Thomas wartete.

Doch die Haltung fiel ihr mit jeder Viertelstunde, die die Uhr vorrückte, schwerer. Und die Zweifel, die ihre Mutter so unverhohlen ausgesprochen hatte, begannen an ihrer Selbstbeherrschung zu nagen. Thomas war unterwegs. Er würde gleich kommen. Er würde sie nicht im Stich lassen.

»Ich habe doch gesagt, dass er nicht kommt«, sagte ihre Mutter mit einem dünnen Lächeln. »Du musst der Wahrheit ins Auge sehen, meine Liebe. Dein Mann ist, wie Jon sagte, ein Wüstling, der nur an sich denkt. Du wärst besser dran, wenn du ihn vergessen würdest …«

»Er verspätet sich nur!«, sagte Julia lauter und weniger beherrscht, als ihr lieb war. »Er wird jeden Moment da sein.«

Doch hinter ihrer Tapferkeit begann ihre Sicherheit zu schwinden. Die ständig wiederholten Vorwürfe ihrer Mutter und ihres Bruders machten es nicht besser. Sie mied ihre mitleidigen Blicke und blieb aufrecht sitzen.

Auch als die Uhr halb drei schlug.

Auch als die Uhr drei schlug.

Auch als ihre Mutter und ihr Bruder nach einem letzten mitleidigen Blick auf sie das Zimmer verließen.

Auch als die Dunkelheit der vorgerückten Stunde ihr Herz erfüllte und es drohte zu zerbrechen. Er war nicht gekommen. War es dumm gewesen zu glauben – zu hoffen, dass er sie liebte?

Vielleicht hatte ihre Familie recht und sie unrecht. Vielleicht durfte man nicht darauf vertrauen, dass Thomas sein Wort hielt.

Vielleicht war diese Ehe, die sie so heldenhaft verteidigt hatte, nichts als ein Hirngespinst gewesen, eine Ausgeburt ihrer Fantasie, der sie sich allzu leichtfertig hingegeben hatte.

Vielleicht lagen die Dinge tatsächlich so, wie Jon gesagt hatte, und Thomas war ein Wüstling. Ein Wüstling, der in ihr nur ein Opfer gesehen hatte und nun zu seinem nächsten Opfer unterwegs war.

Ihr Herz brach, ihre Augen füllten sich mit Tränen, sie ließ den Kopf sinken und weinte in der Dunkelheit.

»Ah, Major Hale. Es ist ein Weilchen her, dass wir uns zuletzt gesehen haben.«

»Das kann man wohl sagen«, stieß Thomas zwischen zusammengebissenen Zähnen hervor. »Vielleicht wussten Sie ja nicht, Sir, dass wir eine knappe Woche nach unserer Ankunft gefangen genommen wurden.«

Oberst Fallbright, sein früherer befehlshabender Offizier in Poona und auch in neuerer Zeit sein Vorgesetzter, war im Außenministerium in eine Abteilung befördert worden, die verdeckte Operationen durchführte. Jetzt saß er vor ihm und sah ihn mit einem alles andere als anerkennenden Ausdruck in seinen leicht vorquellenden Augen an. »Höre ich da eine gewisse Frustration heraus, Hale?«

»So könnte man sagen, Sir. Immerhin saßen wir fast sechs Monate in diesem Gefängnis.«

»So was kommt vor. Das sind die Risiken, die man in diesem Beruf eingeht.«

»Das verstehe ich, Sir, aber …«

Aber offenbar hatte sein befehlshabender Offizier kein Interesse an Thomas' Versuchen, ihm zu erklären, warum er hier war und nicht bei Julia, die viel wichtigere Erklärungen von ihm erwartete.

Keine zehn Minuten, nachdem er den Portman Square verlassen hatte, war er von einem ehemaligen Kameraden angesprochen worden, dessen erschrockener Ausruf ihn innehalten, sich umdrehen und die Hand ausstrecken ließ.

»Captain Wheeler.«

»Major Hale.« Sie gaben sich die Hände. »Was für eine Überraschung. Es hieß, Sie seien tot.«

»Und jetzt stehe ich hier vor Ihnen.« Warum glaubten so viele seiner ehemaligen Kollegen, dass er tot sei? Sein Misstrauen war geweckt. »Sagen Sie, ist das alte Schlachtross noch im Dienst?«

»Sie meinen Oberst Fallbright?«, antwortete Wheeler steif.

»Das wissen Sie doch«, sagte Thomas leicht erstaunt. Warum war der andere so distanziert? So war er doch früher nicht gewesen.

»Nun – ja, das ist er.«

»Gut. Ich muss nämlich mit ihm reden. Sind Sie noch immer sein Sekretär?«

»Ja, aber er ist leider sehr beschäftigt …«

»Dann wird er verstehen, dass ich dringend mit ihm reden muss, da ich ebenfalls ein viel beschäftigter Mann bin.«

»Sie?«

»Ja. Ich bin erst kürzlich nach London zurückgekehrt und meine Frau erwartet mich …«

»Oh. Nun, in diesem Fall sollten Sie vielleicht lieber zu ihr gehen.«

Thomas knirschte mit den Zähnen. Was bildete dieser Mensch sich ein, ihn so gönnerhaft zu behandeln? Er würde zu ihr gehen, aber vorher musste er noch etwas erledigen. Wenn er mit dem Geld, das ihm zustand, zurückkehren konnte, würden Julia und ihre Mutter ihn wahrscheinlich sehr viel wohlwollender wieder aufnehmen. Und wenn das zu einer kleinen Verspätung führte, würde Julia es bestimmt verstehen. Hoffte er jedenfalls. »Das werde ich auch, aber zuvor muss ich noch etwas mit dem Oberst klären.«

»Da werden Sie einen Termin ausmachen müssen.«

»Betrachten Sie das als getan.«

»Ja, aber heute wird er Sie nicht empfangen können.«

»Unsinn. Er wird mich empfangen. Er will doch bestimmt wissen, wie unser Auftrag ausgegangen ist.«

»Nun …« Wheeler hustete. »Leider muss ich sagen, dass man in Whitehall, nachdem Sie nicht wie versprochen zurückgekehrt sind, der Überzeugung ist, dass die Mission gescheitert ist.«

»Wie versprochen?« Allmählich wurde er wütend. »Ist er heute in seinem Büro oder nicht?«

»Ich … das kann ich nicht sagen.«

»Sein Sekretär weiß nicht, ob er im Büro ist? Sieht mir eher so aus, als wollten Sie es einfach nicht sagen«, entgegnete Thomas zunehmend verärgert. »Nun gut. Ich sehe selbst nach.«

»Oh, aber, Sir …«

Thomas schüttelte nur den Kopf und machte sich auf den Weg nach Whitehall, unbeeindruckt von Wheeler, der ihm irgendetwas hinterherrief. Eine Minute später rollte eine Kutsche an ihm vorbei. Hinter der Scheibe erkannte er Wheelers Profil. Sein Misstrauen wuchs weiter. Warum lag Wheeler so viel daran, dass er nicht mit dem Oberst sprach? Der Argwohn beschleunigte seine Schritte, bis er schließlich fast rannte.

Als er bei dem Gebäude anlangte, in dem das Kriegs- und Kolonialministerium untergebracht war, rang er nach Luft. Er tat sein Bestes, das Bild eines Gentlemans zu wahren, doch dieses Bemühen war wohl kaum von Erfolg gekrönt. Er trat durch die Tür, ignorierte die Aufforderung des Portiers stehen zu bleiben und lief die Marmorstufen hinauf zu den Büros der Beamten, die mit Englands Überseeaktivitäten befasst waren. Auch die gemurmelten Verwünschungen mehrerer Männer, die er bisher als Freunde, nicht nur als oberflächliche Bekannte gesehen hatte, ignorierte er und öffnete die Tür zum Büro des Obersts.

Wheelers Schreibtisch war leer, die gedämpften Stimmen aus dem Zimmer dahinter ließen jedoch keinen Zweifel, wo er sich aufhielt.

»Sir, ich …«

Thomas entzog sich mit einem Ruck einer Hand, die versuchte, ihn zurückzuhalten, griff nach der Klinke und platzte in das Zimmer hinein. Das offensichtlich mit hoher Dringlichkeit geführte Gespräch verstummte augenblicklich.

Nach wechselseitigen Beteuerungen, wie angenehm beiden Teilen die überraschende Begegnung sei, wurde Wheeler entlassen, die Tür geschlossen, und Thomas stand endlich dem Mann gegenüber, der die unglückselige Mission in Auftrag gegeben hatte. Gerade kam Fallbrights gewundene, langatmige Erklärung zum Ende; er wiederholte noch einmal seinen früheren Kommentar: »Das sind nun einmal die Risiken, wenn man einen solchen Auftrag übernimmt. Außerdem wurden Sie ja wahrlich angemessen dafür entschädigt.«

»Leider nicht, Sir. Deshalb bin ich hier.« Statt zu sein, wo er lieber wäre – bei seiner Frau. Fallbright begann mit einer weiteren langatmigen Erklärung zu der Ehre, die darin lag, seinem Land und seinem König zu dienen, und wie verwerflich es wäre, wenn ein Ehrenmann eine Bezahlung dafür verlangte. Thomas' Enttäuschung stieg in ungeahnte Höhen.

»Das mag ja sein, Sir, aber ich habe noch keinen Penny von dem gesehen, was mir zusteht, und ich muss um meiner selbst und um der Männer willen, die mich begleitet haben, um Bezahlung bitten.«

»Nun, ich verstehe Ihren Wunsch …«

»Verzeihen Sie, aber ich glaube, das können Sie gar nicht, Sir. Ich wiederhole: Ich habe noch keinen Penny von der Summe gesehen, die mir zugesagt wurde, und leider brauche ich das Geld mit jedem Tag dringender.«

»Es tut mir wirklich leid, dass Sie Ihre Finanzen nicht besser im Griff haben, Hale …«

Thomas knirschte mit den Zähnen.

»Aber mir sind die Hände gebunden. Leider war die Entschädigung vollkommen abhängig vom Erfolg der Mission und da Sie keinerlei Informationen für uns haben, kann ich auch keine Mittel für Sie freigeben. Das verstehen Sie doch sicher.«

»Ich verstehe, Sir, dass sie mich und fünf weitere Männer mit einem Auftrag nach Spanien geschickt haben, der von Anfang an zum Scheitern verurteilt war! Es gab keinerlei Anzeichen für einen etwaigen Aufstand. Wir sind allerorts nur der Erleichterung über das Ende des Krieges begegnet. Wir konnten keine der Bedingungen antreffen, die Sie uns prophezeit haben, ganz im Gegenteil. Ehrlich gesagt« – er sah den älteren Mann mit zusammengekniffenen Augen an – »wirkte das Unterfangen auf uns vor Ort vollkommen unsinnig. An diesem Ort gab es nichts, das das Interesse der britischen Regierung gerechtfertigt hätte.«

Oberst Fallbright lehnte sich auf seinem Stuhl zurück, sein Gesichtsausdruck war vollkommen undurchdringlich. »Was wollen Sie damit sagen, Hale?«

»Damit will ich sagen, dass es den Anschein hat, dass wir auf eine nutzlose und haltlose Mission geschickt wurden.«

»Wollen Sie mir etwas vorwerfen?«, fragte Fallbright gefährlich sanft.

Thomas öffnete den Mund, um zu antworten, doch dann schloss er ihn wieder. Irgendetwas riet ihm, vorsichtig zu sein, wenn er überhaupt je einen Penny für alle seine Mühen sehen wollte. *Hilf mir, das Richtige zu sagen.* Er holte tief Luft und zwang sich zu einem versöhnlichen Ton. »Sir, ich wüsste einfach gern, wann meine Männer und ich irgendeine Form der Entschädigung erwarten können.«

»Wie ich schon sagte, eine Entschädigung wurde vollkommen davon abhängig gemacht, ob die Nachrichten, die Sie mitbringen, zufriedenstellend sind. Da Sie keine Informationen mitgebracht haben – und schon gar nicht in dem vorgegebenen Zeitrahmen –, ist, so fürchte ich, das letzte Wort in dieser Angelegenheit gesprochen.«

Thomas blinzelte und versuchte den Zorn, den er in sich aufsteigen spürte, unter Kontrolle zu halten. »Sie sagen mir also, dass meine Männer keinen Penny bekommen?«

»Leider ja.«

Er stieß einen langen, leicht zittrigen Seufzer aus. *Lieber Gott, sei barmherzig.* »Sie wissen aber, dass zwei meiner Männer im Gefängnis gestorben sind und ihre Familien völlig mittellos zurückgelassen haben?«

»Das ist sehr bedauerlich.«

»Nicht bedauerlich. Es ist tragisch!«

»Kein Grund, einen solchen Ton mir gegenüber anzuschlagen, Hale. Ich werde tun, was ich kann …«

»Wirklich? Ich habe eher den Eindruck, Sie würden es vorziehen, wenn ich bei dem Auftrag umgekommen wäre.«

Der Protest des Obersts kam eine Sekunde zu spät.

Thomas starrte ihn völlig verunsichert an. Warum wollte sein ehemaliger befehlshabender Offizier ihn tot sehen? Er trat einen Schritt zurück und sagte jetzt ruhiger: »Ich verstehe nicht, Sir, warum Sie mir in dieser Sache nicht helfen. Offenbar möchten Sie das alles einfach ignorieren. Jedenfalls scheinen Sie nicht den Wunsch zu haben, einem Mann zu helfen, der, als wir zusammen in Indien gedient haben, immer nur Ihr Bestes im Sinn hatte.«

Etwas wie Verärgerung – oder war es Reue? – flackerte kurz im Gesicht des Offiziers auf, dann sagte er langsam: »Natürlich bin ich Ihnen dankbar für Ihre Hilfe in Poona, Hale, aber wir können nicht den Rest unseres Lebens mit irgendwelchen Verpflichtungen leben.«

Thomas versuchte, sich trotz dieser ungeheuerlichen Worte selbst zu beschwichtigen. Was würde Julia sagen, wenn er ohne Geld zurückkam? Was würde ihre Mutter sagen? »Ich bitte Sie nicht um eine

Gunst wegen irgendwelcher Verpflichtungen«, setzte er an, doch dann gewann seine Verzweiflung die Oberhand, »ich bitte einfach um das, was mir und meinen Männern von Ihnen persönlich zugesagt wurde!«

Die Worte schienen im Raum zu stehen. Thomas beobachtete mit Unbehagen, wie sich das Gesicht des Obersts zu verschließen schien. Seine Züge wurden völlig leer. Seine Enttäuschung wuchs ins Unermessliche. Warum wollte der Mann ihm nicht helfen?

»Wheeler!«

Die Tür hinter Thomas öffnete sich. »Ja, Sir?«

»Begleiten Sie den Mann hinaus.«

»Sir, bitte«, versuchte Thomas es noch einmal. Was spielte es schon für eine Rolle, wenn er als Bittsteller auftrat? »Die Männer verlassen sich auf …«

»Sie kennen meine Antwort, Hale. Auf Wiedersehen.«

Sein Arm wurde gepackt, doch Thomas schüttelte die Hand ab. »Sir, in dem Fall sehe ich mich gezwungen, mich an einen Ihrer Vorgesetzten zu wenden. Ich werde mit Lord Bathurst sprechen.«

»Ich glaube kaum, dass der Staatsminister Zeit für Sie hat.«

»Dann rede ich mit Unterstaatssekretär Goulburn.«

Fallbright lächelte. »Wie Sie wollen. Aber Sie werden nicht weit kommen. Glauben Sie wirklich, irgendjemand wird einem Mann wie Ihnen zuhören, einem bekannten Spieler und Lebemann, wenn Sie denn unbedingt die Wahrheit von mir hören wollen?«

»Die Wahrheit?« Er ballte die Fäuste und trat einen Schritt auf den aufgeplusterten kleinen Mann zu. »Sie haben mir nichts als Lügen erzählt!«

Plötzlich legte sich von hinten eine Hand über seinen Mund. Jemand fesselte ihm mit Gewalt die Arme auf den Rücken. Thomas versuchte sich freizukämpfen, warf den Kopf zurück, wollte schreien. Sekunden später explodierte ein Schlag auf seiner Stirn und er stürzte zu Boden. Im Fallen schlug sein Kopf gegen das gusseiserne Kamingitter. Erneut schien sein Kopf vor Schmerz zu explodieren. Dann umfing ihn gnädige Leere.

Kapitel 14

Er war nicht gekommen.

Er liebte sie nicht.

Er war ein Schwindler und ein Lügner. Er hatte ihren Körper und ihre Seele benutzt und dann verlassen.

Zum zweiten Mal.

Die Ungeheuerlichkeit dieser zweiten Tat wühlte sie innerlich erneut derart auf, dass der brennende Schmerz darüber ihr die Brust zu sprengen drohte. Sie schloss die Augen, um die Tränen zurückzuhalten, und holte tief Luft. Atmete wieder aus. Atmete wieder ein. Sie schnupperte an Charlies frisch gewaschenem Haar und zwang sich, den Griff, mit dem sie ihn hielt, ein wenig zu lockern, ohne ihn loszulassen. Seine Gegenwart war ein sicherer Halt in einer Zeit, in der alles andere ungesichert schien.

Am meisten schmerzte das Wissen, dass er sie ein zweites Mal verraten hatte. Wie konnte sie sich erneut so von ihm täuschen lassen? Ihr Bruder und ihre Mutter hatten recht behalten, und ihre nächtlichen Tränen waren das bittere Eingeständnis dieser Tatsache.

Ihre Verzweiflung mischte sich mit dem Erschrecken darüber, dass sie sich scheinbar nicht mehr darauf verlassen konnte, Recht von Unrecht zu unterscheiden. War ihre Urteilsfähigkeit wirklich derart fehlgeleitet? War sie schon immer so gewesen? Die endlosen Tiraden ihrer Mutter ließen sie das allmählich glauben.

Ihre Gedanken überschlugen sich und drehten sich im Kreis. Der einzige Trost war der Moment gewesen, als man ihr den kleinen Charlie gebracht hatte, denn so konnte sie ein paar kostbare Minuten lang so tun, als seien die letzten Stunden nur ein schrecklicher Albtraum gewesen.

Sie schloss die Augen und spürte seine winzigen Finger an ihrer Wange. Oh, könnte sie doch für immer in dieser süßen Zärtlichkeit Zuflucht finden! War es wirklich das Beste, ihre Ehe annullieren zu lassen, wie ihre Mutter es wünschte? Was wäre, wenn sie Thomas nie begegnet, seinem Zauber nie erlegen wäre?

Ihre Gedanken gingen zurück zu ihrer ersten Begegnung. Jon, der frisch aus Indien zurückgekehrt war, hatte seine beiden Freunde mit in das Haus am Portman Square gebracht. Lord Carmichael hatte ihre Mutter und sie selbst auf Anhieb mit seinem Titel und seiner Mischung aus untadeligen Manieren und schmeichelhafter Aufmerksamkeit für sich eingenommen.

Doch als sie Jons anderem Freund vorgestellt worden war, hatte sie beim ersten Blick in seine Augen ein Ziehen in ihrem Herzen verspürt – eine Art tiefe Verbundenheit. Major Thomas Hale mochte nicht die Gewandtheit des Vicomtes besitzen und auch sein Aussehen war nicht so, dass junge Damen ihn sofort attraktiv fanden. Doch mit seinen dunkelbraunen Augen besaß er ein gewisses Etwas, das ihr jedes Mal einen Schauer über den Rücken laufen ließ, wenn er sie ansah. Sie ahnte, dass diese Augen sehr viel mehr von der Welt gesehen hatten als Jon. Seine Familie, so hatte sie von ihrer Mutter erfahren, war von geringerem Stand und längst nicht so wohlhabend wie ihre. Doch diese Augen besaßen eine magische Anziehungskraft, die es ihr unmöglich machte, ihren Blick von ihm abzuwenden. Anders als Lord Carmichael war er weniger charmant als impulsiv und ungestüm. Doch gleichzeitig entging dem aufmerksamen Beobachter nicht, dass er einen inneren Schmerz zu verbergen versuchte. Julia war sogleich derart fasziniert von ihm gewesen, dass alles, was ihr in Miss Inghams Seminar für junge Damen beigebracht worden war – Haltung und gesellschaftliche Konventionen – von ihr abfiel. Sie konnte auf seine rätselhaften Sprüche nur mit leisem Kichern und leichter Verwirrung reagieren – wie furchtbar naiv musste sie damals auf ihn gewirkt haben! Warum hatte er sich für sie interessiert, warum hatte er ihr den Hof gemacht, sodass sie sich in ihn verliebt hatte?

Hatten Mutter und Jon recht, dass Thomas sie nur des Geldes wegen wollte, in dessen Besitz sie bei ihrer Volljährigkeit gelangen würde?

Plötzlich hörte sie, dass es an der Tür klopfte, und riss die Augen auf. War er doch noch gekommen? Oh, es wäre alles vergessen und vergeben, wenn er jetzt erschien, um Vergebung für seine Verspätung bat und seine Abwesenheit in den letzten Monaten erklärte …

Sie hörte gedämpfte Stimmen an der Tür, die gleich darauf laut zugeschlagen wurde. Hatte ihre Mutter ihn etwa nicht hereingelassen? Empört, aber gleichzeitig vorsichtig, um das schlafende Kind in ihren Armen nicht zu wecken, stand sie auf und spähte durch die Spitzenvorhänge auf die Straße.

Ein Hausierer.

Ihr lautes Seufzen weckte den kleinen Charlie auf. Er sah sie verwirrt an und verzog gleich darauf das Mündchen, offenbar war es Zeit für die nächste Mahlzeit. Sein Weinen rief sogleich Crabbit auf den Plan und Julia tat es ausnahmsweise nicht leid, den Kleinen der Kinderfrau zu überlassen. So konnte sie wieder zu ihrer Grübelei zurückkehren und überlegen, was sie sagen würde, wenn – oder falls – Thomas wiederkam. Die Tür schloss sich hinter Crabbit und Charles.

Was, wenn Mutters Drohung, die Ehe annullieren zu lassen, juristische Konsequenzen hatte? Würde Thomas ins Gefängnis geworfen werden? Sie hatte davon gehört, dass Männer strafrechtlich verfolgt wurden, weil sie minderjährige Mädchen dazu verführt hatten, mit ihnen durchzubrennen. Manchmal wurde sogar jemand deswegen gehängt!

Nein – sie schüttelte den Kopf –, sie mochte die Gründe, warum er sie verlassen hatte, nicht verstehen, aber ein solches Schicksal würde sie ihm niemals wünschen.

»Ah, da bist du ja«, sagte ihre Mutter, die soeben ins Zimmer gekommen war. »Wie geht es dir jetzt?«

Julia sah sie kühl an. Wollte Mutter, dass sie so tat, als sei alles in Ordnung? Sie konnte nicht lügen, deshalb sagte sie nichts.

»Ich hoffe, deine Verbitterung wird nicht ewig währen, meine Liebe. Du hast dich jetzt lange genug kindisch aufgeführt.«

Blinde Wut stieg in ihr auf. Doch sie schluckte sie gewaltsam hinunter, um den Vorwurf ihrer Mutter auf keinen Fall zu rechtfertigen, und zwang ihr Gesicht zu völliger Ausdruckslosigkeit.

Ihre Mutter schien ein wenig weicher zu werden. »Ich weiß, dass es schwer für dich ist, meine Liebe, und ich kann mir gut vorstellen, dass du manchmal weder aus noch ein weißt. Aber ich hoffe, du weißt, dass Jon und ich nur dein Bestes wollen.«

»Das weiß ich, Mama«, sagte sie und ihr Herz beruhigte sich ein wenig bei dem erfreuten Blick ihrer Mutter. »Aber was, wenn es das Beste für mich ist, mit Thomas verheiratet zu sein?«

Der zufriedene Ausdruck im Gesicht ihrer Mutter verschwand. »Das kann nicht dein Ernst sein. Er hat doch mehr als einmal gezeigt, dass er kein Ehrenmann ist, mein liebes Mädchen. Du kannst doch nicht ernstlich glauben, dass er zurückkommen wird?«

»Er ist mein Mann«, flehte sie.

»Das ist wohl kaum die angemessene Bezeichnung«, schnaubte ihre Mutter.

Als die Tür erneuut aufging, trat Jon ein. Er begrüßte seine Mutter mit einem Kuss auf die Wange und Julia mit einer Verbeugung, die ein wenig bemüht wirkte. Sie zwang sich zu einem Lächeln. Sie wollte die Entfremdung zwischen ihr und ihrem Bruder nicht noch vergrößern, nicht, nachdem sie jetzt nach zweijähriger Trennung wiedervereint waren.

»Guten Morgen, Süße.«

Das alte Kosewort sagte ihr, dass es ihm genauso ging, und das stimmte sie versöhnlicher. »Hallo Jon.«

»Noch immer kein Wort?«

»Nichts«, bestätigte Mutter.

Sein Blick sprach Bände. Er war enttäuscht und ärgerlich und seine folgenden Worte bestätigten es. »Du weißt, dass ich nicht überrascht bin. Es tut mir leid, Julia, aber mir gefällt einfach nicht, wie er dich behandelt. Es wäre besser, du vergisst ihn und wir bemühen uns um eine Scheidung …«

»Nein, Jon. Ehegelübde sind heilig! Das musst du doch auch wissen!«

Sein verblüffter Blick verriet, dass er scheinbar noch nie in dieser Form an die Ehe gedacht hatte. Ihre Hoffnung kehrte zurück. Wenn er einsehen würde …

»Habt ihr euch überhaupt ein Eheversprechen gegeben?«, fragte ihre Mutter stirnrunzelnd. »Ich glaube nicht, dass eine Ehe, die nicht in einer Kirche geschlossen wurde, heilig ist.« Ihr Stirnrunzeln vertiefte sich. »Ihr hattet keinen Pfarrer, oder? Nicht mal einen schottischen?«

»Nein«, antwortete Julia kleinlaut.

»Dann glaube ich kaum, dass es für Gott eine Rolle spielt …«

»Mutter.«

Jons tiefe Stimme ließ Julias Mutter innehalten. Sie machte den Mund zu und sah Jon verwirrt an. »Ja?

»Ich kann mich der Vorstellung nicht anschließen, dass eine außerhalb der Kirche geschlossene Ehe vor dem Gesetz weniger Gültigkeit hat. Und hier geht es um die Legalität der Ehe, von der wir sprechen, ob sie nun von Gott gutgeheißen wird oder nicht.«

»Glaubst du, Gott interessiert es nicht, ob ich meinen Mann ehre?«, fragte Julia.

»Ich glaube nicht, dass Gott von dir verlangt, dein Gelübde einem Mann gegenüber zu ehren, der sich als Wüstling entpuppt hat – falls das deine Frage war.«

Draußen waren Schritte zu hören, woraufhin die offen stehende Tür weit aufgestoßen wurde und ein Besucher eintrat.

»Oh!« Vor Überraschung öffneten Julia und ihre Mutter zeitgleich ihren Mund, als sie Thomas in der Tür stehen sahen. Sein Gesicht war derart zerkratzt und geschwollen, dass er aussah, als sei er in eine Rauferei geraten, die er nur knapp überlebt hatte. Doch er war da. Endlich.

Ihr Herz klopfte wild – er war doch gekommen! Doch Thomas' ernster Gesichtsausdruck galt Jon, der seinen Blick erwiderte.

»Guten Tag, Lord Winthrop.« An seinem Unterkiefer zuckte ein Muskel. Allen war bewusst, dass er die Worte seines einstigen besten Freundes gehört hatte. In seinen Augen spiegelten sich Zorn und Traurigkeit. »Leider konnte ich mich nicht dagegen wehren, deine Worte zu hören.«

Dann wanderte sein Blick durch das Zimmer, er verbeugte sich leicht vor seiner Schwiegermutter und schenkte Julia ein kurzes, etwas angestrengt wirkendes Lächeln. »Ich bin froh, dich zu sehen, mein Liebes.«

Julia zwang sich zu einem zittrigen Lächeln. Trotz aller Vorfälle und trotz der Kratzer, die Mutter ihm zugefügt hatte, hatte er eine sehr vornehme und würdevolle Haltung eingenommen. Er wirkte ruhig, aber nicht eingeschüchtert, bescheiden, aber nicht beschämt.

»Verzeihen Sie, Madam, aber ich hatte ursprünglich um ein Gespräch mit Julia gebeten.«

Mutter schnaubte. »Ich erinnere mich nicht, dass Sie überhaupt um ein Gespräch gebeten hatten! Sie haben in Ihrer Überheblichkeit einfach vorausgesetzt, dass es Ihnen gewährt wird!«

Er sah sie ruhig und unverwandt an, als sie fortfuhr: »Und hatten Sie nicht gesagt, dass Sie in zwei Stunden zurückkehren würden? Das waren mit Sicherheit keine zwei Stunden, Sir. Und schauen Sie sich doch an! Was haben Sie zu Ihrer Verteidigung zu sagen?«

»Wie ich schon sagte, Madam, ich möchte zuerst mit meiner Frau sprechen und ihr alles erklären.«

»Bitte sehr. Wir hindern Sie nicht daran«, erwiderte ihre Mutter und setzte sich. Ihre Miene ließ keinen Zweifel daran, dass sie sich so schnell nicht aus diesem Zimmer fortbewegen würde.

»Lady Harkness, verzeihen Sie, aber ich möchte mit meiner Frau allein sprechen«, entgegnete er mit einem kurzen, an Julia gerichteten Lächeln. »Ich habe das Recht dazu.«

»Und ich wünsche ebenfalls, mit dir zu sprechen«, sagte Julia endlich. Sie sprach so laut und deutlich, dass sie hoffen konnte, keinen weiteren Widerspruch zu erhalten. »Du kannst gehen, Jonathan. Ich muss dich nicht dabeihaben. Das ist eine Sache zwischen meinen Mann und mir.«

»Aber …«

»Und du kannst auch gehen, Mutter. Ich bin kein Kind mehr und ich brauche auch keine Anstandsdame. Wenn ich Hilfe benötige, werde ich euch rufen, aber im Moment ist das nicht der Fall, deshalb bitte ich euch, uns allein zu lassen.«

»Julia, du bist meine Tochter und ich will einfach …«

»Du wirst mich einfach allein lassen müssen, damit ich mit meinem Mann reden kann, wie ich es für richtig halte! Oder willst du mich nie wiedersehen?«

Ihre Mutter wurde blass. Jon kniff die Augen zusammen, doch keiner von ihnen sagte noch etwas. Gemeinsam verließen sie das Zimmer und schlossen die Tür hinter sich.

Julia atmete hörbar aus und sah Thomas mit einem erleichterten Lächeln an. »Die Dickköpfigkeit liegt in meiner Familie.«

»Das ist wahr«, antwortete er, kam zu ihr und schloss sie in die Arme. »Oh mein Liebling. Ich dachte schon, es sei ihnen gelungen, dich mir völlig zu entfremden.«

»Nein«, murmelte sie, während sie ihre Wange an seinen kratzigen Wollmantel drückte. »Aber sie haben es versucht.«

Und ob sie es versucht hatten! Sie hatten ein Argument nach dem anderen vorgebracht, warum sie ihn meiden sollte, hatten ihre Zweifel und Unsicherheit genährt und ihr ständig all seine Fehler und sein Versagen vorgehalten. Gestern. Letzte Nacht. Heute Morgen. Doch obschon sie ins Wanken geraten war, hatte irgendetwas tief in ihrem Innern verlangt, dass sie ihm eine zweite Chance gab.

»Es tut mir so leid, dass ich nicht wie versprochen gestern wiedergekommen bin. Ich kann mir vorstellen, dass die letzten Stunden nicht sehr angenehm für dich waren.« Seine Arme lösten sich, er setzte sich und zog sie neben sich aufs Sofa. »Ich hätte gar nicht gehen sollen, aber ich dachte, dass du ein wenig Zeit brauchst, um dich … zu erholen.«

»Ich weiß nicht, ob ich mich jemals von all den Strapazen ›erholen‹ werde. Oder ob ich es überhaupt will.«

Er lachte und ihr wurde ein wenig leichter ums Herz. Vielleicht wurde doch noch alles gut. Sie schluckte, sprach im Stillen ein Stoßgebet und berührte behutsam sein lädiertes Gesicht. »Was ist passiert?«

Er schüttelte den Kopf. »Oh, meine Liebste, wenn ich doch nur sicher sein könnte …«

»Wessen musst du dir sicher sein? Was willst du mir sagen?«

»Nur das«, flüsterte er und drückte seine Lippen sehnsüchtig auf die ihren.

Sie zog den Kopf zurück und rang nach Luft. »Nein, im Ernst. Das kann ja kaum alles sein, was du sagen wolltest.«

»Vielleicht ist es tatsächlich alles, was ich sagen möchte«, antwortete er, doch das Glitzern in seinen Augen verschwand rasch. »Aber du hast recht. Es ist nicht alles, was ich sagen muss.«

Sie spürte ein leichtes Flattern im Magen. »Was musst du mir denn sagen?«

Er fuhr sich mit der Zunge über die Unterlippe – eine Bewegung, die sie gut kannte. Das machte er immer, wenn er nervös war. »Ich muss dir von den letzten sechs Monaten erzählen.«

Kapitel 15

Während Thomas erzählte, beobachtete er seine Frau. Er war sorgfältig darauf bedacht, seine Beklemmung nicht zu zeigen und ihr keinen Anlass zu der Vermutung zu geben, dass er vielleicht nicht die ganze Wahrheit sagte. Sein schäbiges Techtelmechtel mit Magdalena konnte er nicht zugeben. Niemals. Er war entschlossen, selbst keinen Gedanken mehr daran zu verschwenden. Was ihn betraf, war diese Frau begraben wie seine Mutter, verschwunden in den tiefsten Tiefen seiner Vergangenheit.

»Du hattest einen Spionageauftrag?« Julias Augen waren riesig geworden.

»Ich durfte es dir nicht sagen.«

»Aber jetzt darfst du?«

Er schluckte. Auch seine letzte Begegnung durfte er ihr nicht in Gänze erzählen. Nicht nach diesem unglücklichen Ausgang der Auseinandersetzung mit Fallbright. »Ich kann dir leider nicht alles sagen.«

»Vertraust du mir nicht?« Sie zog einen Schmollmund.

Er hatte damit gerechnet, dass sie emotional reagieren würde, und wich aus: »Ich will dich nicht beunruhigen.«

»Dafür ist es vielleicht ein wenig zu spät.« Ihr Lachen klang bitter.

Er bekam es mit der Angst zu tun. *Bitte lass Julia mir vergeben.* »Es tut mir so leid.«

»Die letzten Monate waren alles andere als angenehm.«

Stimmte es, was Becky gesagt hatte? Lieber Gott, lass es nicht stimmen. Er nahm ihre Hände. »Mein Liebling, verzeih mir. Das Letzte, was ich wollte, war es, dir Anlass zur Sorge zu geben.«

Sie sah ihn forschend an, dann nickte sie. »Das wusste ich. Ich konnte nicht glauben, was er sagte. Dass du fortgehen wolltest.«

»Was? Wer hat das gesagt?«

»Ein Mann. Er sagte, er sei ein Freund von dir. Angeblich hattest du ihm aufgetragen, mir eine Nachricht zu überbringen.«

»Hieß er McKinley? Ein untersetzter Mann mit einem Froschgesicht?«

»Ja! Das war er.«

»Er hat dir nicht meinen Brief gegeben?«

»Du hast einen Brief geschrieben?«

»Natürlich. Du glaubst doch nicht, dass ich gegangen wäre, ohne dir etwas zu sagen!«

»Nun …«, sie schlug die Augen nieder. »Ich wollte es nicht glauben …«

Er konnte das »aber« hören und wand sich innerlich. »Ich habe dir einen Brief geschrieben, Liebling. Ich habe ihn McKinley zusammen mit etwas Geld gegeben, das er dir geben sollte, weil ich wusste, dass es ein wenig dauern würde, bis ich zurückkehren würde …«

»Du hast einen Brief und Geld für mich hinterlassen?« Ihr Blick suchte den seinen. »Ich habe keines von beidem bekommen.«

Seine Finger verkrampften sich. Ein derart unschuldiges Gesicht konnte nicht lügen. Also hatte McKinley die Unwahrheit gesagt. Er schluckte den Groll, der in seiner Kehle aufgestiegen war, hinunter. »Er hat mich also angelogen.«

»Du hast ihn getroffen?«

Er nickte kurz. »Er hat gesagt, er sei bei dir gewesen und hätte dir das Geld und den Brief gegeben, aber dass du nicht erfreut warst.«

Sie keuchte auf. »Das hat er gesagt? Nun, er hat tatsächlich gelogen! Er hat mir nichts gegeben. Und wie sollte ich erfreut sein, wenn ich nicht wusste, wo du warst? Ich habe jeden Tag geweint und mich gefragt, was passiert sein könnte. Außerdem bin ich halb verhungert, während ich versuchte, alles zu verkaufen, was wir besaßen – sogar meine Kleider, um die Miete zu bezahlen. Nur das Wertlose und was zu kostbar war, um es zu verkaufen, habe ich behalten.«

So wie Becky gesagt hatte.

»Es tut mir leid, dass ich ihm vertraut habe.« Er zog sie an sich, damit sie sein Stirnrunzeln nicht sehen konnte, während er grübelte. Wie hatte sein Freund ihn so verraten können? Für wie dumm hielt McKinley ihn eigentlich? Er musste doch damit gerechnet haben, dass Thomas eines Tages die Wahrheit herausfand und zurückkommen würde, um Rache zu nehmen. Was für ein Spiel spielte dieser Mann? Und was für ein Spiel spielte Fallbright? War er umzingelt von schlechten Menschen?

»Thomas?« Julia blickte ihn an. »Was ist? Du zitterst ja.«

»Verzeih mir.« Er bemühte sich um ein aufrichtiges Lächeln. »Besser so?«

Sie schüttelte langsam den Kopf. »Da ist noch mehr, was du mir nicht sagst.«

Er zwang sich, vor den allzu scharfsichtigen blauen Augen nicht zurückzuschrecken. Es gab so vieles, was er vor ihr verbergen musste, nicht zuletzt den Angriff von gestern Abend. »Mein Liebling, bitte vertrau mir.«

Sie betrachtete ihn forschend, dann nickte sie. Er öffnete die Arme und sie schmiegte sich an ihn. Ihm stockte der Atem bei einer neuen Befürchtung. Wenn er nur sicher sein könnte, dass sie in Sicherheit war!

Er strich ihr übers Haar und atmete tief den süßen Duft ihres Parfums ein. Dabei lösten sich seine Sorgen ein wenig, doch gleich darauf schlugen sie auch schon wieder über ihm zusammen. Warum hatte Fallbright ihn getäuscht? Warum war er angegriffen worden?

Als er heute Morgen in der trüb erleuchteten Gasse aufgewacht war, hatte es einige Minuten gedauert, ehe sein hämmernder Kopf zuließ, dass er sich bewegte, und noch länger, ehe er wieder vernünftig denken konnte. Er war weggeworfen worden wie ein Stück Abfall! Aber warum hatte Wheeler das getan?

Er wollte zurückgehen und Antworten verlangen, ahnte jedoch, dass er nur weitere Ausflüchte zu hören bekommen würde. Außerdem hatte Julia lange genug auf seine Erklärungen gewartet. Also hatte er sich so gut es ging gesäubert und war zum Portman Square gegangen. Sein erster Versuch, eingelassen zu werden, hatte mit einer unmissverständlichen Abweisung und einer ihm vor der Nase zugeknallten Tür geendet, als sei er ein lästiger Hausierer. Sein zweiter Versuch war erfolgreicher gewesen. Der Butler hatte ihn trotz seiner Verletzungen erkannt und ihn eingelassen. Doch es gab nach wie vor so viele Fragen. Warum hatte McKinley Julia das Geld nicht gegeben? Um das herauszufinden, würde er nach Schottland zurückkehren müssen. Er versuchte, ein Stöhnen zu unterdrücken, doch offenbar war es ihm nicht gelungen, denn Julia bewegte sich in seinen Armen und sah ihn fragend an.

»Was ist?«

»Mir ist nur gerade klar geworden, dass ich nach Edinburgh zurückmuss, um herauszufinden, warum McKinley mich angelogen hat.«

»Oh! Aber nicht gleich!« Sie schmiegte sich wieder an ihn. »Verlass mich nicht, nicht, wo wir uns gerade erst wiedergefunden haben.«

Als Antwort küsste er sie auf die Stirn.

Doch sein Zorn wollte nicht weichen, im Gegenteil, er wurde immer größer. Er hatte McKinley fünfzig Pfund gegeben. Fünfzig Pfund, die Julia dringend gebraucht hätte. Und wofür hatte der Mann sie ausgegeben? Neue Mäntel und Whiskey? Er fluchte leise.

»Liebling?« Julia sah ihn besorgt an. »Bitte ärgere dich doch nicht so über diesen Mann. Denk nicht mehr an ihn, denk überhaupt nicht mehr an diese Zeit.« Sie schauderte. »Ich darf mir gar nicht vorstellen, wie du in diesem entsetzlichen, schmutzigen Gefängnis gelitten haben musst.«

Er hatte seine Worte sehr sorgfältig gewählt und nur so viel von der Wahrheit gesagt, dass er ihr Mitgefühl hatte, aber nicht so viel, dass er ihren Zorn weckte.

Wieder schmiegte sie sich an ihn. Er spürte, wie ihm heiß wurde. »Ich bin so froh, dass du wieder zu Hause bist!«

»Julia«, er hob sanft ihren Kopf an, dann fuhr er fort: »Du weißt, dass dies nicht unser Zuhause ist.«

»Es ist aber mein Zuhause. Oder jedenfalls das meiner Mutter.«

»Aber nicht meines.« Er verzog ironisch den Mund. »Daran hat deine Mutter keinen Zweifel gelassen.«

Sie zuckte die Achseln. »Dann leben wir eben woanders. Das ist mir egal. Ich brauche keine prachtvollen Kleider.« Wie zur Bestätigung zupfte sie an ihrem seidenen Rock. Das leise Rauschen, mit dem er zurückglitt, sagte ihm, wie teuer der Stoff gewesen sein musste.

»Julia, Liebling, es gibt Wichtigeres als schöne Kleidung. Sachen wie Essen und Miete.«

»Wir brauchen nicht viel zu essen. Wir können Sachen anbauen. Ich kann lernen, eine Bauersfrau zu sein. Ich glaube, es würde mir Spaß machen, Gemüse zu ernten und Eier einzusammeln.«

Er seufzte auf. Konnte sie denn nicht einsehen, dass das kein Spiel war? »Mein Liebling, ich weiß, es klingt einfach, aber es würde trotzdem nicht für die anderen Ausgaben reichen.«

»Wie zum Beispiel?«

»Die Miete.«

»Aber ich wäre damit zufrieden, in einem Cottage zu leben. Das könnten wir uns doch sicher leisten.«

Wie sehr er sich wünschte, ihr die Antwort geben zu können, die sie hören wollte. Doch er konnte nichts sagen.

Sie runzelte die Stirn. Er wusste, dass er die idyllische Blase, in die sie sich zurückgezogen hatte, zum Platzen gebracht hatte. »Hast du denn gar kein Geld?«

Nicht mehr. »Nicht viel«, wich er aus.

»Nun, ich habe meine Mitgift«, sagte sie und sah ihn strahlend an. »Mutter hat bestimmt nichts dagegen …«

»Oh doch. Und dein Bruder ebenfalls.« Sanfter fuhr er fort: »Die Freigabe dieser Mittel hängt davon ab, ob sie deine Ehe billigen.«

»Aber das ist lächerlich!«

»So ist es nun einmal.«

»Es ist so ungerecht!« Ihre Augen blitzten vor Zorn. »Halten sie mich vielleicht für ein Stück bewegliches Hab und Gut?«

Wieder konnte er nichts sagen, denn in den Augen des Gesetzes war sie das.

»Was machen wir also?«

Das Lächeln fiel ihm schwer. *Gott, hilf mir.* Wo war der Selfmademan, der seine zerrüttete Familie verlassen hatte, um sich langsam hochzuarbeiten, bis er schließlich eine Führungsposition hatte und damit auch in den Reihen der Gesellschaft aufgenommen wurde?

Plötzlich wurde die Tür geöffnet, und Julias Mutter und ihr Bruder kamen herein. Die harten Blicke, mit denen sie ihn bedachten, zeigten, dass die letzten entscheidenden Gefechte noch lange nicht ausgefochten waren. Das Pochen in seinem Kopf wurde stärker.

»Also. Was haben Sie zu Ihrer Verteidigung zu sagen?«

Er versuchte, weder aggressiv noch defensiv zu wirken, während er kurz einige der Vorfälle der letzten Wochen und Monate schilderte.

»Und Sie erwarten, dass wir Ihnen das glauben?«, schnaubte Lady Harkness.

»Ich sage nur die Wahrheit.«

»Hmpf!«

Thomas sah seinen früheren Freund an, dessen Stirnrunzeln sich mit jedem seiner Worte vertieft hatte. Jetzt bedachte er ihn mit einem langen, abwägenden Blick. Thomas wartete. Sein Herz klopfte laut, er hoffte inständig, dass Jon ihm glaubte, so wie seine Schwester es tat. Wenn er einen Verbündeten hatte, würde er auch irgendwie aus dieser Sackgasse herauskommen und auf einen Weg finden, der wenigstens annähernd in die Zukunft wies, die er sich einst mit Julia ausgemalt hatte.

»Mutter«, sagte Jon schließlich, »ich möchte in meinem Arbeitszimmer mit Hale sprechen.«

Dabei warf er Thomas einen Blick zu, der beinahe wie eine Herausforderung wirkte, die dieser mit einem fast unmerklichen Nicken annahm. Der unerträgliche Druck, der auf ihm lastete, war leichter geworden. Er drückte Julias Hand. Vielleicht bekam er jetzt doch wenigstens eine Chance.

Jon ignorierte die Proteste seiner Mutter und bedeutete Thomas, ihm durch die Halle in einen getäfelten Raum zu folgen, der in seiner Ausstattung unglaublich männlich wirkte. Thomas wusste, dass Lady Harkness' Mann vor Jahren gestorben war, und wunderte sich über die düsteren Farben und den Stil, der so völlig von der Gestaltung der übrigen Räume abwich.

Jon setzte sich hinter den Schreibtisch und forderte Thomas mit einer Handbewegung auf, sich ebenfalls zu setzen. Noch immer schien der klare Blick ihn abzuschätzen. In Thomas stieg eine leichte Unruhe auf – was, wenn der andere ihm nicht glaubte? Doch wenn es so wäre, hätte Jon ihn doch bestimmt schon längst hochkant hinausgeworfen und nicht zu einem Gespräch mit in sein Arbeitszimmer gebeten.

Jon räusperte sich. »Mir gefällt das alles nicht. Überhaupt nicht. Mir gefällt nicht, wie du meine Schwester behandelt hast. Mir gefällt nicht, dass du sie verlassen hast. Und irgendwie kann ich mich des Gedankens nicht erwehren, dass du aus billiger Rache an mir mit ihr durchgebrannt bist.«

»An dir? Dass ich Julia geheiratet habe, hat absolut nichts mit dir zu tun.«

»Nicht?« Jon beugte sich vor. »Du wärst auch nach Gretna Green mit ihr geflohen, wenn sie nicht meine Schwester wäre?«

»Dann wäre es nicht nötig gewesen«, sagte Thomas ruhig.

Jon blinzelte.

Thomas nutzte seinen Vorteil. »Ich kann verstehen, dass du mich für alles andere als passend für deine Schwester gehalten hast – wie wahrscheinlich jeden anderen Mann, der ihr den Hof gemacht hätte. Aber nur, weil ich lediglich ein Offizier bin und weder das Geld noch die Abstammung besitze, die du hast, heißt das nicht, dass ich sie nicht lieben kann.«

»Aber du hast sie verlassen. Das ist kein Zeichen von Liebe. Von einem Mann wird erwartet, dass er seine Frau beschützt, nicht, dass er sie beinahe verhungern lässt!«

Thomas sog scharf die Luft ein. »Sie wäre beinahe verhungert?«

»Du hast Julia nicht gesehen, als sie zurückkam. Carmichael hat es mir gesagt. Er und Serena haben sie aufgenommen – Gott sei Dank waren sie gerade in London. Julia bestand damals nur noch aus Haut und Knochen!«

Kein Wunder, dass Jon ihn für einen Wüstling gehalten hatte. Er schluckte. »Ich war sicher, Vorsorge getroffen zu haben.« Er erklärte die Sache mit McKinley; zum Glück ließ der andere ihn ausreden, ohne ihn zu unterbrechen.

»Warum hat McKinley gelogen?«

»Das weiß ich nicht. Ich wünschte, ich wüsste es, aber …« Er schüttelte den Kopf und betrachtete dabei seine abgetragene Hose. Noch etwas, worum er sich kümmern musste, wenn er je wieder zu Geld kommen wollte. War es verwunderlich, dass Jons Familie ihn abschätzig behandelte, so wie er hier aufgekreuzt war? Er sah aus wie ein Bettler! Die Mutlosigkeit drohte ihn zu überwältigen. »Ich begreife selbst nicht, wie ich dem Mann je vertrauen konnte.«

»Du sagst es.«

In Jons Stimme klang keine Spur von Sarkasmus. Thomas blickte auf und sah, dass Julias Bruder ihn kritisch musterte.

»Und die Verletzungen?« Er deutete auf Thomas' Gesicht. »Woher hast du die?«

Thomas erklärte ihm auch das und sah erleichtert, dass Jons Blick wieder milder wurde. Sein Gesichtsausdruck war ernst.

»Ich verstehe nicht, warum du so behandelt wurdest.«

»Ich auch nicht.« Er schluckte. »Ich weiß, dass ich nicht im Geringsten deiner Vorstellung von Julias Ehemann entspreche, aber glaube mir bitte, dass ich deiner Schwester niemals willentlich Schmerz zufügen würde.«

Vielleicht hatte er das Falsche gesagt, denn die blaugrauen Augen, die ihn unverwandt betrachteten, verengten sich plötzlich. Dann lachte Jon ironisch auf. »Ich nehme an, ich kann einen Mann, den meine Schwester liebt, einfach nicht hassen.«

Eine winzige Flamme der Hoffnung regte sich in seinem Herzen. »Carlew« – der alte Name kam ihm unbewusst über die Lippen »es tut mir so leid, dass es zum Zerwürfnis zwischen uns gekommen ist. Ich wünsche mir aus tiefstem Herzen, dass du an die Aufrichtigkeit meiner Liebe zu Julia glauben kannst. Und dass ich mich ihrer würdig erweisen kann …«

»Vielleicht kannst du das.«

Thomas hob überrascht den Kopf. »Ich tue alles. Sag mir, was du willst.«

Jon sah ihn lange an. Schließlich nickte er. »Was sind deine Pläne für sie? Willst du nach Edinburgh zurückkehren?«

»Ich will nur zurück, um McKinley zu befragen. Ansonsten hält mich nichts dort.«

»Wo willst du leben?«

»Ich …« Plötzlich befand er sich in einer Situation der Vergangenheit, in der ein völlig anderer Mann ihm die gleiche Frage gestellt hatte. Sein Magen zog sich zusammen, doch er zwang sich zu antworten: »Ich habe Verbindungen in Norfolk und werde mich bemühen, dort ein Heim für Julia zu finden.«

Julias Bruder zog seine Augenbrauen hoch. »Du willst dich bemühen oder du willst eines finden?«

»Ich werde eins finden«, antwortete er fest. Ob es seinem Vater gefiel oder nicht. Er konnte sich nicht weigern, ihn aufzunehmen. Nicht, wenn er mit einer so hübschen Frau zurückkehrte.

»Und wird dort auch Platz für Charles sein?«

»Charles?«

Jetzt zog Jon seine Augenbrauen nochmals hoch. »Soll das heißen, Julia hat es dir gar nicht erzählt?«

»Offensichtlich nicht.«

Jon murmelte etwas. Dann stieß er seinen Stuhl zurück, entschuldigte sich und sagte, er wolle Julia suchen. »Ich glaube, das musst du von ihr selbst erfahren, nicht von mir.«

Thomas zwang sich, ruhig zu bleiben, doch seine Ungeduld raubte ihm fast die Luft zum Atmen. Wer war dieser Charles? Als Julia mit glühenden Wangen und ausgestreckten Armen ins Zimmer kam, musste er sich beherrschen, sie nicht an seine Brust zu reißen.

»Julia«, sagte Jon, während er den Blick auf Thomas geheftet hielt, »ich glaube, du solltest deinem Mann von Charles erzählen.«

Thomas sah sie fragend an. Sie erwiderte seinen Blick und errötete augenblicklich noch tiefer. Dann atmete sie tief aus und schlug die Augen nieder. »Ach, du meine Güte!«

Jon warf Thomas einen Blick zu, den man nur als süffisant bezeichnen konnte, und setzte sich dann wieder auf seinen Platz hinter dem Schreibtisch – wie ein Zuschauer in einem Boxkampf.

Thomas wandte sich an seine Frau. »Julia, wer ist Charles?«

»Es tut mir so leid! Ich hätte es dir längst sagen sollen, aber bei all dem Aufruhr ist es mir völlig entfallen.« Sie lächelte, legte einen Finger auf die Lippen, hauchte »Warte hier« und verließ das Zimmer.

Der dumpfe Schmerz in seinen Kopf verstärkte sich wieder. Er rieb sich die Stirn in dem Versuch, die Kopfschmerzen unter Kontrolle zu behalten. Er musste klar denken können, seine Gedanken durften nicht von den Schmerzen abgelenkt werden. Was sollte er bloß tun? War es fair von ihm, sie zu bitten, dieses bequeme Leben aufzugeben, oder sollte er sie bitten, hierzubleiben, während er versuchte, sein Glück zu machen? Aber er hatte ja gesehen, wohin ihn das vor Kurzem geführt hatte …

Als die Tür erneut aufging, kam Julia mit einem Bündel im Arm herein. Hinter ihr trat ihre Mutter ein, deren säuerlicher Gesichtsausdruck in krassem Gegensatz zu Julias sonnigem Gemüt stand. »Sieh, wen ich mitgebracht habe!«

Während sie ihm das Bündel hinhielt, sah er die feinen roten Löckchen und die zarten, vollkommenen Züge eines Babys, das an seinem winzigen Daumen nuckelte – ein Junge, wenn die Farbe der Decke einen Anhaltspunkt lieferte. »Wer ist das?«

»Ihr Sohn«, sagte Lady Harkness mit zusammengekniffenen Augen.

»Mein Sohn?« Er berührte die winzigen Finger. Etwas wie Ehrfurcht stieg in ihm auf. Nie hätte er gedacht, dass diese Worte ihn so sehr berühren könnten. Er war Vater geworden? Lieber Gott, er würde es besser machen als der Vater, den er gehabt hatte. Er sah zu Julia auf. »Wir haben ein Kind?«

Ein Schatten trat auf ihr vormals strahlendes Gesicht. »Das ist Charles.«

Plötzlich verkrampfte sich sein Magen, ein Gefühl von Groll stieg in ihm auf. Wie konnte sie ihrem Sohn diesen Namen geben, ohne ihn zu fragen?

Moment ... Er runzelte die Stirn und rechnete nach. Dieses Baby musste mindestens drei Monate alt sein. Julia war nicht schwanger gewesen, als er von zu Hause fortgegangen war. Oder doch? Leiser Zweifel stieg in ihm auf. Hatte sie die Neuigkeit vor ihm verborgen, weil das Kind nicht seins war? Er sah sie scharf an.

Sie war blass geworden. »Ich erzähle es dir später«, flüsterte sie.

»Du solltest es mir jetzt sagen«, antwortete er laut. »Wer ist das?«

Als sie ihm einen flehenden Blick zuwarf, zwang er sich, sich zu entspannen und nicht weiter nachzufragen. Es war offensichtlich, dass sie nicht vor ihrer Mutter mit ihm reden wollte. »Er ist sehr ...«

Was sollte er sagen? Er hatte keinerlei Erfahrungen mit kleinen Kindern. »Sehr niedlich.«

Julia seufzte erleichtert auf. Ihre Mutter trat näher, strich zärtlich über die kupferfarbenen Locken und sah ihn dann mit ihren grünen Katzenaugen an.

»Ich missbillige aufs Tiefste alles, was Sie getan haben, aber ich muss zugeben, dass Ihr Sohn beinahe schön ist.«

Unwillkürlich musste er lächeln. Lag das daran, dass sie das rote Haar für ein Erbe ihrer selbst hielt?

»Was ist los?« Sie durchbohrte ihn mit ihren Blicken. »Ich will wissen, was so amüsant für Sie ist.«

Er würde lieber sterben, als ihr Julias Scharade zu verraten. »Verzeihen Sie, Madam. Ich freue mich nur so sehr, dass Sie mir den Ursprung von etwas zuschreiben, das Ihre Billigung findet.«

»Dass ich Ihnen den Ursprung zuschreibe?« Sie zog misstrauisch die Augenbrauen hoch. »Wollen Sie damit sagen, dass Charles nicht Ihr Sohn ist?«

Ihre Tochter mochte nicht die Haarfarbe ihrer Mutter geerbt haben, doch es bestand kein Zweifel, woher sie ihren scharfen Verstand hatte.

»Wie können Sie es wagen?«

Lady Harkness' Ohrfeige traf ihn nicht so sehr wie der entsetzte Blick, den Julia ihm zuwarf. Sie schüttelte den Kopf, und ihre Augen füllten sich mit Tränen. »Mutter, bitte nicht!«

Jon hatte seiner Mutter beschwichtigend die Hand auf den Arm gelegt, damit sie nicht noch einmal zuschlagen konnte.

Julia presste das Kind an ihre Brust und schlug den Blick nieder, doch er hatte die Tränen in ihren Augen gesehen. Sein Herz zog sich noch schmerzhafter zusammen. Er wollte ihr doch Frieden bringen, nicht immer noch mehr Kummer.

Jon flüsterte seiner Mutter etwas zu, woraufhin sie mit einem empörten Schnauben das Zimmer verließ. Dabei schlug sie mit einem lauten Knall die Tür hinter sich zu. »Ich muss mich entschuldigen«, sagte Jon seufzend. »Sie ist zurzeit nicht ganz sie selbst.«

Wieder nagten die Schuldgefühle an ihm. Es war klar, woran das lag.

Thomas sah seine Frau an, die sich auf die Lippen biss. »Julia?«

Sie schüttelte den Kopf. »Ich hätte es dir sagen sollen. Es tut mir leid.«

»Wessen Kind ist das?«

Hinter ihm keuchte Jon auf. Thomas hielt seine Augen unverwandt auf seine Frau gerichtet. Sie hatte ihn doch ganz sicher nicht betrogen?

Schließlich hob sie ihr tränenüberströmtes Gesicht. »Erinnerst du dich an die arme Meggie aus der Wohnung unter uns?«

Meggie? Wo hatte er den Namen kürzlich gehört? Er versuchte sich zu erinnern, doch es fiel ihm nicht ein. »Kaum.«

»Sie war sehr krank, und ihr Mann war vor Kurzem gestorben.« Die tränenerfüllten blauen Augen sahen ihn an. »Bevor sie starb, bat sie mich, Charles als meinen Sohn – unseren Sohn – aufzuziehen. Ich konnte ihn nicht dort lassen, nicht an diesem gottverlassenen Ort.« Sie schauderte.

Ihre Augen sprachen die Wahrheit und beschwichtigten den Zweifel, der ihn beschlichen hatte. Dennoch starrte er sie entsetzt an. »Aber diese Meggie« – warum konnte er sich nicht an sie erinnern? – »oder ihr Mann müssen doch Familie gehabt haben, die einen jungen Verwandten aufnehmen kann. Ich glaube nicht, dass das Ganze so wirklich legal ist.«

Sie lachte ungläubig, ihre Augen blitzten auf. »Ausgerechnet du willst also darüber reden, was legal ist und was nicht? Das finde ich wirklich erstaunlich.«

Thomas unterdrückte den Ärger, der bei diesem Vorwurf in ihm aufstieg. Sie hatte ja recht. Viel zu lange hatte er versucht, gesetzliche Feinheiten zu umgehen, um schneller ans Ziel zu kommen. Er sah zu Jon hinüber, doch dessen kritische Aufmerksamkeit war ganz auf seine Schwester gerichtet.

»Julia«, warnte er seine Schwester jetzt. »Hale hat recht. Wenn es nichts Schriftliches gibt, könnte das Gesetz das, was du getan hast, als Kindesentführung bezeichnen.«

»Entführung?« Sie drückte den Kleinen fester an sich. »Ich habe doch nur getan, was ich konnte, um zu helfen.«

Thomas trat einen Schritt näher auf sie zu. »Das glaube ich dir gern, aber ich denke nicht ...«

Sie schüttelte den Kopf und trat einen Schritt zurück, als fürchtete sie, er könnte ihr das Kind wegnehmen. »Weißt du, wie schwer es war, ihn hierherzubringen? Er war erst vier Wochen alt, hat nach seiner Mama geweint und immerzu nach Nahrung verlangt, die ich ihm nicht geben konnte.« Mit einem Geräusch, das wie ein Aufschluchzen klang, trat sie einen weiteren Schritt zurück. »Ich lasse ihn mir nicht wegnehmen. Ich bin die einzige Mutter, die er jetzt noch kennt, und es wäre grausam, ihn mir wegzunehmen und in ein Waisen- oder Armenhaus zu geben.«

»Davon ist doch überhaupt nicht die Rede«, versicherte er ihr.

»Wir können aber nicht so tun, als sei er unser Kind, wenn er das gar nicht ist.«

»Warum nicht?«, fragte sie.

»Weil ...« Manchmal waren die Feinheiten der Moral auch ihm ein Rätsel. »Weil es Unrecht ist.«

»Das sehe ich nicht so, wenn er beschützt wird und zu essen bekommt und hier ein sehr viel besseres Zuhause hat, als Meggies Verwandte ihm bieten können.«

Ja, aber ob er, Thomas, sich all das leisten konnte ... Er schüttelte den Kopf. Er konnte es nicht.

Julias Unterlippe zitterte. Plötzlich sah er das hübsche Kind, das sie gewesen war und das enttäuscht war, wenn es nicht seinen Willen bekam, das Kind, das wusste, wenn es im Unrecht war, aber trotzdem entschlossen war, seinen Willen durchzusetzen. Dieser Kampfgeist gehörte zu den Eigenschaften an ihr, die er so liebte.

Als spürte er ihre Erregung, schlug der kleine Charles, der bis jetzt selig geschlafen hatte, die Augen auf und starrte Thomas an. Sein Blick war fast so finster wie Thomas' eigener. Der kleine Junge blinzelte, dann verzog er das Gesicht und drohte in heulenden Protest auszubrechen.

Julias Versuche, ihn zu beruhigen, wurden zunehmend panisch. Als sie ihm auf den Rücken klopfte, schien ihn das eher anzustacheln als zu beruhigen. Thomas trat näher. Sie trat erneut einen Schritt zurück. »Ich lasse ihn mir nicht wegnehmen. Ich lasse dich nicht ...«

Er streckte die Hand aus, berührte den Jungen und sagte mit fester Stimme: »Charles, hör auf damit.«

Das Baby schrak zusammen und sah zu ihm auf, als wollte es fragen, wie dieser Fremde es wagen konnte, seine Stimme ihm gegenüber zu erheben. Einen Moment blieb es still. Doch dann schrie der Kleine lauter als zuvor.

»Ich glaube nicht, dass wir dieses ... Dilemma heute Nachmittag lösen können«, sagte Jon. »Vielleicht finden wir eine Lösung, wenn wir alle nicht mehr so müde sind.«

»Es gibt nur eine Lösung«, erwiderte Julia. »Der kleine Charles lebt bei mir.«

Sie sagte das mit erhobenem Kinn – eine Bewegung, die kein gutes Zeichen für ihre Gegner war, wie Thomas aus Erfahrung wusste. Er wusste auch, dass ein weiterer Wortwechsel zum jetzigen Zeitpunkt keinen Sinn ergab. »Julia, ich will nur das Beste für dich, für uns, für unsere Ehe. Glaub mir bitte.«

Als hätte auch sie die Auseinandersetzung erschöpft, wurde ihr Blick weicher und ihre Schultern sanken nach vorn. Sie widersprach demnach nicht, als die Tür aufging und eine Frau mittleren Alters hereinkam, um ihr das Kind abzunehmen. Dabei murmelte sie, dass Master Charles jetzt in sein Bettchen müsse und warf Thomas einen neugierigen Blick zu.

Jon atmete hörbar aus, als die Tür sich hinter ihr geschlossen hatte. Dann sagte er müde: »Und jetzt müssen wir uns damit befassen, was als Nächstes geschieht.«

Thomas spürte, wie sein ganzer Körper sich verspannte. Was würde als Nächstes geschehen? Gott mochte ihm helfen, er wusste es nicht.

Kapitel 16

Zehn Tage später

Julia hob den Blick und sah ihr schweigendes Gegenüber an. Heute Abend waren sie nur zu zweit beim Dinner. Seit Thomas' Ankunft in der letzten Woche hatte ihre Mutter ihren eisigsten Blick aufgesetzt. Ihre scharfen Bemerkungen und kühlen Anweisungen ließen keinen Zweifel an ihrer Haltung in der Angelegenheit, mit der die ganze Familie seit jenem schicksalhaften Nachmittag befasst war.

Auch Julia selbst fiel die Einordnung der Vorgänge nicht leicht. In einem Moment hatte Jon unmissverständlich seine Verachtung für Thomas Ausdruck verliehen, im nächsten hatte er ihn in sein Haus am Berkeley Square eingeladen, als hätte es die Tatsache, dass Thomas mit seiner Schwester nach Gretna Green durchgebrannt war, nie gegeben.

Sie schlug die Augen nieder und kämpfte mit dem Groll, der an ihr nagte. Selbst wenn sie sich kindisch benommen hatte – es war einfach nicht fair! Warum hatte Jon Thomas zu sich eingeladen, während sie hier festsaß und der kalten Verachtung ihrer Mutter preisgegeben war? Zumal auch Julia anfangs eingeladen worden war, bei Jon und Catherine in ihrem Londoner Stadthaus zu wohnen. Thomas hatte zwar nur kurz bei den beiden logiert, um sich zu erholen, und war dann wieder nach Schottland gefahren, aber trotzdem … es war einfach nicht fair.

Als Mutter erfahren hatte, das Jon Thomas eingeladen hatte, hatte sie sich mehr als ungnädig darüber geäußert, doch Jon hatte nur geantwortet, dass er nicht zulassen könne, dass sein verletzter Schwager sich allein durchschlug – nicht, wenn er eine Familie und Freunde hatte, die die Mittel besaßen, ihm zu helfen. Thomas hatte protestiert und gemeint, er könne ja in einem Gasthaus wohnen, doch Jon hatte darauf bestanden, dass er zu ihm kam, dem lautstarken Widerspruch von Mutter zum Trotz. Seither war es still im Haus geworden; offenbar hatte Mutter im Zorn alle ihre Wörter verbraucht, und jetzt waren keine mehr übrig.

Julia zwang sich, ein Stück Wildbret zu essen, obwohl der Geschmack und die Konsistenz ihren Magen in Aufruhr versetzten. Der Gedanke an ihren Mann weckte weiterhin zwiespältige Gefühle in ihr. Neben dem Groll, dass er gehen konnte und sie bleiben musste, war sie noch immer verwirrt angesichts ihres – zugegeben recht peinlichen – Ausbruchs an jenem Nachmittag in Jons Arbeitszimmer. Sie konnte ihren Panikanfall bei Thomas' Fragen nach Charles nicht wirklich begründen. Es fühlte sich einfach falsch für sie an, dass ihr die einzige Konstante der letzten Monate so plötzlich geraubt werden sollte, als sei das Schicksal des Kindes ebenso wenig von Belang wie ihr eigenes. Der kleine Charles war unschuldig und sollte vor den Sorgen und Turbulenzen des Lebens so lange wie möglich beschützt werden.

»Nun?«

Julia blickte auf. Ihre Mutter schaute sie an. »Verzeihung, Mutter. Hast du etwas gesagt?«

Diese rümpfte die Nase. »Ich nehme an, du hast an deinen Dummkopf von Ehemann gedacht.«

Immerhin erkannte ihre Mutter offenbar an, dass Thomas ihr Ehemann war. Julia verbiss sich ein ironisches Lächeln. Wie üblich brauchte Jon nur zu sagen, dass eine Sache sich so oder so verhielt – und Mutter folgte ihm, wenn auch diesmal höchst ungehalten. »Ich … hoffe, dass er bald zurückkommt.«

»Du erwartest hoffentlich nicht, dass ich ihn jemals mit offenen Armen aufnehme.«

»Ganz sicher nicht.«

»Hmpf.«

Das klang immerhin nach stillschweigender Akzeptanz – ein Gedanke, den Julia wohlweislich für sich behielt.

»Und ich möchte nicht über ihn sprechen. Für mich ist er eine Persona non grata. Das verstehst du hoffentlich.«

»Ja, Mutter.« Doch angesichts der Tatsache, dass sie kein Wort mehr über diesen Menschen verlieren wollte, schien ihre Mutter recht viel über ihn zu sagen zu haben. Auch diesen Gedanken behielt Julia für sich.

»Der einzige Grund, dass ich nicht auf seiner strafrechtlichen Verfolgung bestehe, ist dieser liebe kleine Junge. Ich möchte mein Gewissen nicht mit der Verantwortung belasten, dass ich es bin, die seinen Vater an den Galgen gebracht hat, auch wenn er genau da hingehört.«

Bei diesen Worten wich ihr anfängliches Amüsement den wohlbekannten Schuldgefühlen. Jon hatte Thomas und Julia geraten, Charles' wahre Herkunft zunächst noch nicht aufzudecken, bis Thomas Zeit hatte, Nachforschungen nach Meggies Familie anzustellen.

Doch es gab noch einen Grund, warum ihre Gefühle zwiespältig blieben. Woher sollte sie wissen, dass sie Thomas vertrauen konnte, was die Ergebnisse seiner Nachforschungen betraf? Die Zweifel flüsterten ihr ein, dass er doch sicherlich nach Antworten suchen würde, die ihm selbst entgegenkamen. Und wenn er tatsächlich Charles' Familie aufspürte – wie sollte sie ihren einzigen Trost in den letzten Monaten hergeben? Nur durch die Sorge für ihn hatte sie noch das Gefühl gehabt, positive Schritte in eine eigene Zukunft zu tun und nicht nur der Spielball der Launen und Wünsche aller anderen zu sein.

Julia zwang sich, ein weiteres Stück Wildbret abzuschneiden und es langsam zu kauen, damit sie nicht Konversation machen musste, während ihre Gedanken und Sorgen unaufhörlich kreisten. Wenn Meggie die Wahrheit gesagt hatte – und warum hätte sie lügen sollen? – und der kleine Charles besaß tatsächlich keine Familie mehr, wie sollte sie ihrer Mutter dann jemals seine wahre Herkunft erklären? Oder Catherine? Oder Lord und Lady Carmichael?

Die Gabel entglitt ihrer Hand und fiel mit lautem Klirren auf den Porzellanteller.

Mutter war zusammengeschreckt und sah Julia sorgenvoll und forschend an.

Julia versuchte, eine entspannte Miene aufzusetzen, hob ihre Gabel auf und aß entschlossen weiter.

Lieber Gott, was hatte sie nur mit ihren Lügen angerichtet? Was würden sie nur alle sagen, wenn sie die Wahrheit erfuhren? Sie konnte nur hoffen, dass sie ebenso verständnisvoll sein würden wie Jon und Thomas. Nun gut, verständnisvoll war vielleicht nicht das richtige Wort, nachsichtig passte wahrscheinlich besser.

Sie dachte daran, wie Thomas ihr Charlie aus dem Arm genommen und mit einer Zärtlichkeit liebkost hatte, die sie nicht von ihm erwartet hatte. Noch ein Grund für zwiespältige Gefühle. Manchmal erkannte sie den Mann, den sie geheiratet hatte, kaum wieder.

Die Diener kamen herein, um den Tisch abzuräumen, doch auch, als sie wieder fort waren, blieb Mutter noch sitzen. Julia sah sie an.

»Ob sie wohl schon dort sind?«

»Nach dem, was Jon geschrieben hat, ja.«

Jon hatte aufgrund seiner Geschäfte nach Manchester abreisen müssen, sodass er Thomas ein Stück weit auf seiner Fahrt nach Schottland mitgenommen hatte.

Sie hatte ihren Mann gebeten, nicht zu fahren. »Du bist doch gerade erst wiedergekommen! Ich möchte, dass wir zusammen sind!«

»Das möchte ich auch«, hatte er geflüstert. »Aber ehe bestimmte Dinge geklärt sind, ist das leider unmöglich.«

»Weil Mutter dich nicht in ihrem Haus haben will?«

Er seufzte. »Ich muss herausfinden, ob Charlie tatsächlich keine Verwandten mehr hat, und ich muss mit McKinley über das fehlende Geld sprechen.«

»Das Geld ist mir egal! Ich will nur bei dir sein. Bitte bleib«, hatte sie gefleht.

»Aber ich muss herausfinden, was passiert ist.«

»Warum denn? Mutter und Jon werden meine Mitgift freigeben. Nun ja, Jon wird vielleicht …«

»Nein. Ich will nicht davon abhängig sein.«

»Aber warum nicht?«

»Weil ich dein Mann bin. Ich will für meine Frau sorgen, wie es von mir erwartet wird, und nicht von ihrer Familie abhängig sein.«

»Oh, aber …«

»Und wenn ich noch ein wenig länger fort bin, hat deine Mutter Zeit, die Dinge, so wie sie sind, zu akzeptieren.« Er hatte sie eilig geküsst. »Glaub mir, ich würde nicht fahren, wenn ich es nicht für unbedingt nötig hielte, und ich komme so schnell wie möglich zurück.«

»Versprochen?«

»Ich verspreche es.«

Sie wollte ihm glauben – sie wollte es wirklich! Doch die Vergangenheit, in der er mehr als einmal sein Wort gebrochen hatte, überschattete die Gegenwart. Vielleicht hätte sie sich ein wenig mehr anstrengen sollen, aus Meggie herauszubekommen, ob sie noch Verwandte hatte, an die sie sich wenden konnte. Jetzt oblag es ihrem armen Mann, diese Sache, die eigentlich ihre Aufgabe gewesen wäre, zu Ende zu bringen. Ihre Schuldgefühle, ihre Angst und Verzagtheit hatten beinahe dazu geführt, dass sie sich geweigert hätte, ihn zu küssen. Doch sie hatte sich überwunden und ihre Lippen auf seine gelegt. Sie hatte den Kuss so schnell hinter sich gebracht, dass er sie flüsternd gebeten hatte, ihm mehr von sich zu geben. Unter den aufmerksamen Blicken ihrer Mutter war ihr dies jedoch nicht möglich gewesen. Ihre Wildheit und Entschlossenheit von vor zwei Wochen hatten sich in Scham und Furchtsamkeit verwandelt.

Als ihre Mutter sich räusperte, kehrten Julias Gedanken in die Gegenwart zurück. »Vielleicht sollten wir morgen einmal nachsehen, wie Catherine zurechtkommt.«

Julia murmelte etwas Zustimmendes. Sie war froh, dass ihre Mutter sich wieder so weit beruhigt hatte, dass sie an ihre Freunde und

Bekannten denken konnte. An die meisten von ihnen hatte Julia keine Erinnerungen mehr und verspürte auch nicht den Wunsch, die Bekanntschaft zu erneuern.

Ihr Gespräch drehte sich jetzt um die jüngste Neuigkeit – den Todestag der armen Prinzessin Charlotte und ihres tot geborenen Sohnes. Julia kamen die Tränen, als sie voller Mitleid an den Witwer dachte. Der arme Mann! Sein Kind nie kennengelernt zu haben, seine geliebte Frau nie mehr im Arm zu halten. Welch ein entsetzliches Unglück das doch war.

»Julia? Ist alles in Ordnung?«

»Ja, Mutter.« Die zusammengekniffenen Augen ihrer Mutter schienen eine Erklärung zu verlangen. »Ich habe nur gerade an den armen Prinzen Leopold gedacht.«

»Ah – ja. Eine traurige Geschichte.«

Ihre Mutter begann einen Monolog über die schreckliche Heimsuchung, die dieses Unglück für die englische Monarchie darstellte. Julia nickte pflichtbewusst und versuchte, interessiert zu wirken. Doch unter dem Ansturm trauriger Gefühle machten ihre Gedanken sich schon bald auf den Weg an einen weit entfernten Ort. Gott sei Dank war Thomas noch am Leben und liebte sie.

Jetzt konnte sie nur warten.

Und hoffen.

Und beten, dass Thomas die Antworten fand, die er brauchte – und nicht die, die sie fürchtete.

Auf der mit Schlaglöchern übersäten North Road rumpelte die Postkutsche in Richtung Edinburgh. Als das Gefährt sich plötzlich gefährlich auf eine Seite neigte, biss Thomas die Zähne zusammen und hielt sich krampfhaft fest. Doch der Kutscher schaffte es, das Fahrzeug aus der Situation hinauszumanövrieren, sodass sie die Fahrt ohne Unfall fortsetzen konnten. Beim Anblick der nackten Hügel und der öden, schneebedeckten Landschaft war Thomas dankbar, dass er diese Reise im Innern einer Kutsche machen konnte und nicht auf den billigeren Sitzen, auf denen er aufgrund seiner finanziellen Probleme auf der letzten Fahrt hatte ausharren müssen.

Auf der langen Reise hatte er viel Zeit zum Nachdenken gehabt. Jons Sinneswandel war bemerkenswert. Sein Angebot, die erste Hälfte der Reise zusammen zu bestreiten, die Großzügigkeit, mit der er die zweite Hälfte der Reise bezahlt hatte, und die Empfehlung eines guten Anwalts hatten Thomas an ihre erste Begegnung vor fünf Jahren erinnert, als sie durch ein besonderes Erlebnis zusammengeschweißt worden waren wie Brüder.

Die eisige Landschaft neben ihm verschwamm vor seinen Augen, und das Husten und Schniefen der anderen Passagiere trat in den Hintergrund. Erinnerungen an warme Sommertage und exotische Düfte stiegen in ihm auf.

Er hatte Jon in Indien als aufrichtigen, ernsten Gentleman mit offenem Auftreten und wachen Augen kennengelernt. Unter den schwachen und sittenlosen, von Krankheit und Gier gezeichneten Gestalten in seinem Umfeld stach er deutlich heraus. Jonathan Carlew war anders gewesen – ehrlich, groß und stark. Er war gut einen Kopf größer als die Einheimischen und auch als die meisten Engländer. Auch seine Besonnenheit zeichnete ihn unter den anderen Männern aus, deren zügellose Lebensweise sie dazu verleitet hatte, wahllos Trost in allem zu suchen, was sich ihnen bot. Thomas selbst war nicht abgeneigt, gelegentlich zur Flasche zu greifen, und auch bei Boxkämpfen und am Spieltisch konnte man ihn finden. Ein Mann brauchte schließlich hin und wieder eine Ablenkung von der Hitze und den vielen Menschen, die an Durchfall, Diphterie oder Typhus starben. Er hatte Glück gehabt und war nie ernstlich krank geworden, obwohl um ihn herum so viele Menschen von Tropenkrankheiten heimgesucht worden waren.

Jon und er waren sich in Poona begegnet, wo Carlew den Auftrag gehabt hatte, beim dortigen Militärstützpunkt ein Dokument der Ostindien-Gesellschaft abzuholen. Er war ihm damals als der Vorzeigebeamte erschienen, wie ihn die englische Ostindien-Kompanie bevorzugt einstellte: ein Mann, der die Anweisungen eines Vorgesetzten mit Titel und Rang, der normalerweise aus der eigenen Familie stammte, perfekt ausführte. Thomas selbst hatte weder Titel noch Rang je besessen; stattdessen hatte er sich von ganz unten hocharbeiten und seinen Rang auf dem harten Weg verdienen müssen – durch Disziplin und schwere Arbeit. Jedenfalls hatte er nie irgendwelche Vergünstigungen zu erwarten gehabt – von niemandem.

Als die Anfrage um eine militärische Eskorte für einen Vicomte kam, der eine Mine bei Ratnagiri besuchen wollte, war Thomas nicht überrascht gewesen, dass man ihm diese Aufgabe übertragen wollte. Fast alles, was in den Augen seines Vorgesetzten Zeitverschwendung war, blieb an ihm hängen. Colonel Fallbright hatte kein Geheimnis aus seinem Missvergnügen darüber gemacht, dass Thomas' kürzlich erfolgte Beförderung, die Belohnung für die Niederschlagung eines Aufruhrs in Kalkutta, zu seiner vorübergehenden Versetzung nach Poona geführt hatte. Man hatte über Fallbrights politische Ambitionen gemunkelt und dass er etwas gegen Leute habe, die er als unter ihm stehend empfand, während er sich bei den Mächtigen einzuschmeicheln versuchte.

So war es eine willkommene Abwechslung für ihn gewesen, Carlew und den Vicomte, Lord Carmichael, einen der Freunde Carlews aus Studienzeiten, zu begleiten. Sie waren Angehörige einer Schicht, mit der Thomas noch nie in Kontakt gekommen war. Der Vicomte hatte sich als liebenswürdig und umgänglich entpuppt. Er war stets zum Lachen bereit, einem Kartenspiel nie abgeneigt und bei den Damen mindestens so beliebt gewesen wie Thomas selbst. Eigentlich war die tiefe Freundschaft zwischen Carlew und Carmichael ebenso erstaunlich wie die zwischen Carlew und ihm. Doch das Trio hatte sich über Gemeinsamkeiten zusammengefunden, wie ihren trockenen Humor, die Aufgeschlossenheit, den riesigen Schatz an neuen Erfahrungen, den Indien ihnen bot, zu genießen und nicht nur zu ertragen, und nicht zuletzt ein Ereignis, nach dem er sicher gewesen war, dass ihre Freundschaft ein Leben lang halten würde.

Thomas hatte die kleine Karawane von Reitern in ein Gebiet gebracht, dessen Hügel mit ihren dunklen Gesteinsschichten den Vicomte völlig in den Bann schlugen. Verstanden hatte Thomas diese Faszination erst, als Carlew ihm eröffnete, dass die Gesellschaft an Mineralienfunden interessiert sei, die in den englischen Fabriken benötigt wurden. Ihm war das einerlei gewesen, er war einfach nur froh, dem Leben in den Barracken entronnen zu sein und so angenehme Gesellschaft gefunden zu haben. Deshalb hatte er sich größte Mühe gegeben, freundlich zu sein – im Gegensatz zu den meisten anderen englischen Militärs, deren einziges Ziel es zu sein schien, Angst und Schrecken zu verbreiten.

Carmichael hatte erfahren, was er wissen wollte. Auf dem Rückweg waren sie auf der Hälfte der Strecke dann auf eine Kinderschar aus einem Dorf getroffen. Die Kinder, die nicht älter als acht oder zehn Jahre waren, zeigten sich fasziniert von Carlews Größe und seinen blonden Haaren, hatten gelacht und gekichert und mit den Fingern auf sie gezeigt. Carmichael hatte sich ihnen gegenüber sehr freundlich und charmant verhalten, und Thomas hatte gemerkt, dass er zum ersten Mal seit langer Zeit ein wenig lockerlassen konnte. Ausnahmsweise war ihm die Verantwortung, die er trug, keine Last; er glaubte tatsächlich, sich entspannen und den Auftrag genießen zu können.

Doch als sie sich dann im Schatten eines Mangobaums von beeindruckender Größe ausruhten und die Getränke herumgehen ließen, die Carmichael in weiser Voraussicht mitgenommen hatte, war es passiert. Ein Donnern erschütterte den Boden, die Bäume, die sie umgaben, erzitterten. Er hatte nicht gleich begriffen, was vor sich ging, obwohl die Dorfkinder zu wissen schienen, was sich da ankündigte.

»Haathi! Haathi!«, hatten sie gerufen.

Ein Elefant. Nach seinen rudimentären Kenntnissen der dortigen Sprache besagten die erschrockenen Ausrufe der Ortsansässigen, dass es »der Wilde« war, ein Elefant, der das Dorf des Öfteren terrorisierte und eine andere, knapp fünf Meilen entfernte Ortschaft bereits völlig zerstört hatte. Aus ihren ängstlichen Gesten und der Tatsache, dass zwei Dorfälteste eine altmodische Feuerwaffe auf das Tier richteten, schloss er, dass sie nicht gewillt waren, ihrem Dorf dasselbe zustoßen zu lassen.

Thomas griff nach seiner Muskete, die er für Notfälle mitgenommen hatte. Dann sah er auch schon das riesige graue Tier durch die Bäume brechen. Selbst überrascht, dass er tatsächlich Angst empfand, hob er sein Gewehr und schoss.

Das Tier war nicht stehen geblieben. Unter dem wilden Kreischen der Kinder lud er seine Waffe nach, sprach ein verzweifeltes Stoßgebet und schoss abermals. Der Elefant knickte mit den Vorderbeinen ein, stand jedoch sogleich wieder auf und stürmte weiter vorwärts. In einem Augenblick, so bedeutungsvoll wie unerklärlich, schien er erkannt zu haben, was oder wer der Grund für seine Verletzung war. Mit vor Wut funkelnden Augen hielt er auf seinen Feind zu. Doch Thomas lud abermals nach, obwohl ihm das Herz bis zum Hals schlug, zielte zwischen die Augen des Ungetüms und drückte ab. Mit einem lauten Schmerzensschrei stürzte das Tier keine zehn Meter vor ihm in einer riesigen Staubwolke zu Boden. Die Erde bebte.

Als Carlew die Sprache wiedergefunden hatte, dankte er Thomas inbrünstig. Der empfand im Nachhinein nur eines: das überwältigende Gefühl, von Gott beschützt worden zu sein. Er war immer stolz darauf gewesen, wie schnell er nachladen konnte, doch diesmal war er so schnell gewesen, dass es an ein Wunder grenzte.

Kurz darauf wurde er sich der jubelnden Kinder bewusst, der Eltern, die dankbar in die Hände klatschten, der Stimme von Carmichael, der sich bei ihm bedankte. Seine Brust weitete sich vor Glück, als er die seltene Erfahrung machte, von anderen wertgeschätzt zu werden. Er mochte kein Geld haben, keinen Titel, keine Verbindungen – doch er besaß Fähigkeiten, die etwas wert waren.

Das Geschehene schien auch Fallbright zu beeindrucken. Offenbar betrachtete er Thomas von da an mit anderen Augen, vielleicht, weil Carlew und Carmichael dafür sorgten, dass die Gesellschaft von Thomas' Heldentat erfuhr, und Fallbright auf keinen Fall den Eindruck erwecken wollte, dass er es an angemessener Würdigung der besonderen Leistung fehlen ließ. Jedenfalls beeilte er sich, Thomas in seinen inneren Kreis der wenigen Offiziere einzuladen, die er bisher weder beneidet oder gefürchtet hatte.

Damals hatte er auch Major Joseph McKinley kennengelernt, der wie Thomas in einer Einheit diente, die an der Seite der Truppen der Ostindien-Kompanie operierte – was bei nach britischem Standard ausgebildeten Soldaten gewöhnlich auf Geringschätzung stieß.

Thomas hatte sich allerdings stets dafür eingesetzt, dass auch die Einheimischen respektiert wurden, und war stolz darauf, sich zu verhalten, wie sein Vater es immer so nachdrücklich von der Kanzel verkündet hatte: andere Menschen so zu behandeln, wie er selbst behandelt werden wollte.

Doch das war nicht immer möglich. Einmal hatten er und McKinley einen Vorfall erlebt, der die Ehrenhaftigkeit, die Thomas nach seinem eigenen Dafürhalten besaß, ernsthaft auf die Probe stellte.

Fallbright hatte sie gebeten, an einem inoffiziellen Treffen zwischen ihm und dem Residenten von Poona, Montstuart Elphinstone, teilzunehmen. Elphinstones schottischer Landsmann McKinley hatte sich rasch bei ihrem Gastgeber eingeschmeichelt und brachte schon nach wenigen Gläsern Whiskey in Erfahrung, worum es eigentlich ging.

Elphinstone, der sich in der Zwickmühle zwischen den Interessen der Briten und den Rechten der Inder befand, hatte versucht, das Blutvergießen zu beenden. Dieses war verursacht worden durch die sogenannten Pindari, eine berittene Guerillatruppe, die sich aus entwurzelten Dorfbewohnern und ausgemusterten Soldaten zusammensetzte und Schrecken und Verwüstung in die Dörfer brachte. In diesem Zusammenhang hatte Fallbright McKinley und Thomas den Auftrag erteilt, diese Männer zu verfolgen und Poona vor Angriffen zu schützen. Er hatte hinzugefügt, dass sie dafür »mit allen Mitteln, die Sie für nötig erachten« vorgehen sollten.

Thomas hatte die Augenbrauen hochgezogen, sich jedoch weiter nicht dazu geäußert. Ein Soldat war ebenso an den Ehrenkodex gebunden wie an Regeln und Vorschriften. Offiziere konnten Befehle nach persönlichem Ermessen befolgen oder nicht, doch sie brauchten stichhaltige Gründe, um sich regelwidrigen Befehlen zu widersetzen; so lautete das Kriegsrecht.

Die beiden folgenden Monate waren scheußlich gewesen. Er und McKinley verfolgten Männer, die schrecklichere Grausamkeiten verübten, als sie ein wild gewordener Elefant verursachen konnte. Er war gezwungen gewesen, zwei Soldaten auspeitschen zu lassen, die einen Pindari-Anführer getötet und ihm dann die Hände abgeschlagen hatten – eine grausame, traditionelle Bestrafung für Diebe.

Später hatte er gehört, dass McKinley diese barbarische Strafe gutgeheißen hatte, doch er hatte es nicht geglaubt. Da seine persönlichen Lebensumstände damals seine Rückkehr in die Heimat erfordert hatten, hatte er über allem, was dann auf ihn einstürmte, diesen Erlebnissen nicht mehr viel Beachtung geschenkt, bis er McKinley durch Zufall eines Tages im Black Harp in Edinburgh wiederbegegnet war.

»Ich dachte, du stammst aus Dunbartonshire«, hatte Thomas damals gesagt.

»Und ich dachte, du kommst von sehr viel weiter südlich«, hatte McKinley lächelnd gekontert. Dann hatten sie mit mehreren Whiskeys und viel Gelächter ihre indische Vergangenheit wiederaufleben lassen – Gelächter, das ihn jetzt sehr fern dünkte.

Thomas runzelte die Stirn und veranlasste dadurch die Dame mittleren Alters, die ihm gegenübersaß, zusammenzuzucken und den Blick abzuwenden. Warum hatte McKinley ihn angelogen? Hatte der Nebel der Erschöpfung, unter der Thomas seit seiner Flucht gelitten hatte, dazu geführt, dass er etwas missverstanden hatte?

Er holte tief Luft und warf einen Blick auf seine Taschenuhr, die Julia zu seiner tiefen Rührung aus ihrem Edinburgher Leben gerettet hatte. Er würde seine Antworten bekommen, auf welche Weise auch immer. Was das Rätsel mit McKinley und auch, was die Verwandten des Kindes betraf, das Julia aufgenommen hatte.

Kapitel 17

»Julia – wie geht es dir?«

Julia lächelte Catherine an und versuchte, ihre Überraschung über den Scharfsinn ihrer Schwägerin zu verbergen. »Ganz gut, danke.« Das könnte sogar stimmen, wenn sie in letzter Zeit nicht ständig mit Übelkeit zu kämpfen hätte.

Sie musste sich eine Infektion zugezogen haben, die zurzeit viele Londoner ereilte. Die kühlen Temperaturen Mitte November führten bei den Menschen zu Erkältungen mit Husten und Niesen; andere litten unter Übelkeit und Erbrechen. Vorsorglich hatte sie das ihrer Mutter nicht verraten, denn sonst würde diese darauf bestehen, dass sie zu Hause blieb. Die letzten Tage aber waren so schrecklich langweilig gewesen, dass sie schreien würde, wenn sie das Haus nicht mehr verlassen durfte.

»Hast du von meinem Sohn gehört?«, fragte Mutter. »Er schreibt nicht mehr so häufig wie früher.«

Catherine errötete, sah ihre Schwiegermutter jedoch freimütig an. »Heute Morgen kam ein Brief von Jon. Mit den Fabriken in Manchester scheint alles in Ordnung zu sein. In den nächsten Tagen will er Lord Carmichaels Familie besuchen, und zu Weihnachten kommt er dann wieder nach Hause.«

»Henry wird sich über Jons Besuch freuen«, sagte Julia. »Es muss eine schwierige Zeit für alle sein.«

Catherine nickte. »Ich bin froh, dass Henry und Serena noch rechtzeitig nach Hause fahren konnten. Serenas letzter Brief ließ durchblicken, dass es nur noch Tage dauern kann, bis Lord Bevington … nicht mehr ist.«

Julia schlug die Augen nieder. War sie überempfindlich oder gab

Catherine ihr die Schuld für den verzögerten Aufbruch in den Norden?

Als sie wieder aufblickte, sah sie das warme Mitgefühl in Catherines Augen – und ihr Misstrauen verflog. Nein. Wahrscheinlich machte ihr Unwohlsein sie so empfindlich. Sie sollte nicht laufend denken, dass alle gegen sie waren.

»Die arme Familie«, sagte Mutter seufzend. »Ich mag mir gar nicht vorstellen, wie es ist, den Ehemann auf derart traurige Weise zu verlieren.«

Julia hätte beinahe laut gelacht, doch mit einiger Anstrengung gelang es ihr, diese zynische Reaktion zu unterdrücken. Auch Catherine hatte Mühe, ihre Verwunderung zu verbergen. Nein, Mutter hatte keinen ihrer drei Ehemänner an eine lange, schwere Krankheit oder gar Geisteskrankheit verloren. Der plötzliche Tod von Julias Vater war zwar ein Schock gewesen und hatte große Trauer hervorgerufen, doch danach zu urteilen, wie Mutter von ihren anderen Männern sprach, hatte sie den Verlust ihres ersten und ihres dritten Gatten – so vermutete Julia – eher mit Erleichterung hingenommen.

Das Husten, mit dem sie ihre Belustigung kaschieren wollte, mündete erneut in qualvolles Würgen. Sie presste eine Hand vor den Mund und zwang die Übelkeit zurück.

»Julia? Ist alles in Ordnung?«

»Verzeih. Mir ist nicht so gut.« Sie holte tief Luft und versuchte zu lächeln. »Aber es wird schon besser.« Um von sich abzulenken, sagte sie zu Catherine: »Die Vorstellung, dass deine Schwester eines Tages eine Gräfin sein wird, muss doch seltsam für dich sein.«

»Julia!«, mahnte ihre Mutter mit gequälter Stimme. »Wie kannst du so unverschämt sein!«

»Ich finde es nicht unverschämt, über das nachzudenken, was eintreten wird. Henry ist der Erbe seines Vaters und da Serena seine Frau ist, ist es nur natürlich …«

»Danke, Julia. Ich kenne die Regeln des Erstgeburtsrechts.«

Leicht amüsiert sagte Catherine: »Ich glaube, Serena werden ihre Bilder immer wichtiger sein als die Verantwortung, die mit einem solchen Titel einhergeht.« Dann verdüsterte sich ihr Blick. »Bestimmt haben Henry und sie geglaubt, mehr Zeit zu haben, bevor sie solche Pflichten übernehmen müssen. Aber ich kenne einige junge Mädchen, die erst mit ihrer Heirat in eine gesellschaftliche Stellung eingetreten sind.«

»Du sprichst von Lady Hawkesbury?«

»Ja. Lavinia hat zwar zugegeben, dass sie bestimmte gesellschaftliche Gepflogenheiten und Regeln zuweilen ein wenig – herausfordernd findet. Ich glaube jedoch keine Sekunde, ihr Mann bereut, um ihre Hand angehalten zu haben, auch wenn sie sich gelegentlich ein wenig unorthodox verhält.«

Wie zum Beispiel in ihrem Engagement für Pfarrschulen und im Verfassen von Artikeln für die Times. Julia hatte in der Zeitung darüber gelesen. Es war mit Sicherheit keine der üblichen Beschäftigungen einer Gräfin.

»Ich finde, im Vergleich zum Verfassen von Zeitungsartikeln können Serenas Bilder geradezu als zahm bezeichnet werden.«

Catherine biss sich auf die Lippen und wechselte einen Blick mit ihrer Schwiegermutter.

Julia stutzte. Hatte sie etwas verpasst?

»Ich vergesse manchmal, dass du nicht alles weißt, was im letzten Jahr passiert ist«, sagte Catherine. »Serenas Bild von Henry verursachte so etwas wie einen Skandal auf der Ausstellung der Royal Academy.«

»Ein Bild von ihr wurde in der Royal Academy ausgestellt? Das ist ja großartig!«

»Es war in der Tat eine große Ehre.« Wieder dieses seltsame Zögern.

»Und es war ein wunderbares Bild«, pflichtete Mutter ihr bei. »Henry sah aus, als könnte er jeden Moment aus der Leinwand heraustreten, so lebendig wirkte er.«

Julia war verwirrt. »Aber das heißt ja, dass sie ihn gemalt hat, bevor sie verheiratet waren.«

»Ja. Jetzt siehst du vielleicht, warum das natürlich keine allgemeine

Billigung fand. Aber ich versichere dir, dass nichts Unschickliches dabei war. Serena hat ihn hier in diesem Haus gemalt und es war immer eine dritte Person anwesend – also kein Grund für irgendwelche Spekulationen. Leider sind manche Menschen nur zu gern bereit, bösartige Gerüchte auf Kosten von Unschuldigen in die Welt zu setzen und zu glauben.«

»Da hast du recht.« Irgendwie ließ die Neuigkeit vom Skandal der blonden Serena Julias eigene Probleme etwas weniger dramatisch erscheinen. Trotzdem war sie sicher, dass sie nach ihrem Durchbrennen nach Gretna Green nie wieder Teil der Gesellschaft werden konnte. »Man sagt ja allgemein, dass die Leute lieber über das Fehlverhalten einer Person reden als über ihre Verdienste.«

»Fehlverhalten.« Mutter schnaubte und blickte zur Decke. »Wenn ich daran denke, was ich alles für dich getan habe, junge Dame, und dass du mit Leichtigkeit in den Adel hättest heiraten können, so wie Serena und Catherine! Aber du hast es ja vorgezogen, deine Zukunft wegzuwerfen für einen …« Sie holte etwas zittrig Luft. »Nein. Ich weigere mich, von ihm zu sprechen. Auch wenn er ein Taugenichts ist …«

»Lady Harkness!« Noch nie hatte Julia Catherine derart laut werden hören. Sie milderte ihren Ausruf jedoch gleich darauf mit einem Lächeln. »Verzeihen Sie mir, aber ich muss einfach immer denken, dass derartige Gedanken am besten ungesagt bleiben sollten. Meiner Ansicht nach ist es für alle Beteiligten das Beste, wenn wir unsere Hilfe anbieten, ohne zu verurteilen. Auf die Art wissen Julia und Thomas, dass ihnen unsere Tür jederzeit offen steht. Wir wollen doch nicht, dass sie das Gefühl haben, sie müssten vor uns fliehen! Und das nur, weil wir nicht aufhören, in Dingen herumzuwühlen, die nicht mehr zu ändern sind, statt uns auf die Freude der Wiedervereinigung zu konzentrieren. Ich bin ganz sicher, dass auch Sie den beiden nicht das Gefühl geben wollen, sie müssten fortgehen, weil Sie sie so sehr verachten.«

»Ich verachte Julia doch nicht«, protestierte Mutter.

Das war doch schon etwas.

»Aber sehen Sie denn nicht, dass Ihre ständige Kritik an Thomas Julia in eine schwierige Lage bringt?«, beharrte Catherine. »Wie soll sie denn Ihre Liebe fühlen, wenn sie ständig Verunglimpfungen des Mannes hört, den sie sich zum Ehemann erwählt hat?«

Mutter sah ihre Schwiegertochter mit einer Mischung aus Schuldbewusstsein und Überraschung an.

»Es tut mir leid, aber das musste einmal gesagt werden.« Catherine fügte in einem sanfteren Ton hinzu: »Ich weiß sehr gut, was es heißt, an Bitterkeit und Groll festzuhalten, und ich wünsche es niemandem. Unversöhnlichkeit ist ein Gift, das das Herz auffrisst. Sie bringt es mit sich, dass ein Mensch nicht in der Gegenwart leben kann, weil er unablässig an die Vergangenheit denkt.«

Julia betrachtete ihre unerwartet leidenschaftliche Schwägerin. Ihre Worte hatten auch sie getroffen. Wie oft hatte sie genauso empfunden, wenn sie zuließ, dass Zorn und Groll sich auf Kosten von Freude und Hoffnung in ihr einnisteten? War das der Grund, warum Catherine so sehr in Frieden mit sich selbst zu leben schien?

Catherine holte tief Luft, atmete aus und lächelte freundlich. »Aber jetzt – habt ihr schon das neueste Talent der kleinen Elizabeth gesehen? Ich lasse sie uns einmal herbringen, damit ihr seht, wie klug sie ist.«

Julia seufzte erleichtert auf, als ihre Mutter nun ihre ganze Aufmerksamkeit Catherine schenkte. Julia warf ihrer Schwägerin einen zutiefst dankbaren Blick zu, den diese mit einem flüchtigen Lächeln erwiderte.

Vielleicht hatte sie in Catherine ja endlich eine Verbündete gefunden.

Edinburgh

Die Pindari aufzuspüren war im Vergleich hierzu ein Kinderspiel gewesen. Thomas starrte auf den Erdhügel, der, wie der Mitarbeiter der Kirchengemeinde ihm versichert hatte, die letzte Ruhestätte einer gewissen Margaret McConnell und ihres Ehemannes Charles war. Mehr hatten seine Nachforschungen nicht ergeben. Keine Verwandten. Von beiden Familien war niemand beim Begräbnis zugegen gewesen. Das alles war so traurig, so schrecklich hoffnungslos, so endgültig.

Der Anblick bestärkte ihn darin, alles daranzusetzen, seine Vergangenheit aufzuarbeiten. Wenn er in den Süden zurückkehrte, würde er seinen Vater aufsuchen und sich bemühen, über seine Verletzungen hinwegzusehen. Vielleicht konnte er ihm sogar die Grausamkeiten gegen seine Familie verzeihen. Die Tatsache, dass die arme Meggie keinen einzigen Verwandten hatte, der sich um das Kind kümmern könnte, hatte ihm seltsamerweise Erleichterung verschafft. Vielleicht würde Charles Julia und ihn als Eltern sehen können, sobald sie alles Weitere geklärt hatten. Vielleicht würde er bald eine Familie haben, wie er sie selbst nie gekannt hatte. Doch zuvor musste er McKinley aufspüren, sein Geld zurückverlangen und ein Haus finden, in dem er und Julia leben konnten.

Eine Stunde später war er wieder in der schäbigen Mietwohnung und sprach mit Henderson, der ihm die wenigen Dinge aushändigte, an denen ihm etwas lag. Es folgte ein Gespräch mit Becky, die ihm sagte, woran genau sie sich aus Julias Bericht über den Besuch von McKinley erinnerte, und dann ging er zum Black Harp, begrüßte den Wirt und schaute sich auf der Suche nach einem ganz bestimmten Gesicht um.

Da. McKinley schlenderte durch den Raum, als gehöre ihm das ganze Etablissement. Immer wieder blieb er bei jemandem stehen, lächelte und sprach ein paar Worte – genau so kannte Thomas ihn. Er schob sich in sein Blickfeld und sah befriedigt den Schreck in McKinleys Gesicht, als dieser ihn erkannte – ein Ausdruck, den er jedoch rasch zu verbergen suchte. »Hale! Ich hatte nicht erwartet, dich so schnell wiederzusehen. Ich dachte, du seist nach London zurückgekehrt.«

»Tatsächlich?« Warum hatte er das gedacht? Hatte er ihn beobachtet? Thomas bemühte sich um einen neutralen Gesichtsausdruck. »Ich hätte nicht gedacht, dass mein Aufenthaltsort dich so interessiert.«

McKinleys Lachen klang übertrieben. »Das tut er auch nicht. Aber wenn ein Kamerad hier hereinkommt und dermaßen lädiert aussieht – du hast doch nichts dagegen, dass ich das so ungeschönt ausspreche, oder? –, dann interessiert mich natürlich, was passiert ist.«

»Ich weiß dein Interesse zu schätzen«, sagte Thomas mit einem ironischen Unterton. »Ich nehme an, das waren deine zehn Pfund, die ich in meiner Manteltasche gefunden habe?«

Wieder lachte McKinley. »Ach, das war doch nur eine Kleinigkeit.«

»Ach ja? Oder war es ein Teil der fünfzig, die ich dir für meine Frau gegeben habe?«

McKinleys Augen blitzten auf. »Ich dachte, dieses Missverständnis hätte ich ausgeräumt. Ich habe ihr das Geld gegeben ...«

»Das hast du nicht.«

McKinley richtete sich auf. »Und ich sage dir, das habe ich.«

Thomas spürte, dass der Wortwechsel so schnell nicht enden würde, deshalb suchte er nach einer anderen Angriffsmethode. »Hast du in letzter Zeit von jemandem aus unserer Zeit in Indien gehört? Von Colonel Fallbright zum Beispiel?«

Das kurze Flackern in McKinleys Augen und das leichte Herabsinken der Mundwinkel strafte seine leise gemurmelte Verneinung Lügen.

Thomas' Gedanken überschlugen sich. Was hatten Fallbright und McKinley gegen ihn? War er zu misstrauisch oder führten sie tatsächlich etwas besonders Böses im Schilde? Ein heftiges Unbehagen überfiel ihn.

»Das ist seltsam«, sagte er schließlich. »Vor knapp vierzehn Tagen habe ich selbst mit ihm gesprochen.«

»Tatsächlich?« McKinley sah sich um und bedeutete einem Mann herzukommen.

»Mr McKinley, belästigt Sie der Mann?« Der Typ mit blassem

Gesicht und dickem Bauch sah Thomas an, als sei er ein aufdringlicher Straßenköter.

»Ich glaube, er möchte gerade gehen.«

»Nein«, sagte Thomas und lehnte sich auf seinem Stuhl zurück. »Das möchte dieser Mann nicht. Nicht, ehe er die vierzig Pfund bekommen hat, die man ihm schuldet.« Während er das sagte, beobachtete er sorgfältig McKinleys Gesicht. Doch als der Mann eine ähnlich hochmütige Haltung einnahm, empfand er eine leichte Beunruhigung. War er zu direkt gewesen?

»Dann werde ich dich leider enttäuschen müssen. Ich kann dir nicht geben, was dir nicht gehört.«

»Was mir nicht gehört? Du bist ein Lügner!«

McKinley hatte die Augen zusammengekniffen, sagte jedoch freundlich: »Bist du dir da ganz sicher?«

Die Beunruhigung in ihm steigerte sich ins Unermessliche. »Willst du bestreiten, dass ich dir Geld für Julia gegeben habe?«

»Ich bestreite gar nichts.« Er hob beschwichtigend die Hände. »Bis auf das.«

McKinley sah den Mann an, der sie noch immer beobachtete. Ein Stirnrunzeln war auf sein dunkelhäutiges Gesicht getreten. »Bucknell, sehe ich aus wie ein Typ, der Streit zwischen einem Mann und seiner Frau säen will?«

»Absolut nicht, Sir.«

»Du musst erlauben, dass ich eine solche Beschuldigung … schwierig finde, um es mal ganz neutral zu sagen.« Er wandte sich wieder an Thomas. »Ich kann dir nicht geben, was du verlangst …«

»Du meinst, du willst es nicht.«

»Ich kann nicht«, korrigierte ihn McKinley in dem allzu freundlichen Ton, dessen er sich noch immer befleißigte und der so ganz im Gegensatz zu seinem harten Gesichtsausdruck stand. »Aber ich könnte mich bereitfinden, dir ein kleines Darlehen in Höhe von, sagen wir, zehn Pfund zu geben.«

In Thomas stieg Wut auf. Er krümmte die Finger. Zählte bis zehn. Und sagte dann, ebenfalls mit seiner freundlichsten Stimme: »Ich lasse mich von deinen Bestechungsversuchen nicht zum Schweigen bringen.«

Die Hand, die ihm bereits das Geld hinstreckte, zog sich zurück. »Ich verstehe nicht, warum du in dieser Sache so halsstarrig bist, Hale«, beschwerte sich McKinley. »Bucknell hier kann sehen, dass ich nur zu helfen versuche ...«

»Du versuchst etwas, das stimmt, aber mit Sicherheit nicht zu helfen. Was führst du im Schilde?«

»Ich? Ich führe nichts ›im Schilde‹, wie du es so nett formulierst. Ich sehe mich als fairen, großzügigen Menschen, aber deine Anschuldigungen stellen meine Geduld allmählich auf eine harte Probe.«

»So wie deine Leugnungen die meine.«

Thomas beobachtete den anderen, doch der arrogante Ausdruck in den Augen des Mannes war wie ein Schild; er ließ nicht den geringsten Zweifel zu. Und doch wusste Thomas, dass er etwas verbarg. Oder war er, Thomas, im Begriff, den Verstand zu verlieren? Er hatte McKinley doch das Geld gegeben! Oder etwa nicht?

Als hätte er Thomas' Zweifel gemerkt, trat ein eigenartiges Lächeln auf die Lippen des anderen. »Ich muss dir wirklich sagen, Hale, dass es mir gar nicht gefällt, der Lüge bezichtigt zu werden.«

»Ich bin nicht der Einzige, der weiß, dass du Julia nicht das gabst, was ihr gegeben zu haben du behauptest.«

»Nicht?« McKinley zog eine Augenbraue hoch. »Du machst mich neugierig.«

Sollte er etwas von Beckys Informationen verraten? Nein, vielleicht sollte er ihren Namen aus dieser Sache heraushalten. Er wusste, dass McKinley es übel aufnehmen würde, wenn jemand anders seiner Aussage widersprach, auch wenn es nur eine arme Witwe war.

McKinley beugte sich vor. »Verzeih mir, ich bin ein viel beschäftigter Mann. Hast du sonst noch etwas zu sagen?«

Es war, als spräche er mit einer Mauer. Seine Verzweiflung wuchs. Sollte er den Mann zu einem Kampf herausfordern? Seine Taschen nach Bargeld durchsuchen? Was sollte er tun?

Er schob seine Hände in die Hosentaschen und fand die Karte mit dem Namen des Anwalts, den Jon ihm empfohlen hatte. Dabei fasste er einen Plan. »Wenn du mir das Geld nicht zurückgibst, zwingst du mich, die Rückgabe mit juristischen Mitteln zu fordern.«

»Wegen vierzig Pfund? Komm schon, das ist doch absurd!«

»Findest du Ehre absurd?« McKinleys Augen flackerten. Treffer. »Es waren fünfzig Pfund«, sagte Thomas und beobachtete ihn weiterhin aufmerksam. »Ich dachte, du hättest gesagt, die anderen zehn seien ein Geschenk gewesen.«

»Was du denkst und was wahr ist, sind zwei völlig verschiedene Dinge«, sagte McKinley gähnend. »Und jetzt entschuldige mich, aber ich habe Dringenderes zu tun als das hier.« Er deutete auf den Mann, der hinter ihm stand. »Bucknell wird dich hinausbegleiten.«

Thomas zog seinen Arm fort. »Das ist ein öffentlicher Ort. Ich brauche keine Begleitung.«

Er stand auf. Wie er das Gefühl hasste, kurzerhand entlassen zu werden, ohne zu wissen, wie er sich wehren konnte! Nichts, was er sagte, schien den Mann zu beeindrucken. Er konnte nur hoffen, dass dieser Mr Osgood eine Lösung wusste.

Wütend schob er sich durch die Menge. Es war ihm peinlich, dass viele der Gäste seinen Streit mit McKinley neugierig mitverfolgt hatten, und er war froh, als er draußen auf der rauchvernebelten Straße stand. Er zog noch einmal die Karte des Anwalts aus der Tasche und merkte sich die Adresse, dann steckte er sie wieder sorgfältig ein. Hoffentlich empfing Mr Osgood so spät abends noch einen Klienten.

Immer noch wütend und mit einem Gefühl der Hilflosigkeit bahnte er sich seinen Weg durch die Altstadt zu der Adresse, wo Mr Osgoods Kanzlei lag.

Plötzlich vernahm er hinter sich ein Schlurfen. Er schaute sich um. Nichts.

Das unbehagliche Gefühl kehrte zurück und verstärkte sich immer mehr. Vielleicht hätte er sich eine Kutsche nehmen sollen, doch die steilen Straßen eigneten sich nur schlecht dafür und er konnte es sich auch eigentlich nicht leisten. Er ging schneller.

»He, Hale!«

Thomas blieb stehen und drehte sich um. Da stand Bucknell und grinste ihn anzüglich an.

»Ja?«

»McKinley hat Mitleid mit Ihnen. Er möchte sichergehen, dass Sie bekommen, was Ihnen zusteht.«

Der Knoten in seiner Brust löste sich. Hatte der Mann doch ein Einsehen gehabt? »Es freut mich, dass er …«

Das Aufblitzen des Messers kam völlig überraschend. Er wehrte es mit den Armen ab und versuchte ihm gleichzeitig auszuweichen. Die Klinge drang durch seinen Ärmel. Er keuchte auf, als der Stahl seine Haut berührte und in sein Fleisch eindrang. Thomas rammte dem Mann die Faust in den Bauch und spürte befriedigt, dass sich Bucknells Griff um das Messer lockerte. Er konnte es ihm aus der Hand schlagen und mit einem Fußtritt in die dämmerige Gasse befördern. Schwer atmend sah er zu, wie der andere ebenfalls versuchte, wieder zu Atem zu kommen. Thomas zog ein Taschentuch heraus und presste es gegen seine Wunde. »Dreckige Methoden, was?«

Bucknell blickte auf, und sein schmerzverzerrtes Gesicht verzog sich zu einem Grinsen. »Könnte man so sagen, Jep.«

In diesem Moment schoss Feuer von hinten durch Thomas' Kopf. Der rasende Schmerz betäubte ihn und riss ihn zu Boden.

Kapitel 18

Julia blickte Catherine nach, die das Wohnzimmer verließ, um ihren neu angekommenen Gast zu begrüßen.

»Liebste Catherine!«

Aus der Halle hörte sie die Stimme von Lavinia, der Gräfin von Hawkesbury. Aus dem Gespräch beim Abendessen in der letzten Woche wusste Julia, dass Catherine sich sehr darauf gefreut hatte, ihre Freundin wiederzusehen.

Julia blickte auf den traurigen Beweis ihrer missglückten Stickversuche in ihrem Schoß. Sie würde nie die Geduld aufbringen, die diese feine, detaillierte Arbeit verlangte – eine Geduld, die ihre Schwägerin offenbar im Überfluss besaß.

Sie hatte Catherines Einladung für heute Nachmittag dankbar angenommen. In der Regel empfand sie Gelegenheiten, der Stille am Portman Square zu entkommen, als Gottesgeschenk, doch im Moment fühlte sie sich eher verzagt und unsicher. Aber falls sie tatsächlich wieder so etwas wie ein gesellschaftliches Leben aufnehmen sollte, dann doch lieber im Kreis von Menschen, die sie nicht verachteten, sondern mit Rücksicht und Taktgefühl behandelten. Und genau so hatte sie die lebhafte Gräfin, die sie vor zwei Jahren in Gloucestershire kennengelernt hatte, erlebt. Doch die Zeit veränderte die Dinge. Hoffentlich war Lavinia heute noch genauso freundlich zu ihr wie damals.

Als die Tür aufging, trat Lady Hawkesbury ein. Bei Julias Anblick leuchtete ihr Gesicht auf.

»Oh meine liebe Julia!«

Julia legte das Strickzeug beiseite und stand auf.

Während Lavinia auf sie zuging und sie umarmte, spürte Julia eine solche Wärme und bedingungslose Zuwendung, dass ihr die Tränen in die Augen traten.

»Liebe Julia.« Lavinia trat zurück und sah sie mitfühlend an. »Ich freue mich so, Sie zu sehen!«

»Ich ... ich hoffe, Sie haben nichts dagegen, dass ich hier bin. Catherine sagte, ich solle mir keine Sorgen machen.« Sie lächelte ihre Schwägerin schüchtern an, die nach Lavinia ins Zimmer gekommen war.

»Dagegen haben? Wie sollte ich mich über etwas so Wunderbares nicht freuen? Ich habe Sie all die Monate in meine Gebete eingeschlossen und muss bekennen, dass ich es fast als ein Wunder empfinde, Sie jetzt wiederzusehen! Und noch dazu sehen Sie so frisch und lieblich aus!«

Julia zwang sich zu einem Lächeln. Ein unbehagliches Ziehen in der Magenregion trug nicht dazu bei, dass sie selbst zu einem so großzügigen Urteil über sich kam. »Es ist sehr freundlich von Ihnen, das zu sagen.«

»Nicht freundlich, sondern die Wahrheit.« Lavinia wandte sich an Catherine. »Jon und deine Mutter müssen so glücklich sein, dass sie wieder da ist.«

»Das sind sie auch.«

»Und Ihr Mann, Julia? Wo ist er?«, fragte Lavinia. Nicht einmal ein Flattern ihrer Wimpern ließ erkennen, dass sie etwas anderes als schlichte Höflichkeit im Sinn hatte.

»Mein Mann ist vor Kurzem nach Schottland zurückgefahren, um einige geschäftliche Dinge zum Abschluss zu bringen.«

»Genau wie meiner! Nun ja, Nicholas ist nicht dorthin zurückgekehrt, er ist hingefahren, um mit seinem Anwalt zu sprechen. Anscheinend hat er einen Cousin, dessen Vorstellungen von Verwaltung nicht so wirklich mit Nicholas' Plänen übereinstimmen, und er hielt es für das Beste, diese Dinge weniger, nun sagen wir konfrontativ zu klären, als es sonst seinem Wesen entspricht.«

Julia musste lachen. »Das erinnert mich sehr an Thomas.«

Lavinia sah sie an. »Ich kann mir gut vorstellen, dass die beiden eine gewisse Ähnlichkeit besitzen. Sie waren beide Major im Heer Seiner Majestät, nicht wahr?«

»Mein Mann hat in Indien gedient.«

»Und dort gute Arbeit geleistet, hat mein Mann mir erzählt.«

Julia wurde ganz heiß vor Freude. Sie hörte so selten, dass Thomas gelobt wurde.

Lavinia lächelte so aufrichtig und freundlich, dass es Julia ganz warm um ihr Herz wurde. »Und darf ich fragen, wann wir mit Major Hales Rückkehr rechnen können?«

»Ich hoffe, dass er schon nächste Woche kommt. Es hängt vom Erfolg seines Vorhabens ab.« Ob er mehr über die Familie des kleinen Charles herausfand. Ihr Mut wollte schon wieder sinken, doch Lavinias Lachen riss sie aus ihren traurigen Gedanken.

»Oh, das klingt ebenfalls so nach Nicholas! Manchmal scheint es mir, als ob er seine Armeezeit niemals vergessen und sich nie wirklich in sein Eheleben und die Vaterschaft und alles, was damit zusammenhängt, finden kann.«

In dem Moment ging die Tür auf, und ein Diener trat ein. Er brachte ein Tablett mit Tee. Catherine wies ihn ruhig an, es abzustellen.

Nachdem sie sich gesetzt hatten, fing Catherine an, ihnen einzuschenken. Lavinia trank einen Schluck, machte Catherine ein Kompliment für die ausgezeichnete Qualität – »aber das wundert einen ja nicht, bei den Verbindungen, die dein Mann hat!« – und sah dann wieder Julia an. Mit freundlichem Blick sagte sie: »Sie sind diese Dinge wahrscheinlich gewohnt, denn Sie sind ja damit aufgewachsen. Der Familie Carlew hat es wohl nie an den Dingen gefehlt, für die Indien berühmt ist. Tee, Baumwolle und Seide.« Sie seufzte. »Manchmal wundere ich mich über mich selbst, dass ich tatsächlich Freude an solchen Dingen habe. Tante Patience hätte das nie gebilligt. Aber ich kann mich einfach nicht dafür entschuldigen, dass ich es genieße, köstlichen Tee zu trinken.«

Julia lächelte und murmelte etwas Zustimmendes.

»Ich wusste, dass du es verstehst, Julia – ich darf doch Julia und ›du‹ sagen?«

»Aber natürlich.«

»Ich weiß nicht, ob du dich erinnerst, dass wir ein kleines Mädchen haben. Sie heißt Grace und wird bald zwei. So ein süßes Ding. Sie und die kleine Elizabeth werden bald zusammen spielen können.«

»Und jetzt haben wir noch jemanden, der mit ihnen zusammen spielen kann«, sagte Catherine und sah Julia lächelnd an.

»Wir …« Julia schluckte. Hatte Jon seiner Frau noch nicht die Wahrheit über Charles erzählt? Offenbar nicht. Sie merkte, dass zwei Augenpaare sie aufmerksam ansahen, und fuhr rasch fort: »… haben einen kleinen Jungen. Er heißt Charles.« So. Kein Wort davon war gelogen, oder? Der kleine Charles gehörte schließlich ihr – ihr und ihrem Mann. Im Moment jedenfalls.

»Oh, wie wundervoll! Meine Gratulation euch beiden.« Lavinia wandte sich an Catherine und sagte mit einem wissenden Blick: »Ich frage mich in letzter Zeit manchmal, wie lange es wohl noch dauert, bis die kleine Elizabeth ein Geschwisterchen bekommt?«

Catherine errötete und antwortete ruhig: »Als ich dich heute gesehen habe, habe ich mich das Gleiche in Bezug auf deine kleine Grace gefragt.«

Lavinia lachte. »Dein Scharfsinn ist so ausgeprägt wie immer, meine liebe Freundin. Ja« – ihre Augen leuchteten wie Sterne – »wir erwarten in den nächsten Monaten Zuwachs für unsere Familie.« Sie sah Julia freundlich an. »Umso mehr Grund für Lord Hawkesbury, in Schottland möglichst rasch zu einem guten Abschluss zu kommen, damit er rechtzeitig vor der Ankunft des Babys wieder zu Hause ist.«

»Meine Glückwünsche«, murmelte Julia und kämpfte gegen einen Anflug von Neid an. Was für ein herrliches Gefühl musste es sein, wenn man in seiner Ehe so sicher war, dass man zuversichtlich nach vorn blicken konnte.

»Danke!« Lavinia strahlte und nahm ein kleines Stück von dem Gebäck, das Catherine ihr auf einem Teller anbot. Dann fuhr sie fort:

»Und danke auch dir, Catherine. Ich bin in letzter Zeit so fürchterlich hungrig, dass es manchmal wirklich unschicklich wirkt.«

Catherine tat das mit einem Lächeln ab und hielt Julia den Teller hin.

Doch deren Magen protestierte. »Nein, danke.«

Lavinia wandte sich an Catherine. »Und wie lange werden deine anderen Umstände noch dauern?«

»Bis zum Frühsommer vielleicht. Aber wir haben es noch niemandem in der Familie gesagt, nicht einmal der lieben Julia.« Sie warf Julia einen entschuldigenden Blick zu. »Ich weiß auch gar nicht so recht, wie ich es Serena und Henry sagen soll, zumal in ihrer Situation.«

»Oh ja, ich habe gehört, dass es Lord Bevington sehr schlecht geht«, sagte Lavinia teilnahmsvoll. »Er ist auch in unseren Gebeten.«

Lavinia schien ziemlich viel Zeit damit zu verbringen, für irgendwelche Leute zu beten, dachte Julia. Als sie aufsah, entdeckte sie einen Ausdruck in Catherines Augen, der darauf hinzudeuten schien, dass sie mit ihren Worten etwas ganz anderes gemeint hatte, doch dann war ihr Gesicht auch schon wieder völlig ausdruckslos. Es lag nicht an der Krankheit des Grafen von Bevington, dass Catherine zögerte, ihrer Schwester von ihrer Schwangerschaft zu erzählen. Julia erinnerte sich an Lord Carmichaels Angst vor der Reaktion seiner Frau auf den kleinen Charles und war sich sicher. Kein Wunder, dass Catherine nichts gesagt hatte. Serena hatte ja selbst davon gesprochen, dass sie befürchtete, keine Kinder bekommen zu können.

Als sie wieder in die Gegenwart zurückkehrte, hatte das Gespräch der beiden sich anderen Dingen zugewandt, die mit ihrer beider anderen Umständen zusammenhingen.

»Ja, diesmal geht es mir sehr viel besser als damals mit Grace.« Lavinia sah Julia an. »Verzeih, dass ich so direkt bin, aber es ist einfach wunderbar, jemanden zu haben, der das alles versteht. Findest du nicht auch?«

Was ließ sich darauf sagen? Julia konnte nur nicken.

»Ich habe gehört, je schlechter man sich fühlt, desto gesünder wird das Kind sein«, fuhr Lavinia in gedämpftem Ton fort, »und dass die Schwangerschaft unterschiedlich verläuft, je nachdem, ob man einen Jungen oder ein Mädchen bekommt.« Sie berührte ihre Taille. »Dass es mir diesmal so anders geht, bedeutet hoffentlich, dass Nicholas endlich der ersehnte Sohn geschenkt wird.«

Sie und Catherine warfen sich einen Blick zu, dann wandte Lavinia sich lächelnd an Julia: »Verzeih mir, wenn meine Frage zu kühn ist, aber es interessiert mich sehr, ob es anderen Frauen, die einen Jungen bekamen, schlechter ging als denen, die ein Mädchen bekamen. Ging es dir sehr schlecht, als du Charles erwartet hast?«

»Ich – äh …«, Julia schluckte.

»Verzeih mir. Ich hätte dich das nicht fragen dürfen.«

»Nein, nein«, beteuerte Julia. Stirnrunzelnd versuchte sie sich daran zu erinnern, was Meggie über ihre Schwangerschaft erzählt hatte. »Ich erinnere mich an Symptome von … Übelkeit.«

»Oh ja! Und diese schreckliche Müdigkeit. Ich war völlig erschöpft …« Lavinias Stimme erstarb.

Catherine murmelte: »Ich hatte vor allem seltsame Essgelüste. Und Kopfschmerzen. Und ich hatte… Schmerzen und war sehr empfindlich.« Sie sah Julia an. »Du hattest wirklich Glück, wenn du all das nicht erlebt hast.«

»Nein … ich … nicht«, antwortete Julia und wand sich innerlich bei ihrer Schwindelei.

Die beiden Frauen fuhren fort, sich überraschend offenherzig ihre Symptome zu beschreiben. Julia hörte zu, doch plötzlich fuhr sie förmlich zusammen und richtete sich auf. Diese Symptome beschrieben ganz genau, wie es ihr in letzter Zeit ging. Bei dem Geruch nach Ei, der von dem Teller vor ihr aufstieg, krampfte sich plötzlich ihr Magen zusammen und ihr wurde schwindelig. Sie keuchte auf.

»Julia! Was hast du?«

Sie schüttelte den Kopf, presste eine Hand vor den Mund und zwang die Übelkeit zurück. Doch das Gespräch bekam plötzlich eine völlig neue Bedeutung für sie.

Du lieber Gott!

Konnte sie womöglich ebenfalls in anderen Umständen sein?

Beim Aufwachen drang ihm der Geruch nach fauligem Fisch und Salzlake in die Nase. Thomas blinzelte, doch er nahm seine Umgebung nur verschwommen wahr. Alles war unscharf und trüb. Er versuchte, sich zu bewegen, doch er konnte nicht. Irgendetwas hielt ihn fest. Eine Hand.

Stimmen stahlen sich in sein Bewusstsein. Er hörte tiefe Töne, höhere Töne und einen schottischen Dialekt. Das Krächzen einer Möwe. Das Geräusch der Brandung.

Er spürte, wie sich eine Hand auf seinen Kopf legte, und schloss die Augen angesichts des scharfen Schmerzes, den die Berührung auslöste. Dabei murmelte er einen leisen Fluch. Doch es gelang ihm nicht, andere Wörter zu formulieren. Seine Zunge war wie angeschwollen, und seine Nerven versetzten ihm Tausende winziger Nadelstiche. Er drehte seinen Kopf und roch den Duft von etwas, das halb tot roch. Sogleich protestierte sein Magen. Er würgte und hätte sich beinahe erneut erbrochen bei dem unerträglichen Schmerz, der ihn dabei durchfuhr.

»Oje, der arme Kleine.«

Ein Funke Humor kam in ihm auf. In den letzten zwanzig Jahren hatte ihn niemand mehr so genannt.

Nachdem er sich gezwungen hatte, die Augen zu öffnen, sah er eine gestreifte Schürze, einen Korb aus Weidenzweigen und die nackten Füße und hochgerollten Hosenbeine eines kleinen Jungen.

Eine kehlige Stimme sagte etwas, woraufhin er spürte, wie er angehoben wurde. Dann legte sich ein Arm um seine Schultern, und eine kleine Hand klopfte seinen Mantel und seine Taschen ab.

Thomas wollte protestieren, doch er hörte nur abermals die kehligen Laute und erkannte, dass sie von ihm selbst kamen.

Die Stimmen über und hinter ihm redeten weiter in ihrer seltsamen, unvertrauten Sprache. Sein Verstand konnte ihnen nicht folgen, sodass er schließlich den Versuch aufgab und die Augen vor dem schmerzhaft hellen Licht schloss.

Er wollte nur noch einschlafen. Eine unwirkliche Stille umfing ihn. Eine leise Stimme bat ihn zu bleiben, zu beten. *Gott!* Er spürte, wie er anfing zu weinen. *Hilf mir.*

Ein Gebrabbel in einem völlig unverständlichen Akzent drang auf seine Ohren ein. Alles Wörter, die keinen Sinn ergaben. Er atmete aus und sank zurück in die Dunkelheit.

Kapitel 19

Regen schlug gegen das Schlafzimmerfenster und trommelte Gewissheit in ihre Seele. Sie konnte es nicht länger vor sich selbst leugnen. Sie musste mit einem Arzt sprechen.

Julia holte zitternd Luft. Das konnte sie nicht! Einen Arzt zu konsultieren bedeutete, dass der Arzt sie untersuchte – dass er Bereiche ihres Körpers sah, die seit ewig langer Zeit kein Mensch außer Thomas gesehen hatte, und dann würde der Arzt wissen, dass sie noch kein Kind geboren hatte. Sie runzelte die Stirn. Das würde er doch sehen, oder? Und wenn er die Wahrheit wusste, würde auch ihre Mutter sie erfahren und dann würde es einen großen Aufruhr wegen des kleinen Charles geben – sie mochte gar nicht daran denken …

»Ach, gut, du bist ja wach.« Mutter kam in ihr Schlafzimmer, ohne vorher anzuklopfen. Wirklich, dachte Julia, je eher sie und Thomas irgendwo anders wohnen konnten, desto besser. »Ich habe mich schon gefragt, ob wir dich je wieder zu Gesicht bekommen.«

»Da bin ich«, sagte Julia mit dem kläglichen Versuch eines Lächelns.

»Es tut mir leid, wenn es dir die letzten Tage nicht gut ging. Ich wollte dich ein paarmal fragen, ob ich einen Arzt kommen lassen soll, aber jedes Mal, wenn ich in dein Zimmer kam, hast du geschlafen.«

Wieder stiegen die altbekannten Schuldgefühle in ihr auf, denn sie hatte nur so getan, als schliefe sie. Wie konnte sie zulassen, dass ein Arzt sie untersuchte, wenn sich dann doch nur bestätigen würde, was sie vermutete? Wie konnte sie ihre Mutter enttäuschen, deren Gefühle für den kleinen Charles schwankend waren, je nachdem, wie laut er schrie? Manchmal schien sie ihn kaum ertragen zu können, dann wieder konnte sein Lächeln sie förmlich bezaubern. Was würde sie sagen, wenn sie erfuhr, dass Thomas' Besuch vor ein paar Wochen zu einer weiteren »Folge« geführt hatte?

»Ich hoffe sehr, dass du dich ein wenig besser fühlst.«

»Ein wenig«, antwortete sie ausweichend.

»Gut. Unten wartet nämlich Dr Fairburn auf dich. Kein Grund, mich so anzusehen. Er hat einen sehr guten Ruf, alle meine Freundinnen halten ihn für den Besten. Sein Verhalten am Krankenbett ist eines Mitglieds der königlichen Familie würdig!«

Julia unterdrückte ein hysterisches Kichern. Wenn sie an die Heldentaten dachte, die bestimmten Mitgliedern der königlichen Familie nachgesagt wurden, konnte sie nur inständig hoffen, dass der Arzt sie sich nicht zu eigen gemacht hatte!

Mutter sah sie befremdet an, dann zuckte sie die Schultern und rief ein Mädchen, das den Arzt heraufschicken sollte.

Julia sah ihre Mutter eingeschüchtert an. Würde sie darauf bestehen, bei der Untersuchung anwesend zu sein? Wie konnte sie sie dazu bringen, das Zimmer zu verlassen?

»Hab keine Angst. Ich bleibe bei dir. Und wie gesagt, er hat einen ausgezeichneten Ruf – ach, Doktor, da sind Sie ja. Ich danke Ihnen sehr, dass Sie sich meine Tochter Julia ansehen wollen.«

»Miss«, er verbeugte sich leicht vor Julia, um dann ihre Mutter anzusehen, als bitte er um ihre Erlaubnis.

Irgendwie machte dieser Blick sie ärgerlich. »Ich bin Mrs Hale«, sagte sie laut.

Er drehte sich zu ihr um. »Oh! Verzeihen Sie. Das wusste ich nicht. Ich nahm an ...«

»Ich denke, Vermutungen können sich in Ihrem Beruf tödlich auswirken.«

Dr Fairburn blinzelte und zog die Augenbrauen zusammen. Dann sah er wieder ihre Mutter an und war ganz offensichtlich unsicher, wie er reagieren sollte.

»Bitte ignorieren Sie die Versuche meiner Tochter, dem Ganzen einen Anstrich von Ungezwungenheit zu geben. Sie war in den letzten Tagen unwohl, deshalb ist sie momentan nicht ganz sie selbst.«

Er neigte den Kopf und wandte sich wieder an Julia. »Sie haben sich nicht wohlgefühlt?«

Vielleicht sollte sie mit Halbwahrheiten antworten – das wurde ihr allmählich zur zweiten Natur. »Nein, das habe ich nicht.«

Er fragte nach ihren Symptomen. Sie gab vage Auskünfte, woraufhin er die Stirn runzelte. »Haben Sie denn irgendetwas Ungewöhnliches getan oder waren Sie vielleicht an einem Ort, an dem Sie noch nie waren? Haben Sie irgendeine Vermutung, was diese Symptome hervorgerufen haben könnte?«

Sie hatte durchaus eine Vorstellung …

»Haben Sie vielleicht etwas gegessen, das Ihnen nicht bekommen ist?«

Das hatte sie tatsächlich. In der letzten Woche war ihr praktisch jedes Fleischgericht, das man ihr vorgesetzt hatte, nicht bekommen. »Vielleicht«, meinte sie.

»Und haben Sie noch weitere Krankheitssymptome?«

»Sie war sehr müde«, sagte Mutter aus ihrer Ecke heraus.

»Hm.« Der Arzt runzelte erneut die Stirn, dann trat er zu ihr ans Bett. »Vielleicht gestatten Sie, dass ich mir Ihren Hals ansehe, Miss – verzeihen Sie, Mrs Hale.«

Julia nickte und folgte seinen Anweisungen. Er nahm ein silbernes Instrument aus seiner Tasche und bat sie, den Mund zu öffnen. Vielleicht konnte sie ja so tun, als litte sie unter einer Erkältung, dann würde er wieder gehen …

»Hm. Die gute Nachricht lautet, ich sehe keine Rötung. Nichts, was auf eine Halskrankheit hindeutet.« Er lächelte schmallippig. »Immerhin können wir davon ausgehen, dass Sie nichts Ansteckendes haben.«

Sie musste ein weiteres hysterisches Kichern unterdrücken und tat so, als müsste sie husten. Nein, wahrscheinlich war es nicht ansteckend …

Er runzelte die Stirn. »Haben Sie diesen Husten schon lange?«

»Ein Weilchen«, murmelte sie.

»Erlauben Sie, dass ich Ihre Lungen abhöre. Beugen Sie sich bitte nach vorn, so …«

Sie sah im Spiegel, wie er ein Instrument an ihren Rücken legte und sein Ohr dagegenpresste. Dann lauschte er einen Moment und wies sie an, ihr Oberteil wieder herunterzuziehen. »Ich höre nichts, das auf eine Entzündung hindeutet. Wäre es zu viel verlangt, wenn ich Sie bitte, noch Ihre Brust abhören zu dürfen?«

»Es wäre mir lieber, wenn Sie das unterlassen könnten.«

»Nun gut.« Er runzelte wieder die Stirn, legte den Kopf schräg und musterte sie. Dann sah er zu ihrer Mutter hinüber. »Lady Harkness, wären Sie so gut, mich einen Moment mit Ihrer Tochter allein zu lassen?«

Die Härchen in Julias Nacken richteten sich auf. Nein. Warum sollte er allein mit ihr sprechen wollen? Hatte er einen Verdacht …?

Ihre Mutter war einverstanden. Als die Tür sich hinter ihr geschlossen hatte, sah der Arzt sie ernst an. »Mrs Hale?«

»J-ja?«

»Darf ich Ihnen ein paar Fragen persönlicher Natur stellen?«

Sie nickte.

»Es tut mir leid, wenn es Ihnen nicht behagt, aber ich muss die Fakten wissen, wenn ich Ihnen helfen soll. Wissen Sie, wann Sie das letzte Mal Ihre Menstruation hatten?«

Sie leckte sich über die plötzlich trocken gewordenen Lippen. »Ich glaube, vor ein paar Wochen.«

»Wie viele Wochen? Sie sollten versuchen, so präzise wie möglich zu sein.«

»Ich … ich kann mich leider nicht genau erinnern.«

Er nickte und schrieb etwas in sein kleines Notizbuch. Dann sah er wieder auf. »Und darf ich fragen, wann Sie das letzte Mal mit Ihrem Gatten intim waren?«

»Sir!«

»Es ist nötig, alle Möglichkeiten in Betracht zu ziehen.«

Was sollte sie antworten? Was sollte sie nur sagen?«

»Mrs Hale?«

Fast kamen ihr die Tränen.

»Ja?«

»Es tut mir leid, aber hätten Sie etwas dagegen, meine Frage zu beantworten?«

Ja, das hatte sie! Sie wollte nicht antworten. Was sollte sie bloß sagen?

Sie leckte sich erneut über die Lippen. »W-wie meinen Sie?«

Er zuckte die Achseln. »Waren Sie in den letzten Wochen mit Ihrem Mann intim?«

»M-mein Mann hält sich im Moment in Schottland auf.«

»Ah, ich verstehe.« Er runzelte die Stirn und schrieb abermals etwas in sein Notizbuch, dann sah er sie wieder an. Sein Blick war ausdruckslos. »Und wann war er das letzte Mal hier?«

»Vor mehreren Wochen.«

Seine Stirn wurde glatt. »Und dabei waren Sie mit ihm intim? Ich frage nur, weil ich wissen möchte, ob Sie vielleicht Familienzuwachs bekommen.«

»Und …« Julia schluckte schwer. »Und wenn es so wäre – müssten Sie es unbedingt jemandem sagen?«

»Ich verstehe. Sie waren also intim.«

Allmählich hasste sie dieses Wort! »Ja«, flüsterte sie.

»Da Sie meine Patientin sind, muss ich darüber nur mit den Personen sprechen, die es unmittelbar betrifft.«

Julia schüttelte den Kopf. »Ich möchte nicht, dass meine Mutter …«

»Von mir wird sie nichts erfahren.« Er sah sie freundlich an. »Aber Sie wissen, dass Sie es nicht für immer verbergen können?«

Sie nickte. Dann gab sie sich Mühe, seinen Anweisungen zuzuhören, und als er ihr gratulierte, versuchte sie sogar zu lächeln.

Doch die ganze Zeit überlegte sie verzweifelt, welchen Grund für ihre Krankheit sie ihrer Mutter nennen sollte und was ihr Mann wohl sagen würde, wenn er endlich zurückkam.

Als er zum zweiten Mal aufwachte, wurde ihm als Erstes bewusst, dass der faulige Geruch verschwunden war, dass er auf einer Art Feldbett lag und dass neben ihm Englisch gesprochen wurde. Er zwang sich, die Augen zu öffnen, und sah einen Mann. Zwei Männer. Doch keiner von beiden kam ihm bekannt vor.

»Ah, der Patient wacht auf.«

Thomas versuchte, seinen Blick zu fixieren. Wer …?

Der kleinere Mann schob sich in sein Blickfeld. »Sir? Mein Name ist Osgood. Sie hatten eine meiner Geschäftskarten bei sich.«

Wirklich? Nun, wenn der Mann es sagte. Thomas nickte. Ein Blitz fuhr durch seinen Schädel.

»Bitte, bewegen Sie sich nicht.« Der Mann – Osgood? – trat näher. Sein ergrauendes Haar schimmerte im Kerzenlicht. »Sie sind ziemlich schwer verletzt und der Arzt sagt – ah, da ist er ja.«

Der zweite Mann trat in sein Blickfeld. Allmählich konnte er seine Umgebung klarer erkennen. Er befand sich in einem weiß gestrichenen Raum. Der Geruch nach Alkohol, aber keinem Alkohol, den er zu trinken wünschte, hatte den Geruch nach Meer und Tang von vorhin abgelöst.

Der Arzt sagte leise etwas zu dem anderen Mann, trat dann zu Thomas und sah ihn stirnrunzelnd an. »Wissen Sie, wie Sie heißen?«

In seinem Kopf herrschte eine nebelhafte Leichtigkeit, die keine schnelle Antwort zuließ. Er dachte angestrengt nach. Sein Name? Hatte er etwas mit dem Wetter zu tun? Rayne? Ja, das war sein Name. Er versuchte, etwas Zustimmendes zu sagen, doch seine Kehle wollte nicht kooperieren.

»Strengen Sie sich bitte nicht an.« Er fügte noch etwas mit dem schweren Akzent hinzu, den Thomas kaum verstand.

»Sie sind überfallen worden, Sir. Deshalb sind Sie hier im Krankenhaus.«

Wie? Das ergab überhaupt keinen Sinn.

»Er ist wahrscheinlich verwirrt.«

»Scheint so«, murmelte der Arzt. Ein heftiges Stirnrunzeln ließ seine dicken Augenbrauen stark hervortreten. »Ich fürchte, es wird einige Zeit dauern, bis Ihr Körper sich erholt.«

Thomas versuchte erneut zu sprechen. Wieder misslang es ihm.

»Versuchen Sie, sich auszuruhen.« Die Stirn des Arztes glättete sich. Er wandte sich an den anderen Mann und sagte leise: »Es gefällt mir gar nicht, was ihm zugestoßen ist. Es wäre mir lieber, wenn wir nicht bekannt geben, dass er hier liegt, falls, wer immer für seinen Zustand verantwortlich ist, versucht, zu Ende zu bringen, was er angefangen hat.«

Mr Osgood seufzte schwer. »Da haben Sie recht. Ich werde versuchen herauszufinden, wie er an meine Karte gekommen ist. Vielleicht bringen wir so in Erfahrung, wer er ist.«

»Nach seinen Äußerungen gestern Nacht und nach dem Schnitt seiner Kleidung zu schließen, ist er vermutlich ein Engländer. Und nach der Hautfarbe zu urteilen, würde ich sagen, er hat die letzte Zeit im Ausland an einem ziemlich sonnigen und warmen Ort verbracht.« Der Arzt wischte sich die Hände an einem Handtuch ab. »Ich muss gestehen, die Narben auf seinem Rücken gefallen mir gar nicht. Es sieht aus, als sei er ausgepeitscht oder gefoltert worden. Aber er wirkt nicht wie ein Sträfling.«

»Armer Kerl.«

»Ja, wirklich. Er hat Schreckliches durchgemacht. Wir können nur hoffen, dass sein Erinnerungsvermögen bald zurückkehrt.«

»Und beten, dass Gott seinen Körper heilt und seine Angreifer ihrer gerechten Strafe zuführt.«

»Aye. Bis dahin halte ich es für das Beste, ihn und seinen Aufenthaltsort geheim zu halten.« Der Arzt schüttelte den Kopf. »Eine solche Grausamkeit habe ich seit dem Krieg nicht mehr gesehen.«

Osgood nickte. »Ich fahre jetzt nach Newhaven zurück und frage mal rum, ob irgendjemand sich an ein besonderes Ereignis vor drei Tagen erinnert. Und ich rede auch mit dem Nachtwächter. Vielleicht kann er uns ja helfen.«

Thomas konnte zwar alles hören, war jedoch hilflos und unfähig zu sprechen. Seine Schmerzen konnte nur der Schlaf lindern. Und so schloss er die Augen und schlief ein, während seine Seele sich verzweifelt an die Hoffnung klammerte, dass die Gebete des Anwalts erhört werden würden.

Kapitel 20

Die Baumkronen über ihnen streckten ihre knorrigen Äste in den blassblauen Himmel. Die jüngsten Stürme hatten schwere Schäden im Park angerichtet, und der Boden war mit abgebrochenen Zweigen und Blättern übersät. Eine Woche lang hatte Julia nur im Haus verbracht, fühlte sich aber, als wäre sie monatelang eingesperrt gewesen. So hatte sie sich an diesem ersten schönen Tag von Catherine zu einer Kutschfahrt durch den Hydepark überreden lassen. Um die Wahrheit zu sagen, hatte es nicht viel Überredung gebraucht, denn ihre Mutter hatte sie in den letzten Tagen mit ihrer Überängstlichkeit schier erdrückt. Außerdem hatte Julia ihre Übelkeit kaum noch vor ihr verbergen können. Charles war bei Crabbit in guten Händen – hoffte sie jedenfalls. Sie liebte den kleinen Jungen, aber dass er unablässig ihre Nähe einforderte und so viel weinte, zerrte an ihren Nerven und rief Schuldgefühle und Unbehagen in ihr hervor. Es war einfach herrlich, dem Ganzen einmal zu entkommen und stattdessen die frische, kühle Luft zu genießen. Sie atmete tief ein.

»Siehst du«, sagte Catherine mit einem Seitenblick auf Julia. »Genau das wollte ich sehen. Es ist lange her, dass deine Wangen so rosig geworden sind.«

Dafür gab es einen guten Grund, dachte Julia, doch sie sagte es nicht. Statt einer Antwort schenkte sie ihrer Schwägerin nur ein schwaches Lächeln.

»Armes Ding. In letzter Zeit ging es dir nicht so gut, oder?«, fragte Catherine, während sie am Seeufer des Serpentine entlangfuhren. »Es tut mir so leid für dich. Ich kann mir gut vorstellen, dass es manchmal ein wenig eintönig ist, so im Haus eingesperrt zu sein.«

Nicht nur manchmal. »Ich bin es nicht gewohnt«, gab sie zu.

Als in der Ferne ein Reiter auftauchte, der rasch näher kam, hielt der Kutscher die Pferde an, langsamer zu werden.

Julia sah ihm entgegen. Dann blinzelte sie. »Oh, das ist Mr Amherst.«

»Wer?«

»Mr Amherst«, murmelte sie betont unbeteiligt. In diesem Augenblick schien der Reiter sie ebenfalls zu erkennen und kam zu ihrer Kutsche geritten.

»Aber das ist ja Mrs Hale! Guten Tag.«

Julia erwiderte seinen Gruß. Der respektvolle Ton, in dem er sie begrüßt hatte, tat ihr unendlich gut. »Guten Tag, Mr Amherst. Darf ich Ihnen meine Schwägerin, Lady Winthrop, vorstellen?«

Während er und Catherine sich begrüßten, beobachtete Julia ihn heimlich. Würde er eine Bemerkung zu ihrem Aussehen machen? Es war seltsam, wie sehr sie seine Komplimente genoss. Vielleicht war es aber auch nicht verwunderlich, denn es war lange her, dass ihr jemand ein Kompliment wegen ihres Aussehens gemacht hatte.

»Ich freue mich sehr, Sie wiederzusehen.« Sein Lächeln wirkte völlig unbefangen. »Wie ist es Ihnen denn in letzter Zeit ergangen? Anscheinend hat das Wetter Ihrer Gesundheit nichts anhaben können.«

Sie murmelte etwas Unverbindliches, sich wohl bewusst, dass Catherine sie mit erstaunten Augen ansah; dann erkundigte sie sich rasch nach Miss Hatherleighs Befinden.

»Oh, Caro. Sie ist mit ihrer Familie nach Somerset zurückgekehrt. Ich nehme allerdings an, dass sie zu Beginn der Saison wieder nach London kommt. Wo werden Sie die Saison verbringen, Mrs Hale?«

»Ich habe noch keine festen Pläne, Mr Amherst.«

»Wir rechnen täglich mit der Rückkehr ihres Mannes«, sagte Catherine in einem kühlen Ton, der so gar nicht zu ihr passen wollte.

»Nun, ich kann mir gut vorstellen, dass er die Tage zählt«, erwiderte er galant. »Sagen Sie, Mrs Hale, darf ich so kühn sein, Sie einmal zu besuchen, während ich mich in London aufhalte? Es sind längst nicht so viele Leute in der Stadt, wie ich erwartet hatte, und ich muss zugeben, dass ich zuweilen recht einsam bin.«

Dieses Gefühl kannte sie gut. »Natürlich, ich freue mich.« Sie nannte ihm die Adresse ihrer Mutter.

Er dankte ihr lächelnd, neigte den Kopf in Catherines Richtung und ritt weiter. Jetzt musste sie sich Catherines prüfendem Blick stellen.

»Was ist?«

»Ich verstehe das nicht.«

»Was verstehst du nicht?«

Catherine schüttelte den Kopf. »Ich dachte, du vermisst deinen Mann. Auf keinen Fall hätte ich gedacht, dass du so einfach mit einem anderen flirtest.«

Ihre Wangen wurden heiß. »Ich habe nicht geflirtet.«

»Nicht? Du hast ihm immerhin die Erlaubnis gegeben, dich zu besuchen.«

»Im Haus meiner Mutter.« Julia zwang sich zu lachen. »Also wirklich, Catherine, du brauchst dir bestimmt keine Sorgen zu machen. Er ist einfach nur freundlich, weiter nichts.«

»Ich weiß nicht, ob das wirklich alles ist«, entgegnete Catherine. »Aber wenn du es sagst.«

Sie glaubte ihr scheinbar nicht. Doch es war sinnlos, jetzt ihre Unschuld zu beteuern, Catherine würde so oder so denken, was sie wollte. Julia lächelte bitter. Als könnte Mr Amherst tatsächlich Interesse an ihr haben. Sie war eine verheiratete Frau und zudem hatte sie den kleinen Charles und würde …

Sie legte die Hand auf den Mund und kämpfte gegen eine erneute Welle von Übelkeit an. Angesichts von Catherines geäußerter Sorge nahm sie die Hand wieder herunter und zwang sich zu einem Lächeln. Die Fragen nach ihrem Befinden tat sie mit einer Handbewegung ab.

Als eine weitere Kutsche in Sicht kam, wies Catherine ihren Kutscher an, einen anderen Weg zu fahren. Gleich darauf verließen sie den Hauptweg und bogen in einen Weg ein, der dichter am See entlangführte, dessen Wasser durch den vielen Regen in der letzten Zeit über die Ufer getreten waren.

Ein Weilchen fuhren sie schweigend dahin. Julia überlegte, was sie sagen konnte, um die Stimmung, die unter dem vorigen Thema gelitten hatte, zu bessern. »Ich … ich habe dich irgendwie ganz anders in Erinnerung, als du es jetzt bist.«

»Wirklich? Nun, Menschen ändern sich, das kommt vor.«

»Ich hatte nicht damit gerechnet, dass du Mutter widersprichst, wie du es vor ein paar Tagen getan hast.«

Catherine zog kurz die Augenbrauen zusammen, doch dann wusste sie, wovon Julia sprach. »Ach, du meinst wegen ihrer Bemerkungen über Thomas? Nun, ich denke, es ist nicht einfach für dich, dir ständig solche Kritik anzuhören. Vermutlich musst du selbst dagegen ankämpfen, dein Herz nicht gegen ihn zu verhärten.«

Julia schluckte.

»Da ich selbst erlebt habe, welche Freiheit darin liegt, einem Menschen zu vergeben, kann ich es dir nur ans Herz legen. Leider wirkt es auf mich so, als gestatte Lady Harkness es sich, bitter zu werden – und das ist nie gut.«

»Du sagst, sie gestattet es sich?«

»Ja. Ich glaube, wir erlauben den Gefühlen, sich in unseren Herzen einzunisten, wenn wir ständig bewusst über diese Dinge nachdenken. Je mehr wir das tun, desto größere Macht bekommen sie, bis sie fast zur Besessenheit werden. Hast du das auch schon erlebt?«

Bei diesen Worten dachte Julia daran, dass sie damals tatsächlich fast schon besessen davon gewesen war, von zu Hause fortzukommen. Daher hatte sie die erste Gelegenheit ergriffen und war mit Thomas durchgebrannt. Voller Schuldgefühle antwortete sie: »Ja.«

»Ich auch. Als ich in Bath war, brauchte ich meine Tante Drusilla, die mich daran erinnerte, dass ich mich auch anders entscheiden kann.«

»Du … du meinst in Bezug auf Jon?«

Catherine reagierte mit einem schiefen Lächeln. »Ich liebte deinen Bruder schon sehr, sehr lange und es war … eine große Herausforderung zu sehen, dass er seine Aufmerksamkeit einer anderen Frau schenkte. Damals kämpfte ich eine ganze Zeit lang mit meinem Ärger, ja meinem Zorn.«

»Und wie hast du das überwunden?«

»Gott hat Tante Drusilla dazu gebraucht. Sie hat mir geholfen, meinen Groll zu überwinden, sodass Vergebung mich befreien konnte. Vergebung tut uns gut, weil unser Herz dann nicht mehr mit vergifteten Gedanken gegenüber anderen erfüllt ist. Um das tun zu können, müssen wir aber zuerst uns selbst vergeben. Gott hat mir dabei geholfen. Und das muss er noch immer, denn das heißt ja nicht, dass ich nie zornig oder ärgerlich bin, sondern nur, dass ich ständig dabei bin zu lernen, mich nicht von diesen Gefühlen beherrschen zu lassen.«

War das der Grund, warum Catherine so anders wirkte und einen Frieden zu besitzen schien, den Julia nie gekannt hatte?

»Das erinnert mich an eine Geschichte, die Jesus erzählt hat. Ein Knecht hatte ein Unrecht begangen und war seinem Herrn eine große Summe schuldig. Als er ihm seinen Fehler gestand, vergab ihm sein Herr und erließ ihm die gesamte Summe. Am nächsten Tag kam ein Mann zu dem Knecht, der ihm eine viel geringere Summe schuldete, diese jedoch nicht bezahlen konnte. Der Knecht kannte kein Erbarmen und ließ ihn ins Gefängnis werfen. Er hatte anscheinend vergessen, dass ihm die sehr viel größere Schuld verziehen und erlassen worden war.« Catherine lächelte. »Wenn ich an die vielen Sünden denke, die Gott mir vergeben hat, wie kann ich dann einem Mitmenschen seine Sünden gegen mich vorhalten?«

Julias Herz zog sich schmerzlich zusammen. Sie war nur zu gut darin, an ihrem Groll über andere festzuhalten.

»Deshalb mache ich mir Sorgen um deine Mutter und wünsche mir, sie könnte sich von diesen Gefühlen frei machen, damit sie diese Last nicht ständig mit sich herumschleppen muss. Es ist sehr viel besser, Gott unsere Zukunft anzuvertrauen.«

Wieder empfand Julia einen Stich der Betroffenheit. Gott ihre Zukunft anvertrauen?

»Ich frage mich wirklich«, sagte Catherine und legte den Kopf ein wenig schief, sodass sie an ein kleines Vögelchen erinnerte, »ob man deine Mutter nicht davon überzeugen könnte, dass ein Aufenthalt auf dem Land von Vorteil wäre.«

»Mutter zieht es vor, in London zu bleiben«, setzte Julia an.

»Oh nein, ich meinte, dass *du* einen Besuch auf dem Land machen solltest.« Sie lächelte. »Ich bin gern in London, wenn Jon hier ist, aber er ist momentan nun mal geschäftlich unterwegs und ich glaube, diese Stürme haben die Reise in den Norden ein wenig erschwert. In dieser Situation wäre ich lieber zu Hause in Gloucestershire. Dort kann ich mich wirklich entspannen und brauche nicht die ganze Zeit zu überlegen, wer wohl als Nächstes zu Besuch kommt.«

Julia lachte. Wie oft hatte sie genau dasselbe gedacht? Bei mehr als einer Gelegenheit hatte sie in der Bibliothek oder im Salon in der Falle gesessen, und Mutters zahllose Bekannte hatten sie in ewig lange Gespräche verwickelt. Oder aber – schlimmer noch – sie hatten sie mit hohlem Geschwätz überschüttet, sobald sie sie entdeckt hatten. Dabei hatten sie sie die ganze Zeit neugierig beobachtet und nur darauf gewartet, dass sie ihren diversen Spekulationen Nahrung gab. All diesen Dingen zu entkommen …

»Klingt nach einer wunderbaren Idee.«

Catherines dunkle Augen leuchteten auf. »Gut, dann sollten wir vielleicht mit ihr reden. Ich kann das so formulieren, dass sie den Eindruck gewinnt, für mich sei es wichtiger als für dich, wenn du meinst, das hilft.«

»Das hilft wahrscheinlich sehr«, bestätigte Julia. »Vielleicht könnten wir ihr auch klarmachen, wie angenehm es wäre, wenn sie nicht mehr ständig von Kindergeschrei belästigt wird. Auch das könnte hilfreich sein.«

»Ich erinnere mich noch gut an diese Zeiten«, sagte Catherine mitleidig. »Es ist nicht einfach.«

»Nein.« Julia lächelte, doch unter Catherines mitleidigem Blick traten ihr beinahe die Tränen in die Augen. Sie war in letzter Zeit wirklich sehr gefühlsduselig.

Ihr Blick glitt über den Park, vorbei an dem schimmernden Wasser hinüber zum Kensingtonpalast und den riesigen Toren am Eingang des Parks. All das war sehr reizvoll und mit Sicherheit attraktiver als die Trostlosigkeit, die sie in ihrer Erinnerung mit Edinburgh verband, doch es wäre schön, an einem Ort zu leben, wo sie nicht bei jeder vorbeifahrenden Kutsche Angst haben musste, wem sie als Nächstes begegnen würde. Früher hatte sie Jons Anwesen in Gloucestershire für entsetzlich langweilig gehalten, doch heute schien ihr alles besser zu sein als der Ort, an dem sie momentan zu leben gezwungen war.

»Hast du von Thomas gehört?«

Wieder verkrampfte sich ihr Herz. »Nein.« Nichts. Hatte er vergessen, dass er ihr versprochen hatte zu schreiben? Er war nun über zwei Wochen fort und hätte ihr doch wenigstens eine kurze Nachricht zukommen lassen können.

»Ach, er wird sich bestimmt bald melden. Diese schrecklichen Überflutungen machen natürlich alles noch viel schwieriger. Mit der Postkutsche kommt man ja gar nicht mehr durch …«

»Ja«, murmelte Julia. Vielleicht lag es ja wirklich daran. Vielleicht brauchte sie sich gar nicht solche Sorgen zu machen.

Eine zweite Kutsche kam auf sie zugefahren und schreckte sie aus ihren Überlegungen auf.

»Ach du meine Güte.«

»Wer ist das?«

»Lord Snowstrem.« Catherine seufzte. »Es wäre mir wirklich lieber, wir hätten ihn nicht getroffen.«

Diese Bemerkung war so ungewöhnlich für die sanfte Catherine, dass Julia fragen musste, warum.

»Er liebt Klatsch Tratsch über alles. Die arme Serena und der arme Henry haben Anfang des Jahres die leidigen Folgen seines losen Mundwerks zu spüren bekommen. Ich würde den Kutscher ja bitten, einen anderen Weg zu wählen, aber der ist so schmal und schlammig, dass es allzu offensichtlich wäre, dass wir ihn meiden wollen.«

Eine halbe Minute später fuhr ihre Kutsche zur Seite und machte der anderen Platz. In diesem anderen Gefährt saß ein Mann mit dickem Bauch und derart scharfen, geradezu stechenden Augen, wie Julia sie noch nie gesehen hatte. Sie schauderte.

Die andere Kutsche verlangsamte ihre Fahrt. »Ah, die liebe Lady Winthrop! Wie schön, dass Sie trotz der widrigen Witterung eine Ausfahrt nicht scheuen.«

»Es ist noch ein wenig stürmisch, das stimmt. Deshalb möchte ich mich lieber nicht aufhalten …«

»Oh, aber bevor Sie weiterfahren, müssen Sie mich unbedingt Ihrer entzückenden Begleitung vorstellen.«

Julia spürte Catherines Seufzer eher, als dass sie ihn hörte. »Natürlich. Lord Snowstrem, darf ich Ihnen Mrs Hale vorstellen.«

Julia nickte.

»Mrs Hale.« Er neigte den Kopf, dann sah er sie lauernd an. »Wo habe ich den Namen schon gehört?«

Julia antwortete nicht. Schließlich sagte Catherine mit einem Anflug von Verzweiflung: »Verzeihen Sie, Lord Snowstrem, aber ich muss darauf bestehen …«

»Sie sind doch nicht mit diesem Soldaten verheiratet, oder?« Seine Augen quollen hervor. »Die kleine Durchbrennerin? Aber natürlich! Jetzt weiß ich es wieder! Sie sind Carlews – Verzeihung, Lord Winthrops – Schwester!«

Lord Snowstrem sprach weiter. Dabei glotzte er Julia mit unverhohlener Neugier an und machte den Eindruck, als würde er am liebsten vor Schadenfreude in die Hände klatschen. Catherine beugte sich vor und flüsterte dem Kutscher etwas zu. Die Kutsche bewegte sich mit einem Ruck vorwärts.

»Auf Wiedersehen, Mylord«, sagte Catherine.

Der ignorierte sie, während er die Augen weiter auf Julia gerichtet hielt. »Aber ich habe gehört, Major Hale sei tot.«

Julia keuchte auf und schlug die behandschuhte Hand vor den Mund.

»Wie?« Seine dicken Lippen verzogen sich zu einem anzüglichen

Grinsen. »Sagen Sie mir nicht, dass ich eine schlechte Neuigkeit überbracht habe!«

Die Kutsche entfernte sich, sodass an die Stelle seines schadenfrohes Gesichts Catherines besorgter Blick trat. »Oh meine Liebe! So etwas wirst du doch nicht glauben!« Sie legte Julia eine Hand auf den Arm. »Glaub ihm keine Sekunde! Er ist bekannt dafür, dass er gern Unfrieden sät, auch wenn er dafür Lügen erzählen muss.«

»Aber er hat gesagt, Thomas sei tot!«

»Woher will er das wissen? Lass uns doch einmal ganz ruhig darüber nachdenken. Wenn wir selbst keinerlei Briefe aus Schottland erhalten haben, wie soll dann jemand, der nicht die geringste Verbindung zu uns hat, im Besitz von Neuigkeiten sein, die deinen Mann betreffen? Wirklich, ich halte es für das Beste, wenn wir keinen Gedanken mehr an ihn verschwenden.«

»Aber warum sollte er es sagen, wenn es nicht stimmt?«

»Weil er uns nicht leiden kann, weder dich noch mich.« Catherines dunkles Augen blitzten. »Er ist der Typ Mann, der überall Streit und Unfrieden säen muss – er tut Werke des Teufels. Glaube mir, wir sollten ihn einfach ignorieren. Bitte …«, sie drückte leicht Julias Arm, »bitte, nimm ihn bloß nicht ernst! Er hat bestimmt von der Zeit gesprochen, als der Major so lange vermisst war. Es gibt keinen Grund, etwas anderes anzunehmen. Wenn Thomas kürzlich etwas zugestoßen wäre, wärst du als Erste informiert worden.«

»Aber diese Stürme … du hast doch gesagt, wir hätten nichts gehört, weil die Stürme die Straßen unpassierbar gemacht haben. Was, wenn etwas passiert ist, von dem wir noch nicht wissen?«

»Woher soll Lord Snowstrem es dann wissen? Mach dir doch bitte keine Sorgen deswegen!«

Catherine hatte gut reden, dachte Julia und holte tief Luft. Aber wenn Thomas wirklich nicht mehr unter den Lebenden war – sie hasste es, das Wort *tot* zu gebrauchen –, was würde das bedeuten? Die altbekannte Hilflosigkeit schlug über ihr zusammen. Plötzlich bekam sie keine Luft mehr.

»Julia?«

Sie machte eine abwehrende Handbewegung und konzentrierte sich darauf zu atmen. Ein. Aus. Ein. Aus …

Als die Kutsche eine scharfe Kurve nahm, verkrampfte sich bei der überraschenden Wendung ihr Magen. Sie keuchte auf.

»Julia? Was hast du denn?«

»Nichts«, murmelte sie und presste die Hand vor den Mund. Ihr war so furchtbar übel!

Catherine runzelte die Stirn. »Das ist alles andere als nichts. Dir ist nicht gut. Wir fahren sofort zurück nach Hause.« Sie gab dem Kutscher Bescheid.

Der kühle Wind auf ihren Wangen brachte ihr ein wenig Erleichterung, doch die beunruhigenden Gefühle wollten nicht weichen.

»Es tut mir so leid. Hätten wir Lord Snowstrem doch bloß nicht getroffen. Wir sind gleich zu Hause, dann geht es dir besser.«

»Das wird nicht helfen«, murmelte Julia.

»Aber du bist ganz blass und – verzeih mir – du siehst aus, als sei dir schrecklich übel. Ich hatte gehofft, die Ausfahrt würde dir ein bisschen Linderung der Beschwerden der letzten Wochen …« Plötzlich riss sie die Augen auf. »Julia!

Julia schloss die Augen. Sie konnte nicht in dieses ehrliche Gesicht sehen, wenn sie die Frage, die sie kommen sah, nicht ehrlich beantworten wollte. Catherine würde es Jon sagen und er würde es Mutter sagen, und die …

»Bist du …? Kann das sein?«, flüsterte Catherine eindringlich.

Julia schüttelte den Kopf. Sie schluckte den sauren Geschmack in ihrem Mund hinunter.

»Oh.«

Die enttäuschte Stimme bettelte förmlich darum, dass sie die Wahrheit aussprach. Doch sie presste die Lippen nur umso fester zusammen und öffnete die Augen, nur um einen Mann unter einem Baum zu entdecken, der sie aufmerksam zu beobachten schien.

Sie runzelte die Stirn. Wer war das?

Vielleicht irrte sie sich und er sah jemanden hinter ihr an. Sie sah sich um. Ein eisiger Schauder lief ihr über den Rücken. Der Mann beobachtete sie noch immer.

Sie drehte sich zu Catherine und fragte nervös: »Siehst du den Mann hinter der großen Eiche? Beobachtet er uns noch immer?«

»Ja. Warum?«

Julia wandte sich wieder um, doch jetzt war der Mann verschwunden. Sie schauderte erneut. Nach den Ereignissen dieses Tages mit dem unbekannten Beobachter, der Begegnung mit Mr Amherst und Lord Snowstrem war sie fest entschlossen. Je eher sie Mutter von den Vorzügen des Landlebens überzeugen konnte, desto besser.

Kapitel 21

»Du bist ein undankbarer Sohn! Ein Stachel in meiner Seele, ein Schandfleck für unsere Familie!«

Thomas schwieg.

»In der Schrift heißt es, wenn ein Mann einen halsstarrigen Sohn hat, der Vater und Mutter nicht gehorcht und nicht auf sie hört, wenn sie ihn züchtigen, dann soll sein Vater ihn vor die Ältesten bringen und er soll gesteinigt werden. Gott hasst Sünder! Das Böse unter uns muss ausgerottet werden! Willst du das?«

»Charles, bitte!«

Sein Vater ignorierte Thomas' Mutter und hörte nicht auf, die Faust zu schütteln. »Weißt du, wie es ist, wenn die Gemeindemitglieder mein Urteil infrage stellen, nur weil mein Sohn ein Wüstling und Trunkenbold ist und sich weigert, mir zu gehorchen? Antworte mir!«

Thomas schob das Kinn vor. »Es tut mir leid, dass mein Handeln dich in Verlegenheit …«

»Nicht nur in Verlegenheit! Dein Verhalten hat mein ganzes Amt infrage gestellt! Wie kannst du es wagen, dich als Ungläubigen zu bezeichnen?«

»Das wage ich, weil es wahr ist. Ich glaube nicht an den Gott, an den du glaubst.«

Die Handfläche seines Vaters kollidierte so heftig mit Thomas' Wange, dass seine Zähne klapperten und seine Mutter protestierend aufschrie.

Thomas kämpfte gegen den Impuls an, wie ein kleines Kind zu wimmern. Er richtete sich auf und sah seinem Vater in die Augen, eine Reaktion, die diesem verhasst war, wie er genau wusste. Wie konnte sein Sohn es wagen, zum Mann zu werden? Wie konnte Thomas es wagen, sich ein Leben zu wünschen, wie sein Vater es nie gekannt hatte?

»Du kannst dich nicht hinstellen und mir sagen, dass du fortgehen willst! Was sollen die Mitglieder meiner Gemeinde sagen?«

Er knirschte mit den Zähnen. Vater lag mehr an seiner Gemeinde als an seinem einzigen Sohn. So war es schon immer gewesen. Er, seine Mutter und seine Schwester hatten den Vorstellungen von Reverend Charles Hale noch nie auch nur im Entferntesten gerecht werden können. Dank welchen Göttern auch immer hatte Jane letztes Jahr geheiratet und war so dem Einfluss des Vaters entkommen. Seither hatte sie Thomas gedrängt, endlich seine Wünsche für die Zukunft auszusprechen – Wünsche, die im krassen Gegensatz zu den Plänen seines Vaters standen.

»Und? Was hast du zu deiner Verteidigung zu sagen?«

Thomas schluckte, doch er sagte mit fester Stimme: »Du hast recht.« Beschwichtige den Alten, sagte er sich.

»Was? Heißt das, dass du deine törichten Pläne aufgibst?«

»Ich sollte nicht hier stehen und dir sagen, dass ich fortgehen will.«

Sein Vater schien auf plumpe Gutmütigkeit umzuschwenken. »Ich wusste, dass du zur Vernunft kommen ...«

»Ich hätte dir nicht sagen sollen, dass ich fortgehen *will*«, sprach Thomas weiter und sah seinen Vater mit festem Blick an. »Ich hätte dir einfach mitteilen sollen, *dass* ich gehe.«

»Aber, aber ...«

»Es tut mir leid«, sagte er an seine Mutter gewandt, »aber ich kann nicht bleiben.«

Mit Tränen in den Augen nickte sie. Er wusste, dass sie ihn verstand.

»Wo willst du leben? Glaub nicht, dass du in diesem Haus jemals wieder willkommen bist!«

»Ich fühle mich hier schon seit Jahren nicht mehr willkommen.« Er trat einen Schritt zurück, um aus der Reichweite der Faust seines Vaters zu kommen. Dann packte er mit einer raschen Wendung seinen Arm, so fest er konnte. »Ich bin nicht mehr dein Prügelknabe.«

»Ich bete zu Gott, dass er dich für deine Sünde zermalmen wird!«

»So behandelst du dein Fleisch und Blut? Und das soll der allbarmherzige Gott sein, an den ich glauben soll?«

»Gotteslästerer! Nichtsnutz! Trunkenbold!«

Die Worte trafen ihn wie Gewehrkugeln.

»Du wirst es nie zu etwas bringen! Ich wasche meine Hände in Unschuld.«

Bei diesen Worten wich Thomas' Zorn einem tiefen Kummer. Als er die bitteren Tränen seiner Mutter sah, presste er seine Lippen zusammen, damit sie nicht zitterten. Er hatte es versucht. Gott – wenn es ihn denn gab – musste gesehen haben, dass Thomas seiner Mutter zuliebe so lange wie möglich ausgeharrt hatte. Doch in letzter Zeit war das Verhalten seines Vaters immer absurder geworden, die Drohungen immer realer. Und da die Miliz am nächsten Tag weiterziehen wollte, hieß es für ihn: jetzt oder nie. Er trat zu seiner Mutter, umarmte sie und atmete dabei ihren Duft nach Lavendel ein, der ihm so vertraut war. Leise murmelte er ein Abschiedswort in ihr Haar.

»Es tut mir so leid«, flüsterte sie an seiner Brust.

»Mir auch. Ich werde schreiben«, versprach er.

»Du kannst schreiben, aber sie wird es nie lesen«, sagte sein Vater, der mit ausdrucksloser Miene und verschränkten Armen vor ihm stand. »Ich habe keinen Sohn mehr.«

»Lebe wohl, Vater.« Thomas sammelte seine wenigen Habseligkeiten zusammen und ging mit einem letzten entschuldigenden Blick an seine Mutter durch die Vordertür hinaus in die Dunkelheit.

Verschiedene Gefühle stürmten auf ihn ein. Schmerz. Angst. Reue. Vielleicht hätte er sich nicht den Karten und dem Alkohol hingeben sollen, doch die nächtlichen Eskapaden waren ihm als einzige Möglichkeit erschienen, die Gewaltausbrüche seines Vaters zu ertragen. Wie konnte er von ihm verlangen, so zu glauben, wie er es selbst tat? Denn dieser Glaube hatte ihn zu einem Mann gemacht, vor dem Thomas – und seine Mutter und seine Schwester – zitterten. Welch ein Gott verlangte so etwas? Wie sollte er so etwas glauben?

Wie aus weiter Ferne hörte er ein murmelndes Geräusch, eine Stimme, die sich in seine Erinnerungen stahl und ihn bat aufzuwachen.

»... kennen diesen Mann, glaube ich?«

»Ja«, sagte eine tiefe Stimme auf Englisch. »Ja, ich glaube, ich kenne ihn.«

Thomas schlug die Augen auf und sah einen Mann, dessen Züge ihm entfernt, sehr entfernt bekannt vorkamen. Er runzelte die Stirn, versuchte, sich zu erinnern. Wer ...?

Als der Mann näher trat, sah er sein dunkles Haar im Kerzenlicht schimmern. »Guten Tag, Major Hale.«

Hale oder Rayne? Er war benommen und tief verwirrt. Er wollte etwas sagen, doch es kam nur ein Krächzen heraus. Sein Mund war so furchtbar, furchtbar trocken.

»Strengen Sie sich nicht an«, sagte der Arzt. Er hielt Thomas ein Glas Wasser an den Mund. Wie herrlich dieses Wasser war, das kühl seine Kehle hinunterrann und seinen Verstand schärfte.

Er murmelte einen Dank und wandte sich an den dunkelhaarigen Gentleman. Wer war dieser Mann?

»Er scheint Sie zu erkennen, Mylord.«

»Sehr schön. Es ist kein angenehmer Gedanke, dass man so leicht zu vergessen ist.«

»Eine Erfahrung, die Sie – da bin ich sicher – nicht oft machen müssen, Lord Hawkesbury«, sagte der Arzt trocken.

»H-hawkesbury?«, krächzte Thomas.

Ein Lächeln flog über das Gesicht des Mannes. »Ich freue mich, dass Sie sich erinnern.«

»Was ...?«

»Was ich hier mache?«, fragte Lord Hawkesbury. »Nun, ich hatte einen Termin bei Mr Osgood, der die Verantwortung für meine Angelegenheiten hier in Schottland hat, und im Laufe unseres Gesprächs erfuhr ich von einem geheimnisvollen Engländer, der an die

Küste von Newhaven gespült worden war. Natürlich konnte ich nicht untätig bleiben, nicht, als Osgood erwähnte, dass dieser Mann seine Karte bei sich hatte, dass er ihn jedoch noch nie im Leben gesehen hatte.« Wieder lächelte er. »Sie können sich meine Überraschung vorstellen, als ich den Mann erkannte, der einmal in meinem Haus zu Gast war.«

Zu Gast war …? Oh ja, er erinnerte sich. Als er bei Jon auf Winthrop gewesen war, hatten sie den Grafen von Hawkesbury in seinem Haus in Gloucestershire besucht. Beim Gedanken an die Worte seines Vaters verzog er den Mund. Er hatte es vielleicht nicht zu viel gebracht, aber er war immerhin im Haus eines Grafen zu Gast gewesen.

»Sie erinnern sich?«

Thomas nickte. Bei der Bewegung fuhr ein scharfer Schmerz durch seinen Kopf.

»Nun, Mr Hale …«

»Major Hale«, sagte der Graf.

»Major Hale«, fuhr der Arzt fort, »verzeihen Sie, aber ich muss Ihnen einige Fragen stellen …«

Nun folgte eine wahre Litanei von Fragen nach Thomas' Gliedmaßen, seinem Sehvermögen, seiner Bewegungsfähigkeit, ja sogar nach den Narben auf seinem Rücken. Lord Hawkesbury hatte sich taktvoll in eine Zimmerecke zurückgezogen und wartete, solange der Arzt die Untersuchungen vornahm.

Als er fertig war und Thomas das Abtasten und Abdrücken geduldig hatte über sich ergehen lassen, seufzte der Arzt. »Ich fürchte, ich habe keine guten Neuigkeiten für Sie.«

Thomas sah ihn an. Urplötzlich schien ihm das Atmen schwerzufallen. Warum machte der Arzt so ein Gesicht?

»Die Schwellung an Ihrer Wirbelsäule gefällt mir gar nicht. Ich mache mir Sorgen, dass Ihre Beweglichkeit beeinträchtigt sein könnte.«

»Was?«

»Ich fürchte, Sie werden Probleme haben, wieder zu gehen.«

Eisige Kälte kroch ihm den Rücken hoch. *Nein!*

Lord Hawkesbury trat mit grimmiger Miene in sein Blickfeld. Jetzt stand ein älterer Mann neben ihm, an den Thomas sich vage erinnerte. Hatte er ihn nicht gesehen, bevor er bewusstlos wurde?

Höflichkeit gebot ihm, ihn zu begrüßen, während die Verzweiflung ihm befahl, sich zu einer Kugel zusammenzurollen. Was sollte er jetzt tun? Was konnte er tun?

»Es scheint, als hätte derjenige, der Ihnen das angetan hat, sein Bestes versucht, dass Sie es nicht überleben«, sagte der Graf mit gerunzelter Stirn. »Wir werden tun, was wir können, um Ihre Gesundheit so schnell wie möglich wiederherzustellen.«

Thomas schlug die Augen nieder, um die Tränen zu verbergen, die ihm bei diesen Worten in die Augen getreten waren. Er schluckte. Nickte. Zuckte zusammen. »Ich weiß Ihre Hilfe sehr zu schätzen.«

Doch wie konnte der andere ihm helfen? Wenn der Arzt recht hatte und Thomas nie wieder richtig gehen konnte, was um alles in der Welt konnte der Graf dann tun, um ihm zu helfen? Die Angst presste ihm die Brust zusammen. Wie sollte er für Julia sorgen, wenn er nicht gehen konnte? Er tat einen tiefen, zittrigen Atemzug und zwang sich, sich den besorgten Blicken der anderen Männer zu stellen. Sein Gesicht verriet nichts von seiner Angst.

»Sie dürfen sicher sein, dass wir alles in unserer Macht Stehende tun werden, die Täter zu finden. Deshalb hielt ich es für das Beste, Mr Osgood hinzuzuziehen, denn er hat als Ortsansässiger wesentlich mehr Möglichkeiten als ich.« Und Lord Hawkesbury fügte mit einem Stirnrunzeln hinzu: »Hale, haben Sie irgendeine Erinnerung an das Geschehene? Irgendetwas?«

Thomas runzelte die Stirn und versuchte, sich zu erinnern, doch seine Beklemmung ließ keine Erinnerungen aufsteigen. In seinem Kopf herrschte dichter Nebel, der alles verhüllte.

»Mylord, ich möchte nicht, dass er sich überanstrengt«, mischte sich der Arzt ein.

»Und ich möchte nicht, dass der Schuft, der ihm das angetan hat, davonkommt.« Hawkesbury beugte sich über ihn. »Haben Sie eine Ahnung, wer das getan hat?«

Thomas schloss die Augen in dem vergeblichen Versuch, klar zu denken. Doch der Nebel in seinem Kopf war zu dicht. Wie war das gewesen? Wo? Lieber Gott, hilf mir! Als sich der Nebel ein wenig löste, fiel ihm eine Gestalt und ein Name ein.

»Bucknell«, krächzte er.

»Bucknell.« Der andere runzelte noch immer die Stirn. »Ich werde Nachforschungen anstellen.«

»Aber jetzt, Sir, muss ich darauf bestehen …«

»McKin …«

»Wie?« Der Graf beugte sich tiefer. »McKin …?«

»… ley«, brachte Thomas heraus. Vor Anstrengung traten ihm Schweißtropfen auf die Stirn.

»McKinley? Nein, versuchen Sie nicht zu antworten. Blinzeln Sie nur, wenn es stimmt.«

Thomas gehorchte.

Lord Hawkesburys runzelte seine Stirn noch tiefer. »McKinley. Den Namen habe ich schon gehört. Sehr interessant.«

»Mylord. Bitte.«

Hawkesbury nickte ungeduldig. »Natürlich. Gut, Hale. Ich möchte, dass Sie Ihr Bestes tun, gesünder zu werden, während ich nachforsche. Ruhen Sie sich aus und beten Sie. Solche Schlechtigkeit darf nicht gewinnen.«

Er sagte leise noch etwas zu dem Arzt und zu Mr Osgood, dann verbeugte er sich und ging. Jetzt trat Mr Osgood an sein Bett. Die Falte zwischen seinen Augenbrauen zeigte, dass er noch Fragen hatte. »Verzeihen Sie, Sir, aber ich bin doch neugierig, wie meine Karte in Ihren Besitz kam.«

Thomas zwang sich zu krächzen: »Carlew«, dann verließen ihn seine Kräfte erneut.

Die Stirn des kleinen Mannes legte sich zuerst in Falten, dann glättete sie sich. »Ah, Sie meinen Lord Winthrop. Ist er ein Freund von Ihnen?«

Thomas blinzelte. Vielleicht war er es ja wieder.

»Also ja. Sehr interessant. Nun, das ergibt einen Sinn. Mein Aufgabengebiet ist es, mich um die Geschäftsinteressen von Engländern zu kümmern. Vielen Dank. Ich will Sie im Moment nicht weiter strapazieren, aber Sie können sich darauf verlassen, dass ich Lord Winthrop schnellstmöglich benachrichtige – was wegen des Regens allerdings eine Weile dauern kann. Meine besten Wünsche für eine vollkommene und schnelle Erholung. Einen guten Tag wünsche ich Ihnen.«

Bevor auch der Arzt ihn verließ, sagte er noch ein paar beruhigende Worte. Der tröstliche Singsang ließ Thomas die Augen schließen und so tun, als schliefe er, während er versuchte, seine zerstreuten Gedanken zu ordnen. So vieles ergab keinen Sinn, so vieles erfüllte ihn mit Sorge. Doch immerhin war er hier, fühlte sich beschützt und spürte, wie seine Seele sich angesichts der Fürsorge der anderen Männer entspannte. Es war so lange her, dass er nicht kämpfen musste, dass er dieses Gefühl der Erleichterung kaum noch kannte.

Das letzte Mal hatte er sich an dem Morgen in Kirkcudbright so gefühlt, als er neben Julia aufgewacht war und noch niemand von ihrer Heirat gewusst hatte. Er hatte sie beobachtet, ihre unschuldige Schönheit bewundert und gestaunt, dass sie ihn tatsächlich geheiratet hatte, dass sie hinter all den Äußerlichkeiten den Mann sah, der zu sein er sich wünschte. Ihr brauchte er nichts vorzumachen.

Während er an sie dachte, verblassten ganz allmählich seine Sorgen. Er folgte Hawkesburys Rat und betete zu dem Gott, an den er nicht geglaubt hatte und der ihn doch beschützt hatte. Inbrünstig bat er ihn, seinen zerbrochenen Leib zu heilen und Julia mit Trost, Hoffnung und Frieden auszustatten.

Kapitel 22

Die Geräusche des Londoner Verkehrs drangen durch das Wohnzimmerfenster und steigerten ihre Nervosität. Mutter, die den Grund für Julias Unpässlichkeit noch immer nicht kannte, hatte sich Catherines Bitte angehört, Julia für eine Zeit zu ihr nach Winthrop mitzunehmen. Anfangs schien Lady Harkness nicht abgeneigt, hatte dann aber doch darauf bestanden, erst noch abzuwarten, bis es Julia ein wenig besser ging. Catherine hatte wie immer fügsam nachgegeben, zumal sie kurz darauf nach Derbyshire zu ihrer Schwester reisen musste, deren Schwiegervater nun doch seiner Krankheit erlegen und gestorben war.

Ohne Catherine an ihrer Seite wurde der innere Druck, den Julia empfand, von Tag zu Tag stärker. Sie fühlte sich reizbar und unleidlich und hielt es kaum noch im Haus aus. Die Gedanken an Thomas, den kleinen Charles, ihre Mutter, ihre Schwangerschaft und ganz allgemein an ihre ungewisse Zukunft raubten ihr beinahe den Verstand. An manchen Tagen fürchtete sie, jeden Moment zu explodieren. Sie wollte nur noch fort, doch außer Catherine hatte sie niemanden, zu dem sie gehen konnte. Sie würde wohl oder übel bei ihrer Mutter ausharren müssen, denn Julia hatte den Verdacht, dass Catherine ihre Einladung aus Höflichkeit in absehbarer Zeit nicht erneuern würde, auch wenn sie nicht durch den Kummer ihrer Schwester abgelenkt wäre.

Tausend Fragen und tausend Ängste rumorten in ihr.

War Thomas am Leben? Hatte er ein wenig Klarheit in das Chaos bringen können? Warum hatte sie noch immer nichts von ihm gehört? Die Nachricht aus Derbyshire hatte sie vor ein paar Tagen erreicht; jetzt mussten doch auch Neuigkeiten aus Edinburgh allmählich zu ihnen durchdringen. Warum war Jon nicht hier; er würde ihr helfen. Catherine hatte vor ihrer Abreise versprochen, Jon von Lord Snowstrems Behauptung, dass Thomas tot sei, zu erzählen, doch vorläufig konnte Julia mit niemandem darüber reden, nicht einmal mit ihrer Mutter. Sie wusste nur zu gut, was diese dazu sagen würde – mit Sicherheit nichts Tröstliches.

Mitten in ihrer Grübelei musste sie an das denken, was Catherine über Vertrauen gesagt hatte. Wie sehr sie sie doch vermisste! Einfach auf Gott zu vertrauen, kam ihr so passiv vor, als hätte sie sich aufgegeben und ließe das Universum über ihr Leben bestimmen. Sie hatte zu lange gekämpft für das, was sie sich wünschte, um jetzt einfach aufzugeben. Obwohl – sie verzog die Lippen – in Mutters Haus gefangen zu sein, war mit Sicherheit nicht das, was sie sich wünschte.

Die Rufe eines Straßenhändlers drangen durch das Fenster und zerrten erneut an ihren Nerven. Sie fühlte sich wie in einer Falle – gefesselt durch die Umstände und durch Entscheidungen, die von ihr selbst und von anderen getroffen worden waren. Der Salon kam ihr heute klein und eng vor. Die Atmosphäre wirkte so bleiern wie der noch immer graue Himmel draußen. Heute verstand sie, warum Jon die warme, gemütliche Atmosphäre von Winthrop Manor bevorzugte.

Einen Moment lang malte sie sich aus, wie ihr Wunschhaus aussehen würde. Früher hatte sie dabei immer an ein Londoner Stadthaus gedacht, doch angesichts des Klatsches und der müßigen Spekulationen, die die Freundinnen ihrer Mutter so liebten, hatte sie diese Idee begraben. Sie würden auf jeden Fall irgendwo leben müssen, wo kleine Kinder frei spielen konnten. Ein großes Anwesen wäre allerdings bestimmt nicht nach Thomas' Geschmack; er stammte aus einer sehr viel weniger wohlhabenden Familie als sie. Als sie ihn einmal nach seiner Familie gefragt hatte, hatte er nur etwas von einem Vater in Norfolk gemurmelt, und an seiner Zurückhaltung hatte sie gemerkt, dass es zwischen ihm und seiner Familie zu einer Entfremdung gekommen sein musste.

Plötzlich hörte sie, dass jemand den schweren Türklopfer betätigte. Sie ignorierte das Geräusch, doch als sie William, der die Tür geöffnet hatte, ihren Namen sagen hörte, horchte sie auf.

»Sie meinen Miss Julia?«

Sie runzelte die Stirn. Sollte er etwaige Besucher denn nicht abweisen, zumal wenn ihre Mutter nicht zu Hause war? Sie stand auf und spähte durch den Vorhang des Seitenfensters, von dem aus man die Vordertreppe sehen konnte. Den schlanken blonden Mann, der dort stand, kannte sie nicht.

»... habe eine Nachricht über den Major.«

Ihr Herz machte einen Satz. Sie hatte gewusst, dass er sie nicht vergessen hatte!

Sie ignorierte das weitere leise Gemurmel, lief hinaus in die Halle und sagte zu William: »Vielen Dank. Ich rede selbst mit Mr ...?« Sie zog fragend die Augenbrauen hoch.

Der pockennarbige Mann lächelte, sah ihr jedoch nicht in die Augen.

Unwillkürlich lief ihr ein Schauer über den Rücken. Doch das war ohne Bedeutung, wenn sie nur endlich Neuigkeiten von Thomas erfuhr. »Mr ...?«

»Leutnant Harrow, zu Ihren Diensten, Ma'am.« Er verbeugte sich unbeholfen.

»Und? Was ist mit Major Hale? Wo ist er?«

Der Mann räusperte sich. »Wo genau er sich aufhält, kann ich nicht sagen, aber ...«

»Ich dachte, Sie kommen von ihm?«

»Ich hatte leider in letzter Zeit nicht das Vergnügen. Aber ich war mit ihm in Spanien.«

Ihr stockte der Atem. »Sie waren mit ihm im Gefängnis?«

»Und ich habe ihm bei der Flucht geholfen.«

»Oh! Dann bin ich Ihnen zu größtem Dank verpflichtet! Vielen, vielen Dank für alles, was Sie getan haben.« Sie lächelte. »Er hat nicht viel darüber erzählt, aber ich nehme an, es war keine leichte Zeit.«

»Nein.«

»Bitte«, sie bedeutete ihm einzutreten, »möchten Sie nicht hereinkommen? Möchten Sie vielleicht etwas trinken oder eine Kleinigkeit zu essen? Das ist schließlich das Mindeste, was ich für jemanden tun kann, der so viel für meinen Mann getan hat.«

»Nun, ich hätte nichts gegen etwas zu trinken, wenn es keine Ungelegenheiten macht.«

»Aber nein! Kommen Sie doch herein!«

Ein paar Minuten später saß er im Wohnzimmer vor einem Glas Wein, wo sie ihn mit Fragen bombardierte. Sie hoffte inständig, dass ihre Mutter nicht so bald von ihren Einkäufen zurückkehren würde. Leutnant Harrow war zwar nicht gerade eine sprudelnde Informationsquelle, doch das wenige, das er ihr erzählte, öffnete ihr die Augen darüber, was der arme Thomas durchgemacht hatte.

Als er inzwischen das zweite Glas Wein ausgetrunken und das wenige, was er erzählt hatte, schon mehrmals wiederholt hatte, fragte sie ihn nach dem eigentlichen Zweck seines Kommens. »Verzeihen Sie, Sie sagten, Sie hätten eine Nachricht von meinem Mann?«

Er hustete. »Nun ja, keine Nachricht im eigentlichen Sinn …«

Ihr Mut sank.

»Ich wollte mich eigentlich nur erkundigen, ob Ihr Mann … äh, ob er eine Bezahlung für die geleisteten Dienste erhalten hat.«

»Oh – Sie meinen für seine Dienste in Spanien?«

Er nickte.

»Das kann ich Ihnen leider nicht sagen. Da müssten Sie selbst mit ihm sprechen.«

Seine Augen blitzten auf. »Sie meinen, er hat nichts gesagt?«

Sie fuhr erschrocken zurück, als sie die Aggressivität in seiner Stimme hörte. »Ich meine, ich weiß nichts. Sie müssen ihn selbst fragen.«

Er murmelte einen leisen Fluch; der nicht nach einem Kompliment für die Führungseigenschaften ihres Mannes klang. »… lässt mir keine Wahl.«

Julia sah sich nach dem Glockenstrang um und überlegte, ob sie lieber einen Diener rufen sollte. »Wäre das alles?«

Seine sommersprossigen Wangen wurden glühend rot. Er räusperte sich und sah sie ohne jedes Wohlwollen an. »Nicht ganz, Ma'am. Ich habe noch eine Information über ihn.«

»Oh. Aber Sie sagten doch, Sie wüssten nicht, wo er ist.«

»Das stimmt.« Die Röte hatte seine blonden Haarwurzeln erreicht. »Nein, diese Information bezieht sich eher auf seine Zeit in Spanien.«

»Ich verstehe nicht ganz – Sie haben mir doch gerade erzählt, was dort geschehen ist.«

»Nicht alles, Mrs Hale.«

»Dann – bitte spannen Sie mich nicht auf die Folter.«

»Gut.« Er hustete erneut, als sei er nervös. »Es tut mir leid, der Überbringer verstörender Neuigkeiten zu sein, vor allem für eine so achtbare junge Dame wie Sie, aber ich muss Sie über einen Zwischenfall informieren, in den Ihr Mann verwickelt war.«

Während sie wartete, verflocht sie ihre Finger, damit sie nicht zitterten. Ihre Haltung hätte ihren militärischen Ehemann stolz gemacht. »Was für ein Zwischenfall?«

»Ihr Mann, Mrs Hale, hatte eine Liaison mit einer spanischen Hure. Sie wurde schwanger von ihm.«

Julia starrte ihn an. Wie Sterne vom Himmel fielen die Worte um sie herum nieder. Sie ergaben überhaupt keinen Sinn. Sie verstand sie nicht. »Verzeihung, was haben Sie gesagt?«

»Als wir in Spanien waren, hat Major Hale eine spanische Hure geschwängert. Es tut mir leid, Ihnen sagen zu müssen, dass Ihr Mann ein Ehebrecher ist.«

Das Wort war ein Stich in ihr Herz. »Nein«, flüsterte sie. »Nein, da müssen Sie sich irren.« Oder lügen. Catherine hatte gesagt, dass Lord Snowstrem log. Dieser Mann musste ebenfalls ein Lügner sein. Sie schüttelte den Kopf. »Nein.«

»Leider bin ich mir ganz sicher. Als wir im Begriff waren zu fliehen, hat Magdalena uns noch nachgerufen, dass Major Hale der Vater ihres Kindes sei.«

Magdalena. Heißer Hass stieg in ihr auf, als sie den Namen hörte.

Wie konnte er es wagen? Doch eine leise Stimme bat sie, es nicht zu glauben …

»Ich wusste es.« Lady Harkness stand in der Tür. Julia zwang sich aufzublicken. Der Gesichtsausdruck ihrer Mutter war eiskalt. »Ich wusste immer, dass er ein falsches Spiel mit dir spielt.« Sie musterte den Leutnant, als sei er eine Kanalratte. »Gut. War das alles? Sie haben wohl erledigt, was Sie sich vorgenommen hatten. Ich halte es für das Beste, wenn Sie jetzt gehen.«

Die Welt war auf eine einzige Frage zusammengeschrumpft: Hatte Thomas das wirklich getan? Julia hatte Tränen in den Augen; sie bemerkte kaum, wie der Mann eine Entschuldigung murmelte und ging.

»Nein, Mama, ich kann es nicht glauben …«

»Das hast du schon gesagt.«

»So etwas kann er nicht getan haben. Der Leutnant muss sich irren …«

»Warum müssen sich alle irren, wenn du dich weigerst, die Wahrheit zu sehen? Warum war ich wohl dagegen, dass du diesen Mann kennenlernst? Er ist ein Wüstling, er war schon immer einer und wird für immer einer sein. Er ist ein verkommener Mensch, der mit Sünden befleckt ist.«

»Nein, nein.« Julia schüttelte den Kopf. Am liebsten hätte sie die letzten fünf Minuten ungeschehen gemacht. »Ich lehne es ab …«

»Lehne ab, was du willst, mein Kind – das wird nichts an den Fakten ändern. Du hättest ihm nie vertrauen, hättest ihn nie heiraten dürfen …«

»Warum sagst du so etwas? Ich habe es getan, wir sind verheiratet, es kann nicht ungeschehen gemacht werden.«

»Nicht?«, sagte ihre Mutter mit einem kämpferischen Funkeln in den Augen. »Ich rede noch einmal mit unseren Anwälten. Vielleicht bist du jetzt endlich bereit, diese Verbindung ein für alle Mal zu lösen.«

»Du meinst doch wohl nicht …«

»Doch, das meine ich. Ich glaube, es wird höchste Zeit, die Scheidung zu beantragen.«

Julia ließ den Kopf in die Hände sinken und fing so heftig an zu weinen, dass es ihren Körper förmlich schüttelte. Er konnte das nicht getan haben. Oder doch? Er würde so etwas niemals tun. Oder doch? Die Tränen, die sie vergeblich zu unterdrücken versucht hatte, drangen zwischen ihren Fingern hindurch und rannen auf ihr Kleid, so wie die Worte ihrer Mutter in ihre Seele sickerten. Und zum ersten Mal fand ihr Herz keine Widerworte mehr.

Die Great North Road
Nottinghamshire

»Es dauert nicht mehr lange«, sagte Hawkesbury und sah ihn mitleidig an.

Thomas nickte dankend und biss weiter die Zähne zusammen, die vom unaufhörlichen Schaukeln der Kutsche in diesen zwei Tagen schon ganz scharfkantig waren. Dabei konnte er sich noch nicht einmal beklagen; er hatte es sich nicht leisten können, Hawkesburys großzügiges Angebot, mit ihm zusammen nach England zurückzukehren, nicht anzunehmen.

Und da er noch immer nicht imstande war, auch nur auf eigenen Beinen zu stehen, hatte er sich auch kaum leisten können, die körperliche Unterstützung des kräftigen Mannes auszuschlagen. Doch er wunderte sich über Hawkesburys Freigiebigkeit und die nie erlahmende Freundlichkeit, die er ihm entgegenbrachte. Warum war der Graf ihm gegenüber so großzügig?

Einmal hatte er danach gefragt, doch Hawkesbury hatte nur gesagt, dass er als Christ auf keinen Fall einen Freund von Winthrops Schwester in Schottland zugrunde gehen lassen würde – nicht, wenn es in seiner Macht stand, das zu verhindern. »Einen guten Samariter gibt es nicht nur in Samaria.«

Doch es schien, als hätte der Graf noch andere Motive, Thomas die Abreise aus Schottland zu ermöglichen – das jedenfalls schloss dieser aus einem Gespräch zwischen Lord Hawkesbury und dem Anwalt, das er mitangehört hatte. Anscheinend hatten die Nachforschungen, McKinley betreffend, nichts ergeben und Mr Osgood und der Graf hielten es trotz Thomas' schlechtem Gesundheitszustand für das Beste, dass er aus Edinburgh verschwand, bevor McKinley erfuhr, dass er den Anschlag überlebt hatte, und es ein zweites Mal versuchte.

»Ich begleite Sie zurück nach London«, hatte der Graf versprochen, »aber ich plädiere dafür, dass wir die Nachricht über Ihren Tod verbreiten.«

»Aber Julia …«

»Wenn diese Männer so gefährlich sind, wie ich glaube, dann ist es auch für Ihre Frau zunächst das Beste, wenn sie Sie für tot hält. Sie wollen doch nicht, dass diese Leute beschließen, sich auch um sie zu ›kümmern‹, oder?«

Ihm lief ein kalter Schauer über den Rücken. »Nein.«

Lord Hawkesbury lächelte ihn an. »Seien Sie gewiss, dass ich für ihre Sicherheit bete.«

»Das wird nötig sein«, quetschte er zwischen zusammengepressten Lippen hervor.

»Und Sie doch hoffentlich auch?« Der Graf hatte die Augenbrauen hochgezogen.

»Ja.« Doch Thomas bezweifelte, dass Gott viel auf seine leidenschaftlichen Gebete gab.

Unausdenkbar, wenn ihr etwas Schlimmes zustieß!

Er dachte an seine Ankunft in Edinburgh und wie er versucht hatte, Julia zu schreiben. Ob der Brief überhaupt durchgekommen war? Erst jetzt auf der Rückfahrt wurde ihnen das ganze Ausmaß der Verwüstung klar. Die Straßen waren in einem schlimmen Zustand, es würde ihn nicht überraschen, wenn sie seinen Brief noch nicht erhalten hatte. Er konnte es kaum erwarten, wieder bei ihr zu sein. Welche Missverständnisse mochte die Tatsache, dass er abermals verschollen war, wohl heraufbeschworen haben? *Barmherziger Gott …*

Wegen der vielen Regengüsse war ihre Reise wiederholt von Zwischenstopps unterbrochen worden und verzögerte sich immer wieder. Der Kutscher hatte nur kurze Etappen zurückgelegt und lange Pausen gemacht, damit die Pferde nicht zu rasch ermüdeten. Das Gute daran war, dass Thomas' Verletzungen durch die sanftere Reise nicht schlimmer wurden. Außerdem war er trotz der unterschiedlichen Qualität ihrer Herbergen bei ihrer Ankunft dort stets so müde, dass er mehr als glücklich war, gleich nach dem Abendessen zu Bett gehen zu können. Sofort fiel er in einen tiefen, traumlosen Schlaf.

Dennoch wünschte er sich, etwas schneller bei Julia sein zu können.

»Ah. Ich glaube, wir sind gleich in Newark«, sagte der Graf und sah aus dem Fenster.

Der Kutscher, der keinen Hehl aus seinem Interesse für seine Passagiere gemacht hatte, brachte die Pferde dazu, in eine langsamere Gangart zu kommen, und rief durch das offene Fenster: »Wir sind in Newark, M'lord!«

Thomas verzog amüsiert den Mund.

»Ich muss sagen, Hale, dass ich doch ziemlich froh bin, aussteigen und mir die Beine verteten zu können. Ich mag mir gar nicht vorstellen, wie unerfreulich diese Erfahrung für Sie ist.«

»Ich habe schlimmere Erfahrungen gemacht«, sagte Thomas knapp. Zum Beispiel die Auspeitschungen im spanischen Gefängnis.

»Hm. Nun, ich hoffe, man setzt uns in diesem Etablissement etwas Anständiges zu essen vor.«

Nach einer knappen Minute fuhren sie in einen Kutschhof ein und wurden sogleich von mehreren Stallburschen in Empfang genommen. Der Graf führte Thomas ins Haus und ging mit ihm an einen Tisch im Schankraum, wo er zwei Zimmer und etwas zu essen für zwei Personen verlangte. Dann verschwand er, um etwas Geschäftliches zu erledigen. Jetzt betrat auch der redselige Kutscher den Schankraum und gesellte sich zu Thomas an den Tisch. Gleich darauf wurde ihnen beiden etwas zu trinken und die Teller mit der dampfenden Mahlzeit gebracht.

»Wie geht es Ihrem Bein, Sir?«

»Es ist noch dran.«

»Das freut mich wirklich zu hören. Hab' mein Bestes getan, die schlimmsten Stellen auf der Straße zu vermeiden, aber es war trotzdem nicht so eben, wie ich's mir gewünscht hätte. Und weil die Straße zwischen Doncaster und Bawtry völlig weggeschwemmt war, musst' ich leider einen Umweg fahren. Hoffentlich war Seine Lordschaft nicht allzu verärgert über die kleine Verzögerung.«

Thomas lächelte unverbindlich. Die »kleine« Verzögerung hatte ihre Fahrt laut Lord Hawkesbury um gut vier Stunden verlängert, doch dann hatte er hinzugefügt, dass ja wenigstens jede Stunde sie ihrem Ziel näher brachte. Dem Kutscher gegenüber äußerte er etwas Ähnliches, der es mit einem Nicken zur Kenntnis nahm.

»Ja, Seine Lordschaft sagte mir das Gleiche, als er mich bezahlt hat.« Mr Glossop nahm einen tiefen Schluck von seinem Ale. »Ich muss sagen, diese Herberge scheint mir nicht so schlimm zu sein, wie ich befürchtet hatte. Ich hatte meine Zweifel, aber offenbar hatte Seine Lordschaft ein gutes Händchen bei der Auswahl. Ich selbst bevorzuge ja Stamford. Dort gibt es zwar ein paar enge Kurven, die einem weniger erfahrenen Mann Schwierigkeiten machen, aber dafür haben sie das George, und ich kann Ihnen sagen – das ist die beste kleine Herberge auf der ganzen North Road, auch wenn über dem Eingang ein Galgen hängt. Wissen Sie, wofür der steht?«

Thomas bekannte seine Unwissenheit.

»Nicht? Nun, der Galgen heißt den ehrlichen Reisenden willkommen und warnt die Straßenräuber.« Mr Glossop nickte weise. »Wissen Sie, ich bin der Ansicht, es sollte mehr solcher Abschreckungen auf unseren Hauptverkehrsstraßen geben. Diese Straßenräuber – na, Gott sei Dank gibt es inzwischen weniger als früher. Wenn ich nur an die Geschichten denke, die mein Vater erzählt hat! Aber egal – wo war ich? Ich hatte Ihnen vom George erzählt, oder? Wussten Sie, dass es von Lord Burghley gegründet wurde? Deshalb befindet sich sein Wappen über der Tür. Und der gefüllte Truthahnmagen dort ist immer der beste auf der Welt gewesen – nicht dass ich's so besonders damit hätte. Kommt mir wie die Verschwendung von 'nem guten Vogel vor.«

In dieser Weise ließ Mr Glossop Thomas freimütig an seinen Auffassungen teilhaben – eine Offenheit, die wohl nicht zum wenigsten dem Alkohol zuzuschreiben war, dem er so großzügig zusprach. Während Thomas an seinem Getränk nippte, eröffnete Mr Glossop ihm seine Ansicht über den Vergleich zwischen dem Etablissement, in dem sie sich momentan aufhielten, und dem George, und pries dabei vor allem dessen Sauberkeit und die Fähigkeiten und den Wissensschatz der Stallburschen. Auch mit seiner Einschätzung, dass der junge Mr Hale hier wohl kaum so bequem schlafen würde wie in den vergangenen Nächten, hielt er nicht hinter dem Berg.

Dann verzehrte er in aller Eile eine Portion Hammelauflauf, den er als ganz essbar bezeichnete, trank noch ein Pint Ale, das er allerdings wässrig fand, und sprang auf die Füße. »So, nun hoff' ich, dass Ihr Bein bald besser wird, Sir. Und ich muss sagen, es war mir ein Vergnügen, Sie hierherzufahren. Alles Gute, junger Mann.«

Als sein redseliger Gefährte gegangen war, konnte Thomas sich endlich im Raum umsehen. Mit dem Essen wollte er noch auf den Grafen warten, auch wenn es jetzt schon fast kalt war. Die holzgetäfelten Wände und die niedrige Decke waren nicht anders als in den anderen Gasthöfen, in denen er in der letzten Woche übernachtet hatte. Lord Hawkesburys Großzügigkeit hatte ihn ausnahmslos sehr gute Herbergen wählen lassen, ganz gleich, was der Kutscher gesagt hatte. Wohin er jetzt verschwunden war, blieb ein Rätsel, da Thomas weder in der körperlichen Verfassung war noch die Geldmittel besaß, es herauszufinden. Er konnte nur hoffen, dass es sich bald von selbst klären würde.

Doch bis dahin verging eine weitere halbe Stunde. Dann betrat Hawkesbury den Raum, entschuldigte sich vielmals für seine Verspätung und meinte, dass Thomas mit dem Essen doch hoffentlich nicht auf ihn gewartet habe. Der Blick auf die vollen Teller war die Antwort. Doch es war nicht die Entschuldigung, die Thomas aufmerken ließ, sondern der Mann, der hinter dem Grafen stand – ein Mann, den er nur allzu gut kannte, auch wenn er seit gut zwei Jahren nicht mehr mit ihm gesprochen hatte. Ein Mann wie Lord Hawkesbury, der gesellschaftlich immer weit über ihm stehen würde und dem Thomas deshalb niemals begegnet wäre, hätte es da nicht die folgenschwere Begegnung mit einem gewissen Jonathan Carlew in seinem Leben gegeben.

Er wollte aufstehen, doch der Schmerz, der durch seinen Rücken jagte, ließ ihn mit einem leisen Aufstöhnen auf seinen Stuhl zurückfallen. Die beiden Männer traten rasch näher und baten ihn, doch unbedingt sitzen zu bleiben.

»Lord Carmichael«, brachte er schließlich heraus und reichte dem ganz in Schwarz Gekleideten die Hand.

Der verzog das Gesicht. »Bevington inzwischen. Leider.«

Also war sein Vater gestorben und Henry hatte den Grafentitel geerbt. »Das tut mir leid. Verzeih mir bitte.«

»Warum?« Ein Funke des alten Schalks blitzte in seinen Augen auf. »Du hast doch nichts mit dem Tod meines Vaters zu tun, oder?«

»Natürlich nicht. Ich meinte …«

»Ich weiß, was du meintest, Hale.« Lord Carmichael – nein, Bevington – zog einen Stuhl heran und setzte sich neben den Grafen. »So, was höre ich da? Du wärst in Schottland beinahe ermordet worden?«

Kapitel 23

Verrat.

Bis vor zwei Tagen hatte sie nicht gewusst, welche Macht dieses Wort besaß. Gestern war sie den ganzen Tag in ihrem Zimmer geblieben und hatte versucht, ihre Haltung wiederzufinden – vergeblich. Heute war sie hinuntergegangen, um den Fragen und Anklagen zu entkommen, die in ihrem Schlafzimmer herumgeisterten, Fragen, die die Erinnerung an seine Gegenwart nur noch bedrängender machten.

Wie hatte er sie lieben können, wenn er ihr Treueversprechen verraten hatte, indem er sich mit einer anderen Frau einließ? Wie konnte er sie danach noch mit solchem Begehren ansehen? Wie konnte es sein, dass sie nichts gewusst, ja nicht einmal den Hauch eines Verdachts gehabt hatte? Oder hatte sie während seiner langen Abwesenheit vielleicht doch einmal den Verdacht gehegt, er könnte ihr untreu sein?

Was Catherine über Vergebung gesagt hatte, kam ihr jetzt geradezu lächerlich vor. Was wusste sie schon? Jon würde ihr Vertrauen niemals verraten, so wie Thomas es getan hatte. Ihre Augen wurden feucht, doch zum Glück liefen keine Tränen. Sie hatte so viel geweint, seit sie von seinem Betrug erfahren hatte, dass einfach keine Tränen mehr übrig waren. Jetzt war sie erschöpft und aufs Äußerste verletzlich, es war ein Gefühl, als könnte sie jeden Moment zerbrechen. Sie kümmerte sich um Charles, aber nur mehr rein mechanisch. Crabbit schien zu spüren, wie es um sie stand, und hatte Julia gebeten: »Überlassen Sie den kleinen Schlingel mir, Miss, und ruhen Sie sich aus.« So saß sie denn im Wohnzimmer und gab vor zu lesen, was wenigstens den Vorteil hatte, sie ein wenig von ihrer Übelkeit und ihrer desaströsen seelischen Verfassung abzulenken.

Als draußen der Türklopfer betätigt wurde, fuhr Julia zusammen. Was sollte sie zu Thomas sagen, wenn er jetzt auftauchte? *Falls* er auftauchte. Vielleicht wollte er ja gar nichts mehr mit ihr zu tun haben. Vielleicht hatte er nur einen Grund gebraucht, sie zu verlassen, nachdem er sein Vergnügen gehabt hatte …

Ein Diener erschien in der Tür. »Entschuldigen Sie, Miss«, sagte er, »hier ist ein Gentleman für Sie. Ein Mr Amherst.«

»Wer …? Oh, ja.« Vielleicht war er ja eine wirkungsvollere Ablenkung von ihren Grübeleien. »Führen Sie ihn herein.«

»Sehr wohl, Miss«, sagte der Diener. Sein Blick verriet Neugier.

Sie hob das Kinn, richtete ihre Röcke und ordnete ihre Gesichtszüge zu einem Ausdruck, der hoffentlich nicht verriet, dass sie die ganze letzte Nacht geweint hatte.

»Ah, Mr Amherst, wie schön, Sie zu sehen.«

Er verbeugte sich, nahm ihre Hand und zog sie flüchtig an seine Lippen. »Verzeihen Sie mein Eindringen, aber ich hatte versprochen, Sie aufzusuchen, wenn ich in der Nähe bin, und siehe da, ich war gerade in der Nähe!«

Sie deutete auf einen Sessel und wandte sich an William, der in der Tür stehen geblieben war. »Sagen Sie bitte der Köchin, dass wir gern Tee hätten.« Dann drehte sie sich wieder zu Mr Amherst. »Sie trinken doch eine Tasse, nicht wahr?«

»Aber sicher.« Er ließ ihre Hand los und setzte sich auf den Sessel neben ihr. »Meine liebe Mrs Hale, ich habe mich so darauf gefreut, Sie wiederzusehen. Ich habe unser kleines Tête-à-Tête kürzlich sehr genossen.«

Welches Tête-à-Tête? Ach, die Begegnung im Park. Seither war so viel geschehen, dass es ihr eine Ewigkeit her zu sein schien. Sich wohl bewusst, dass er sie fragend ansah, suchte sie nach einer passenden Entgegnung. Was war die korrekte Antwort? »Ich freue mich.«

»Ich freue mich, dass Sie sich freuen! Es wäre mir sehr unangenehm, wenn meine Anwesenheit unwillkommen wäre.«

Sie lächelte, um zu verbergen, dass seine Anwesenheit zunehmend genau das wurde, was er befürchtete, während er bereits über das Wetter, über den Prinzregenten und andere Neuigkeiten aus der Welt da draußen plauderte.

Als der Tee gebracht wurde, konnte Julia sich ein wenig ablenken, indem sie ihm und sich selbst einschenkte und dann trank. Sie war froh, dass seine gewandte Konversation ihr nichts weiter abverlangte, als hin und wieder mit einem Ja oder Nein zu antworten. Doch schon bald konnte sie in der tödlichen Langeweile, die sie befallen hatte, seine Worte nicht mehr wahrnehmen. Es war keine gute Idee gewesen, ihn zum Tee einzuladen. »Wirklich?«

»Ja, wirklich.« Er schwieg und sah sie forschend an. »Verzeihen Sie«, sagte er dann leise, »aber ich komme ungelegen, nicht wahr?«

»Ich … es ging mir in letzter Zeit nicht besonders.«

»Das tut mir leid. Vielleicht sollte ich lieber gehen.«

Sie widersprach aus Höflichkeit, doch er schüttelte den Kopf und stand entschlossen auf. »Vielleicht ist es besser, wenn Sie sich ein wenig ausruhen. Ich komme wieder, wenn es Ihnen besser geht.«

Angesichts seiner Fürsorglichkeit stiegen ihr Tränen in die Augen. »Vielen Dank. Sie sind sehr freundlich.«

»Erholen Sie sich gut.« Er verbeugte sich, ging hinaus und war fort.

Eine Minute später kam ihre Mutter herein. »Ich wusste gar nicht, dass du jemanden erwartest. Wer war das?« Sie trat ans Fenster und zog den Vorhang beiseite. »Ein junger Gentleman?«

»Das war Mr Amherst.«

»Und wer ist Mr Amherst?«

»Ein … ein Nachbar von Lord und Lady Aynsley.«

»Lord und Lady Aynsley? Der Vicomte von Somerset?«

»Ich glaube ja.«

»Sehr schön! Und was willst du mit ihm?«

Ihre Wangen wurden heiß. »Nichts! Wir haben uns nur unterhalten. Er ist einfach ein Bekannter.«

»Hm.« Mutter sah sie forschend an. »Nun, wenn da nichts ist, warum bist du dann rot geworden?«

»Ich … mir ist heiß, weiter nichts. Dieses Zimmer«, sie fächelte sich mit der Hand Luft zu, »ist ziemlich überheizt.«

»Das habe ich gar nicht bemerkt.« Wieder dieser forschende Blick. »Nun ja, ich denke, ein kleiner Flirt kann nicht schaden. Nicht, wenn du ohnehin bald frei bist, nach Herzenslust zu flirten.«

»Mutter!«

Eine weitere Diskussion wurde durch ein Klopfen an der Haustür verhindert. Auf Williams Frage hörte man eine tiefe männliche Stimme. Mutter sah Julia an, doch die konnte nur den Kopf schütteln.

»Ein Mr Macleary für Sie, Miss.«

»Macleary?« Julia runzelte die Stirn. »Ich kenne niemanden dieses Namens.«

»Soll ich bleiben?«, fragte Mutter in einem Ton, der erkennen ließ, dass sie das Zimmer höchst ungern verlassen würde.

»Wenn du möchtest«, meinte Julia achselzuckend. Niemand konnte etwas Schlimmeres sagen als das, was bereits gesagt worden war.

Nun wurde ein Mann mit einem prächtigen Schnurrbart hereingeführt. Julia fiel sogleich sein sonnenverbranntes Gesicht auf. Seine Hautfarbe ließ erkennen, dass er genau wie Thomas viel Zeit auf dem Subkontinent verbracht hatte. Als Julia ihn genauer ansah, erinnerte er sie an irgendjemanden, aber ihr fiel nicht ein, an wen.

Er erwiderte ihren Blick. »Mrs Hale?«

Julia nickte. »Mr Macleary?«

Mit einer leichter Verbeugung sagte er: »Verzeihen Sie meinen überraschenden Besuch, aber ich hielt es für besser, nicht noch länger zu warten.« Julia hörte einen leichten schottischen Akzent heraus. »Ich bringe Ihnen Nachricht von Ihrem Mann.«

Ihr Herz machte unwillkürlich einen Satz. Wohl wissend, dass ihre Mutter sie genau beobachtete, sah sie ihren Besucher ausdruckslos an. »Ach wirklich?«

»Aye. Es tut mir sehr leid, dass ich Ihnen das sagen muss, aber …«

»Wir wissen es bereits, Sir.«

»Sie wissen es schon?« Er runzelte die Stirn. »Ich dachte nicht, dass die Neuigkeit so schnell aus Schottland hierherdringt.«

»Aus Schottland?«

»Aye. Ich bin gekommen, so schnell ich konnte, sobald ich es erfahren hatte. Ich war ein guter Freund Ihres Mannes, müssen Sie wissen, Mrs Hale.«

Sie schluckte. »Sie *waren* es?«

Er neigte den Kopf, und sein Gesicht nahm einen bekümmerten Ausdruck an. »Aye. Leider ist es meine traurige Pflicht, Sie vom Ableben Ihres Gatten zu informieren.«

Was? Ihr Herz blieb stehen.

»Wie bitte?«, fragte Mutter.

»Es tut mir schrecklich leid, Ihnen sagen zu müssen, dass Major Hale in Edinburgh einen Unfall hatte. Man nimmt an, dass er ertrunken ist.«

Ihr stockte der Atem. »Nein«, flüsterte sie, während ihr Herz schmerzhaft in ihrer Brust schlug. Nein! Er konnte nicht tot sein. Sie holte scharf Luft und bemühte sich um einen gleichmütigen Gesichtsausdruck, als ihre Mutter sich einmischte.

»Sie sagten, man nehme an, dass er ertrunken sei. Besteht denn eine Unsicherheit in dieser Sache?«

»Oh nein«, sagte er. »Verzeihen Sie, wenn ich Sie verwirrt habe. Nein, es wurde bestätigt. Es steht in allen Zeitungen.«

Nein. Nein, nein! Lieber Gott! Also hatte Snowstrem recht gehabt und Catherine unrecht. Wieder traten ihr, wie so oft in den letzten beiden Tagen, Tränen in die Augen. Was musste sie noch durchmachen? Warum tat ihr Herz, ihr armes verletztes Herz, weh, als läge ihr noch etwas an ihm? Warum wollte sie am liebsten aus dem Zimmer fliehen und weinen, nur noch weinen? Thomas war ihr untreu gewesen. Oder etwa nicht? Die Wahrheit war unerträglich. War dies alles vielleicht nur ein Albtraum?

»Mr Macleary, ich möchte Ihre Worte nicht bezweifeln«, sagte

Mutter, »aber Sie müssen verstehen, dass es, da Sie uns fremd sind, selbstverständlich ist, dass wir uns fragen, warum Sie uns diese Information überbringen. Ich muss mich fragen, woher Sie den Aufenthaltsort meiner Tochter kennen?«

»Ich … ich habe den Major kennengelernt, als wir zusammen in Indien gedient haben. In Edinburgh haben wir uns dann wiedergesehen und er hat mir von Ihnen erzählt, Mrs Hale. Ich hielt es für meine Pflicht, Ihnen zu sagen, was geschehen ist, damit Sie sich nicht endlos Sorgen über seinen Verbleib machen.«

Bitterkeit überflutet sie. Sich Sorgen um ihn machen. Zu mehr taugte ihr Mann nicht.

»Vielen Dank, Sir«, sagte Mutter schließlich.

Sein Mund verzog sich zu etwas, das wohl ein Lächeln sein sollte. »Es tut mir wirklich sehr leid, dass ich Ihnen nicht sagen konnte, was Sie erhofft hatten.«

Julia sah ihre Mutter an, doch überraschenderweise wirkte diese, nachdem sie die Nachricht erhalten hatte, die sie mit Sicherheit erhofft hatte, eher grimmig als froh.

Und was sie selbst betraf … sie spürte keinen Hauch von Freude darüber, dass die Gerechtigkeit ihren untreuen Mann ereilt hatte. Stattdessen lastete ein Gewicht auf ihrer Seele, das schwerer war als alles, was sie je hatte ertragen müssen. Thomas war tot. Tot! Das Wort war so endgültig. Und Mr Macleary wirkte so sicher. Und doch … und doch …

Irgendetwas an seinen Worten verunsicherte sie. War es lediglich ein Leugnen, das durch den Schock hervorgerufen worden war? Oder doch etwas anderes? »Sie sagten … die Zeitungen …«

Er war aufgestanden. »Verzeihung, Mrs Hale?«

»Entschuldigen Sie, Sir, aber Sie sagten, sein Tod hätte in den Zeitungen gestanden.« Julia sah ihn mit Tränen in den Augen an. »Haben Sie mir eine mitgebracht?«

Er tastete seine Manteltaschen ab. »Verzeihen Sie, aber ich muss sie verlegt haben.« Er sah sie voller Mitgefühl an. »Ihr Verlust tut mir sehr leid, Mrs Hale.«

Warum konnte sie ihm nicht glauben? Was hatte er noch gesagt? »Mr Macleary, Sie ... Sie sagten, die Nachricht sei nicht das, was wir erhofft hätten.«

»Nun ... ja.«

Sie schüttelte den Kopf. »Woher wussten Sie, was wir hofften?«

Er schwieg kurz, dann entgegnete er: »Wie meinen Sie das? Ich verstehe nicht. Ich kann mir vorstellen, dass Sie unsicher über seinen Verbleib waren, da er sich nun schon mehrere Wochen in Schottland aufhielt.«

»Woher wussten Sie das?«

Abermals Schweigen. Ein Flackern in seinen Augen verriet seine Unsicherheit.

»In der Zeitung stand, dass der ... äh ... Leichnam einige Zeit im Wasser gelegen hatte.« Als sie aufkeuchte, fügte er rasch hinzu: »Es tut mir leid, Sie beide so quälen zu müssen.«

Doch trotz all seiner Entschuldigungen waren seine Augen seltsam ausdruckslos. »Wo genau haben Sie mit ihm gedient?«

»In Indien, Ma'am.«

»Wo in Indien?«

»In einem kleinen Örtchen an der Westküste, in der Nähe von Bombay.«

»In Poona?«

Er blinzelte. »Ja, genau. Aber jetzt muss ich wirklich gehen.«

Julia erhob sich, konnte sich jedoch kaum aufrecht halten. »Thomas hat Ihren Namen nie erwähnt.«

»Nun, wir waren nicht die ganze Zeit über zusammen.«

»Und in Edinburgh – wo haben Sie ihn dort getroffen?«

»Ach, hier und da.«

Mit zusammengekniffenen Augen starrte sie in sein Gesicht. »Ich habe das Gefühl, Sie schon irgendwo gesehen zu haben.«

Er lachte. »Das höre ich öfter. Ich scheine ein Allerweltsgesicht zu haben. Wenn Sie mich jetzt entschuldigen würden.«

»Ich danke Ihnen, dass Sie gekommen sind«, sagte Mutter und begleitete ihn zur Tür.

Dort blieb er kurz stehen und verbeugte sich leicht. »Mein Beileid.«

Julia bekam kaum mit, wie er ging. Zum zweiten Mal innerhalb von drei Tagen war ihre Welt völlig auf den Kopf gestellt worden. Wie konnte Thomas tot sein?

Sie bekam kaum Luft und begann wieder zu weinen.

»Oh mein liebes Mädchen«, sagte ihre Mutter. Sie eilte zu ihr und nahm sie in die Arme. »Er ist deine Tränen nicht wert.«

Das wusste sie, doch sie konnte trotzdem nicht aufhören zu weinen.

»Ist schon gut.« Mutter tätschelte ihr halbherzig den Rücken. »Ich kann nicht leugnen, dass ich in gewisser Weise erleichtert bin, dass wir uns nicht um eine Scheidung bemühen müssen. Es wäre ein solcher Skandal gewesen. Nun weine doch nicht, Julia. Bitte. Ich weiß, dass ich nicht gerade gut von ihm gesprochen habe, aber glaube mir, um deinetwillen tut es mir leid, dass er tot ist.«

Tot. Tot! Es tat so weh! Ihr Herz zerbrach in tausend Stücke. Wie sollte sie das überleben? Was wurde jetzt aus ihr? Aus Charles? *Lieber Gott!* Was sollte jetzt aus ihrem Kind werden?

Jetzt schluchzte sie herzzerreißend. »Oh nein.«

»Was ist denn?«

Julia fuhr sich mit der Hand über die Augen und über die Wangen, doch die Tränen strömten weiter. »Jetzt wird er es nie erfahren!«

»Was wird er nie erfahren?«

»Dass er Vater ist … war.« Sie schluckte.

Gleich darauf schloss sie die Augen, weil sie die Kritik in den Augen ihrer Mutter nicht sehen wollte, und nickte.

»Oh mein liebes Mädchen!« Ihre Mutter hatte die Arme um sie gelegt und hielt sie fest. »Hab keine Angst. Ich beschütze dich.«

Doch von ihrer Verzweiflung überwältigt schluchzte sie erneut auf. Wie wollte ihre Mutter sie vor der Trostlosigkeit ihrer Zukunft beschützen?

»Das kann nicht dein Ernst sein.«

Thomas hatte das Gefühl, seine Geschichte bereits zum x-ten Mal erzählt zu haben. Der frischgebackene Graf von Bevington hatte ihn die ganze Zeit unverwandt angesehen. Als er fertig war, runzelte Lord Hawkesbury, der neben ihm saß, die Stirn, als überlege er, was jetzt zu tun sei. Und neben diesem wiederum saß Jonathan, Lord Winthrop. Sein ernstes Gesicht zeigte ebenfalls das vertraute Stirnrunzeln, das Thomas inzwischen fest mit Julias Bruder assoziierte. Seine Ankunft in der Herberge war der Grund gewesen, warum er seine Geschichte noch einmal hatte erzählen müssen.

»Doch, ich fürchte, es ist sein Ernst«, sagte Lord Hawkesbury schließlich. »Und nach dem, was Hale mir gesagt hat, scheint eine Verbindung zu dem, was in Spanien geschehen ist, zu bestehen.«

»Du wurdest tatsächlich gefoltert?«

Thomas sah Jon in die Augen. »Ja.«

»Falls Sie ihm nicht glauben – die Narben auf seinem Rücken sind Beweis genug«, warf Lord Hawkesbury ein. »Der Arzt in dem Krankenhaus in Edinburgh war sehr beunruhigt. Ich muss sagen, ich kann mir nicht vorstellen, dass Hale sie sich freiwillig zugefügt hat.«

»Aber wer sollte so etwas tun?«, fragte Henry. Sein Gesicht war vor Zorn dunkelrot geworden. »Ein solcher Mensch muss ein Ungeheuer sein!«

Thomas verspürte vor allem unendliche Erleichterung. Endlich glaubte ihm jemand.

»Du sagst, dieser McKinley ist die einzige Verbindung zwischen den beiden Vorfällen«, sagte Jon. Sein Tonfall verlieh dem Satz etwas Fragendes und Thomas verfiel sofort wieder in die Verteidigungshaltung. Glaubte sein Schwager ihm nicht?

»Ich wäre nicht überrascht, wenn dieser Fallbright sich als ein Mann entpuppt, dem der Begriff Ehre fremd ist. Was man so in den Londoner Clubs hört …« Lord Hawkesburys Stimme verklang.

Unausgesprochenes stand im Raum – Vermutungen und schwelender Zorn. Was genau wurde in den Clubs gesprochen? Doch Thomas wollte den Grafen nicht drängen, Klatsch zu verbreiten.

»Unfassbar, dass der Mann dir nicht gezahlt hat, was er dir schuldet«, sagte Jon. »Wahrscheinlich warst du nicht der Einzige, dem es so ging.«

Thomas nannte ihm die anderen Männer, die an der Mission in Spanien beteiligt waren, als Letzten Smith, und fügte hinzu: »Er lebt zufällig nicht weit von hier in Leicestershire.«

»Dann sollten wir ihn unverzüglich aufsuchen und uns seine Sicht der Dinge anhören.«

»Ich halte es für besser, wenn wir einen Vertreter des Gesetzes zu ihm schicken, der neutral ist und bei dem nicht der Verdacht aufkommen kann, dass er auf Hales Seite steht«, meinte Hawkesbury freundlich.

»Sie glauben, die Sache wird vor Gericht gehen?«, fragte Henry.

»Ich hoffe nicht, aber ich halte es für klug, alle Eventualitäten zu berücksichtigen.« Hawkesbury lehnte sich auf seinem Stuhl zurück und sah Thomas an. »Ich beobachte nun schon seit einiger Zeit gewisse, sagen wir Mängel bei mehreren Vorgängen des Kriegsministeriums. Das alles hat zu Spekulationen geführt, dass es bei manchen Entscheidungen mehr um politisches Geschacher und Machtspielchen ging als um die nationalen Interessen. Der Zufall will es, dass ich aufgrund meiner militärischen und politischen Erfahrung erst kürzlich den Auftrag erhalten habe, diese Angelegenheiten zu untersuchen. Und ich muss Ihnen sagen, dass das, was ich bis jetzt herausgefunden habe, mich mehr als geneigt macht zu glauben, dass McKinley und Fallbright hier ein böses Spiel spielen.«

»Aber warum?«

»Das ist die Frage.« Hawkesbury legte die Fingerspitzen zusammen. »Also. Hale, Sie haben gesagt, dass Sie mit beiden in Indien gedient haben. Erinnern Sie sich an irgendeinen Vorfall in dieser Zeit, der Ihnen im Nachhinein verdächtig vorkommt?«

Thomas erzählte ihnen von seinen Bedenken bei der Sache mit den Pindari.

»Ja, aber ich wüsste nicht, was McKinleys Billigung einer solchen Gräueltat mit diesen neueren Vorfällen zu tun haben sollte«, sagte Jon, der schon wieder die Stirn gerunzelt hatte.

Wo lag die Antwort auf diese Frage? Thomas schloss die Augen. Erinnerungsfetzen stiegen in ihm auf.

»Es sei denn, McKinley hat auf Fallbrights Befehl gehandelt«, sagte Hawkesbury bedächtig. »Aber warum?«

»Weil«, Thomas öffnete die Augen, »Fallbright Gouverneur werden wollte und dachte, durch sein unbarmherziges Vorgehen könnte er sich bei den Verantwortlichen für die Stellung empfehlen.«

Hawkesburys Augen blitzten, als er sich aufrecht hinsetzte. »Haben Sie Beweise dafür?«

Thomas schüttelte den Kopf. »Seine Ambitionen waren kein Geheimnis, aber keiner hat ihn wirklich ernst genommen.«

»Aber vielleicht gibt es Briefe oder dergleichen, die seine Absichten belegen. Ich frage mich …«

Lord Hawkesbury tippte die Fingerspitzen gegeneinander und verfiel ins Grübeln.

»Und Sie glauben, Fallbright will Thomas tot sehen?«, sagte Jon.

»Ja, das glaube ich«, erwiderte der Graf nachdenklich. »Ich bin fast sicher, dass er nicht glaubte, Sie nach dem spanischen Debakel wiederzusehen. Ihre Rückkehr war bestimmt eine höchst unwillkommene Überraschung für ihn, daher der körperliche Angriff nach Ihrem Besuch bei ihm.«

»Ich habe nie so recht verstanden, was eigentlich der Grund für diesen Auftrag war«, gab Thomas zu.

»Waren Sie allein, als Sie den Auftrag erhalten haben, oder gibt es Zeugen für das, was dabei gesagt wurde?«

Thomas überlegte. Es war fast ein Jahr her. »Ich glaube, Leutnant Benson war dabei.«

»Und kann man sich darauf verlassen, dass er die Wahrheit sagt?«

Thomas verzog den Mund. »Vorausgesetzt, er wird geschmiert. Dann ja.«

»War Geld der Grund, warum du den Auftrag übernommen hast?«, fragte Jon ruhig.

»Natürlich.« Thomas sah ihm offen in die Augen. »Ich hatte nicht den Wunsch, meine Frau zu verlassen, das kannst du mir glauben.«

Jon betrachtete ihn prüfend, dann sagte er: »Es tut mir leid, dass das Ganze solche Folgen hatte. Wenn ich mit meinem Urteil nicht so schnell bei der Hand gewesen wäre, wäre all das vielleicht nie passiert.«

Thomas freute sich über die Entschuldigung, doch er sagte leise: »Es ist meine Schuld, dass ich deinen Segen nicht gesucht oder abgewartet habe.« Er zwang sich zu einem Lächeln. »Nicht dass ich Hoffnung hatte, ihn zu bekommen.«

»Wahrscheinlich nicht. Aber ich kenne die Ungeduld und Dickköpfigkeit meiner Schwester, die jeden Mann dazu gebracht hätte, so zu handeln. Doch darum geht es jetzt nicht. Wir wollen die Vergangenheit ruhen lassen und zusehen, was wir für die Zukunft unternehmen können.«

Der Handschlag, den Jon seinen Worten folgen ließ, vertrieb augenblicklich sämtliche Schatten, die auf ihrem Verhältnis lasteten, und bestärkte Thomas' Entschluss: Er würde ein ehrenhaftes Leben führen und alles tun, um die Anerkennung seines Schwagers zu gewinnen. »Ich weiß es zu schätzen, dass du mir glaubst«, sagte er leise.

»Ich glaube, dass Gott dich für seine Pläne gebraucht hat.«

Thomas nickte. Nach seiner Erfahrung in Edinburgh hatte auch er das Gefühl, Teil eines größeren Ganzen, ein Werkzeug Gottes gewesen zu sein.

»Ich verstehe aber immer noch nicht, welche Rolle McKinley in dieser Angelegenheit spielt«, beschwerte sich Henry.

»Vielleicht war es einfach nur Pech …«

»Oder eine List.« Hawkesbury sah ihn an. »Erinnern Sie sich, wann Sie McKinley zum ersten Mal in Edinburgh begegnet sind?«

»Das muss … in den ersten drei Monaten nach unserer Ankunft dort gewesen sein.«

»Und wie sind Sie sich begegnet?«

»In einem ähnlichen Schankraum wie diesem. Munro hat meinen Namen gerufen und ehe ich mich versah, hatte McKinley mich entdeckt und wir kamen ins Gespräch.«

»Das verstehe ich nicht«, meinte Jon. »Wie konnte er dich finden, aber den Leuten, die ich mit Nachforschungen betraut hatte, gelang es nicht?«

»Weil Rayne ein Spitzname war, den er mir selbst gegeben hat, als wir in Indien waren«, erwiderte Thomas langsam. »Und das Black Harp war unter ehemaligen Militärangehörigen nicht gerade unbekannt, wenn er also vermutet hätte, dass ich in Edinburgh bin …«

»Was er aufgrund der Anzeige über deine Heirat in den Zeitungen natürlich tat«, sagte Jon.

»Dann ist es sehr wahrscheinlich, dass Fallbright auf eine Gelegenheit wartete, um Sie, wenn man so will, zurück in die Herde zu holen. Und McKinley hat er in den Norden geschickt, um Sie ausfindig zu machen.« Hawkesbury sah grimmig aus. »Ich wette, die Idee, Sie für Fallbright arbeiten zu lassen, stammte von McKinley.«

»Ja, bei genauerem Nachdenken ist mir, als hätte er es sogar erwähnt.« Thomas stöhnte und legte den Kopf in die Hände. »Was war ich doch für ein Dummkopf, mich so benutzen zu lassen!«

»Wir möchten den Menschen, die wir kennen, gern vertrauen.«

War das eine Stichelei? »Es tut mir leid, dass mein Verhalten mich als wenig vertrauenswürdig ausgewiesen hat.«

»Denk doch bitte nicht mehr daran«, murmelte Jon.

Thomas nickte. Wann würde er aufhören, alles so persönlich zu nehmen? Aber es schien so schwer, Vergebung anzunehmen.

»Ob sie wohl noch immer denken, dass Hale tot ist?«

»Hoffentlich. Jedenfalls haben wir alles dafür getan.« Hawkesbury sah Thomas ernst an. »Ich halte es für das Beste, wenn Sie in den Zeitungen weiterhin für tot erklärt werden. Ich wollte es Ihnen eigentlich nicht sagen, aber in einer Edinburgher Zeitung steht eine

Vermisstenanzeige. Es geht um eine Frau, die im selben Haus gewohnt hat wie Sie. Eine Rebecca Girvan. Anscheinend wurde sie ermordet.«

»Gütiger Gott! Nein!«

»In meinen Augen kann das kein Zufall sein. Ich glaube, dass sie auf diese Weise alle Menschen, mit denen Sie gesprochen haben, für immer zum Schweigen bringen. Ob sie nun glauben, dass Sie tot sind ist oder nicht, offenbar wollen sie Ihnen so viel Schaden zufügen wie möglich.«

Voller Angst, die sich wie ein bleierner Ring um seine Brust gelegt hatte, starrte Thomas Jon an. »Aber was bedeutet das für Julia?«

Kapitel 24

Die Tage vergingen. Aus einer Woche wurden zwei, und die Zeit verschmolz zu einem leeren Einerlei. Die Adventszeit, die sonst ihre liebste Zeit im Jahr war, bedeutete ihr dieses Jahr nichts. Sie konnte den Anblick geschmückter Tannenzweige nicht ertragen, Weihnachtslieder waren ihr ein Graus. Wie konnten die Menschen singen, wo doch ihr Herz gebrochen war? Wie konnte das Leben ganz normal weitergehen, wo alles, was sie sicher zu wissen geglaubt hatte, dahin war? Wie konnte Catherine sagen, sie solle ihre Zukunft Gott anvertrauen, wo sie doch in einem See von Ungewissheit dahintrieb. Es gab nur noch so wenig, was sie wusste: Sie musste Schwarz tragen, sie musste sich um den kleinen Charles kümmern und sie musste mit ihrer ständigen Übelkeit fertigwerden.

Als sich die Tür öffnete, sah sie von ihrem Buch auf.

»Miss Julia, Mr Amherst ist da.«

Bei dieser Ankündigung wurde ihr ein ganz klein wenig leichter zumute. In den vielfältigen Heimsuchungen der letzten Wochen waren ihr Mr Amhersts Aufmerksamkeiten nicht ganz unwillkommen gewesen. Mutter hielt es nicht mehr für nötig, die Anstandsdame zu spielen, und ehrlich gesagt gab Mr Amherst ihr auch niemals Grund zu dem Verdacht, dass er etwas anderes als Freundschaft im Sinn haben könnte. Und wie sollte ein Mann auch mehr als Freundschaft bei einer trauernden Witwe suchen, insbesondere, wenn ihr Zustand allmählich offensichtlich wurde? Sie schob den Gedanken an ihre Mutter weg, die in derselben Situation – sie war gerade Witwe geworden – Harold Carlew geheiratet und so selbst den Gerüchten über Jons wahren Vater Vorschub geleistet hatte.

»Mrs Hale.« Mr Amherst verbeugte sich. »Wie geht es Ihnen heute? Ich hatte gehofft, Sie bei dem milden Wetter zu einer kleinen Ausfahrt animieren zu können.«

Um sich von den Damen der Gesellschaft anstarren zu lassen, die über sie lästern würden, wie sie einst über ihre Mutter gelästert hatten? Nein, danke. »Das wäre schön, aber ich halte eine solche Unternehmung im Moment nicht für ratsam.«

»Ich verstehe.«

Er lächelte sie an, sodass sie das Gefühl hatte, dass er sie tatsächlich verstand. Es war wirklich erstaunlich, dachte sie, als sie ihn ansah, dass er so charmant und verständnisvoll sein konnte und sie trotzdem nichts als schwesterliche Zuneigung für ihn empfand. Er war wie ein zweiter Henry Carmichael für sie. Er erregte nicht ihre Sinne und ließ ihren Atem stocken, so wie Thomas es tat. Getan *hatte*, erinnerte sie sich selbst.

Ihr wurde bewusst, dass er weitersprach, und sie versuchte zuzuhören, sich zusammenzureimen, wovon überhaupt die Rede war. »… Fahrt in den Hyde Park in meiner Kutsche.«

»Oh, aber …«

»Sie brauchen sich keine Gedanken zu machen, dass man uns sieht. Es sind nur noch wenige Damen der Gesellschaft in London und wenn nötig, können wir jederzeit das Verdeck schließen.«

Nachdenklich kaute sie auf ihrer Unterlippe. Vielleicht wäre es gut, für eine kurze Zeit der Enge des Hauses zu entkommen, und heute war es wirklich außergewöhnlich mild. Wer weiß, wie lange es dauern würde, bis sich ihr wieder eine solche Gelegenheit bot? Und wenn sie ungesehen aus dem Haus kam …

»Bitte, meine Liebe, Sie können doch nicht zulassen, dass ich mir Sorgen machen muss, weil die Röte auf Ihren Wangen so ganz verschwunden ist. Sie sehen wirklich sehr blass aus.«

Nach ein paar weiteren Minuten sanfter Überredung gab sie nach. Sie unterrichtete ihre Mutter und fand sich gleich darauf in seiner Kutsche wieder. Eingehüllt in ihren wärmsten Mantel und mit einem schwarzen Schleier vor dem Gesicht, genoss sie die frische Morgenluft.

»Sie frieren doch nicht?«

Sie kuschelte sich tiefer in ihren Seidenschal. »Nein.«

Winterdüfte stiegen ihr in die Nase: Sie nahm Rauch von brennendem Laub und den Geruch der Kühe, die im St. James Park weideten, wahr. Auch wenn Letzterer nicht unbedingt unter die Wohlgerüche einzuordnen war, hatte allein die Tatsache, dass sie draußen an der frischen Luft war, eine reinigende Wirkung auf ihre Seele.

Nachdem sie durch das Tor gefahren waren, verfielen die Pferde in Trab. Julia schmiegte sich in die Kissen und war froh um den Schutz des hochgefahrenen Lederverdecks. Sie wollte keine Aufmerksamkeit erregen, auch wenn sie wusste, dass sie in der schwarzen Kleidung wahrscheinlich niemand erkennen würde.

Mr Amherst hatte begonnen, sie auf ein paar Besonderheiten des Parks hinzuweisen, und allmählich empfand sie beinahe etwas wie Leichtigkeit. »Das Wetter ist wirklich ganz wunderbar«, gab sie zu.

»Was den Tag noch schöner macht, weil wir ihn zusammen erleben können.«

Ihr Herz machte einen kleinen Satz. Wollte er damit etwas andeuten, das über ihre bloße Freundschaft hinausging? Vielleicht sollte sie ihn über den gegenwärtigen Stand ihrer Gefühle informieren. »Mr Amherst, Sie wissen hoffentlich, wie sehr ich Ihre Fürsorglichkeit, mich auf diese Ausfahrt mitzunehmen, zu schätzen weiß.«

»Es ist mir ein Vergnügen.«

»Ich … ich hätte nicht gedacht, dass ich wieder Freude an diesen Dingen finden kann.«

»Ich hoffe sehr, dass Sie Freude an vielen Dingen finden, und es wäre mir eine Ehre …«

Seine Stimme verklang. Sie folgte seinem Blick zu einem Mann, der sie offensichtlich beobachtete. »Was ist los?«

»Nichts, glaube ich.«

Trotzdem lief ihr ein Schauder über den Rücken. »Warum beobachtet er uns?«

»Vielleicht beneidet er mich um meine hübsche Begleitung.«

Doch das glaubte sie nicht. Sie beobachtete den Mann, als sie näher kamen, und kniff die Augen zusammen, als sie sah, dass er es bemerkte und sich abwandte. Er sah ein wenig … »wie dieser Mann aus«, murmelte sie.

»Verzeihung?«

»Nichts.«

Doch wenn es Mr Macleary war – warum war er dann hier? Hatte er ihr noch mehr zu sagen?

»Halten Sie bitte an.« Sie legte Mr Amherst eine Hand auf den Arm. »Bitte halten Sie an!«

Er zog die Zügel an. »Was ist denn?«

»Dieser Mann. Ich möchte mit dem Mann dort hinten sprechen.«

»Kennen Sie ihn?«

»Ich glaube ja.«

Er sah sie zweifelnd an, tat aber wie gewünscht. Ein paar Minuten später waren sie wieder bei dem Baumgrüppchen und sie sah sich suchend um, doch vergeblich.

»Wo könnte er hingegangen sein?«

»Es ist wirklich seltsam, dass er so plötzlich verschwunden ist.«

Wieder lief ihr ein Schauder über den Rücken. »Es macht mich misstrauisch, dass er uns ausspioniert und wir nicht einmal wissen, wer er ist.«

»Ich glaube, es liegt ganz allgemein im Wesen von Spionage …«

PENG!

Entsetzt hörte Julia einen leisen Fluch und ein lautes Stöhnen … Bevor sie wusste, was geschah, fielen die Zügel zu Boden und die Pferde gingen durch. Entsetzt sah sie, dass Mr Amherst auf seinem Sitz zusammengesunken war. Auf seiner Schulter breitete sich in rasender Geschwindigkeit ein Blutfleck aus. Da die Zügel ihm entglitten waren, rasten die Pferde in panischer Angst direkt auf den Teich zu.

»Mr Amherst! Mr Amherst!«

Mit glasigen Augen murmelte er etwas.

In panischer Angst bekam Julia die Zügel zu fassen und zerrte mit aller Kraft daran. Der Schwung katapultierte sie auf die Füße. Verzweifelt lehnte sie sich zurück, um nicht nach vorn gerissen zu werden und unter die Hufe oder die Räder der Kutsche zu geraten. Ihre Arme brannten wie Feuer. Als sie endlich spürte, dass die Pferde langsamer wurden, schluchzte sie vor Erleichterung auf. Aus den Augenwinkeln sah sie, wie ein Mann auf sie zurannte und bemerkte erleichtert, dass es nicht der Spion von vorhin war, sondern seiner Kleidung nach zu urteilen offensichtlich ein Kuhhirte.

»Miss! Miss!«, brüllte er, rannte nach vorn zu den Pferden und fiel ihnen beherzt in die Zügel. Die Pferde wieherten protestierend, doch sie wurden noch langsamer und kamen endlich zum Stehen. Atemlos sank sie zurück auf ihren Sitz und drehte sich zu ihrem Begleiter um. Bei seinem Anblick schrie sie unwillkürlich auf.

Die Rückenlehne seines ledergepolsterten Sitzes und der Ärmel ihres Mantels waren blutdurchtränkt. »Mr Amherst!«

Er stöhnte etwas, dann sank sein Kopf auf ihre Schulter und fiel ihr gleich darauf in den Schoß.

»Du lieber Gott!«

»Er wurde angeschossen«, sagte der Kuhhirte mit großen Augen. »Wir holen Sie da raus, Miss, und ihn auch.«

Inzwischen näherten sich mehrere Parkbesucher der Kutsche. Bald war sie umgeben von so vielen Ausrufen der Verwunderung und des Entsetzens, dass sie kaum noch denken konnte. Doch irgendetwas veranlasste sie, ihrem ersten Impuls, einfach wegzulaufen, nicht nachzugeben. Stattdessen blieb sie sitzen und presste ihre Hand auf die Wunde ihres Begleiters, auch dann noch, als sie das Blut zwischen ihren Fingern hindurchsickern spürte.

»Miss, ich hab' geseh'n, was Sie gemacht ham! Das war wahnsinnig mutig!«, sagte der Kuhhirte und sah sie bewundernd an. »Sie sind 'ne echte Heldin.«

Sie stieß zitternd den Atem aus und rief mit lauter Stimme, um den Aufruhr um sich herum zu übertönen, jemand solle einen Polizisten holen. Ihre Gedanken galoppierten dabei wie kurz zuvor noch die Pferde. Wer konnte das getan haben? Warum? Hing es irgendwie mit Thomas' geheimnisvollem Verschwinden und Tod zusammen?

Gleich darauf kam ein Parkwächter auf sie zugelaufen und etwas später tauchte dann auch schon ein Gesetzeshüter auf. Angesichts der scharfen Fragen des Letzteren, die ihren eigenen Gedanken auffallend ähnelten, bat sie darum, die Befragung in ihrer häuslichen Umgebung fortzusetzen.

Zu Hause am Portman Square wich der erste Schock ihrer Mutter rasch der Sorge, während Julia befragt und schließlich entlassen wurde. Zum Schluss informierte man sie noch, dass ein Friedensrichter sie am nächsten Tag aufsuchen würde.

Doch die Fragen ließen sie nicht los. Noch als sie im Bett lag, zitterte sie. Die Erinnerungen an die erlebte Panik ließ die Angst in ihr aufsteigen, dass der Albtraum ihrer gegenwärtigen Situation offenbar eine Wendung zum noch Schlimmeren genommen hatte.

Hawkesbury House, Lincolnshire

Wenn sein Vater ihn doch jetzt sehen könnte. Thomas ließ sich unbeholfen gegen die Lehne des Polstersofas sinken und gestattete sich trotz des scharfen Schmerzes, der ihn dabei durchfuhr, ein leicht verzerrtes Lächeln. Wer hätte gedacht, dass er es sich einmal auf dem Familiensitz eines Grafen bequem machen und wie ein König behandelt werden würde? Sein Vater bestimmt nicht. Doch Thomas' großzügiger Wohltäter hatte sich geweigert, ihn gehen zu lassen, und darauf bestanden, dass er sich ein paar Tage von seiner Reise ausruhte. »Zu meinem Schutz und zu Ihrem. Sie haben ja keine Ahnung, welchen Ärger ich mit meiner Frau bekomme, weil ich so lange fort war! Aber Lavinia wird Sie bemitleiden und ich habe die Hoffnung, dass dabei auch ein wenig Erbarmen mit mir abfällt.«

Das war eine grobe Übertreibung gewesen. Die Wärme und Zuneigung, mit der Lady Hawkesbury ihren Mann begrüßte, war ebenso offensichtlich wie ihre Sorge um Thomas. Der Anblick des Grafen mit seiner Frau und seiner Tochter weckte in Thomas die vorsichtige Hoffnung, dass er selbst vielleicht eines Tages einen Bruchteil dieses Glücks mit Julia und dem kleinen Charles erleben durfte.

Die Ruhe im Wohnzimmer wurde urplötzlich von einem Ausruf des Grafen unterbrochen: »Oh!«

»Was ist?«

»Es ist … oh! Da, lesen Sie selbst.« Der Graf reichte ihm die Zeitung. »Zweite Seite, dritte Spalte.«

Thomas überflog die Seite. »Sie meinen den Artikel über die Schießerei?«

»Ja.«

Er las die klein gedruckten Zeilen:

Am Montagnachmittag soll es im Hydepark zu Schüssen gekommen sein. Der ehrenwerte Edward Amherst, zweiter Sohn des Grafen von Rovingham, Somerset, wurde schwer verletzt. Er befand sich in Gesellschaft von Mrs Hale, der kürzlich verwitweten Tochter von Lady Harkness. Nachforschungen haben noch nichts ergeben. Eventuelle Zeugen des Ereignisses am Montagnachmittag werden gebeten, sich umgehend beim Friedensrichter zu melden.

Thomas murmelte einen Fluch. Eine Woge von Gefühlen und Gedanken überwältigte ihn. Wer zum Henker war dieser Amherst? Warum war Julia bei ihm gewesen? Gott sei Dank war sie nicht verletzt worden! Als er eine gewisse grimmige Befriedigung verspürte, angesichts der Rache, die den Mann, der so schnell seinen Platz eingenommen hatte, ereilt hatte, bereute er diesen Gedanken gleich darauf.

Er ließ die Zeitung sinken und begegnete dem forschenden Blick des Grafen von Hawkesbury. »Glauben Sie, dass sie jetzt hinter ihr her sind?«

»Vielleicht haben sie erfahren, dass Sie erst kürzlich bei ihr waren, und sehen deshalb in ihr eine Gefahr.«

»Ich muss sofort los …«

»Nein.« Hawkesbury schüttelte den Kopf. »Sie müssen hierbleiben, so, wie wir es beschlossen haben. Wenn sie Sie für tot halten, würde Ihr Auftauchen alles nur verkomplizieren.«

»Aber wir müssen ihnen eine Nachricht schicken. Julia muss außer sich sein vor Sorge!« Doch – eine quälende Stimme meldete sich – war es so? Bewies die Tatsache, dass sie mit einem anderen Mann ausgefahren war, nicht, dass er ihr nichts mehr bedeutete?

»Winthrop wird wissen, was zu tun ist. Spätestens morgen wird er in London sein. Und Bevington hat auch versprochen, uns zu helfen.«

Doch sosehr er die Hilfe seiner Freunde zu würdigen wusste, so dringend er sie brauchte, damit ihr Plan gelang … »Gott helfe uns«, stöhnte Thomas. »Gott weiß, was Fallbright und seine Leute als Nächstes planen.«

»Genau.« Er sah das Glitzern in Hawkesburys Augen. »Gott weiß, was als Nächstes geschehen wird. Und was Ihr anderes Gebet betrifft – denn ein Gebet war es doch, nicht wahr? – Gott wird uns helfen!«

Doch Thomas plagten Zweifel. Wie konnte der Graf das mit solcher Gewissheit versprechen? »Aber Sie haben doch gesehen, wozu die fähig sind!«

»Ich habe aber auch gesehen, was Gott tun kann. Bitte, quälen Sie sich nicht. Vertrauen Sie auf Gott. Kommen Sie, lassen Sie uns das Ganze noch einmal in seine Hände legen.«

Thomas folgte dem Vorbild des anderen und schloss die Augen, während Lord Hawkesbury leise und zuversichtlich betete: »Danke, Gott, dass du uns liebst und dass du für uns alles zum Guten wendest. Wir bitten dich um Schutz für Julia und Thomas und alle, die zu ihnen gehören. Danke, dass du die Übeltäter vor Gericht bringen wirst. Danke, dass du uns die Weisheit schenkst zu wissen, was wir als Nächstes tun sollen. Führe uns, leite uns und beschütze uns, darum bitte ich dich im Namen deines Sohnes Jesus Christus. Amen.«

Thomas wiederholte das Amen, und seine Stimmung hob sich ein wenig. Gut möglich, dass Gott ihn, Thomas, ignorierte, doch ganz gewiss würde er auf diesen Mann hören, der ihm so fest zu glauben schien.

Friede erfüllte mit einem Mal den Raum. Als draußen das Lachen eines kleinen Kindes ertönte, stiegen Schuldgefühle in Thomas auf.

»Mylord, ich … ich weiß, dass meine Situation Sie Zeit kostet, die Sie lieber mit Ihrer Familie verbringen würden. Das … das tut mir sehr leid.«

»Mir tut es nicht leid, dass ich Gelegenheit habe, Ihnen zu helfen, mein Freund«, antwortete der Graf. »Bitte quälen Sie sich nicht mit diesem Gedanken.«

»Aber …«

»Und zweifeln Sie bitte nicht an meinen Worten. Meine Frau und ich sind glücklich, wenn wir die Möglichkeit haben, unserem Gott zu dienen und anderen ein Segen zu sein, in welcher Form auch immer. Meine Sorgen und meine Zeit gehören nicht nur mir, sie gehören dem Dienst für Gott und gehorchen seinem Zeitplan.«

»Ich weiß, dass ich Ihnen Ungelegenheiten mache.«

»Ah, aber bei den Dingen, die im Augenblick scheinbar so ungelegen sind, geht es meiner Erfahrung nach häufig um meinen Gehorsam gegenüber den Plänen Gottes. Wie oft habe ich erlebt, dass seine Pläne Teil eines weit größeren Plans sind, als ich mir je vorgestellt und angestrebt habe.«

Wenn es zum Beispiel um das Ausräumen von Ungerechtigkeit geht.

»Wenn wir uns also wie kleine Zahnräder in seinem großen Plan fühlen, dürfen Sie gewiss sein, dass Gott auch uns winzige Zahnräder für seine Ziele gebraucht.«

Thomas brachte ein kleines Lächeln zustande. »Auch das kleinste Zahnrad?«

»Unser Retter hat auch den zweifelnden Thomas gebraucht.«

Die Worte säten ein Körnchen Hoffnung in seinem Herzen. Gott wusste, dass Thomas ein Sünder war und wenig zu bieten hatte. Wollte er wirklich annehmen, was der unwichtige Thomas zu bieten hatte?

Kapitel 25

»Oh meine Liebste!«

Es war so beruhigend, Catherines Umarmung zu spüren, nachdem sie in den letzten Tagen unablässig ausgefragt worden war: zuerst von ihrer Mutter und dann vom Friedensrichter, der gestern Morgen auf der Türschwelle gestanden hatte. Die Schüsse im Park hatten ihre ganze Zeit und Kraft gefordert. Mr Amherst war zwar aus dem Koma erwacht, doch er konnte sich an nichts erinnern, deshalb lag es bei Julia, alles zu sagen, was sie noch wusste, um Nachforschungen zu ermöglichen. Diese Erfahrung hatte sie völlig ausgelaugt. Es waren zudem derart viele Menschen aus Neugier zu ihnen gekommen, dass sie den einzigen Wunsch hatte, sich in ihrem Schlafzimmer zu verkriechen, bis der Besuch in Gloucestershire arrangiert war. Mutter hatte gesagt, dass sie fahren könnten, sobald der Friedensrichter ihnen die Erlaubnis für die Reise gab.

»Und auch wenn er es nicht erlaubt, halte ich es für das Beste, morgen oder übermorgen zu fahren. Es ist mir unerträglich, wie viele Menschen, die ich für meine Freunde gehalten habe, aus reiner Neugier kommen und uns angaffen, als seien wir Exponate in einem Museum. Wissen sie denn nicht, dass wir Gefühle haben? Nein, wir müssen hier weg, je schneller, desto besser.«

Catherines und Jons Besuch hingegen war ihnen höchst willkommen, auch wenn in Jons Augen eine Frage stand, die zu beantworten sie zögerte.

»Ich kann euch nicht sagen, wie sehr ich es bedauert habe, dass ich in Derbyshire war, als all das geschehen ist«, sagte Catherine mitten in Julias Gedanken hinein. »Ich kann mir gar nicht vorstellen, wie es gewesen sein muss, von Thomas' Tod zu erfahren. Meine Liebe, es tut mir so entsetzlich leid, dass ich nicht hier war, um dich zu trösten!«

Thomas' Tod. Sie betrachtete das schwarze Kleid, das sie trug. Sein Tod fühlte sich noch immer unwirklich an.

»Julia?«

Sie sah auf und begegnete Catherines warmherzigem, mitfühlendem Blick. »Bitte?«

»Ich habe gefragt, welche Vorkehrungen du für die Beerdigung getroffen hast.«

»Ich …« Sie hob in einer hilflosen Geste ihre Schultern und sah ihren Bruder an.

Er nickte, doch sein Blick war überschattet von etwas, das sie nicht entziffern konnte. »Ich werde mich bemühen zu veranlassen, was in solchen Fällen üblich ist.«

Seine Worte schienen ihr irgendwie sinnentleert zu sein, doch sie nickte trotzdem und murmelte leise: »Danke.«

»Wie geht es dir? Ich kann mir gar nicht vorstellen, wie schrecklich diese Erfahrung gewesen sein muss.«

»Mir geht es den Umständen entsprechend.«

Von dem schrecklichen Ereignis mit Mr Amherst taten ihre Arme immer noch weh, und es fühlte sich an, als seien ihre Muskeln vom Körper abgerissen worden. Das blutige Kleid, das sie getragen hatte, war glücklicherweise fortgeworfen worden. Sie wollte es nie wieder sehen.

»Und der arme Mr Amherst! Ich glaube, ihn hat es am schlimmsten getroffen.«

Mutter setzte zu einer Predigt an, wie groß das Unglück von Julias neuem Freund tatsächlich war. Ermutigt von Catherines höflichen Interessensbekundungen, ließ sie sich darüber aus, wie freundlich es von ihm gewesen sei, Mitleid mit der armen Julia zu haben, und setzte seine Qualitäten dabei in Kontrast zu jemandem, der nicht genannt wurde.

»Das klingt tatsächlich nach einem wahren Musterknaben«, äußerte Jon mit ironischem Gesichtsausdruck. Julia sah ihn verwundert an und war nicht überrascht, als er bat, sie kurz allein sprechen zu dürfen. Seine Frau gehorchte sofort und verließ den Raum. Als Mutter zunächst ein paar Mutmaßungen über seine Gründe äußerte, musste sie nach kurzer Zeit jedoch einsehen, dass sie diese nicht erfahren würde, und verließ ebenfalls den Raum.

Es wurde derart still, dass sie die Kaminuhr unheilvoll ticken hörte, während Julia ihren Bruder ansah. Als sei er sich nicht schlüssig, wie er anfangen sollte, runzelte er die Stirn und blickte schweigend zu Boden.

»Was ist denn, Jon?«

Während er den Blick hob, sagte er vorwurfsvoll: »Das Ganze gefällt mir nicht. Wer ist dieser Amherst?«

Automatisch verfiel sie in eine Verteidigungshaltung: »Er ist nur ein Freund.«

»Ja, aber wo hast du ihn kennengelernt?«

»In Lord Carmichaels – ich meine Lord Bevingtons – Stadthaus, als ich dort gewohnt habe. Er ist ein Nachbar der Familie und hat eine von Serenas Freundinnen begleitet, Miss Caroline Hatherleigh.«

»Das verstehe ich, aber warum hat er *dich* begleitet?«

»Das habe ich doch gesagt. Er ist ein Freund.«

»Es gefällt mir einfach nicht. Es wirkt zu … glatt.« Nun schwieg Jon wieder und sah sie grübelnd an.

»Was ist daran ›glatt‹? Die Tatsache, dass ich einen Freund habe, der mir ein wenig Ablenkung bieten wollte, nachdem ich erfahren hatte, dass Thomas tot ist?«

»Erstens bezweifle ich ernsthaft, dass ein Mann und eine Frau jemals Freunde sein können, ohne dass der eine oder die andere sich mehr wünscht. Zweitens gefällt es mir absolut nicht, dass du die Annäherungsversuche eines anderen Mannes ermutigt hast. Siehst du denn nicht, wie das auf die Leute wirken muss?«

»Wie ich dir bereits gesagt habe, ist er nur ein Freund.«

»Aber nicht in den Augen anderer.«

»Dann irren sich diese anderen – und haben eine entartete Fantasie!«

»Aber du bist in Trauer! Verzeih, dass ich das sage, aber es sieht derzeit nicht danach aus!«

»Ich bin es aber!« Sie bemühte sich, ruhig zu bleiben. Auf keinen Fall wollte sie, dass das Gespräch wieder abdriftete und sie sich erneut wie ein Kind fühlte, das gegen den überbehütenden großen Bruder rebelliert. »Ich bin traurig, furchtbar traurig. Du weißt nicht …«, *wie es ist, zwischen dem Kummer und dem Schmerz über Thomas' Verrat zerrissen zu werden.* »Du kannst nicht wissen, wie sich dieser Verlust anfühlt …« Der Verlust des Vertrauens in einen Menschen. Sie schluckte ihre aufkommenden Tränen hinunter.

»Du hast recht«, sagte Jon versöhnlicher. »Ich kenne deinen Schmerz nicht.«

»Nein, das tust du nicht. Das kannst du gar nicht!« Sie wischte sich mit der Hand über die Wangen. »Aber ich will mich nicht für den Rest meines Lebens in meinem Schlafzimmer verkriechen.«

»Soviel ich weiß, hast du erst vor zwei Wochen von seinem Tod erfahren. Die meisten Frauen sind in diesem Zeitraum alles andere als empfänglich für die Aufmerksamkeit eines anderen Mannes.«

Empört antwortete sie: »Die meisten Frauen, ja. Aber nicht unsere Mutter.«

Er zuckte zusammen und trat einen Schritt zurück. »Ich glaube nicht, dass uns dieser Vergleich weiterhilft.«

»Nein? Aber er ist naheliegend.« Mutter hatte nur wenige Wochen nach dem Tod von Jons Vater einen anderen Mann geheiratet. »Außerdem hatte ich sonst niemanden. Du warst ja nicht da.«

»Das tut mir sehr leid.«

Als sie den sanften Ausdruck in seinen Augen sah, beruhigte sie sich ein wenig. Mit dem Blick auf ihre ineinander verkrampften Hände gerichtet, schüttelte sie innerlich den Kopf: Sie konnte nicht über Thomas' Verrat sprechen. Diese Schande würde ihr niemals über die Lippen kommen. Doch sie konnte sich gut vorstellen, dass ihre Mutter dies für sie übernehmen würde.

»Es ist nur …«

Sie blickte auf. »Nur was?«

Er schien zu überlegen, doch dann schüttelte er den Kopf. »Wie hast du von Hales Tod erfahren?«

Sie zuckte die Achseln. »Ein Mann namens Mr Macleary war hier, der …«

»Macleary? Nicht McKinley?«

»Er hat sich mit Macleary vorgestellt und hatte einen schottischen Akzent.«

»Kannst du ihn beschreiben?«

Sie überlegte. »Er war von mittlerer Größe und hatte eine stämmige Statur«, fügte sie hinzu. »Dunkelhaarig. Mit Schnurrbart. Ich weiß nicht mehr, welche Augenfarbe er hatte. Aber er war gebräunt – ich erinnere mich, dass ich dachte, er sähe ein bisschen aus wie Thomas, als er aus Indien zurückkehrte. Weißt du noch?«

Während sie darüber sprach, dachte sie an Thomas, der in seiner Uniform so unfassbar gut ausgesehen hatte. Ihr Herz schmerzte bei diesem Gedanken. Plötzlich kam eine andere Erinnerung auf, und sie keuchte auf.

»Was ist?«

»Gerade ist es mir wieder eingefallen! Ich dachte damals, dass er mich an jemanden erinnerte, aber ich wusste nicht, an wen. Es war derselbe Mann, der mich in Edinburgh aufgesucht und mir gesagt hat, dass Thomas nach Spanien gegangen sei. Es ist mir nicht gleich eingefallen, weil er keine Uniform trug. Außerdem hatte er damals keinen Schnurrbart und ich bin ganz sicher, dass er sagte, sein Name sei McKinley.«

»Wer? Der Mann, der dich in Edinburgh besucht hat?«

»Ja.« Sie runzelte die Stirn. »Aber es ist so lange her, ich bin mir einfach nicht sicher.«

»Julia, bitte, versuch es. Es ist sehr, sehr wichtig.«

»Warum?«

Er stöhnte. »Warum musst du mir die ganze Zeit Fragen stellen?«

»Weil ich deine Schwester bin.«

Ein Lächeln huschte über sein Gesicht. »Bitte. Wir müssen es wissen. War dieser Mann, der hierherkam, derselbe, der dich in Edinburgh aufgesucht hat?«

»Ich glaube ja. Ich bin beinahe sicher.«

Bei diesen Worten atmete ihr Bruder aus und lehnte sich stirnrunzelnd in seinem Stuhl zurück. Schweigen erfüllte den Raum. »Julia, ich muss dir noch etwas anderes sagen.«

»Ja?«

»Dieser Mann war leider nicht ehrlich mit dir, weder jetzt noch damals.«

»Nun – was damals war, weiß ich nicht. Thomas hat gesagt, er hätte McKinley Geld gegeben, das er mir geben sollte. McKinley streitet das ab – vorausgesetzt, Thomas hat die Wahrheit gesagt.«

Jon nickte. »Das hat er.«

»Woher weißt du das? Ich weiß allmählich überhaupt nicht mehr, was ich glauben soll.«

»Dann glaub mir das Folgende: Du bist eine verheiratete Frau.«

»Nein, das bin ich nicht. Thomas ist tot. Es war eine Anzeige in der Zeitung …«

»Ich muss dir leider sagen – oder vielleicht auch nicht leider, je nachdem –, dass diese Anzeige falsch war.«

»Was soll das heißen? Ich verstehe nicht.«

»Thomas ist nicht tot.«

Sie blinzelte. »Nein.«

»Doch.« Er stand auf, trat zu ihr und nahm ihre Hände. »Thomas lebt.«

»Nein. Der Mann hat gesagt …«

»Er hat gelogen. Du musst mir glauben. Ich habe vor zwei Tagen mit Thomas gesprochen.«

»Das kann nicht dein Ernst sein. Warum sagst du so etwas?« Sie entzog ihm ihre Hände. »Warum willst du mir so etwas einreden?«

»Verzeih mir, aber es gab keine andere Möglichkeit.«

Sie deutete auf die Tür. »Aber Catherine hat mir ihr Beileid ausgesprochen. Warum sollte sie …?«

»Sie weiß es nicht.«

»Aber warum …?« Ihre Gedanken überschlugen sich. Wem konnte sie vertrauen? Was war überhaupt noch wahr? »Ist er wirklich am Leben?«

Er nahm erneut ihre Hände und sah ihr tief in die Augen, so wie vor Jahren, als er ihr gesagt hatte, dass ihr Vater gestorben war. »Ja.«

Ihr stockte der Atem. »Aber warum …?«

»Ich … wir … wollten nicht …«

»Wer ist ›wir‹?«

»Thomas, Henry, Lord Hawkesbury und ich.«

»Was hat Lord Hawkesbury mit alldem zu tun?«

»Er hat als Erster von Thomas' Verletzungen erfahren.«

»Macleary hat gesagt, es sei ein Unfall gewesen und Thomas sei ertrunken.«

»Das ist beinahe richtig. Thomas wurde zusammengeschlagen und wie tot im Hafen liegen gelassen.«

Sie keuchte auf. »Nein! Wo ist er? Ich muss zu ihm!«

»Lass mich bitte ausreden.« Wieder nahm er ihre Hände. »Als er gefunden wurde, brachte man ihn in ein Krankenhaus. Dort lag er einige Tage ohne Bewusstsein. Der Arzt war nicht sicher, ob er überhaupt wieder aufwachen würde.«

Tränen traten ihr in die Augen. »Wo ist er jetzt?«

»In Sicherheit. Offenbar hielten seine Angreifer ihn für tot. Wir hielten es für das Beste, sie in diesem Glauben zu lassen, damit wir herausfinden können, wer ihm das antun wollte.«

»Aber wer sollte so etwas tun?«

Er schwieg kurz, dann sagte er: »Als Hawkesbury von seinem Zustand erfuhr, ließ er mich benachrichtigen. Ich war in Manchester, als seine Nachricht mich erreichte. Hawkesbury wollte Thomas aus Edinburgh herausschaffen, da er ihn dort nicht mehr für sicher hielt. Er glaubte, McKinley führt einen Rachefeldzug gegen Thomas, der mit ihrer gemeinsamen Zeit in Indien zusammenhängt. Deshalb hat dich wohl auch dieser sogenannte Macleary aufgesucht. Weißt du noch, ob Thomas je etwas über McKinley gesagt hat? Oder über einen Mann namens Fallbright?«

»Nein, wir haben wenig gesprochen, als er hier war.« Bei dem spitzbübischen Glitzern in den Augen ihres Bruders färbten sich ihre Wangen rosa und sie fuhr rasch fort: »Moment! Hast du nicht gesagt, Thomas sei jetzt in Sicherheit? Kannst du ihn denn nicht fragen?«

Er seufzte. »Seine Verletzungen sind leider so schwer, dass sein Erinnerungsvermögen beeinträchtigt ist.«

Die Pause, die nach diesem Satz entstand, ließ sie fragen: »Und?«

Jon drückte ihre Hände. »Es ist nicht sicher, ob er je wieder richtig gehen kann.«

Sie starrte ihn mit offenem Mund an. »Nein. Oh nein! Wo ist er?« Jetzt liefen ihr die Tränen wieder die Wangen herunter. »Bestimmt will er mich sehen!«

»Er ist in Sicherheit und tut alles, damit du es ebenfalls bist.« Seine Hände glitten hinauf zu ihren Oberarmen. »Bitte Julia, du musst mir glauben. Wir alle wollen, dass du in Sicherheit bist.«

»Aber …«

»Wirklich«, sagte er.

Als er sie liebevoll anlächelte, löste sich ihre Spannung ein wenig. »Aber was soll ich tun?«

»Ich rede mit Mutter. Wir sorgen dafür, dass du so bald wie möglich aufs Land fahren kannst. Du, Charles und Mutter, ihr sollt in Sicherheit sein.«

»Du glaubst, sie könnten uns etwas antun?«

»Es sieht aus, als hätten sie es schon versucht.«

Wieder stockte ihr der Atem. »Und stattdessen haben sie den armen Mr Amherst erwischt.«

»Vergiss ihn. Es geht uns nichts an.«

»Aber …«

»Nein, Julia. Er hat seine Wahl getroffen und die Freundschaft einer verheirateten Frau gesucht. Ich kann nicht zulassen, dass du dich weiter mit ihm und seinem Ergehen beschäftigst. Du musst dich auf das konzentrieren, was dich angeht – auf deinen Mann.«

»Meinen Mann«, wiederholte sie. Ihr Herz machte einen Satz, und sie blickte auf. »Weiß er von …?«

»Mr Amherst?«

Sie nickte.

»Inzwischen schon, denke ich. Die Zeitungen haben über die Schüsse berichtet.«

Was musste Thomas von ihr denken, dass sie so kurz nach seinem Tod die Aufmerksamkeiten eines anderen Mannes geduldet hatte? Was war sie nur für ein Mensch? Wieder unterdrückte sie ein Schluchzen. »Ich dachte, Thomas sei tot.«

»Verurteile dich nicht selbst. Er ist ebenfalls nicht ohne Schuld.«

»Ich weiß.«

»Was weißt du?«

»Ich weiß von der Frau in Spanien.«

»Welcher Frau in Spanien?«, fragte er scharf.

»Als Leutnant Harrow uns besucht hat …« An Jons verwirrtem Stirnrunzeln sah sie, dass er nichts davon wusste, und verstummte. Unmöglich konnte sie es ihm sagen. Stattdessen schüttelte sie den Kopf. »Es spielt keine Rolle. Thomas ist nicht schuldlos und ich auch nicht.« Schließlich hatte sie Mr Amhersts Aufmerksamkeiten nicht direkt abgewiesen, oder?

Jons Stirnrunzeln hatte sich vertieft und sie versuchte hastig, ihn auf das vorherige Thema zurückzubringen. »Wir sollen London also verlassen?«

Jon nickte. »Ich möchte dich irgendwo haben, wo sie dich nicht finden können.« Ein sanftes Lächeln glitt über sein Gesicht. »Ich könnte es nicht ertragen, wenn dir etwas zustieße.«

Die Zärtlichkeit, die bei diesen Worten aus seinen Augen leuchtete, wärmte ihr das Herz. »Es tut mir leid, dass ich dir in den letzten Jahren eine solche Last war.«

»Mir tut es auch leid.«

Sie musste lachen und sah erleichtert, wie der Humor in seinen Augen aufblitzte. »Wann sagst du es Catherine und Mutter?«

»Noch nicht. Nicht bevor diese Sache endgültig geklärt ist.«

»Aber sie glauben, dass er tot ist.«

»Und alle anderen hoffentlich auch. Aber ich hielt es nicht für richtig, dich weiter in diesem Glauben zu lassen. Du wirst allerdings weiterhin die trauernde Witwe spielen müssen, und zwar glaubhaft. Wir wollen auf keinen Fall, dass du Anlass für einen Verdacht gibst.«

»Natürlich.«

Er machte ihr noch ein paar Vorschläge und verließ sie dann, um seine Frau zu suchen und ihre Mutter zu überreden, London früher als geplant zu verlassen. Julia blieb voller Hoffnung und Furcht allein im Wohnzimmer zurück.

Kapitel 26

»Gentlemen, wenn Sie mich bitte entschuldigen würden«, sagte die Gräfin von Hawkesbury, als sie gemeinsam zu Tisch saßen. »Ich fühle mich heute nicht so gut.«

Als Thomas sich zittrig erhob, flüsterte die Gräfin ihrem Mann etwas in Ohr, dann wandte sie sich mit einem matten Lächeln an ihn: »Major Hale, bitte bleiben Sie doch sitzen. Ich vertraue darauf, dass Sie Ihr Bestes tun werden, meinen Mann von seiner Sorge um mich abzulenken, aber das darf natürlich nicht auf Kosten Ihrer Gesundheit geschehen.«

Er sah den Grafen an, dessen besorgter Blick unverwandt auf seiner Frau ruhte, und sank auf ihren Wink hin wieder auf seinen Stuhl.

»Ist wirklich alles in Ordnung?«, fragte Graf Hawkesbury.

»Aber ja, ich brauche nur ein wenig Ruhe.« Sie strich ihm über die Schulter. »Mach dir keine Sorgen, Nicholas. Jetzt könnt ihr euch ungestört den Themen zuwenden, die ihr, wie ich weiß, dringend besprechen wollt.« Und mit einem weiteren liebevollen Lächeln für ihren Mann und einem leisen »Gute Nacht« an Thomas gerichtet wandte sie sich zum Gehen.

Die Stirn des Grafen blieb noch einen Moment länger gerunzelt, während er sich wieder setzte und Thomas ansah. »Lavinia ist eine sehr willensstarke Frau.«

»Eine willensstarke Frau ist ein Segen«, sagte Thomas und dachte an seine eigene Frau. Würde Julia sich entschließen, bei ihm zu bleiben – nach allem, was geschehen war? Da der Graf noch immer die Stirn runzelte, sagte er: »Lady Hawkesbury ist äußerst rücksichtsvoll.«

»Das ist sie.« Lord Hawkesbury schüttelte den Kopf, als wollte er die sorgenvollen Gedanken abschütteln, und sagte: »Und da ich sie kenne, halte ich es für das Beste, wenn wir ihrem Rat folgen. Ansonsten bekomme ich später Probleme.«

»Gott bewahre«, murmelte Thomas.

Der Graf lächelte leicht, wurde jedoch gleich wieder ernst. »Es hat den Anschein, als sei der junge Smith bereit, Ihre Aussage zu bestätigen. Mein Ermittler bereitet in diesem Moment eine schriftliche Aussage vor und ich hoffe, dass wir damit und mit den Beweisen, die wir in Schottland gefunden haben, die Behörden bewegen können, uns anzuhören.«

»Das ist eine gute Nachricht.«

»Zumindest machen wir Fortschritte.« Hawkesbury trank einen Schluck Wein und betrachtete ihn dabei nachdenklich über den Glasrand. »Haben Sie schon von Winthrop gehört? Ist er noch nicht zurückgekehrt?«

»Nein.« Mit aller Kraft, die er aufbringen konnte, kämpfte Thomas gegen seine Befürchtungen an. Er verspürte den fast unüberwindlichen Drang, der Enge dieser Wände zu entfliehen, seine Julia zu suchen und sie in Sicherheit zu bringen. Doch Frustration führte meist zu Kurzschlusshandlungen und er wollte auf gar keinen Fall etwas tun, das sie in Gefahr brachte oder Hawkesburys Nachforschungen behinderte.

»Er wird uns informieren, sobald er kann.« Hawkesbury lächelte. »Und ich bin sicher, dass die Neuigkeit von Ihrer Genesung keiner dankbareren Empfängerin überbracht werden konnte.«

»Es wird sie ein wenig beruhigen«, stimmte Thomas ihm zu. So hoffte er jedenfalls. Seit er die Meldung in der Zeitung gelesen hatte, kam er einfach nicht darüber hinweg, dass sie so schnell Trost bei einem anderen Mann gefunden hatte. Wer war dieser Amherst überhaupt? Henrys Nachforschungen hatten nichts ergeben, das Anlass zu dem Verdacht gab, er könnte mehr sein als ein Nachbar der Aynsleys, der jüngere Sohn eines Grafen. Hatte sie sich ihm deshalb zugewandt? Wegen seiner adligen Herkunft? Aber was, wenn er doch auf irgendeine Weise in den Diensten von Fallbright stand …

Lieber Gott, sei uns gnädig.

»Und wie geht es Ihnen heute?«, fragte Hawkesbury besorgt.

Thomas bewegte zögernd sein rechtes Knie und verbiss sich einen Fluch bei dem Schmerz. »Es scheint besser zu werden.« Fast unmerklich zwar, aber auch das war besser als nichts.

»Hm. Ich werde dafür sorgen, dass ein Arzt sich das mal ansieht. Vielleicht gibt es ja Übungen, die Ihnen helfen.«

»Mir wäre jede Hilfe willkommen«, antwortete Thomas. »Aber ich finde, ich habe Ihrer aller Großzügigkeit schon längst über Gebühr in Anspruch genommen.«

»Unsinn. Sie sollten inzwischen eigentlich wissen, dass Sie nur ein Bauer in meinem Spiel sind, ein Grund, meine Nachforschungen auszuweiten und das Außenministerium endlich dazu zu bringen, die Korruption zu unterbinden, die nach allem, was ich weiß, in seinen eigenen Reihen grassiert.«

»Sie klingen wie ein zweiter Machiavelli, Mylord.«

»Ich bevorzuge den Ausdruck Taktiker.«

Thomas lachte. »Natürlich.«

Hawkesbury sah ihn anerkennend an. »Schön, Sie auch einmal lächeln zu sehen. Ich weiß, dass im Moment alles ziemlich aussichtslos scheint, aber ein wenig Humor hilft doch immer, den Kummer zu lindern.«

»Da bin ich ganz Ihrer Ansicht.«

Während sie nun ihre Mahlzeit fortsetzten, wandte sich das Gespräch politischen Themen zu, wie den Arbeiterunruhen im Norden Englands.

Die Tafel war bereits aufgehoben, als die Tür aufging und ein Diener die Ankunft Lord Winthrops ankündigte.

Hawkesbury ordnete an, ihm noch etwas zu essen zu bringen, und gleich darauf trat Julias Bruder ein. Seinem Gesicht und seiner Haltung war anzusehen, wie müde er war.

»Gibt es Neuigkeiten?«

»Sie sind in Sicherheit.«

Thomas atmete auf. »Und Julia?«

»Ihr scheint bei dem Zwischenfall im Park nichts Ernsthaftes zugestoßen zu sein.«

»Dem Himmel sei Dank«, sagte Thomas. Der Druck, der auf ihm lastete, schien ein klein wenig leichter.

»Gott sei Dank«, sagte auch Hawkesbury. »Und dieser Amherst?«

»Ich habe ihn ebenfalls besucht. Er bestreitet, Fallbright oder McKinley zu kennen, und ich bin geneigt, ihm zu glauben. Offenbar ist er wirklich, was Henry sagt: ein Freund der Aynsleys.«

Erneut seufzte Thomas vor Erleichterung. Doch so froh er auch war, dass Amherst nichts mit den Überfällen auf ihn zu tun hatte und dass der Plan seiner Widersacher nicht ganz so weitreichende Verflechtungen aufwies, wie er befürchtet hatte, er kam einfach nicht damit zurecht, dass Julia Zeit mit diesem Mann verbracht hatte.

Doch er zwang seine Gedanken zurück in die Gegenwart, zu dem, was noch zu tun war. »Und jetzt?«

»Ich werde Fallbright in London aufsuchen und hoffe, dass er mir Informationen über Sie geben wird.«

»Und ich bleibe hier, nehme ich an?«

»Sie können es sich nicht leisten, gesehen zu werden, mein Freund. Aber wenn Sie mich jetzt bitte entschuldigen, ich muss nach meiner Frau sehen.« Der Graf stand auf, verbeugte sich und verließ das Zimmer. Thomas blieb mit Jon zurück.

Der sah ihn mit zusammengezogenen Augenbrauen an.

Eine böse Vorahnung erfüllte ihn. Warum sah Jon so ernst aus? »Was ist denn?«

»Ich weiß nicht. Warum sagst du es mir nicht?«

»Julia geht es doch gut, oder?«

Der Blick wurde hart, ja eisig. »Meine Mutter hatte etwas Interessantes zu erzählen.«

Thomas blinzelte bei diesem abrupten Themenwechsel. »Ach, wirklich?«

»Ja. Sie sagte, Julia sei in letzter Zeit oft übel.«

»Oh. Die Ärmste.« Er war voller Reue. Wenn er doch nur bei ihr wäre und sie trösten könnte …

»Du scheinst ein wenig den Bezug zur Realität verloren zu haben. Weißt du denn nicht, was das bedeuten kann? Vielleicht sollte ich mich ja deutlicher ausdrücken. Aber ich kann mich nicht entscheiden, ob mich das etwas angeht oder ob es eine Sache ist, über die du mit deiner Frau reden solltest.«

Letzteres sagte er mit einer Betonung, die Thomas seit ihrer ersten Begegnung nach seiner Rückkehr aus Spanien nicht mehr gehört hatte. »Ich sollte wohl wirklich mit ihr sprechen.«

»Ja, ich denke, es gibt eine ganze Reihe von Dingen, über die du mit ihr reden solltest.«

Der harte Blick jagte ihm einen Schauer über den Rücken. »Was meinst du damit?«

»Meine Schwester hat erwähnt, dass sie kürzlich einen weiteren Besucher empfangen hat. Einen Leutnant Harrow …«

»Harrow? Nun, der ist wirklich ein fabelhafter Kerl.«

Jon zog die Augenbrauen hoch. »Anscheinend hat dieser ›fabelhafte Kerl‹ ihr von einer spanischen Frau erzählt, zu der du … freundlich warst.«

Lieber Gott, nein. Wie kam ausgerechnet Harrow dazu, von Thomas' Schande zu erzählen?

»Ja«, fuhr Jon fort und sah ihn aus schmalen Augen an. Sein Ausdruck war furchterregend. »Als ich später mit meiner Mutter darüber sprach, gab sie mir zu verstehen, dass der Mann meiner Schwester seiner Frau in Spanien wohl alles andere als treu war.« Plötzlich zornerfüllt, beugte er sich vor. »Bestreitest du das?«

Thomas schluckte und zwang sich, dem Blick seines Freundes nicht auszuweichen. »Das kann ich nicht.«

Jon fluchte – etwas, das Thomas noch nie bei ihm erlebt hatte. »Wenn du nicht schon verletzt wärst, würde ich dafür sorgen, dass es dir jetzt mindestens so schlimm ergeht wie bei dem Überfall im Norden. Wie konntest du Julia so verraten?«

Er zwang sich, dem Blick standzuhalten und zu antworten: »Ich habe keine Entschuldigung.«

»Keine Entschuldigung? Du hast einfach mal dein Ehegelübde vergessen und dir eine andere Frau genommen?«

»So war es nicht.«

»Nein? Wie war es dann? Nicht, dass es mich wirklich interessiert. Mich interessiert nur das Wohlergehen meiner Schwester und ich muss dir sagen, dass sie meiner Ansicht nach auf längere Sicht glücklicher wäre, wenn du wirklich tot wärst, wie alle glauben.«

Die Worte trafen ihn wie ein Schlag. Jon hatte recht. Er, Thomas, war der Falsche, der falsche Mann für Julia. Hatten seine Handlungen das nicht bewiesen?

Jons Augen waren wie Granit. »Ich habe versprochen, Julia und Hawkesbury zu helfen, und das werde ich auch tun. Was dich betrifft …« Wieder fluchte er leise. »Ich kann nichts daran ändern, dass diese Hilfe auch dir zugutekommt, aber du sollst wissen, dass ich alles tun werde, dich von ihr fernzuhalten, sobald diese Sache zu Ende gebracht ist.«

Thomas betrachtete die Überreste von Jons Essen auf dem Teller. »Du hattest recht.«

»Womit?«

Er blickte auf. »Das ist etwas, das ich mit meiner Frau besprechen muss.«

Jon äußerte einen Laut der Verachtung und verließ den Raum.

Nachdem er weg war, atmete Thomas tief aus und verbarg sein Gesicht in den Händen. Ein Schmerz, schlimmer als der, der seinen Körper quälte, setzte sich in seiner Seele fest. Für seine Worte und seine Absichten konnte er seinem – einstigen – Freund keine Vorwürfe machen. Thomas allein trug die Verantwortung für seine Entscheidungen, seine Vergehen, seine Sünden. Wie ein sich ständig wiederholender Schuldspruch klangen die Worte in seinem Kopf nach.

Er war im Unrecht und trug die Schuld. Julia war besser dran ohne ihn. Alle wären besser dran, wenn es ihn nicht mehr gäbe. Er war ein Versager, ein Sünder, ein Ehebrecher.

Besser, er wäre tot.

Die Worte, die sich in seinem Herzen gebildet hatten, wollten ihn schier verschlingen.

Als er das Messer auf dem Teller sah, betrachtete er es und fragte sich …

»Da sind Sie ja noch.« Hawkesbury war in den Raum zurückgekehrt. »Ich dachte, ich hätte erhobene Stimmen gehört, und habe Winthrop abgefangen, als er hinausging.«

Jetzt kannte also auch sein Fürsprecher seine Sünde.

»Er hat nichts gesagt, nur, dass er gleich wieder abreisen muss.« Hawkesbury sah ihn fragend an. »Ist etwas vorgefallen?«

»Ich habe … etwas getan, das ihn aufgebracht hat.«

»Sie? Sie sind doch seit Tagen nirgendwo gewesen.«

»Es ging um die Zeit in Spanien.«

»Ich verstehe nicht …?«

Thomas' Blick senkte sich zu dem leeren Weinglas, bevor er anfing zu erzählen. Einerseits spürte er so etwas wie Erleichterung, weil er seine Last endlich teilen konnte, andererseits war er voller Selbstverachtung, weil er etwas sagte, das Julia betraf, mit ihr jedoch noch nicht darüber hatte sprechen können.

Als er fertig war, wartete er auf seine Verurteilung.

Doch der Graf sagte nichts.

Als er endlich wagte aufzublicken, verriet Lord Hawkesbury Gesicht nur tiefste Bekümmernis. »Nun?«

Der Graf schüttelte den Kopf. »Sie brauchen mir nichts von Ihrer Reue zu erzählen. Sie steht Ihnen ins Gesicht geschrieben.«

»Ich wünschte, ich wäre tot, damit Julia frei ist von der Last, mit mir verheiratet zu sein.«

»Das kann nicht Ihr Ernst sein.«

»Doch! Genau so ist es!«

Der Graf schwieg.

»Sie können sich nicht vorstellen, wie es ist, mit einer solchen Reue zu leben, und nur noch von dem einen Wunsch besessen zu sein, die Vergangenheit ändern zu können.«

Eine kurze Stille trat auf. »Sie kennen meine Vergangenheit nicht.«

»Sie haben Ihre Frau gewiss nicht verraten!«

»Aber das Gefühl der Reue ist mir nur allzu vertraut.« Hawkesbury lächelte trocken. »Welcher Soldat trägt keine Schuld?«

Vielleicht. Aber seine Schuld fühlte sich so viel schwerwiegender an, so viel entscheidender als alles, was er bisher gesehen hatte. »Jon weiß es und er verabscheut mich dafür. Er ist entschlossen, mich in der Sache mit Julia nicht mehr zu unterstützen.«

»Das ist verständlich. Er ist ein treuer Bruder.«

»Er wird mich immer verachten.«

»Vielleicht. Vielleicht auch nicht.«

Thomas massierte seine Augenbrauen mit den Fingern und wünschte, er könnte seine Herzschmerzen wegmassieren.

Er war ein Versager. Ein Sünder. Ein Ehebrecher. Was hatte sein Vater gesagt? Thomas sei ein Wüstling, ein Gotteslästerer, ein Trunkenbold. Ein Schandfleck für seine Familie. Auf jeden Fall war er ein Schandfleck für Julia und ihre Familie. Verzweifelt vergrub er sein Gesicht in den Händen und stöhnte.

Schweigen erfüllte den Raum, Verzweiflung sein Herz. Würde ein barmherziger Gott ihm die Gnade erweisen, ihn sterben zu lassen?

In die Stille hinein räusperte sich der Graf. »Abgesehen davon, dass er als loyaler Bruder natürlich entrüstet ist, müssen Sie ihm zugutehalten, dass er die Zustände im Krieg nicht kennt, vor allem nicht die in Gefangenschaft und unter Folter.«

»Nein. Er wird mir nie vergeben.« Er schüttelte den Kopf. »Julia wird nie …« Seine Augen brannten. Wenn er ihr doch nur zeigen könnte, wie er die Vergangenheit bereute und wie sehr er sie liebte!

Wie konnte die Tiefe seiner Reue das Ausmaß seiner Liebe zu Julia offenbaren? Jetzt wusste er, wie kostbar sie ihm war. Mehr als ihre Schönheit liebte er jetzt tausend andere Eigenschaften an ihr: ihre Stärke, ihr Mitgefühl, ihren Geist. Ihre Bereitschaft, für das Kind der armen Meggie zu sorgen, und nicht zuletzt ihre lange, verzweifelte Flucht von Edinburgh nach London zeigten die Schönheit ihres Herzens. Welche andere Frau hätte so etwas zuwege gebracht?

Und dann ihre Treue, die über die Monate seiner Abwesenheit hinweggesehen hatte, die ihm trotz aller Widerstände geglaubt hatte, die ihm beigestanden hatte, als er darum kämpfte, seinen Namen reinzuwaschen. Würde ihre Treue, ihre Liebe bis in die Tiefe der Vergebung reichen, die sein Verrat an ihr erforderte? Konnte sie das?

Er stöhnte wieder. »Lieber Gott, hab Erbarmen.«

»Major Hale.« Thomas stieß zitternd die Luft aus und schlug die Augen auf.

Der Blick des Grafen war ernst. »Ich kann Ihr Verhalten nicht gutheißen, aber ich weiß, dass Gottes Gnade größer und tiefer ist, als wir wissen.«

»Er kann mir niemals vergeben.«

»Warum? Glauben Sie, Ihre Sünden sind größer als Gottes Vergebung?«

»Nun, ja – nein. Vielleicht.«

»Es mag Sie überraschen zu erfahren, wie viele Menschen ihre Sünden für zu groß gehalten haben, als dass Gott sie jemals vergeben könnte.«

»Aber ich bin ein Sünder.« Die Worte seines Vaters dröhnten ihm in den Ohren. Er war ein Wüstling. Ein Trunkenbold. Ein Schandfleck …

»Das sind wir alle. Die Bibel sagt, kein Mensch ist vollkommen – wirklich keiner! Die Sünde des Stolzes und des Hochmuts und des Betrugs und des Neids werfen ihre Schatten auf unsere Seelen, geradeso wie Mord.«

Thomas schnaubte. »Nein, das tun sie nicht.«

»Nein? Sie sind wie Gott, nicht wahr? Sie halten das Maß für Sünde und Gnade in Ihrer Hand und entscheiden, welche Sünde groß genug ist. Wie wundervoll es sein muss, Sie zu sein!«

Der Sarkasmus in den Worten des Grafen ließ Thomas murmeln: »So ist es natürlich nicht.«

»Wirklich nicht? Wie groß genau muss eine Sünde sein, damit sie als Sünde gilt?«

Thomas wandte den Blick ab. Ja – wie schlimm musste eine Sünde sein, damit man sie als Sünde ansah?

Sein Vater hatte auf jeden Fall bestimmte Sünden für schlimmer gehalten als andere. Für ihn waren Thomas' Sünden die größten gewesen. Und das war, bevor diese letzte Sünde das ganze Ausmaß von Thomas' Verworfenheit ans Licht gebracht hatte. Und war es denn nicht so, dass Gott die Sünder hasste?

Aber was, wenn der Graf die Wahrheit sagte und Gott jede Sünde für gleich groß hielt, ob es nun eine Lüge oder Ehebruch war? Dann konnte kein Mensch sich für gerecht halten. Auch nicht Thomas' Vater.

»Mein Freund, wir alle haben Gottes Vergebung nötig. Und ganz gleich, wie sehr wir uns einreden, dass wir selbst ohne Sünde sind – wir haben alle Dinge getan, von denen wir wussten, dass sie falsch sind.«

»Aber manche von uns mehr als andere.«

»Manche Handlungen haben Folgen, die deutlicher sichtbar sind, doch das ändert nichts an der Tatsache, dass wir alle falsch gehandelt haben. Und es ändert auch nichts an der Tatsache, dass Gott uns dennoch den Ölzweig entgegenstreckt in der Hoffnung, dass wir den Frieden finden, der nur durch Jesus Christus zu finden ist.«

»Aber …«

»Es gibt kein Aber, mein Freund. Auch der größte Sünder der Welt kann durch Jesus Vergebung und Versöhnung in Gott finden.« Er lächelte. »Fragen Sie mich, woher ich das weiß.«

Thomas schluckte. »Mein Vater glaubt, dass Gott Sünder hasst.«

»Die Bibel sagt: ›Gott beweist uns seine große Liebe dadurch, dass er Christus sandte, damit er für uns starb, als wir noch Sünder waren.‹« Der Graf sah ihn an. »Gott liebt Sie, Thomas.«

»Das kann er nicht.«

»Sind Sie Gott? Woher wollen Sie wissen, was Gott über Sie denkt?«

»Mein Vater war ein harter, tyrannischer Mann und doch hatte er die Stirn, am Sonntag über einen barmherzigen Gott zu predigen. Barmherzig? Ich sehe keine Barmherzigkeit.«

»Hatte Ihr Vater immer recht?«

»Nein.«

»Können Sie nicht stattdessen glauben, was die Bibel sagt? Sie als Sohn eines Geistlichen kennen doch bestimmt den sechzehnten Vers im dritten Kapitel des Johannesevangeliums?«

Alte Erinnerungen meldeten sich.

»›Denn so hat Gott die Welt geliebt, dass er seinen einzigen Sohn gab, damit jeder, der an ihn glaubt, nicht verloren geht, sondern ewiges Leben hat.‹ Gott hat die Welt geliebt. Wegen seiner Liebe zu uns hat er Jesus zur Vergebung unserer Sünden gesandt. Und das bevor wir unsere Sünden bekannten.« Der Blick des Grafen wurde sanft. »Gott ist kein Tyrann, Thomas. Gott ist die Liebe. Er hat Jesus nicht gesandt, die Welt zu verurteilen, sondern um sie durch ihn zu retten. Man braucht nur daran zu glauben.«

»Ich würde ja gerne glauben, dass das möglich ist, aber das ist wirklich nicht so einfach.«

»Es ist nicht einfach in dem Sinn, dass so etwas zu glauben leichtfällt. Aber es ist einfach insofern, als dass Gott nichts anderes von den Menschen verlangt, als an ihn und an das, was Jesus getan hat, zu glauben.« Der Graf lächelte. »Und sind Sie es nicht allmählich müde zu versuchen, alles auf Ihre Weise zu tun? Mir ging es jedenfalls so.«

Oh ja, er war müde. Sehr müde. Aber wollte Gott wirklich dieses gebrochene Häufchen Elend von einem Menschen? »Sie glauben also wirklich, dass Gott uns liebt?«

»Ja.«

»Aber ich werde nie gut genug sein …«

»Das müssen Sie auch nicht. Jesus Christus, der einzige vollkommene Mensch, der je gelebt hat, ist gut genug für Sie, für mich und für uns alle. Deshalb hat er unsere Sünden auf sich genommen und ist zum Opfer geworden, das Gott brauchte, um die Beziehung zwischen ihm und den Menschen wiederherzustellen.«

Welch ein völlig anderer Standpunkt als der von Thomas' irdischem Vater, dessen Forderungen nach Vollkommenheit Thomas dazu gebracht hatten, vor vielen Jahren von zu Hause fortzulaufen. »Ich muss nicht gut genug sein?«

»In der Bibel heißt es ganz klar, dass alle Menschen gesündigt haben und der Herrlichkeit Gottes ermangeln. Aber es heißt auch, dass Gott uns durch Jesus Christus das ewige Leben schenkt. Gott verlangt keine Vollkommenheit von seinen Kindern; er weiß, dass sie schwach sind. Aber er hält die Hand ausgestreckt und bittet uns, ihm unser Leben anzuvertrauen.« Der Graf strahlte geradezu bei diesen Worten. »Und ihm zu vertrauen ist auf jeden Fall besser als unsere eigenen mühseligen und vergeblichen Anstrengungen.«

Da hatte er recht. Thomas' Bemühungen waren so schmutzig wie die stinkende spanische Zelle, die er so gern vergessen würde.

»Gott liebt Sie, Thomas Hale.«

Tränen traten ihm in die Augen. Er blinzelte sie weg.

»Sein Wort ist wahr.«

Etwas, das vor vielen Jahren in ihm gesät worden war, flüsterte, dass es wirklich so sei.

»Gott möchte, dass Sie ihm vertrauen. Dass Sie ihm Ihr Leben anvertrauen, Ihre Zukunft, Ihre Ehe mit Julia, Ihre ganze Ewigkeit.«

Durch seine Seele ging ein Ruck. Ja, er wollte glauben. Etwas in ihm sehnte sich förmlich danach zu glauben.

»Die Bibel sagt, wenn wir unsere Sünden bekennen, vergibt er sie uns und reinigt uns von aller Ungerechtigkeit. Sie möchten doch rein sein, nicht wahr?«

»Ja«, flüsterte Thomas kleinmütig. Der Gedanke, rein zu sein und keine Flecken und Fehler zu haben, verursachte ein weiteres Ziehen in seinem Herzen.

»Dann bitten Sie Gott, Ihnen zu vergeben. Bitten Sie ihn, Ihr Herr und Retter zu sein, bitten Sie ihn, Sie in seine Pläne für Ihr Leben hineinzuführen.«

Thomas hatte die Augen geschlossen und war sich bewusst, wie seltsam er aussehen musste, doch das war ihm egal. Er spürte, dass der Graf ihn nicht verurteilte. *Vater im Himmel, es tut mir leid. Bitte vergib mir und rette mich.* Er atmete tief ein. *Sei mir gnädig, führe und leite mich. Und bitte – beschütze Julia.*

Einen Augenblick lang schien sich nichts geändert zu haben. Er spürte nur, dass die Verwirrung und der Druck in seinem Herzen sich leicht lösten. Und dann …

Und dann spürte er, wie Wärme sich ausbreitete, und wie ganz, ganz tief innen etwas in ihm aufstieg. Es war Liebe, die tiefer war als alles, was seine Eltern ihm entgegengebracht hatten, reiner als alles, was Julia ihm gezeigt hatte. Liebe. Wahre Liebe. Etwas Starkes, etwas, das ihm Sicherheit und Gewissheit schenkte. Er trieb nicht mehr ziellos durch diese Welt, sondern war tief und fest im Sinn des Lebens verankert. Er atmete es ein und spürte, wie der Frieden in ihm Wohnung nahm. Ja, Gott liebte ihn.

Mit dieser Gewissheit einher ging das Gefühl, reiner zu sein, leichter, als seien die Flecken der Sünde von seinem Herzen abgewaschen. Als sei es nun wie neu. Was er jetzt empfand, war anders als alles, was sein irdischer Vater gesagt hatte; er spürte keine Angst, sondern demütige Ehrfurcht, dass dem Gott, der Himmel und Erde geschaffen hatte, eine arme verlorene Seele wichtig war. Er atmete tief ein und noch einmal zittrig aus. Dann lächelte er.

Als er aufblickte, sah er, dass der Graf ihn ebenfalls lächelnd anschaute. »Es fühlt sich gut an, nicht wahr?«

»Sehr gut.«

»Ich würde Ihnen empfehlen, sich eine Bibel zu beschaffen – oder viel besser, ich gebe Ihnen meine.«

»Oh – aber …«

»Nein, ich kann eine andere bekommen. Ich weiß, dass Sie Zeit brauchen, um mehr über Jesus Christus und darüber, was unser Retter für uns getan hat, herauszufinden.«

»Unser Retter.« Thomas hatte das Gefühl, zum ersten Mal seit Jahren wirklich zu lächeln. Es war seltsam, dass er jetzt eine Gemeinsamkeit mit diesem Aristokraten hatte. »Danke, Lord Hawkesbury.«

»Danken Sie nicht mir. Ich bin nur ein Gefäß, dessen Gott sich manchmal bedient.«

Ein kurzes Schweigen folgte, dann fuhr der Graf fort: »Während Sie die Sache zwischen sich und Gott geklärt haben, ist mir etwas eingefallen. Ich weiß nicht, ob Sie wissen, dass Sie ein paar Worte vor sich hin gemurmelt haben, als Sie in Edinburgh bewusstlos lagen.«

Thomas merkte, wie ihm bei dieser Information heiß und kalt zugleich wurde. »Ich – nein. Verzeihen Sie, ich wusste nicht …«

»Der Arzt sagte, dass Sie mehrmals den Namen Magdalena erwähnten, aber jedes Mal wie in Entsetzen. Wenn sie die Frau war, von der Winthrop sprach, so ist sie wohl kaum ein Geschöpf, das die Eifersucht Ihrer Frau erregen könnte – allenfalls ihr Mitleid, nehme ich an.«

Das liebevolle Verständnis des anderen drohte ihn um die Fassung zu bringen. Thomas legte eine Hand über die Augen. »Ich weiß nicht einmal, was genau vorgefallen ist. Ich war halb verrückt damals. Wir waren am Verhungern, meine Männer lagen im Sterben, wurden erschossen. Sie können sich nicht vorstellen, wie verzweifelt wir alle waren.«

Der Graf sah ihn an. In seinen Augen sah er fast so etwas wie Mitleid.

»Ich dachte, vielleicht …« Thomas schüttelte den Kopf. »Es war dumm, das weiß ich, aber damals schien es der einzige Weg zu sein, um zu fliehen, die einzige Möglichkeit, diesem Albtraum zu entrinnen. Sie hat es immerhin versprochen.« Er stöhnte. »Ich hielt mich für einen Narren, dass ich ihr geglaubt habe, aber am Ende hat sie uns tatsächlich geholfen.« Er sah auf und wünschte nur, dass er nicht so defensiv klingen würde.

Der Graf lächelte. »Es ist leicht, jemanden zu verurteilen, wenn man nicht in der gleichen Lage war wie der Betreffende. Ich glaube, wir denken alle gern, dass wir uns in derselben Lage anders, besser verhalten hätten.«

Wieder stieg angesichts des Mitgefühls, das der Graf für ihn empfand, etwas in ihm auf, das es ihm schwermachte weiterzusprechen. »Sie … sie sagte, sie sei schwanger.«

Ein scharfes Einatmen. »Ah. Das ist eine unglückliche Wendung.« Eine längere Pause verging, dann sprach der Graf weiter: »Wer weiß sonst noch davon?«

Thomas zuckte die Achseln. »Harrow – anscheinend hat er es Julia gesagt. Obwohl ich mir das kaum vorstellen kann. Ich hätte es sehr viel eher Benson zugetraut.«

»Dieser Benson, ist er derjenige, mit dem Sie zusammen in Fallbrights Büro waren?«

»Als wir unsere Befehle erhielten, ja.«

»Und Sie glauben, er mag Sie nicht?«

»Nicht sehr, nein.«

»Hm.« Der Graf runzelte die Stirn. »Sind Sie sicher, dass es Harrow war und nicht Benson, der mit Julia gesprochen hat?«

»Jon hat es so gesagt.«

»Ich frage mich … würde einer von den beiden Sie diskreditieren wollen?«

»Ich weiß es nicht.« Thomas blickte auf. »Warum?«

»Ich überlege nur, ob solche Behauptungen über Ihre Untreue«, bei dem Wort zuckte Thomas zusammen, »unserer Kampagne hinderlich wären.«

Spielte Thomas' Ehegelübde jetzt eine Rolle für Hawkesburys Feldzug gegen Fallbright? »Ich könnte es nicht ertragen, wenn Julia weitere Beschämungen erdulden müsste.«

»Das möchte ich auch nicht. Ich sage ja nur, dass wir ein wenig vorsichtig sein sollten und gut überlegen, was wir tun.«

»Bitte?«

»Diese Männer, Benson und Harrow. Haben Sie irgendeine Vorstellung von ihrem Aufenthaltsort?« Wieder lächelte der Graf. »Ich halte es für das Beste, wenn wir sie ausfindig machen, bevor noch mehr Schaden angerichtet wird.«

»Sie meinen …?«

»Ich meine, es wäre das Beste, wenn wir sie finden und eventuellen weiteren diskriminierenden Behauptungen zuvorkommen. Und wir sollten mehr über diese Magdalena herausfinden. Meinen Sie nicht auch?«

»Ja, aber ich glaube nicht, dass Julia das alles wichtig ist.«

»Vielleicht nicht. Aber wo Leben ist, ist auch Hoffnung auf Vergebung und Verständnis. Und wir sind am Leben, oder nicht?«

Thomas holte Luft. Es war ein tiefer Atemzug, der ihn auf die Füße zu ziehen schien. »Ja.«

Er lebte und er würde hoffen. Gott – sein Vater im Himmel, sein Retter Jesus Christus würde seiner Seele festen Halt geben.

Kapitel 27

Chatteris, Cambridgeshire

»Aber Jonathan, ich verstehe nicht, warum das so dringlich ist«, beschwerte sich Mutter. »Warum mussten wir unbedingt mitten in der Nacht aufbrechen?«

Julia wechselte einen Blick mit Jon, sagte aber nichts.

»Und warum müssen wir hier in dieses bessere Bauernhaus ziehen, statt in unser schönes Haus in Gloucestershire? So habe ich mir unser diesjähriges Weihnachtsfest wirklich nicht vorgestellt!«

Catherine murmelte etwas Beschwichtigendes und verschaffte Julia damit einen kleinen Aufschub.

Sie wusste, warum Jon so unerbittlich gewesen war. Schaudernd drückte sie den kleinen Charles fester an ihre Brust. Der arme Mr Amherst wäre beinahe gestorben. Jons Eile, sie und Mutter aus London fortzubringen, rührte aus seiner Sorge um ihre Sicherheit. Doch wer sollte ihr nach dem Leben trachten?

Crabbit trat zu ihr und bot an, ihr den schlafenden Jungen abzunehmen. Julia drückte ihm noch rasch ein Küsschen auf die Stirn, dann überließ sie ihn ihr. Sie fühlte sich noch trauriger als ohnehin schon.

»Ich gehe jetzt zu Bett. Es war ein langer Tag«, sagte Catherine. Dabei warf sie Jon einen vielsagenden Blick zu. »Gute Nacht.«

»Das kann man wohl sagen«, schimpfte Mutter. »Wirklich, Jonathan, das war ein höchst seltsames Verhalten – kommen, wieder gehen, wiederkommen und uns aus den Betten zerren …«

»Mutter …«

»Nun ja, du hast uns nicht direkt aus den Betten gezerrt. Aber es ist äußerst unangenehm, dass wir unser Heim so Hals über Kopf verlassen und hier an diesen … Ort … kommen mussten.« Sie sah sich missbilligend um. Das Wohnzimmer zeigte in der Tat wenig von der Eleganz, mit der Lady Harkness sich so gern umgab. Die nackten Wände und die unspektakulären, eher unbequemen Möbel waren wenig heimelig. Sie schnaubte. »Und wie lange bitte schön sollen wir hierbleiben?«

»So lange wie nötig«, antwortete ihr Sohn mit der Geduld eines Heiligen.

»Und wie lange soll das bitte sein?«

»So lange wie nötig«, wiederholte er mit einem leichten Lächeln.

Nun musste Mutter ebenfalls lachen. Sie bot ihm ihre Wange zum Kuss, dann folgte sie Catherines Beispiel und stieg die Treppe hinauf in ihr Zimmer, allerdings nicht ohne auf dem ganzen Weg laute Befürchtungen über die vermutlich unbequemen Schlafzimmer zu äußern. Und zum Schluss folgte noch die unausweichliche Mahnung, Julia solle nicht mehr allzu lange aufbleiben.

Jons üblicher Ernst, der sich angesichts von Mutters Unsinn ein wenig gelockert hatte, kehrte zurück, als er Julia ansah. »Du weißt, warum diese Maßnahme notwendig war, nicht wahr, Julia?«

»Du machst dir Sorgen um uns.«

»Lord Hawkesbury hielt es für das Beste, euch an einen Ort zu bringen, der nicht zurückverfolgt werden kann.«

»Dieses Haus hier gehört ihm?«

»Ja.« Er bedachte sie mit einem weiteren langen Blick.

»Was ist denn?«

Er schüttelte den Kopf. »Ich sollte mich vielleicht nicht in Dinge einmischen, die mich nicht direkt betreffen …«

»Du tust es aber gerade«, murmelte Julia.

»Es betrifft deine Ehe.«

Sie seufzte. »Wirklich? Haben wir nicht schon genug über deine Antipathie gegen Thomas gesprochen? Was gibt es denn noch?«

»*Darüber* haben wir noch nicht gesprochen«, sagte er grimmig. An seinem Kiefer zuckte ein Muskel.

Ihr Herz zog sich zusammen. Sie wusste, worüber er reden wollte, doch sie hatte keine Lust, diese Angelegenheit mit ihrem Bruder zu besprechen. Nicht jetzt. Überhaupt nie. »Ich bin wirklich sehr müde«, sagte sie und tat so, als müsse sie gähnen.

»Das glaube ich gern.« Sein Blick wurde einen Moment lang weicher. »Die letzten Wochen waren nicht einfach für dich.«

»Nein, das waren sie nicht. Deshalb würde ich jetzt wirklich gern zu Bett gehen.« Sie setzte ein Lächeln auf in dem Versuch, die Stimmung etwas aufzulockern. »Wir sind nicht alle so wie du daran gewöhnt, nächtelang durchzuarbeiten, um ein wichtiges Geschäft zum Abschluss zu bringen.«

Seine Lippen verzogen sich in widerwilliger Anerkennung. »Ich weiß, dass du müde bist, aber da ist noch eine Sache, über die wir sprechen müssen, bevor du dich zurückziehst.«

Wieder zog sich ihr Herz schmerzhaft zusammen. »Wirklich, Jon, es wäre mir lieber, wenn wir nicht …«

»Ich weiß, dass es dir schwerfällt, aber wir müssen darüber reden, was du tun willst, wenn all das vorüber ist.«

Sie biss sich auf die Lippen. Sie würde nichts sagen.

»Julia, ich frage dich ganz offen: Möchtest du mit einem Ehebrecher verheiratet bleiben?«

Sie keuchte auf. »Du hast nicht das Recht, so etwas zu sagen!«

»Als dein Bruder und als jemand, der dich sehr liebt, und nicht zuletzt als dein Vermögensverwalter habe ich jedes Recht zu überlegen, was deinen Interessen am besten dient. Und mir erschließt sich nicht, inwiefern die Fortsetzung einer Ehe mit einem solchen Mann für irgendjemanden von Nutzen sein könnte.«

»Jon, du weißt nicht, was du sagst.«

»Das weiß ich wohl.« Seine Augen blitzten leidenschaftlich auf. »Vor meiner Rückkehr nach London hatte ich ein höchst aufschlussreiches Gespräch mit deinem Mann. Er hat gewisse … Aspekte seines Charakters eingestanden, die absolut nicht das sind, was ich meiner kleinen Schwester aufgebürdet sehen möchte.«

Wie eine heiße Welle stieg der Zorn in Julia auf. »Du hattest nicht das Recht dazu! Dieses Gespräch muss ich mit ihm führen, nicht du! Er ist mein Mann!«

»Aber jedes Mal, wenn du ihn siehst, scheinst du alle guten Vorsätze zu vergessen – ja, du scheinst dich selbst in seiner Gegenwart zu vergessen.«

»Das tue ich nicht!«

»Es tut mir leid, Julia, aber so kommt es uns anderen vor.«

»Wie kannst du es wagen, so über mich zu urteilen!«

»Ich wage das, weil mir an dir liegt. Lieber riskiere ich deinen Zorn, als danebenzustehen und zuzusehen, wie dir noch größerer Schmerz zugefügt wird.«

Sie holte tief Luft und zwang ihre Stimme zur Festigkeit. »Ich weiß deine Fürsorge zu schätzen, aber ich möchte nicht mit dir darüber reden, ehe ich nicht mit ihm selbst gesprochen habe.«

»Aber er ist ein Ehebrecher!«

Das Wort machte es ihr schwer, den Anschein von Selbstbeherrschung aufrechtzuhalten. »Du weißt doch gar nicht …«

»Er hat es selbst zugegeben, Julia.«

Ihr stockte der Atem, und sie schluchzte verzweifelt auf. »Vielleicht war es ein Missverständnis.«

Ironisch lachend erwiderte er: »Wie kann es da ein Missverständnis geben? Nein, er ist ein schlechter Mensch und ich kann es nicht ertragen, dass du noch länger irgendetwas mit ihm zu tun hast. Hale hat dir nichts zu bieten, absolut nichts! Kein Geld, keinerlei Mittel, für dich zu sorgen, keinen Glauben, nicht einmal Ehre. Es wäre mir lieber, wenn du dich von ihm trennst und wir versuchen, diese Ehe zu annullieren.«

»Aber …«

»Nein, Julia. Es reicht. Du bist sehr viel besser dran ohne ihn. Ich werde dir helfen. Wenn du beschließt, dich von ihm zu trennen, kann ich mit den anderen Treuhändern reden und dafür sorgen, dass dein Erbe freigegeben wird. Dein Vater wollte, dass du standesgemäß lebst, nicht in einer armseligen Bruchbude, und du besitzt auf jeden Fall genug, um dir ein Haus nach deinem Geschmack zu suchen. Etwas Angemessenes für dich und Charles. Ich nehme nicht an, dass du weiterhin an Mutters Rockzipfel hängen willst.«

»Nun ... ja ...«

»Ich kann dir dabei helfen. Das kann ich aber nicht, wenn du dich entschließt, bei diesem Mann zu bleiben.«

Sie schluckte und wandte den Blick ab. Die Vorstellung eines eigenen, hübschen Häuschens war verlockend – doch war die Trennung von ihrem Mann nicht ein allzu hoher Preis dafür?

»Ich kann nicht fassen, dass du darüber überhaupt nachdenken musst. Er hat dich verraten, Julia! Hast du das vergessen? Er hat euer Ehegelübde verraten. Warum zögerst du noch?«

»Ich ... ich weiß es nicht.« Doch sie konnte nicht anders. Die Erinnerung an Catherines Worte über Vergebung war wie eine Verheißung, die sie nicht losließ.

»Bitte, lass mich dir helfen. Ich kann dafür sorgen, dass er dich nie wieder belästigt.«

Julia spürte eine innere Abwehrhaltung gegen die Worte ihres Bruders. Sie musste zuerst mit Thomas sprechen und ihm von dem Leben erzählen, das in ihr wuchs, auch wenn sie sich davor fürchtete, von seinen außerehelichen Aktivitäten zu hören. Sie musste es ihm sagen. Sie musste einfach!

»Julia, ich liebe dich. Es ist mir unerträglich, dass er dich weiterhin unglücklich macht.«

»Ich weiß.« Sie schüttelte den Kopf. »Aber ich kann dir keine Antwort geben, bevor ich mit ihm gesprochen habe.«

Enttäuscht stieß er einen tiefen Seufzer aus. »Aber danach wirst du mir antworten?«

»Ja«, sagte sie erschöpft.

»Gut.«

»Kann ich jetzt zu Bett gehen?«

»Natürlich. Es tut mir leid, dass ich dich von deiner Ruhe abgehalten habe.« Er lächelte. »Aber es tut mir nicht leid, dass ich offen mit dir gesprochen habe.«

Als sie sich zum Gehen wandte, hielt er sie auf und nahm sie in die Arme. An seinen Körper gelehnt schloss Julia die Augen und brach in Tränen aus. Sie war so müde, dass sie kaum noch aufrecht stehen konnte. In was für eine Lage hatte sie sich nur gebracht! Sollte sie Thomas von seinem Kind erzählen? Sollte sie ihren gebrochenen Ehemann und die sichere Armut hinter sich lassen und zurückkehren in den Reichtum, der ihr von Geburt her zustand?

Jon hielt sie noch immer fest. Sie gab sich dem Trost seiner starken Umarmung hin und holte zittrig Luft, während die sich überschlagenden Gedanken und Fragen in ihrem Kopf sich auf zwei reduzierten.

Liebte sie Thomas noch?

Die zweite Frage ergab sich aus der Beantwortung der ersten.

Konnte sie in ihrem Herzen die Kraft finden, ihm zu vergeben?

Whitehall, London

»So was erlebt einer nich alle Tage, dass man dafür bezahlt wird, faul rumzusitzen und zu warten, während die feinen Leute tun, was feine Leute eben machen. Ich denk mal, ich werd gut bezahlt, auch wenn ich meine Pferde einfach nur steh'n lass. Aber irgendwie is mir das Ganze auch 'n bisschen rätselhaft.«

Thomas lehnte sich auf dem Sitz zurück und wünschte, der Kutscher wäre nicht ganz so interessiert. Es war zugegebenermaßen ungewöhnlich, dass man einen Kutscher anwies, vor dem Ministerium für Krieg und Kolonien zu warten, während der Graf sich darin aufhielt, doch sie hatten unbedingt die Gelegenheit nutzen wollen, mehr über die Machenschaften von Fallbright und McKinley zu erfahren. Und auch, wenn Thomas es recht unbequem hatte – sein Transportmittel bot bei Weitem nicht den Komfort des Gefährts, das auf Lord Hawkesbury wartete –, war er doch froh, endlich aktiv werden zu können, statt sich ausgeschlossen zu fühlen, während die anderen ihren Spaß hatten.

Er spähte durch die Scheibe und beobachtete die Vorübergehenden, doch die Gesichter waren ihm unbekannt. Dabei gingen ihm die Ereignisse der letzten Tage durch den Kopf. Seine anfängliche Euphorie über das Wissen, dass Gott ihm vergeben hatte, war nicht etwa erloschen, sondern vielmehr zu einer tiefen Gewissheit geworden, je stärker er sich in die Lektüre vertiefte, die Lord Hawkesbury ihm empfohlen hatte. Die Texte nährten seine Hoffnung, dass die liebende Barmherzigkeit des Gottes, der ihm vergeben hatte, seine gesamte Situation zum Guten wenden würde. Für Julia. Und für Charles.

Er hatte in den letzten Tagen unablässig für sie gebetet. Für ihre Sicherheit, für ihre Gesundheit, für Julias Seelenfrieden, für ihr Vertrauen. Manchmal schien es ihm, als könne er einen Blick auf ihre gemeinsame Zukunft erhaschen, in der sie glücklich sein würden. Eine Zukunft, in der er Charles ein Vater sein und für sie alle sorgen würde, in der er ein von seiner Frau geliebter Ehemann sein würde. Er wagte kaum, darum zu beten, dass sie ihm vergeben würde, doch im Lichte der Barmherzigkeit Gottes flüsterte irgendetwas in ihm auch dieses Gebet. Und so betete er, dass Gott seine Frau mit seiner Gnade und Barmherzigkeit berühren und ihr helfen möge, diese Barmherzigkeit auch ihm zu erweisen. Die Gnade und Barmherzigkeit, die er in den Schriften der Bibel entdeckt hatte, nährten seine Hoffnung für den heutigen Tag und für die Zukunft.

Diese Hoffnung war mit der Nachricht, die Hawkesburys Beauftragter am Morgen überbracht hatte, noch gestiegen. Der Mann, ein griesgrämiger Schotte namens McHendricks, hatte auf Anordnung des Grafen Harrow und Benson an ihren Londoner Aufenthaltsorten aufgesucht. Die Besuche ließen keine Zweifel mehr daran, dass Benson gelogen und Harrows Namen benutzt hatte, um in den Besitz eines Honorars zu gelangen – womit er zu allem anderen bei Thomas Zweifel an Harrows Freundschaft gesät hatte. Nach dem, was McHendricks berichtete, war Benson der Zugang zu Fallbright verweigert worden, woraufhin er zum verzweifelten Mittel einer solchen Scharade gegriffen hatte, um doch noch seine Entlohnung zu erhalten. Als Harrow von Bensons Täuschungsmanöver erfahren hatte, war er entsetzt gewesen und hatte Thomas in einer kurzen Nachricht, in der er versprach, »alles zu tun, was ihm möglich war«, seine Unterstützung zugesichert. Doch Harrows Wunsch, Benson umgehend eine verdiente Abreibung zu erteilen, war von Thomas abgelehnt worden, denn eine solche Rache widersprach seiner kürzlich gemachten Erfahrung der göttlichen Vergebung, die Gnade und Hoffnung im Gefolge hatte.

Diese insgesamt ermutigende Entdeckung hatte Thomas angesichts von Hawkesburys weiteren Plänen in letzter Zeit zusätzliche Erleichterung gebracht. Die Schachzüge des Grafen waren eines Mannes, der unter dem Herzog von Wellington gedient hatte, wahrlich würdig. Jon hatte Charles, Julia und ihre Mutter an einen sicheren Ort in Cambridge gebracht; sie waren nun außer Gefahr. Henrys Rückkehr nach London – offiziell wegen verschiedener juristischer Fragen nach dem Tod seines Vaters – stellte sicher, dass das Haus am Portman Square unter Beobachtung war. Hawkesbury selbst konfrontierte in diesem Moment Fallbright mit den Ereignissen um Thomas und McKinley. Sollte diese Konfrontation den Colonel ein wenig aus der Fassung bringen, so war es Thomas' Aufgabe, Fallbright zu folgen – ein Plan, den Thomas selbst ersonnen hatte, nun, da er wusste, wie hinterhältig und doppelzüngig sein ehemaliger befehlshabender Offizier gewesen war.

Er versuchte, ruhig und tief ein- und auszuatmen, und nutzte die Zeit, um zu beten.

Jetzt kam Hawkesburys hohe Gestalt die Stufen herunter. Unten blieb er stehen, berührte zweimal seine Pelzmütze – das Signal – und ging zu seinem wartenden Gefährt. Dort sprach er kurz mit seinem

Angestellten, McHendricks. Dessen brüske Art und grimmige Miene konnten seine aufrichtige Zuneigung zu seinem Herrn nicht verbergen.

Nachdem sie losgefahren waren, sah Thomas nach kurzer Zeit eine Gestalt zu einer Kutsche vor ihm laufen und offenbar in drängendem Ton auf den Fahrer einreden. Inzwischen war die Kutsche des Grafen um die Ecke gebogen und hielt kurz an, damit McHendricks aussteigen und zu einer überdachten Ladenfront gehen konnte.

Der Mann, den Thomas soeben beobachtet hatte, hatte den Fahrer offenbar überredet, der Kutsche des Grafen zu folgen. Thomas hatte die Anweisung, abzuwarten und zu beobachten, was Fallbright unternahm. Und da kam dieser auch schon die Treppe herunter und schaute suchend in beide Richtungen. Hastig duckte Thomas sich und hoffte inständig, dass das schäbige Äußere des Gefährts Fallbright davon abhalten möge, es mieten zu wollen.

»Wie viel?«, hörte er in diesem Moment draußen eine Stimme fragen.

Sein Puls beschleunigte sich. *Lieber Gott, lass ihn nicht hereinschauen!*

»Tut mir leid, Sir, hab' schon Kundschaft.«

»Tatsächlich?«

Beim Klang der ärgerlichen Stimme wechselte Thomas rasch auf die gegenüberliegende Sitzbank und legte seine Füße auf den Platz, auf dem er gerade noch gesessen hatte. Dann sackte er mit vom Fenster abgewandtem Gesicht in sich zusammen.

»Ich sehe niemanden – oh, Verzeihung, Sir.« Er hatte es geglaubt! Aus dem Geräusch von Schritten war zu schließen, dass der andere sich entfernte.

Erst, als er den Kutscher murmeln hörte: »Er is' weg, Sir«, atmete Thomas auf und setzte sich wieder auf seinen ursprünglichen Platz.

»Hat er eine Kutsche gefunden?«, fragte Thomas.

»Ja.«

»Folgen Sie ihm.«

»Wie Sie wünschen.«

Die Kutsche setzte sich in Bewegung und fuhr auf die Ecke zu, an der McHendricks die Kutsche des Grafen erst vor wenigen Minuten verlassen hatte. Thomas entriegelte die Tür, öffnete sie und der Mann kletterte hinein – weit gelenkiger, als sein Alter vermuten ließ. Der Fahrer äußerte lautstark seine Missbilligung über dieses Manöver.

»Das geht Sie nichts an«, rief Thomas. »Passen Sie lieber auf, dass Sie die Kutsche nicht aus den Augen verlieren.« Er wandte sich an Hawkesburys Mann. »Hat Seine Lordschaft irgendetwas gesagt?«

»Ich soll Ihnen sagen, dass Fallbright ziemlich schockiert schien über die Vorwürfe und dass er alles abgestritten hat, doch Seine Lordschaft vermutet, dass er nervöser war, als er erscheinen wollte.«

Thomas nickte. »Und wohin fährt Seine Lordschaft jetzt?«

McHendricks lachte rau. »Er will seinen Verfolger auf eine ausgiebige Fahrt durch das, was er ›die besseren Gegenden Londons‹ nennt, locken, um ihm eine Lektion zu erteilen, sagte er. Seine Pferde sind frisch und können noch stundenlang laufen.«

Thomas' Grinsen erlosch. »Er wird also in der Tat verfolgt.«

»Aye, von einem fies aussehenden Burschen in einem grauen Mantel. Ich habe sein Gesicht gesehen und weiß, wonach wir Ausschau halten müssen.«

»Gut.«

»Trotzdem wage ich, Ihnen zu sagen, Sir, dass mir diese Geschichte überhaupt nicht gefällt.«

»Mir auch nicht. Wir können nur beten, dass sich alles rasch klärt, ohne dass jemand zu Schaden kommt.«

Jetzt schwiegen sie beide. Die Kutsche setzte ihre Fahrt durch die verwinkelten Straßen fort. Dann wurde sie langsamer und hielt schließlich an.

»Er steigt aus, Sir«, rief der Kutscher.

Thomas spähte aus dem Fenster und erkannte die Bogenfenster vom White's Gentlemen's Club. Er fluchte leise.

McHendricks runzelte die Stirn. »Seine Lordschaft hat bestimmt nicht vermutet, dass Fallbright hierherfahren könnte.«

»Nein. Dorthin können Sie ihm nicht folgen.« Doch Thomas überlegte bereits fieberhaft. »Nehmen Sie die Kutsche und holen Sie Verstärkung.« Er gab ihm ein paar Anweisungen. »Ich gehe hinein.«

»Sie, Sir?« McHendricks sah ihn zweifelnd an.

»Ich war dort einmal Mitglied, der Türsteher erinnert sich hoffentlich noch an mich.«

»Nun gut, Sir.«

»He«, rief der Kutscher. »Steigen Sie vielleicht irgendwann mal aus? Ich muss weiter!«

»Ganz genau«, antwortete Thomas und stieg unter Zuhilfenahme seines Stocks vorsichtig aus der Kutsche. »Sie müssen so schnell wie möglich zu dieser Adresse fahren. Es ist äußerst dringend.« Er grub in seiner Hosentasche und gab dem Mann einen mehr als großzügigen Betrag. »Wenn Sie in einer halben Stunde zurück sind, bekommen Sie noch einmal so viel.«

»Geht klar, Sir.«

Thomas nickte McHendricks zu und humpelte zur Treppe. Jetzt wünschte er, er hätte sich größere Mühe mit seinem Äußeren gegeben, doch er hatte im Traum nicht damit gerechnet, heute noch ein solches Etablissement betreten zu müssen. Hoffentlich konnte er den Türsteher überreden, ihn einzulassen.

Er richtete sich auf und ging die Stufen hinauf. Oben nickte er dem Türsteher zu. »Guten Tag.«

Der Mann stutzte. »Major Hale? Ich dachte – wir haben gehört, Sie seien tot, Sir.«

»Die Nachricht von meinem Tod hat sich als etwas übereilt erwiesen.«

»In der Tat, Sir.«

Er trat näher und wandte das Gesicht ab, als drei Gentlemen zur Tür herauskamen. »Ich brauche Ihre Hilfe.«

»Natürlich, Sir.«

»Sie erinnern sich vielleicht an meine Freunde Lord Winthrop und Lord Carmichael, den …«

»Den neuen Grafen von Bevington. Ja, ich erinnere mich.«

»Gut. Ich habe eine Verabredung mit Lord Bevington und bin ein wenig früh dran …« Thomas hielt inne.

»Ich darf normalerweise nur Gäste einlassen, die in Begleitung eines Mitglieds sind, aber da Sie nicht tot sind … und überhaupt.«

»Vielen Dank. Sie sind eine Krone Ihrer Zunft.«

»Wenn Sie das sagen, Sir.«

»Das sage ich. Und ich wäre Ihnen sehr verbunden, wenn Sie vergäßen, dass ich nicht tot bin.«

»Sir?«

Thomas lächelte knapp. »Es sieht so aus, als zögen gewisse Personen es vor, wenn die Berichte über meinen Tod wahr wären, und ich möchte ihnen das Vergnügen dieser Überzeugung gerne so lange wie möglich erhalten.«

»Natürlich, Sir.« Der Mann öffnete die Tür und deutete auf das Besucherregister. »Der Name Smith gehört zu den beliebtesten.«

»Danke. Ach, noch eins: Der Gentleman, der vor mir gekommen ist?«

»Colonel Fallbright?«

»Ja. Wissen Sie zufällig, mit wem er sich hier trifft? Ich wusste nicht, dass er Mitglied im White's ist.«

»Doch, er ist Mitglied, aber er besucht uns nur selten. Ich glaube, er ist mit einem Angehörigen des Militärs verabredet.«

»Vielen Dank.« Thomas nickte und trat ins Haus.

Die marmorne Lobby führte in einen Leseraum. Hinter diesem befanden sich ein Speisesaal und mehrere private Räume. Ganz hinten lagen die Spielzimmer. Hoffentlich hielt Fallbright sich nicht dort auf. Abgesehen von der Tatsache, dass er kein Geld hatte, würde er dort seine Identität – und die Tatsache, dass er nicht tot war – nicht länger geheim halten können. *Barmherziger Vater, lass sie mich nicht erkennen …*

»Hale!«

Er drehte sich um und erblickte einen alten Bekannten, mit dem er zusammen in Kalkutta gedient hatte: General Whitby. So viel dazu, dass Gott seine Gebete erhörte. »Hallo, Sir.« Der andere kam auf ihn zu und schüttelte ihm die Hand.

»Ich habe gelesen, Sie seien tot!« Whitby runzelte die Stirn. »Freut mich, dass Sie das nicht sind, aber Sie scheinen nicht ganz auf dem Damm zu sein, mein Lieber. Was ist passiert und was sollte diese Notiz in der Times?«

»Eine bedauerliche Falschinformation.«

»Ach.« Der General setzte zu einer bedrohlich ausschweifenden Tirade über Falschmeldungen in den Zeitungen an, doch Thomas unterbrach ihn.

»Sir, ich brauche Ihre Hilfe.«

»Aber gern doch. Was kann ich für Sie tun?«

Thomas deutete auf den Lesesaal und flüsterte: »Colonel Fallbright …«

Der General verzog angewidert das Gesicht. »Kann den Mann nicht leiden. Aufgeblasener Fatzke, zumal jetzt, nachdem er diese verdammte Beförderung erhalten hat. Was ist mit ihm?«

»Ich bin kein Mitglied, aber ich muss wissen, mit wem er sich trifft.«

Der General nickte, bedeutete ihm zu warten und schlenderte in den Leseraum, während er lautstark seine verlegte Brille verfluchte. Nach einer Minute war er wieder da und murmelte etwas von einem ziemlich gebräunten Kerl mit schottischem Akzent und Schnurrbart. »Warum wollen Sie das wissen?«

»Die Falschmeldung von meinem Tod – ich glaube, die beiden haben versucht, sie wahr zu machen.«

»Nein! Was Sie nicht sagen.« Whitby strich sich über das Kinn. »Nun, ich werde nicht zulassen, dass ich einen meiner besten Männer an solche Gestalten verliere! Kommen Sie, wir wollen sehen, was wir herausfinden. Folgen Sie mir.«

In der Hoffnung, dass der General sich nicht bemüßigt fühlen mochte, seine Anwesenheit bekannt zu geben, folgte Thomas ihm mit gesenktem Kopf zu einem Sofa direkt hinter der Tischgruppe, in der Fallbright saß. Dort schnappte er sich eine Zeitung und gab vor zu lesen, während die leise Konversation hinter ihnen fortgesetzt wurde.

»... wer er ist! Hatte doch tatsächlich den Nerv, mir mit einer parlamentarischen Untersuchung zu kommen ...«

»Wir müssen uns also auch mit ihm befassen«, erklang eine Stimme – eindeutig die von McKinley.

Thomas stockte der Atem, und er duckte sich tiefer in seinen Sitz.

Während das Gespräch fortgeführt wurde, lauschte er aufmerksam den erbosten Kommentaren der beiden. Anscheinend wussten sie noch nicht, dass Thomas überlebt hatte, was seine gegenwärtige Lage umso gefährlicher machte. Er vernahm weitere Einzelheiten darüber, was Fallbright Hawkesbury gern antun würde, doch für seine Ohren klang es eher nach leeren Drohungen.

Als sich das Gespräch anderen Dingen zuwandte, überlegte Thomas, wie er sich wieder hinausstehlen konnte. Plötzlich erschien ein vertrautes Gesicht in der Tür.

Henry sah ihn und winkte ihm, näher zu kommen, doch bevor er sich rühren konnte, sagte eine andere Stimme: »Bevington – mit Ihnen habe ich hier wirklich nicht gerechnet.«

Eine korpulente Gestalt schob sich in sein Blickfeld. Es war ein Mann, den Thomas von so manchem Kartenspiel in den verschiedensten Spielsälen kannte. Erschrocken blieb er sitzen und bemerkte, dass sowohl das Gespräch hinter ihm als auch alle anderen Gespräche im Raum verstummt waren. Alle Blicke waren erwartungsvoll auf die beiden Männer in der Tür gerichtet. Lord Ashbolts Abneigung gegen Henry war den hier Anwesenden wohlbekannt.

Henry seufzte. »Offenbar ist es mein Schicksal, bestimmte Personen immer wieder zu enttäuschen.«

»Was machen Sie denn hier? Ich dachte, Sie hätten sich in Derbyshire verkrochen, um dieses bedauerliche Chaos zu beseitigen.«

»Ihr Beileid zum kürzlichen Tod meines Vaters beschämt mich in seiner Aufrichtigkeit, Mylord.«

Ashbolt wurde rot und murmelte etwas, auf das Henry mit einem gewinnenden Lächeln reagierte. »Sie haben recht, ich wurde in letzter Zeit von einer Reihe trauriger Ereignisse heimgesucht.« Er trat weiter ins Zimmer und wandte sich an die Anwesenden. »Verzeihen Sie, Gentlemen, ich weiß, dass es sich nicht schickt, aber ich kann es nicht ertragen, verhöhnt zu werden, während mein Kummer noch so frisch ist. Ich denke, das verstehen Sie.«

Seine Rede veranlasste seinen Kontrahenten, rasch zu verschwinden, während Henry sich suchend umsah. »General Whitby, wo sind Sie?«

Was machte er da? Hatte er ihren Plan vergessen? Thomas bedeutete Henry, sich zu entfernen, doch nach einem halben Lächeln in seine Richtung schien dieser ihn nicht weiter zu beachten.

»Sie beklagen doch sicherlich ebenfalls den Verlust unseres Freundes.«

Der General räusperte sich und stimmte ihm zu. Dabei sagte er mit einem Seitenblick auf Thomas, der sich hinter seine Zeitung verzogen hatte: »So geht es vielen von uns.« Dann rief er scheinbar überrascht: »Ist das nicht Colonel Fallbright?« Augenblicklich stand er auf und ging zu dem großen Tisch in der Mitte des Raums, um die Aufmerksamkeit der Männer vom Sofa abzulenken. »Nun, Colonel, Sie haben doch bestimmt ebenfalls von dem kürzlich erfolgten Tod eines meiner verdienstvollsten Soldaten gehört.«

Bei diesen Worten erstarrte Thomas. Das lief ganz eindeutig nicht nach dem Plan, den sie entworfen hatten.

»Oh – ich weiß leider nicht genau, wen Sie meinen.«

»Major Hale natürlich. Haben Sie denn nicht seine Todesanzeige in der Zeitung gesehen?«

Thomas hob die Zeitung etwas höher.

»Ich … äh …«

»Ich dachte bestimmt, Sie hätten es gelesen«, sagte Henry liebenswürdig. »Soweit ich weiß, hat er doch für Sie gearbeitet.«

Was? *Nein, Henry, nein!*

»Ich fürchte, Eure Lordschaft irren sich …«

»Oh nein, da liegt kein Missverständnis vor«, fuhr Henry fort. »Er hat es mir selbst gesagt.«

»Wie bitte?«

»Colonel, Sie überraschen mich. Wussten Sie nicht, dass er in Ihren Diensten stand? Er hat mir übrigens einige interessante Dinge über diesen kleinen Abstecher auf den Kontinent erzählt, für den er und ein paar andere nicht den ihnen zugesagten Sold erhalten haben.«

Thomas hörte, wie Fallbright hinter seinem Sofa ein seltsames Geräusch von sich gab.

»Das hat er Ihnen nicht erzählt? Nein? Hm – das überrascht mich wirklich. Mir hat er gesagt, er hätte es Ihnen mitgeteilt.«

»Wirklich?«, fragte der General. Seine Stimme klang jetzt stählern. »Es gefällt mir gar nicht zu hören, dass meine Männer so schäbig behandelt werden.«

»Dann gefällt es Ihnen wahrscheinlich auch nicht zu erfahren, dass der arme Hale keine zehn Minuten, nachdem er Fallbrights Büro verlassen hatte, überfallen wurde. Ein Zufall? Das würde mich wundern.«

Man hörte, wie ein Stuhl zurückgeschoben wurde. Dann murmelte Fallbright etwas von absurden Anschuldigungen und einer Anzeige wegen Verleumdung.

Henry lachte. »Eine Verleumdung wäre es nur, wenn nicht stimmen würde, was ich sage.«

»So was können Sie nicht sagen!«, rief McKinley.

»Sie wären überrascht, was ich noch alles sagen kann«, fuhr Lord Bevington fort. »aber es besteht kein Anlass, an der Wahrheit meiner Aussagen zu zweifeln.«

Oh nein.

»Warum fragen Sie nicht einfach den Betreffenden selbst?«

Lieber Gott, nein. Thomas ließ die Zeitung sinken und beschwor Henry mit Blicken aufzuhören.

Sein Freund lächelte nur. »Ja, Gentlemen«, fuhr Henry fort, »ich stehe heute vor Ihnen in der Gegenwart eines echten, lebendigen

Wunders! Es geschieht nicht alle Tage, dass ein Mann von den Toten aufersteht, aber hier, an diesem Ort, ist es geschehen. Und Sie alle sind Zeugen!«

»Was wollen Sie damit sagen?«

»Ich …«

»Major Hale?« Das war Lord Ashbolts Stimme von der Tür her.

Thomas blickte zuerst zur Tür und ließ seinen Blick dann dorthin schweifen, wo Fallbright und McKinley standen und ihn mit offenem Mund anstarrten. Allenthalben war ungläubiges Gemurmel zu hören. Irgendjemand fluchte.

»Sie sind doch … ich dachte …«

»Dass ich tot sei?« Thomas erhob sich. Dabei zitterte er leicht, deshalb legte er eine Hand auf die Stuhllehne. »Offenbar haben Sie gehofft, dass das der Fall sei.«

»Äh – nein! Natürlich nicht!«, stieß Fallbright aus. »Warum sollte ich?«

»Weil Sie nicht wollen, dass bekannt wird, was vor Jahren in Poona geschah.«

»Was ist denn damals geschehen?« Der General blickte von einem zum anderen.

»Ich kann gut verstehen, warum Sie das unter Verschluss halten wollten«, fuhr Thomas fort. »Aber offenbar sind Ihre Methoden nicht ganz so wirksam, wie Sie gehofft haben.«

»Hale, Sie sehen gar nicht gut aus – und Sie reden völligen Unsinn. Anscheinend haben Sie etwas missverstanden. Vielleicht sollten wir das Ganze in aller Ruhe, an einem anderen Ort besprechen …«

»Damit Sie ihn wieder halb tot schlagen können?«, fragte Henry sarkastisch.

»Natürlich nicht!«

»Einmal – ich muss mich korrigieren – zweimal haben Sie das inzwischen schon getan, nicht wahr?«

»Sir, ich muss mich wirklich gegen derartige Anschuldigungen verwahren!«

»Natürlich müssen Sie das«, murmelte Henry. Dann sah er Thomas an. »Was meinen Sie dazu, Major?«

»Ich würde gern fragen«, sagte Thomas laut und sah sich dabei im Raum um, »ob ich Sie missverstanden habe, Fallbright, als Sie mit Ihrem Gefährten gerade eben übereinkamen, dass Sie sich auch mit Lord Hawkesbury ›befassen‹ müssten.«

Das Gemurmel im Raum erreichte eine neue Intensität. Fallbright protestierte. »Sie lügen!«

»Nein, ich habe Sie ebenfalls gehört«, sagte der General. »Was meinten Sie damit?«

»Ich … äh …«

»Mir schien es, als äußerten Sie Drohungen gegen ein Mitglied des Oberhauses.«

Mehrere andere Mitglieder des Oberhauses beugten sich mit finsteren Gesichtern vor.

»Das habe ich nicht!«

»Dann können Sie vielleicht erklären«, erklang es gedehnt von der Tür, »warum ich heute Nachmittag verfolgt wurde, nachdem ich Ihr Büro verlassen hatte.«

Ein allgemeines Raunen ging durch den Raum, als Lord Hawkesbury hereingeschlendert kam. Er nickte mehreren Gentlemen zu und lächelte Thomas kurz an, bevor sich sein harter Blick auf Fallbright und McKinley richtete. »Vielleicht interessiert es Sie zu hören, Gentlemen, dass ich bei meiner Rückkehr nach Hause einen Brief vorfand. Einen Brief von meinem Anwalt in Edinburgh. Der Inhalt erwies sich als höchst interessant, umso mehr, als ich von einem meiner Bediensteten erfuhr, dass einer der Männer, die in dem Brief erwähnt wurden, unmittelbar nach meinem Gespräch mit ihm hierhergefahren sei.«

Fallbright erblasste.

»Und das, obwohl der Colonel gesagt hatte, er hätte den ganzen Tag zu tun und könne keine Sekunde Zeit mehr für mich erübrigen. Ich verließ ihn mit dem entschiedenen Eindruck, hingehalten zu werden.«

Thomas sah sich im Raum um. Die angespannte Faszination auf den Gesichtern der Anwesenden überraschte ihn nicht.

»Ich weiß nicht, wie es Ihnen geht, aber ich hasse es, hingehalten zu werden, auch wenn manche Leute das offenbar mit Vorbedacht tun. Und nun – möchten Sie wissen, was in dem Brief aus Edinburgh steht?« Er sah Fallbright und McKinley streng an. »Nein? Warum erstaunt mich das nicht? Aber ich denke, um der hier Anwesenden willen, die sicher nicht zusehen wollen, wie weitere Klubmitglieder auf geheimnisvolle Weise verschwinden, lese ich ihn trotzdem vor. Anscheinend hat sich nach meiner kurzen Reise in die besagte Stadt, in der ich die Bekanntschaft unseres schottischen Freundes hier gemacht habe, ein kleiner Junge daran erinnert, gesehen zu haben, dass ein Mann namens Bucknell Major Hale gefolgt ist. Dieser Bucknell wurde eine knappe Stunde früher dabei gesehen, wie er mit McKinley gesprochen hat.«

»Sie glauben einem kleinen Jungen?«, schnaubte McKinley.

»Ja. Das tue ich. Und der Friedensrichter offenbar auch. Darüber hinaus liegt ihm die Zeugenaussage eines pensionierten Kapitäns vor, der sich erinnert, denselben Mann gesehen zu haben, wie er im Hafen von Newhaven eine verdächtige Last ablud – nur eine knappe Stunde, nachdem der Junge Bucknell mit dem Major zusammen gesehen hat. Es braucht kein Genie, um gewisse interessante Punkte zu kombinieren und eine ganz bestimmte Schlussfolgerung daraus zu ziehen.«

»Ich werde Sie wegen Verleumdung verklagen«, presste McKinley zwischen zusammengebissenen Zähnen hervor.

»Und ich werde dafür sorgen, dass Sie wegen Mordversuchs angeklagt werden«, sagte der Graf. Dabei sah er zorniger aus, als Thomas ihn je gesehen hatte. »Verhaften Sie den Mann!«

Doch bevor der kräftige Türsteher der Anordnung des Grafen Folge leisten konnte, rannte McKinley quer durch den Raum. Thomas versuchte, ihn mit seinem Stock zu Fall zu bringen. McKinley stolperte zwar, fing sich aber wieder und entkam durch die Tür.

»Vergessen Sie ihn«, sagte Hawkesbury. »Meine Leute werden ihn draußen fassen. Ich glaube, ein paar von uns hier hätten großes Interesse an einer Unterhaltung mit dem Colonel. Vielleicht kann er uns ja erklären, warum er in Gesellschaft eines solchen Verbrechers war.«

Henry räusperte sich. »Eine Unterhaltung ist nicht unbedingt das Einzige, was man sich mit dem Colonel wünscht.«

Ein flüchtiges Lächeln flog über Hawkesburys Gesicht, doch er sagte: »Ich halte es für das Beste, den Colonel mit allem Respekt zu bitten, mit mir zusammen das Büro von Lord Bathurst aufzusuchen. Er möchte bestimmt gern wissen, warum einer seiner Leute in Geschäfte verwickelt ist, die nach Korruption stinken. General, da Sie Zeuge der Unterhaltung waren, in der eine ganz bestimmte Drohung gegen mich geäußert wurde, bitte ich Sie, uns zu begleiten. Major Hale, Sie hätten vielleicht ebenfalls einige interessante Dinge beizutragen.« Er sah sich im Raum um. »Gentlemen, entschuldigen Sie die dramatische Unterbrechung Ihres Nachmittags, aber ich bin sicher, Sie verstehen meinen Wunsch, einem unschuldigen Mann beizustehen.«

Angesichts des allgemeinen Beifalls war Thomas überwältigt von der großen Zahl der Klubmitglieder, die ganz eindeutig auf seiner Seite zu stehen schienen. Fallbright hingegen war offenbar ziemlich unbeliebt, denn als er aus dem Zimmer geführt wurde, kehrte ihm ein Gast nach dem anderen den Rücken zu. Thomas' Flucht mit Julia hingegen schien vergeben und vergessen; als er zur Tür humpelte, wurde er von mehreren Gentlemen begleitet, die ihm die Hand schütteln und Mut zusprechen wollten.

Am Eingang wartete der Türsteher. Seine aufgerissenen Augen und abgenommene Mütze zeigten Thomas, dass er in seiner Achtung beträchtlich gestiegen war.

»Ah, Major.« Hawkesbury war neben seiner Kutsche stehen geblieben. »Sie finden es hoffentlich nicht zu anstrengend, mich noch zu begleiten. Ich möchte Ihnen nicht zu viel zumuten, aber Sie sind bestimmt genauso begierig wie ich, diese Angelegenheit endlich geklärt zu sehen.«

Thomas dachte an ein Angebot, das man ihm vor mehreren Monaten gemacht hatte. »Ich weiß noch von ein paar anderen, die gern bereit wären, die Korruptheit dieses Mannes zu bezeugen.«

»Ausgezeichnet! Wer sind sie?«

Thomas erinnerte ihn an Harrow und Smith.

»Natürlich!« Hawkesbury half ihm in die Kutsche. Auf dem Fuß folgten sie der Droschke mit dem General und Henry, der den dritten Passagier, Colonel Fallbright, aufmerksam im Auge behielt.

»Es läuft nicht ganz wie geplant«, sagte Hawkesbury und nahm die Zügel auf. »Anscheinend ist McKinley entkommen, aber ich bin zuversichtlich, dass wir ihn bald haben. Doch Fallbright ist unser Hauptverdächtiger, also haben wir unsere Sache alles in allem ganz gut gemacht. Ich muss zugeben, dass ich ein wenig überrascht war, als McHendricks mich zum White's beorderte, doch ehrlich gesagt hätte ein solches öffentliches Verhör an keinem passenderen Ort stattfinden können als in dem Klub, in dem Englands Mitglieder des Oberhauses sich treffen, sodass die Sache auf jeden Fall überall bekannt wird.«

Thomas lachte. »Und ich saß im Hintergrund und habe gebetet, dass Gott mich davor bewahrt, erkannt zu werden.«

»Gott erhört unsere Gebete in einer Weise, die er für richtig hält und die sehr viel besser ist, als wir erbitten oder uns vorstellen können. Sagen Sie, wie kam eigentlich der General ins Spiel?«

Als Thomas es ihm erklärte, pfiff der Graf leise durch die Zähne.

»Ich wusste gar nicht, dass Sie ihn kennen, aber wie gut, dass er gerade jetzt dort war.«

»Man könnte es beinahe für Vorsehung halten«, murmelte Thomas.

»Durchaus«, sagte der Graf lachend. Dann warf er Thomas einen Seitenblick zu. »Und wenn Gott in dieser Situation Wunder vollbringen kann, warum sollte er dann nicht auch in einer sehr viel persönlicheren Angelegenheit ein Wunder vollbringen?«

Thomas schluckte, dann nickte er. Mochte Gott ihm helfen, darauf zu vertrauen, dass Gottes Liebe auch das bewirken konnte.

Kapitel 28

Cambridgeshire
Zwei Tage später

»… und genauso ist es passiert.«

Julia atmete tief aus. »Und dieser Fallbright ist jetzt hinter Gittern?«

»Er wartet auf seinen Prozess, aber eine Gefängnisstrafe ist ihm sicher«, antwortete Jon.

»Und Thomas ist in Sicherheit?«

Jon zuckte die Achseln.

Ihr Herz zog sich schmerzhaft zusammen. Die abweisende Geste war wie ein Schlag.

»Und Lord Hawkesbury?«

»Er will die nächsten Tage irgendwann hierherkommen.« Forschend blickte er ihr ins Gesicht.

»Was ist, Jon?«

»Verzeih mir, aber ich muss dich das fragen: Hast du schon irgendwelche Entscheidungen über deine Zukunft getroffen?«

»Ich habe dir doch gesagt, dass ich erst mit Thomas sprechen muss, bevor ich dir etwas sagen kann.«

Kopfschüttelnd murmelte er: »Lass dich nicht wieder von ihm täuschen.«

Bei diesen Worten machte ihr Herz einen Satz. »Er kommt also?«

»Ich glaube schon.«

»Oh.« Schnell wandte sie sich ab, damit ihr Bruder nicht sah, welchen inneren Aufruhr seine Worte in ihr auslösten. Ja, sie sehnte sich danach, Thomas zu sehen, aber was würde er sagen? Was sollte sie sagen? Nach so vielen Wochen der Trennung war es fast, als sähen sie sich zum ersten Mal. Nur dass diesmal so viel Unausgesprochenes zwischen ihnen stand, es gab so viel zu erklären, zu gestehen …

Wie zum Beispiel das Baby.

Sie legte eine Hand vor den Mund und setzte sich.

»Julia? Ist alles in Ordnung? Die Neuigkeiten waren doch hoffentlich kein Schock für dich?«

»Es … ist alles ein bisschen viel, das stimmt schon, aber ich bin für uns alle froh, dass die Angelegenheit geklärt scheint.«

»Ich glaube, das haben wir in erster Linie Lord Hawkesbury zu verdanken. In der Stadt munkelt man, dass er eine neue Funktion im Kabinett erhalten soll.«

»Wirklich?«

»Anscheinend sagt Lord Bathurst, er sei genau der Mann, den wir brauchen, weil er Prinzipien und Tatkraft besitzt und sich nicht vor harter Arbeit und Verantwortung scheut, wenn es darum geht, eine Sache zu einem guten Abschluss zu bringen.«

»Nun, das ist doch gut. Wie wohl Lavinia zu alldem steht?«

»Ich glaube, sie ist dieser Herausforderung mehr als gewachsen. Hawkesbury hat wahrlich eine gute Wahl getroffen.«

Damit meinte er natürlich, dass sie selbst keine gute Wahl getroffen hatte.

Julia nickte und sah zur Tür, durch die Crabbit gerade mit dem kleinen Charles kam. Aus den Erzählungen Jons von den Vorfällen hatte Julia herausgehört, dass Thomas so etwas wie ein Held war, doch das würde ihr Bruder nie offen aussprechen. Und trotz der offensichtlichen Fehler ihres Mannes musste sie sich fragen: Konnte man von ihr ebenfalls sagen, dass Thomas eine gute Frau gewählt hatte?

Sie war keine Heldin. Sie besaß kein großes Geschick im Umgang mit Menschen und auch nicht die Fähigkeit, Konversation zu betreiben. Ihre einzige wirkliche Fähigkeit bestand darin, an der Hoffnung festzuhalten, dass es ihr und Thomas irgendwie gelingen würde, ihre

Ehe zum Guten zu wenden. Auch wenn alle anderen sich etwas anderes zu wünschen schienen.

Während Julia durch das Fenster auf die ruhigen beschneiten Felder schaute, die von der Nachmittagssonne angestrahlt wurden, war sie im Innern von Unruhe erfüllt und dachte über die gestrigen Worte ihres Bruders nach. Wie lange noch? Wann würde Thomas kommen? Was sollte sie ihm sagen?

Erst allmählich drang das Weinen des Kindes im Nebenzimmer an ihr Ohr. Sie zwang sich, noch einen Moment zu warten, doch als das Schreien nicht aufhörte, klopfte sie an die Tür und trat ein.

Crabbit wirkte erschöpft. »Oh, Miss Julia. Ich fürchte, Master Charles ist ein wenig verdrießlich. Ich wollte Sie nicht stören.«

»Das macht doch nichts«, sagte sie und nahm ihn der Kinderfrau aus dem Arm. Abgelenkt durch den Wechsel hörte Charles auf zu weinen. Das Kind würde sie von ihren Ängsten und Befürchtungen ablenken. »Ich nehme ihn mit nach unten.«

»Vielen Dank, Miss. Das ist sehr gütig von Ihnen.« Dann fragte sie stirnrunzelnd: »Ist er auch nicht zu schwer für Sie?«

»Ich schaffe das schon«, versicherte Julia ihr.

Als sie im Wohnzimmer angekommen war, hatte der kurze Weg sie so sehr angestrengt, dass sie sich sofort setzen musste. »Du bist nicht mehr ganz so klein, nicht wahr?«

Charles gluckste, während er auf ihrem Schoß saß und sie anstrahlte. So schnell konnten Kinder wieder glücklich werden.

Es schien ihr, dass auf ihrem Schoß ein bisschen weniger Platz für ihn war als früher. Den Gedanken, wie umfangreich ihre Taille noch werden würde, verdrängte sie. Doch das fiel ihr zunehmend schwerer, vor allem, wenn sie sich wieder einmal hatte übergeben müssen. Doch außer Mutter schien niemand ihren Zustand bemerkt zu haben. Allerdings fragte sie sich angesichts der besorgten Frage der Kinderfrau von vorhin, ob Crabbit wohl einen Verdacht hatte.

»Charlie, mein kleiner Liebling. Genießt du dein erstes Weihnachtfest?« Sie liebkoste ihn und dachte an die bunt eingepackten Geschenke, die sie bei ihrer überstürzten Flucht in London vergessen hatten. Catherine hatte versprochen, dass übermorgen trotzdem ein schöner Tag sein würde, aber wie konnte das sein, wenn so vieles ungewiss war?

»Oh, Charlie.« Als er die Händchen nach ihrem Gesicht ausstreckte, wurde ihr Herz von Trauer erfüllt. Arme Meggie. Wie traurig, dass sie ihr Kind nicht aufwachsen sehen konnte. »Was machen wir nur mit dir?«

Diese Frage hatte sie in letzter Zeit nicht mehr losgelassen. Sie konnte nur hoffen und beten, dass Thomas verstand, was sie getan hatte, und bereit war, ihn als sein eigenes Kind großzuziehen. Immer vorausgesetzt, er konnte seine Sünde eingestehen und sie konnte ihm vergeben.

Sie legte Charles an ihre Schulter, strich zärtlich über seine roten Locken und küsste seine pralle kleine Wange.

»Was für ein entzückender Anblick.«

Julia sah zur Tür und ihr Herzschlag beschleunigte sich. »Thomas!«

»Hallo mein Liebling.«

Erschrocken beobachtete sie, wie er auf sie zuhumpelte. Humpelte wie ein alter Mann! »Du meine Güte! Ich kann es nicht glauben – wie schrecklich!«

Als er vor ihr stehen blieb, verzog er den Mund zu einem ironischen Lächeln. »Ist der Anblick so schlimm?«

Sie schluchzte auf, legte den kleinen Charles auf eine Decke, wandte sich ihm zu und schlang die Arme um ihn. Durch die Umarmung schien er einen Augenblick lang zu schwanken, doch dann erwiderte er sie. Selig schloss sie die Augen, atmete seinen vertrauten Duft ein und spürte seine Lippen in ihrem Haar. Wie wundervoll zu wissen, dass er in Sicherheit war, auch wenn er geradezu gebrechlich wirkte. Doch er war da, und sein Herz schlug ruhig und beständig an ihrem Ohr.

»Mein Liebling Julia, ich habe dich so vermisst.«

»Und ich dich.«

Mit seinen dunklen Augen blickte er ihr tief in die Augen, als er sie losließ und einen Schritt zurücktrat. »Ich liebe dich so sehr.«

Etwas in seinen Worten ließ ihr Herz einen Schlag aussetzen. Sie spürte fast körperlich, dass seine Liebe in den letzten Wochen stärker geworden war.

Zärtlich nahm er ihr Gesicht in seine Hände und küsste sie langsam. Schwindel erfasste sie, ihre Gedanken wirbelten durcheinander und ihr Herz raste. Wie einen kostbaren Schatz hielt er sie umfangen, durch seine Liebkosungen fühlte sie sich, als sei sie alles, was er sich im Leben wünschte.

Doch stopp!

Mit einem Stöhnen entzog sie sich ihm. Er hatte eine andere in den Armen gehalten! Er hatte eine andere Frau geküsst, war mit ihr intim gewesen! Nach Luft ringend stieß sie ihn von sich und trat mehrere Schritte zurück. »Ich kann das nicht!«

Schmerz durchzog sein Gesicht. »Julia, bitte …«

»Wie konntest du nur!«

»Bitte lass es mich erklären.«

»Nein.« Sie schüttelte den Kopf. »Ich dachte, wenn ich dich sehe, sei alles gut, aber das ist es nicht. Es kann nicht gut sein. Es wird nie wieder gut sein!«

»Julia …«

»Ich habe immer das Bild vor mir, wie du mit einer anderen zusammen bist, wie du sie küsst …« Wie konnte ein Herz so wehtun! Mit tränenerstickter Stimme flüsterte sie: »Ich habe dir vertraut.«

Sein Gesicht wirkte plötzlich um Jahre gealtert. »Es tut mir so leid. Du kannst dir nicht vorstellen …«

Als sie seine brüchige Stimme hörte, seine glänzenden Augen sah – waren das Tränen? –, kühlte ihr Zorn plötzlich ab. Kämpfte er wirklich mit den Tränen? Der Arme …

Doch nein! Sie war es, der Unrecht widerfahren war! Die Kränkung über das Erlittene überwog ihr Mitgefühl. »Wie konntest du mir das antun? Wie kannst du sagen, dass du mich liebst, wenn du das mit ihr getan hast?«

»So war es nicht.«

Ihre Finger verkrampften sich. »Wie war es dann?«

»Julia, bitte, lass uns später darüber reden ...«

»Wie soll ich dir glauben? Wie kann ich dir je wieder irgendetwas glauben?« Ihre Stimme zitterte. Sie blinzelte die Tränen fort, trat zwei Schritte auf ihn zu und trommelte mit den Fäusten gegen seine Brust. »Ich hasse, was du getan hast!« Noch ein Schlag. »Ich hasse dich!«

Als die Worte heraus waren, schien er in sich zusammenzusinken. Einen Moment lang glaubte sie zu sehen, dass seine Lippen zitterten. Dann flüsterte er fast unhörbar: »Bitte vergib mir.«

Erstaunt blickte sie ihn an. Wer war dieser Mann? Er wirkte so gebrochen, so ganz anders, als sie ihn in Erinnerung hatte. Verwirrt drehte sie sich um, nahm den kleinen Charles auf den Arm und drückte ihn an sich. Erst jetzt wagte sie wieder aufzublicken.

In diesem Moment ging die Tür auf, und Lord Hawkesbury trat ein. »Ah, Major Hale, da sind Sie ja. Und da ist ja auch Ihre reizende Frau und Ihr Sohn. Mrs Hale, wie geht es Ihnen?«

Julia blinzelte und bemerkte nur am Rande, dass Crabbit ebenfalls in den Raum gekommen war, um Charles mitzunehmen. Julia versuchte, sich zu fangen, und machte einen verlegenen Knicks. »Mylord! G-guten Tag.«

»Ich glaube gern, dass das ein guter Tag für Sie ist, jetzt, da Ihr Mann zurückgekehrt ist.«

Ob er bemerkte, dass ihr Lächeln etwas angestrengt wirkte? Sie murmelte etwas Unverbindliches.

»Sie verzeihen mir hoffentlich, dass ich einfach hereinplatze, ich möchte wirklich nicht stören, aber ich kann nicht lange bleiben und wollte sichergehen, dass Sie über die Fakten informiert sind.«

»Die Fakten?«, wiederholte sie.

»Ja. Sie müssen wissen, dass der Premierminister Ihren Mann für einen Helden hält.«

»Das hat Lord Liverpool gesagt?«

»In der Tat. Vor noch nicht einmal einem Tag.«

»Oh!« Sie sah Thomas an, der mit seiner niedergeschlagenen Miene alles andere als heroisch aussah. Bei seinem Anblick zog sich ihr Herz schmerzhaft zusammen. Im nächsten Augenblick verhärtete es sich, und ihr Blick wanderte zurück zu dem Grafen. »Vielen Dank, dass Sie es mir gesagt haben.«

»Ich wollte mich nur davon überzeugen, dass Ihr Mann sicher hier angekommen ist. Er ist sehr tapfer, aber ich habe seine Kräfte in den letzten Tagen mit den vielen Gesprächen und Besprechungen über Regierungsangelegenheiten und dergleichen leider weit über sein Vermögen strapaziert. Hierherzukommen und Ihnen zum Erfolg Ihres Mannes gratulieren zu dürfen, war mir einfach ein Bedürfnis und eine Freude.«

Nach wie vor verwirrt nickte sie. Wusste der Graf denn nicht, was ihr Mann getan hatte?

Sein Ton wurde persönlicher. »Ich weiß, wie sehr er sich darauf gefreut hat, Sie wiederzusehen. Der Arzt ist überzeugt, dass seine Entschlossenheit, Sie zu beschützen, der Schlüssel zu seiner Genesung sein wird. Er scheint Sie sehr zu lieben.«

Ein dicker Kloß in ihrer Kehle verhinderte, dass sie antwortete.

»Ich weiß tatsächlich aus sicherer Quelle, dass er von diesem Wiedersehen geträumt hat.«

Überrascht merkte sie, dass sie plötzlich Tränen in ihren Augen fortblinzeln musste. »W-woher können Sie das wissen, Mylord?«

»Wie Ihnen wahrscheinlich bekannt ist, spricht er im Schlaf«, sagte er lächelnd. »Als Ihr Mann im Krankenhaus lag, hat das Pflegepersonal in Edinburgh jede Nacht fasziniert seinen nächtlichen Plaudereien gelauscht.«

»Wirklich?« Sie sah, dass Thomas rot geworden war.

»Ich weiß aus zuverlässiger Quelle, dass Ihr Name ihm dabei immer der größte Trost war.«

»Mylord …«, unterbrach ihn Thomas.

»Thomas, Sie sollten Ihrer Frau wirklich alles sagen, was ich Ihnen erzählt habe. Ich bin ganz sicher, dass die Wahrheit Sie beide frei machen wird.« Der Graf lächelte ihm ermutigend zu. »Doch jetzt muss ich an meinen eigenen häuslichen Herd zurückkehren. Wenn ich jetzt gleich aufbreche, müsste ich es bis heute Abend noch schaffen. Ich weiß, dass Lavinia sich meinen guten Wünschen für Ihre baldige Genesung anschließen würde.«

Thomas schüttelte ihm die Hand und sagte etwas von grenzenloser Dankbarkeit, doch Julia kämpfte noch immer mit sich. Wie konnte dieser durch und durch ehrenwerte Mann Thomas derart schätzen? Es kam ihr nicht richtig vor, nicht gerecht. Wusste er denn nicht, was Thomas getan hatte?

»Einen guten Tag auch Ihnen, Mrs Hale.« Er verbeugte sich. »Ich hoffe und bete, dass Ihre Wiedervereinigung Thomas' Träume erfüllen und dass Gott Sie beide in Ihrer Ehe leiten und segnen wird.«

»Vielen Dank, Sir.«

»Und Hale, wenn ich Ihnen in irgendeiner Weise behilflich sein kann – Sie brauchen nur zu fragen. Noch einmal – einen guten Tag und meine besten Wünsche für die Zukunft.«

Damit ging er. Julia sah Thomas mit großen Augen an. »Weiß er denn nichts von deiner Affäre?«

Müde antwortete er: »Doch, er weiß es, Julia.«

»Und trotzdem sagt er solche Dinge?«

Als Thomas die Augen schloss, dachte sie einen Moment, er würde gleich zusammenbrechen. Sie trat einen Schritt auf ihn zu, blieb aber wieder stehen.

»Julia ...« Während er seine Hände hob, sagte er resigniert: »Ich liebe dich, aber ich verstehe, dass du es mir nicht glaubst. Ich weiß, dass wir reden müssen, aber im Moment bin ich so müde, dass ich meine fünf Sinne nicht mehr beisammen habe.«

Plötzlich empfand sie nur noch Mitleid mit ihm. Er wirkte tatsächlich zu Tode erschöpft.

»Ich weiß, dass dein Bruder meine Anwesenheit hier missbilligt, und ich akzeptiere seine und deiner Mutter Ablehnung, aber im Moment möchte ich einfach nur schlafen.«

Ihr Mitleid drängte alle anderen Gefühle zurück. »Natürlich. Ich lasse dir ein Schlafzimmer richten …«

»Du würdest nicht erwägen …? Nein, natürlich nicht.«

Sie schluckte. »Ich … kann jetzt nicht … an so etwas denken.«

Er verzog den Mund. »Ich auch nicht, das versichere ich dir.« Erneut schloss er einen Moment die Augen und wieder glaubte sie, er würde jeden Moment vor ihr zusammenbrechen, doch er richtete sich auch diesmal wieder auf. »Ich brauche nur irgendein Bett.«

Die Resignation in seinen Augen bewegte sie dazu zu sagen: »Du kannst bei mir schlafen.«

Ein beinahe unmerkliches Funkeln trat in seine Augen. Es versetzte ihr einen Stich, als er mit rauer Stimme sagte: »Danke.«

Kurz darauf gab sie den Dienern Anweisung, ihn nach oben zu bringen und ihm ein Bad zu bereiten. Dann wappnete sie sich gegen die Reaktionen ihrer Mutter und ihres Bruders. Beide würden natürlich entsetzt sein, dass Thomas heute Nacht bei ihr blieb.

Wie sie erwartet hatte, schüttelte Jon den Kopf, als sie es ihm sagte. »Genau so habe ich mir das vorgestellt. Jedes Mal wickelt dieser Mann dich mit seinem Charme ein.«

Nein, sie hatte einfach nur Mitleid mit ihrem Mann.

Doch wie tief dieses Mitleid war, wurde ihr erst später am Abend bewusst, als sie nach dem Abendessen auf ihr Zimmer ging und Thomas schlafend im Bett vorfand. Was sein Bedürfnis nach Schlaf betraf, hatte er die Wahrheit gesagt: Er schlief so tief, dass er sich nicht rührte, als sie es endlich wagte, sich neben ihn zu legen.

Im flackernden Kerzenlicht sah sie, dass sein Nachthemd verschoben war, was ihn bestimmt im Schlaf stören würde. Sie streckte die Hand aus, um es zu glätten, doch gleich darauf hielt sie inne, als sie die Narben auf seinem Rücken sah.

Das Herz klopfte ihr bis zum Hals. Vorsichtig entblößte sie seinen Rücken – und keuchte auf. Er war übersät mit Narben! Es waren offensichtlich Narben von Peitschenhieben, die sie bei ihrer kurzen Begegnung vor zwei Monaten nicht bemerkt hatte. Du lieber Gott! Warum waren sie ihr nicht aufgefallen? Da die Ränder bereits geheilt waren, konnten sie nicht neu sein. Er musste sie damals schon gehabt haben, sie mussten aus Spanien stammen, doch er hatte nichts gesagt. Er hatte nichts gesagt … und sie hatte nichts bemerkt.

Ihre Beschämung kannte keine Grenzen. Sie hätte seine Verletzungen bemerken müssen, aber sie hatte nur sein Gesicht gesehen. Sanft fuhr sie mit dem Finger über die roten Striemen, und wieder füllten sich ihre Augen mit Tränen. Wer konnte das getan haben? War es die Strafe für seine Affäre mit dieser Frau? Oder – ihr Mund war plötzlich wie ausgetrocknet – war auch diese mehr eine Strafe als ein Vergnügen gewesen? Hatte der Graf das gemeint? Behandelte er Thomas deshalb so ganz anders, als Jon ihn behandelte? Hatte Jon – hatte sie – zu hart geurteilt?

Während sie mit diesen neuen Gedanken rang, sah sie eine dunkelrote Schwellung, die über den unteren Rücken bis zu einer Hüfte verlief. Tränen rannen ihr über die Wangen, als sie daran dachte, wie er gehumpelt hatte, wie ungelenk er vor ihr gestanden hatte, als fürchtete er zu fallen. War das die Verletzung, deretwegen er in Edinburgh im Krankenhaus gelegen hatte?

Plötzlich zuckte er zusammen, als sie seinen Rücken wieder bedeckte. »Lass mich! Weg mit dir!«

Sie zog erschrocken die Hand zurück. Die Zurückweisung tat weh.

Aber … seine Augen waren geschlossen. Träumte er?

Er schauderte. Sie empfand die Anspannung, die von ihm ausging, doch sie war unsicher. Sollte sie sich vielleicht ein anderes Schlafzimmer suchen …

»Magdalena.«

Sie erstarrte. Bei der Erwähnung des Namens brandete erneut der Hass in ihr hoch.

Bat er Magdalena wegzugehen? Was war in dieser spanischen Zelle vorgefallen?

Allmählich ließ das Zittern nach, und er schien wieder ruhig zu schlafen. Doch sie lag noch wach und beobachtete ihn grübelnd. War

Thomas unschuldig? Waren die Aussagen seines Zellengenossen Lügen gewesen?

Und doch – wieder stieg die Empörung in ihr auf – Thomas hatte zugegeben, dass er nicht völlig unschuldig war, und dass er etwas getan hatte, das er bitterlich bereute. Das musste doch bedeuten, dass er wusste, ein Unrecht begangen zu haben.

Beim Gedanken an die Striemen auf seinem Rücken legte sich ihr Zorn und verwandelte sich in Sorge um ihn, als sie an all das dachte, was sie in den letzten Tagen über ihn erfahren hatte. Über seinen Mut, seinen verzweifelten Willen zu leben, um denen, die ihn hatten umbringen wollen, einen Strich durch die Rechnung zu machen. Seine Entschlossenheit, sie wiederzusehen, sie zu schützen, weil er sie liebte. Sie dachte an seine Gebrochenheit, als er endlich vor ihr gestanden hatte. Seine Gebrochenheit, weil er beinahe gestorben war. Wieder einmal.

Ihr Thomas. Ihr armer Thomas.

Sie küsste ihn behutsam auf die Schulter.

Er rührte sich leise und murmelte etwas, das sie nicht verstand. Sie beugte sich über ihn, um sein Flüstern zu verstehen.

»Mein Liebling.«

Ihr Herz machte einen Satz. Der Graf hatte recht; er flüsterte ihren Kosenamen.

»Mein Liebling, bitte …«, schluchzte er. »Verzeih mir.«

Wieder kamen ihr die Tränen. Sie konnte nicht in ihrer Verbitterung verharren. Er war ein gebrochener Mann, ein Schatten seiner selbst. Was immer er durchgemacht hatte, hatte offenbar die Macht, ihn bis in den Schlaf zu verfolgen.

»Mein Liebling, ich …«

»Schhhhh.« Wie beim kleinen Charles strich sie ihm sanft übers Haar, als könnte sie ihn so trösten.

Wieder flüsterte er etwas. »Ich … liebe …«

Ihr Atem stockte, und ihre Nerven spannten sich aufs Äußerste an, als sie auf sein nächstes Wort wartete.

»… dich.«

Dieses eine Wort bezwang ihr Herz. Still weinend legte sie die Arme um ihn und schmiegte sich an seinen Rücken. Und beschloss, seine Albträume zu vertreiben.

Kapitel 29

Auf wundersame Weise waren seine Träume wahr geworden: Seine geliebte Julia hielt ihn auf eine Weise umfangen, die er nicht mehr für möglich gehalten hätte. Als er beim Aufwachen ihren Arm sah, der sich um seine Brust schlang, brauchte er einen Moment, bis er erkannte, dass er nicht mehr träumte. Dass seine Frau nicht nur ihr Bett mit ihm teilte, sondern ihn umarmte. Dass dieser Weihnachtsmorgen mit einer solchen Verheißung begann. Hoffnung erfüllte ihn. Konnte das bedeuten, dass sie ihm vergeben hatte?

Während er dem Geräusch ihres Atems lauschte, erfüllten tausend Gebete der Dankbarkeit seine Seele. *Danke, Gott, für deinen Schutz. Danke, Gott, für deine Barmherzigkeit. Danke, Gott, für Julia. Danke, Gott für alles, was du getan hast.*

Plötzlich bewegte sie sich, und ihm stockte der Atem, als er auf ihre entsetzte Reaktion wartete, wenn ihr klar wurde, wozu sie sich hatte hinreißen lassen. Doch diese Reaktion blieb aus. Stattdessen wünschte sie ihm einen guten Morgen, drückte einen Kuss auf seine Schulter und stand dann auf, um sich anzukleiden.

Trotz seiner Schmerzen rollte er sich auf den Rücken und sah zu, wie sie zum Fenster trat, wo die Sonne ihr Haar golden aufblitzen ließ. Bei ihrem Anblick klopfte sein Herz laut. Sie war so schön!

»Guten Morgen.«

Lächelnd warf Julia ihm einen Blick über die Schulter zu. »Es ist seltsam, dich hier zu sehen.«

»Danke, dass ich hier schlafen durfte.«

Sein Mut sank, als sie nur die Achseln zuckte und ihr Lächeln verschwand. Er musste lernen, sie vorsichtig zu behandeln.

»Hast du Hunger?«, fragte sie schließlich. »Ich kann uns Frühstück heraufkommen lassen.«

Wollte sie es ihm erleichtern, Jon und seiner Mutter aus dem Weg zu gehen, oder wollte sie den beiden seinen Anblick ersparen? »Wenn du es für das Beste hältst.«

Nachdenklich sah sie ihn an und schüttelte den Kopf. »Ich glaube, es wird Zeit, dass sie der Tatsache ins Auge sehen lernen, dass du hier bist und dass wir …«

Sein Puls beschleunigte sich. »Dass wir …?« *Herr, sei barmherzig.*

»Ich …« Sie schüttelte den Kopf. »Ich weiß nicht, was wir sind.«

Enttäuschung schüttelte seine Seele. Doch er wusste, dass er behutsam vorgehen musste und sie nicht drängen durfte. »Wir sind … was immer du möchtest«, sagte er schließlich.

Sie antwortete nicht, doch er sah ihre zitternden Lippen und schimmernde Tränen in ihren Augen.

Er würde geduldig warten und sich bemühen, ihr zu zeigen, dass ihr Vertrauen in ihn gerechtfertigt war.

Julias Mutter schnaubte hörbar, als sie ein wenig später zusammen zum Lunch ins Esszimmer kamen – zum Frühstück waren sie offenbar zu spät dran. Dann ignorierte sie ihn schlichtweg und tat so, als sei er nicht da. Julias Bruder dagegen sah ihn zwar mit zusammengekniffenen Augen an, erwies ihm dann aber doch die Gnade, gelegentlich eine Bemerkung an ihn zu richten; vielleicht hatte Lord Hawkesbury ihm von Thomas' neu gewonnenem Glauben erzählt. Catherine war wie immer sehr liebenswürdig; es klang aufrichtig, als sie allen einen schönen Weihnachtsmorgen wünschte. Und Julia? In ihr schienen Groll und Mitleid miteinander zu kämpfen, was seinen Wunsch, ihr endlich alles erklären zu können, nur noch steigerte.

»Es hat gutgetan, Hawkesbury gestern zu sehen«, sagte Jon.

Thomas blickte von seinem Teller auf. Nach der Miene seines einstigen Freundes zu urteilen, war diese Bemerkung an ihn gerichtet. Nachdem er den Bissen Lachs, den er im Mund hatte, hinuntergeschluckt hatte, sagte er leise: »Er war sehr freundlich.«

»Das kann man wohl sagen«, schnappte Lady Harkness und schenkte ihm endlich ebenfalls einen Blick. »Ich habe meinen Ohren nicht getraut, als ich hörte, dass er Sie persönlich aus dem Norden hierherbegleitet hat.«

Um ihren Zorn nicht weiter anzustacheln, neigte Thomas den Kopf und schwieg.

»Undankbarer Schuft«, murmelte sie, doch obwohl seine Wangen brannten, sagte er noch immer nichts. *Herr, sei mir gnädig …*

»Mutter«, sagte Jon, »ich weiß nicht, ob du gestern beim Besuch von Lord Hawkesbury vollständig Kenntnis über die Situation gewonnen hast. Er hatte – äh …«, er warf Thomas einen kurzen Blick zu und wandte sich dann wieder an seine Mutter, »ein paar äußerst erhellende Dinge zu berichten.«

In Thomas regte sich leise Hoffnung.

»Offenbar wurde Thomas für eine Auszeichnung durch den Premierminister vorgeschlagen.«

Was wurde er?

»Meinen Glückwunsch«, sagte Catherine auf ihre ruhige Art.

»Du wirkst überrascht, Hale. Wusstest du es nicht?«

»In den letzten paar Tagen ist sehr viel passiert«, sagte er vorsichtig. »Ich kann mich gar nicht mehr an alles erinnern, was gesagt wurde.«

Lady Harkness schnaubte wieder einmal verächtlich.

»Das und ein paar andere, noch wichtigere Geschehnisse haben mich nachdenklich gemacht.«

»Wichtigere Geschehnisse?«, fragte Lady Harkness. »Wenn eine Auszeichnung durch den Premierminister nicht wichtig genug ist …«

»Aber die andere Neuigkeit ist von sehr größerer Tragweite«, fuhr Jon fort und wandte sich wieder an Thomas. »Sozusagen von ewiger Bedeutung. Oder etwa nicht?«

Der Ärger, der so lange in Jons Augen gelegen hatte, schien verschwunden. Es schien, als sei er gezwungen, eine höhere Autorität anzuerkennen, die Vergebung von ihm forderte.

»Ich … ich muss noch viel lernen«, gestand Thomas.

»Das müssen wir alle«, antwortete Jon. »Ich zum Beispiel lerne ständig, wie viel ich nicht weiß.«

»Wovon redet ihr?«, wollte Lady Harkness wissen und sah zwischen den beiden Männern hin und her.

Jon schenkte Thomas ein halbes Lächeln, in das sich ganz eindeutig eine Bitte um Entschuldigung mischte, dann wandte er sich an seine Mutter. »Erinnerst du dich noch an die ersten Tage, als wir glaubten, Julia verloren zu haben? Damals sagtest du, du hättest Trost in der Heiligen Schrift gefunden.«

Sie wirkte ein wenig verblüfft. »Nun ja, vielleicht habe ich das erwähnt …«

»Lord Hawkesbury hat mich gestern daran erinnert, dass wir die Macht Gottes, ein Leben zu verändern, nicht unterschätzen sollten. Und ich …«, er sah Catherine an, »ich konnte ihm da aus eigener Erfahrung nur beipflichten.«

»Inwiefern?« Das kam von Julia.

Thomas beobachtete sie, während ihr Bruder mit seiner tiefen Stimme sagte: »Weil ich mich daran erinnerte, wie viel mir vergeben wurde und dass auch ich anderen vergeben sollte.«

Ihre blauen Augen wurden groß. Langsam wandte sie ihr Gesicht Thomas zu.

»Hale«, fuhr Jon fort, »ich kann nicht anders: Ich muss mich über die gute Nachricht, die ich da erhalten habe, einfach freuen.«

Thomas lächelte überrascht und dankte Jon leise. Gott war in der Tat barmherzig, wenn Julias Bruder ihm vergab.

»Thomas?« Julia hatte die Stirn gerunzelt.

»Mutter, Catherine, wenn ihr fertig seid, müssen wir einige Dinge für morgen besprechen und uns dann auf den Gottesdienst heute Abend vorbereiten.«

»Oh – wir sollten auch …«, begann Julia. Dann sah sie Thomas an.

»Ich glaube, Gott wird Verständnis haben, wenn ihr nicht teilnehmt, weil ihr etwas anderes zu tun habt.«

Mit diesem alles andere als subtilen Wink trieb Jon die zögernde

Lady Harkness und die lächelnde Catherine vor sich her aus dem Speisezimmer und ließ Julia und Thomas allein.

»Was sollte das alles?«, fragte sie.

»Ich muss dir einiges erzählen.«

Der Anblick ihrer fragenden Augen versetzte ihm einen Stich. *Herr, sei barmherzig.*

Während sie darauf wartete, dass er anfing zu sprechen, musste er sich erst sammeln. In seinem Innern betete er um Julias Verständnis und ihre Vergebung. Er flehte, dass die Worte des Hasses, die sie ihm gestern entgegengeschleudert hatte, keine Macht mehr besaßen. Die Erinnerung daran tat weh, doch er ermahnte sich, nicht in diesem Schmerz zu verharren. Die Liebe war langmütig.

Angesichts seines Schweigens öffnete Julia den Mund, schloss ihn aber wieder. Ihre Unsicherheit rührte ihn. Ihre frühere Unerschrockenheit schien verschwunden.

»Was ist?«

»Was war das gerade zwischen dir und Jon?«

Herr, sei mir gnädig. Er sagte langsam: »Ich glaube, er bezog sich auf ein Gespräch, das ich mit Lord Hawkesbury hatte. Hawkesbury muss ihm davon erzählt haben.«

Sie zog erwartungsvoll die Augenbrauen hoch.

»Ich …« Wo sollte er anfangen? »Ich weiß nicht, ob ich dir je von meinem Vater erzählt habe?«

Kopfschüttelnd antwortete Julia: »Nur, dass du nichts mit ihm zu haben möchtest.«

»Er war Geistlicher und glaubte an einen rächenden Gott, der die Sünder hasst.« Er lächelte schwach. »Deshalb war es nur folgerichtig, dass er mich hasste.«

Sie protestierte leise.

»Leider war es so. Vaters Geduld war nicht sehr ausgeprägt und mein Wunsch, mich seinem Willen zu fügen, ebenso wenig. Ich denke, er lag nicht ganz falsch, wenn er mich für rebellisch und wild hielt.«

Ihre Hand, die auf seinem Arm lag, gab ihm Kraft, und das Mitgefühl in ihren Augen ließ ihn hoffen, dass sie ihn verstand.

»Lange Zeit habe ich jeden Gedanken an Gott abgelehnt – warum sollte ich etwas mit jemandem zu tun haben wollen, der mich hasste? Aber nach den Vorfällen in Edinburgh …«

»Nach den Vorfällen in Edinburgh?«, soufflierte sie sanft.

»Als ich … als ich Lord Hawkesbury begegnete und mir bewusst wurde, dass ich allein durch Gottes Barmherzigkeit noch am Leben war, habe ich … habe ich erkannt, dass dieser Gott vielleicht doch nicht so hart und unversöhnlich ist, wie ich geglaubt hatte – ja, dass er in Wirklichkeit genau das Gegenteil ist.«

Er schluckte. *Herr, hilf ihr zu verstehen.*

»Ich weiß, was für eine Enttäuschung ich für dich war und dass so viele Dinge sich anders entwickelten, als du erwartet hattest. Du kannst dir nicht vorstellen, wie sehr mir das alles leidtut.« Die Aufrichtigkeit verlangte, auch das Äußerste auszusprechen. »Es … es gab Zeiten, in denen ich wünschte, ich wäre dir nie begegnet, damit dir dieser Schmerz erspart geblieben wäre.«

Als ihre Augen sich mit Tränen füllten, sah sie zu Boden und biss sich auf die Lippen.

In seiner Brust bildete sich ein großer, schmerzhafter Klumpen. »Ich weiß, dass ich gegen dich gesündigt habe – und gegen Gott. Ich hatte bisher kaum Gelegenheit, mit dir zu sprechen, aber ich hatte viele Stunden, in denen ich allein war und mit Gott reden konnte. Ich habe ihn um Vergebung gebeten und gespürt, dass er in seiner großen Gnade sie mir gewährt hat.«

Er spürte, dass sie sich leicht versteifte, auch wenn ihre Hand auf seinem Arm liegen blieb.

»Nicht, weil ich es verdiene, sondern aufgrund seiner großen Gnade. Ich verdiene gar nichts, das weiß ich.«

Angesichts der Ungeheuerlichkeit der Gnade Gottes wurden auch seine Augen feucht. Er war ein Sünder, doch Gott hatte ihn erlöst, ihn aus dem Sumpf seiner vielen unglückseligen Entscheidungen herausgezogen und ihn auf sicheren Boden gestellt. Er war ihm ein Fels geworden, an den er sich von nun an klammern würde, ganz gleich, wie dieses Gespräch mit seiner Frau ausging.

»Und Lord Hawkesbury?«

»Er hat mich ermutigt, Gottes Vergebung zu suchen, und war bei mir, als ich mich endlich dazu durchgerungen habe. Ich kann dir gar nicht sagen, welchen Frieden ich in dieser Gewissheit gefunden habe.«

Jetzt wagte er endlich auch, sie anzusehen, doch sie hatte den Blick noch immer gesenkt, sodass er ihren Gesichtsausdruck nicht sehen konnte.

»Ich weiß, dass ich nicht das Recht habe zu fragen, aber ein Teil von mir wagt noch immer zu hoffen: Julia, wirst du mir verzeihen können?«

Kapitel 30

Vergebung.

Es fühlte sich an, als hätte ihr ganzes Leben auf diesen Augenblick hingeführt, zu diesem einen Wort. Ihr innerer Kampf war nicht vorbei, im Gegenteil, er war noch heftiger geworden. Sie hatte die Wahl: Sie konnte an Groll und Bitterkeit festhalten, die – wie Catherine gesagt hatte – ihr Herz vergiften würden, oder sie konnte Thomas' Bitte erfüllen und ihm vergeben.

Doch war sie überhaupt in der Lage, ihm zu vergeben, wenn sie immer noch nicht wusste, was genau vorgefallen war? Oder gehörte auch das zu den Dingen, die sie in der Vergangenheit belassen sollte, wie Catherine ihr nahegelegt hatte? Sie wollte nicht ständig Altes hervorholen, aber sie wollte auch nicht, dass dieses Gespenst ständig zwischen ihnen herumgeisterte und ihre Zukunft verdüsterte. Wenn sie überhaupt eine Zukunft hatten. Oh, was sollte sie nur tun?

»Ich verstehe«, sagte Thomas. »Ich habe dich zu schnell um zu viel gebeten. Glaub mir, ich will dir keinen Schmerz zufügen, aber ich möchte auch nicht weiterhin mit etwas leben, das nun einmal ausgesprochen werden muss. Wenn wir nicht darüber reden, dann gärt es zwischen uns und führt zu Spannungen. Und irgendwann wird es unser Leben bitter machen.«

»Wie Gift.«

»Genau so.« In seinen Augen stand aufrichtiger Kummer. »Ich kann dir gar nicht beschreiben, wie sehr es mir leidtut, aber ich bereue es mehr, als du dir je vorstellen kannst.«

Sie glaubte ihm. In seinen Augen sah sie solch eine Enttäuschung, solch einen Schmerz und erkannte, dass seine Seele ebenso belastet war wie ihre. Sie hatte die Wahl: Sie konnte sich von ihm abwenden oder ihm zuhören. Sie konnte zornig bleiben oder sich ehrlich um Frieden bemühen. Sie konnte ihrem Instinkt folgen oder sich ganz auf Gott verlassen.

Sie schluckte. Thomas schien Frieden gefunden zu haben, indem er sein Leben Gott anvertraut hatte. Catherine ebenfalls. Und auch Lavinia. Und der Graf. Jon. *Gott, wie steht es mit mir? Bin ich dir auch wichtig?*

Es war ihr, als hörte sie ein geflüstertes Ja in ihrem Innern.

Mit brennenden Augen und zugeschnürter Kehle antwortete sie in Gedanken: *Was soll ich nun tun?*

Vertrau mir, flüsterte dieselbe Stimme.

Sie holte tief Luft und traf eine Entscheidung. Ja, sie würde so handeln, wie Gott es wollte. »Erzähl es mir.«

Mit einem dankbaren Blick begann er, ihr von seiner Zeit in Spanien zu erzählen. Er erzählte fast das Gleiche, was sie schon von seinem Zellengenossen gehört hatte, doch sie stellte einige gravierende Unterschiede fest. Sie hatte zwar erwartet, dass er aufgrund seiner Loyalität ihr gegenüber kein gutes Haar an der Tochter des Gefängniswärters lassen würde. Doch sie hatte nicht damit gerechnet, einen derartigen Ekel und Abscheu in seinem Gesicht zu sehen. Immer wieder stockte er in seiner Erzählung, als müsse er sich übergeben.

War es bei dem Ganzen vielleicht mehr ums Überleben als um einen Verrat an ihr gegangen?

Wenn ja – wer war sie, seinen offensichtlichen Schmerz noch zu vergrößern, indem sie an ihrem Stolz festhielt, statt sich ihm liebevoll zuzuwenden und ihm Vergebung anzubieten – wie es, so empfand sie es ganz stark, richtig war? *Gott, was soll ich tun?*

Plötzlich fielen ihr Catherines Worte ein, als sie ihr das Gleichnis vom unbarmherzigen Knecht erzählt hatte, dem seine Schuld vergeben worden war, der aber selbst nicht vergeben konnte. War sie wie dieser Knecht? Wie groß war ihre eigene Sünde? Sie war alles andere als ein vollkommener Mensch. Überwältigt von ihren Gefühlen barg sie den Kopf in den Händen. Die Entscheidung stand vor ihr wie ein Berg. Was sollte sie tun?

Im Grunde wusste sie es.

Endlich schluckte sie den riesigen Kloß aus Gefühlen, der ihr die Kehle verschloss, hinunter und wagte ein Gebet.

Gott, vergib mir. Hilf mir, ihm zu vergeben. Ich möchte es nicht, aber ich weiß, dass ich es muss. Bitte hilf mir.

Eine ganze Liste ihrer Sünden tauchte vor ihren inneren Augen auf: ihr Stolz, ihre Lügen, ihre Selbstsucht, ihr Groll.

Vater im Himmel, es tut mir so leid. Sie schluckte. Wie kann ich über ihn richten, wo ich doch ebenfalls eine Sünderin bin?

Angesichts der Größe ihrer Schuld bekam sie kaum noch Luft.

Gott, vergib mir. Bitte hilf mir, Thomas zu vergeben und ihn zu lieben, wie ich es sollte. Tränen brannten in ihren Augen. *Ich weiß nicht, was ich sagen kann, außer: Hilf mir, dir in allem zu vertrauen, dir unsere Zukunft anzuvertrauen. Führe mich – führe uns – in alle deine Pläne hinein.*

Ihr Tränenausbruch überraschte sie ebenso sehr wie das wunderbarste Gefühl, das in ihrem Herzen aufstieg. Es fühlte sich an wie …

… Frieden.

»Julia?« Thomas, den sie die ganze Zeit nicht mehr wahrgenommen hatte, legte den Arm um sie. »Julia, bitte, weine nicht. Es tut mir so leid …«

»Nein …«

»Liebling, bitte.« Seine Stimme klang verzweifelt. »Ich wollte dir auf keinen Fall noch größeren Schmerz zufügen.«

Als er sie an sich zog, benetzten ihre Tränen sein Hemd. Irgendwann holte sie zitternd Luft und konnte endlich sprechen.

»Nein, Thomas, das ist es nicht.« Sie hob ihr tränenüberströmtes Gesicht zu ihm und sah die Sorge in seinen Augen. Traurig sagte sie: »Es tut mir leid, dass ich dir diese schlimmen Vorwürfe gemacht habe, obwohl ich ganz offensichtlich nicht alles wusste. Ich war zornig und verletzt und habe dich das spüren lassen.«

»Ich hatte es verdient.«

»Nein, das hast du nicht. Ich war immer schon viel zu eigensinnig und bin lieber meinen Gefühlen gefolgt, statt einfach das Richtige zu tun.« Sie lächelte schwach. »Und meine Gefühle sind nur allzu wankelmütig.«

»Das geht uns allen so.« Reumütig sah er sie an. »Aber ich versichere dir: Ich hatte keinerlei Gefühle für *sie* …«

»Aber das weiß ich doch. Ich glaube dir.«

Mit leuchtenden Augen rief er: »Wirklich?«

»Ich habe letzte Nacht gehört, dass du im Schlaf geredet hast. Du hast gesagt, sie solle ›weggehen‹.« Er zuckte zusammen. »Und ich wusste, dass du nicht so an sie dachtest, wie du …« Das Erröten ihrer Wangen ließ sie zu Boden blicken und verstummen.

»Nicht so, wie ich an dich denke. Ich könnte niemals an eine andere denken, wie ich an dich denke, mein Liebling. Du warst die Verheißung, die mich in Spanien und in Edinburgh am Leben gehalten hat. Wenn ich verzweifelt war, habe ich an dich gedacht, mich an uns erinnert und mir gewünscht, dich zu sehen. Nichts wollte ich lieber, als hier zu sein und dich zu halten und zu spüren. Zu wissen, dass du mich liebst …«

»Ich liebe dich. Wirklich. Mir tut so leid, was ich gestern gesagt habe. Ich hatte unrecht. Bitte verzeih mir.«

»Es ist verziehen.«

Voller Liebe nahm sie seine Hände und blickte ihm ins Gesicht. »Ich liebe dich, Thomas.«

»Bist du dir sicher? Trotz … allem?«

»Ich bin mir sicher.« Sie lächelte ihn an. »Wahrhaftig!«

Mit Schmetterlingen im Bauch spürte sie, wie er näher kam, sie mit seinen Armen umschloss und sie küsste. Seine Lippen waren so weich, so zärtlich! Dann flüsterte er ihr ins Ohr, wie dankbar er war und wie sehr er sich über sie freute. Wie sehr er sie liebte und wie schön sie war.

Lachend dachte sie, dass Liebe wirklich blind machte, wenn er ihre verquollenen Augen und die gerötete Nase schön fand.

»Meine Liebste, es tut mir so leid, dass ich dir nicht geglaubt habe, was Charles angeht.«

Was? Oh. »Es muss seltsam geklungen haben, das weiß ich. Mich plötzlich mit einem Kleinkind zu sehen und zu wissen, dass es nicht von dir sein kann.«

»Du hattest recht; ich konnte keine Verwandten von Meggie auftreiben. Also werden wir ihn als unser Kind großziehen, wie sie es sich gewünscht hat.« Er drückte sie an sich. »Meine gütige, mutige Frau.«

Leider bin ich nicht ganz so mutig, wie du denkst. Vergib mir, Gott. Sie musste ihm noch von seinem eigenen Kind erzählen und öffnete den Mund …

»Da seid ihr ja!«

Mutter. Julia unterdrückte einen unwilligen Laut, als ihre Mutter ins Zimmer trat. Sie fing Thomas' amüsierten Blick auf, als er langsam seine Arme von ihr löste und stattdessen ihre Hand nahm und seine Finger mit ihren verflocht.

»Und? Was können Sie zu Ihren Gunsten sagen?«

»Mutter, bitte …«

»Nein. Ich will es von ihm hören …« Sie unterbrach sich und sah Julia forschend an. »Er hat dich zum Weinen gebracht! Nun, damit wäre dann wohl alles geklärt. Ich verlange …«

»Nein, Mutter. Thomas hat mich nicht zum Weinen gebracht.«

»Aber früher ganz viele Male!«

Julia spürte, wie Thomas zusammenzuckte. »Aber nicht heute.« Sie drückte tröstend seine Hand und sah ihre Mutter an. »Heute hat Gott mich zum Weinen gebracht.«

Ihre Mutter blinzelte. »Gott?«

»Nun ja, vielleicht nicht Gott … aber meine Erkenntnis, wie sehr ich ihn und seine Vergebung brauche.« Das Wunder dieser Gnade erfüllte sie abermals mit Staunen und es dauerte ein wenig, bis sie weiterreden konnte. »Ich habe an Dingen festgehalten, die zu Verbitterung und Kummer führten. Außerdem habe ich Entscheidungen getroffen, unter denen andere gelitten haben.« Sie schluckte. »Es tut mir leid, dass manche dieser Entscheidungen auch dich verletzt haben.«

»Oh! Nun …« Als Mutter Thomas ansah, verhärtete sich ihr Gesicht erneut.

»Aber es tut mir nicht leid, dass ich Thomas geheiratet habe. Je eher du das akzeptierst, desto besser.«

»Julia, er hat dich verraten!«

»Und Julia hat mir vergeben, Lady Harkness. Ich hoffe sehr, dass Sie das eines Tages ebenfalls tun werden.«

Mutter schüttelte den Kopf und sah wieder Julia an. »Sag, dass das nicht wahr ist.«

»Doch, das ist es. Ich liebe ihn. Ich habe ihm vergeben, so wie Gott mir vergeben hat.«

»Du … du glaubst an Gott?«, fragte Thomas. Sie wandte sich ihm zu.

»Ja.« Sie lächelte sanft, als der Frieden, den sie vorhin empfunden hatte, von Neuem ihr Herz erfüllte.

Sein Gesicht strahlte, als er ihre Hand küsste. »Ich bin so glücklich.«

»Ich auch.« Mit Gottes Hilfe hatte ihre beschädigte Ehe vielleicht die Chance zu heilen. Vor allem, wenn …

Sie wandte sich wieder ihrer Mutter zu, die sie beide fixierte. »Das Leben ist zu kurz, um sich von geliebten Menschen zu entfremden, findest du nicht?«

Ihre Mutter errötete und murmelte etwas Zustimmendes.

»Wenn du uns nicht unterstützt und nicht aufhörst, meinem Mann Vorwürfe zu machen, dann werde ich leider Maßnahmen ergreifen müssen, um mein Glück, das Glück meines Mannes und das unserer Kinder zu schützen.«

»Unserer Kinder?«, fragte Thomas verwirrt.

»Oh, sie hat es Ihnen also noch nicht erzählt?«

»Mutter.« Julia sprang auf. »Ich möchte mit Thomas reden. Allein.«

»Das sehe ich!«, rief ihre Mutter und rauschte aus dem Zimmer.

Zitternd atmete Julia aus und setzte sich wieder.

»Julia?«

Sie hob ihren Blick. »Thomas, ich hätte es dir sagen sollen. Ich wollte ja, aber …« Sie hob hilflos die Hände.

»Mir was sagen?«

»Charles wird nicht unser einziges Kind sein.«

Er lächelte. »Du weißt gar nicht, wie viel Hoffnung mir das schenkt.« Er zog sie an sich, schlang seine Arme um sie und legte seine Wange an ihr Haar. »Soll das heißen, dass du gern versuchen würdest, Nachwuchs zu bekommen?«

Sie musste lachen. »Meine Antwort lautet Ja, aber andererseits brauchen wir es nicht erst zu versuchen – wenn du weißt, was ich meine.«

»Sag mir nicht, dass du noch eine Freundin hast, deren Kind du adoptieren willst.«

»Nein.« Sie legte eine Hand auf ihren Leib. »Ich will sagen, dass du Vater wirst.«

Er starrte sie an. »Du erwartest ein Kind?«

Sie nickte.

»Wie?«

Sie wurde tiefrot. »Auf die übliche Weise.«

»Aber wann?«

»In der Nacht, in der du nach London zurückgekommen bist.«

»Ich werde wirklich Vater werden?«

»Ja.« Sie seufzte und schmiegte sich an ihn. »Ist das nicht herrlich?«

Diese Neuigkeit war wirklich herrlich und machte ihn zutiefst demütig. Und ein wenig ängstlich.

Doch er *würde* ein guter Vater sein, ein Vater, der seine Kinder nicht nur lehrte, Recht von Unrecht zu unterscheiden, sondern dies mit Liebe und Güte tun würde. Und der sich, wenn – falls – er dabei versagte, auf die Vergebung eines barmherzigen Gottes verlassen würde, so wie er, was ihre Zukunft betraf, auf seine Führung vertrauen würde. *Herr, sei mir gnädig.*

Der Rest des Nachmittags verging wie im Traum. Julia schmiegte sich in seine Arme und Charles lag zufrieden zwischen ihnen und brabbelte vor sich hin. Sie redeten und beteten und redeten noch mehr, bis er das Gefühl hatte, sein Herz müsse vor Glück zerspringen. Wie barmherzig war Gott, dass er ihn mit solcher Gnade überschüttete? Niemals hätte er es für möglich gehalten, dass ihm diese Liebe zuteilwurde, die sich in der Vergebung Julias und in der Verheißung eines Kindes zeigte. Niemals hätte er erwartet, dass Gott seine Gebete so schnell erhören würde. Diese unverdienten Geschenke waren so überwältigend, dass er sich emotional fast so wacklig fühlte wie körperlich – eine Empfindung, die er zu verbergen suchte, weil er bemerkte, dass Lady Harkness ihn bereits misstrauisch beäugte.

Zum ersten Mal seit einer gefühlten Ewigkeit schien er sich entspannen zu können, während der Frieden, der den Raum erfüllte, in sein Herz einzog. Er sah auf die Locken des kleinen Charles, der zwischen ihnen eingeschlafen war. Seine goldenen Wimpern lagen auf den runden Wangen, während er seinen Daumen in den Mund gesteckt hatte. Beim Anblick des kleinen Jungen durchströmte ihn Wärme, und ein starker Beschützerinstinkt meldete sich. So fühlte es sich also an, Vater zu sein. Er konnte es kaum erwarten, dass Julias und sein Kind zur Welt kam.

»Ich bringe die kleine Schlafmütze auf ihr Zimmer«, sagte Julia und machte Anstalten aufzustehen.

»Lass mich das machen.« Er nahm ihr den schlafenden Jungen ab, doch im selben Moment wurde ihm klar, dass er kaum in der Verfassung war, gehen zu können, geschweige denn, etwas tragen zu können, und sei es ein Kleinkind. Doch er biss die Zähne gegen die aufsteigenden Schmerzen zusammen und versuchte krampfhaft, sich aufrecht zu halten. Er würde beweisen …

»Vielen Dank, aber du solltest ruhen«, sagte Julia und hatte ihm den Kleinen auch schon wieder abgenommen. »Es wäre mir lieber, wenn du dir deine Kraft für später aufsparst.«

»Später?«

»Später«, sagte sie mit einem Augenzwinkern, das sein Herz schneller schlagen ließ.

Sie ging mit Charles hinaus und er ließ sich aufatmend wieder zurücksinken. Jetzt, allein im Zimmer, brauchte er sich nicht stärker zu geben, als er war, brauchte nicht mehr so zu tun, als hätten die vergangenen Tage – oder waren es Jahre – des Pläneschmiedens und Umherjagens nicht ihren Tribut gefordert. Es war vorbei, ein für alle Mal vorbei.

Er schloss die Augen. Es war doch vorbei – oder? McKinley musste noch gefunden werden und bestimmte Dinge, seine und Julias Zukunft betreffend – wie etwa die Wahl eines Hauses –, blieben noch zu lösen, doch auch hier empfand er ein Gefühl der Gewissheit, dass Gott für alles sorgen würde.

»Ah, hier bist du.«

Als er die Augen aufschlug, sah er Jon vor sich stehen. Sein Schwager zeigte einen Gesichtsausdruck, der beinahe als mitfühlend bezeichnet werden konnte. Mühsam rappelte er sich hoch.

»Nein, mach dir keine Umstände«, lenkte Jon ein und bedeutete ihm, sich zu entspannen, während er sich in den Sessel ihm gegenüber setzte. »Du musst ja völlig erschöpft sein.«

»Ja.« Thomas beobachtete ihn. Trotz der Worte seines Schwagers beim Essen war er noch immer unsicher, was Julias Bruder wirklich von ihm dachte. Er räusperte sich. »Du weißt hoffentlich, wie sehr ich deine Erlaubnis, hierbleiben zu dürfen, zu schätzen weiß.«

Nach einem Moment des Schweigens erwiderte Jon mit zusammengekniffenen Augen: »Das war kein Sarkasmus.«

»Ich weiß, dass du mich nicht magst und mich wahrscheinlich zum Teufel wünschst, deshalb weiß ich es zu würdigen, dass du deine Antipathie diesmal hintanstellst.«

Jon seufzte und schüttelte den Kopf.

Mit schwerem Herzen stellte Thomas fest, dass Jon mit sich zu ringen schien.

»Ich weiß jetzt, dass ich mich … nicht angemessen verhalten habe.«

Überrascht zog Thomas die Augenbrauen hoch: »Oh doch, ich glaube schon.«

Jon verzog den Mund zu einem trockenen Lächeln. »Wie auch immer, du sollst wissen, dass mir die harten Worte, die ich dir gegenüber geäußert habe, leidtun, ebenso wie mein unchristliches Verhalten, das damals zu unserem Zerwürfnis geführt hat.«

»Ich gebe dir keine Schuld daran. Wie könnte ich auch?« Sein Lächeln wirkte gezwungen, als er fortfuhr: »Wenn Julia meine Schwester wäre, hätte ich alles in meiner Macht Stehende getan, einen Wüstling wie mich daran zu hindern, mit ihr durchzubrennen.«

»Aber du bist kein Wüstling mehr, oder?«

»Ich …« Von Gefühlen überwältigt, konnte er nicht weitersprechen und musste die Tränen, die ihm in die Augen gestiegen waren, fortblinzeln. »Ich versuche von jetzt an, ein anderes Leben zu führen und Gott meine Zukunft in die Hände zu legen.«

»Mehr als es versuchen können wir alle nicht.«

»Julia und ich haben beide noch viel über das Wirken Gottes zu lernen, aber ich spüre seine Führung.«

»Moment – soll das heißen, dass Julia ebenfalls zum Glauben gefunden hat?«

Thomas nickte. »Heute Nachmittag. Anscheinend hat Gott auch sie erreicht.«

Jons Augen glänzten verdächtig. Er schluckte, senkte den Kopf und atmete tief ein und wieder aus. »Ich … ich glaubte schon, meine Methoden hätten sie abgeschreckt, die Wahrheit zu suchen – und jetzt warst du es, der ihr geholfen hat zu erkennen …« Er brach ab, räusperte sich und fügte etwas schroff hinzu: »Danke, Hale.«

Thomas genoss die Anerkennung seines Freundes. Dann sagte er: »Ich glaube, da haben wir Catherine mehr zu verdanken als mir. Sie ist eine gute Frau.«

»Ja.« Jon betrachtete ihn einen Moment, dann streckte er die Hand aus. »Willkommen in der Familie, Thomas Hale.«

Mit bebenden Lippen schüttelte er seinem Freund die Hand. »Danke.«

Jon stieß schwer den Atem aus und ließ sich gegen die Sessellehne sinken. »Dieses Weihnachtsfest hat uns ein paar wirklich wunderbare Überraschungen beschert.«

»Das kann man wohl sagen«, erwiderte Thomas, der noch immer ganz benommen war von der neuen Haltung seines Freundes.

»Ich weiß, dass ein solcher Ort«, Jon deutete auf ihre Umgebung, »nicht ganz das ist, was meine Frau und meine Mutter sich für dieses Fest vorgestellt haben, aber …«

»Es dient zu unser aller Schutz«, beendete Thomas den Satz. »Wir werden darum beten müssen, dass die traurige Sache mit McKinley bald gelöst wird.«

»Das stimmt. Der Gedanke, dass meine Familie in Gefahr ist, beunruhigt mich, ganz gleich, wie viele Männer Hawkesbury zu unserem Schutz hierherbestellt hat.«

»McKinley ist ein hinterhältiger Verbrecher, aber ich versichere dir, ich würde lieber sterben als zuzulassen, dass er ein Mitglied meiner Familie verletzt.«

Jon lächelte. »Ich weiß.«

Der Rest des Abends und der folgende Weihnachtsmorgen übertrafen alle seine Träume. Die Botschaft des Weihnachtsabends und dieses Morgens berührten von Neuem sein Herz und machten ihn zutiefst dankbar für Gottes Gnade und die unverdiente Güte, die seine Frau, Jon und Catherine ihm erwiesen hatten.

Während des Mittagsmahls, das aus Entenbraten und allerlei anderen Köstlichkeiten bestand, und dem Austausch von Geschenken, die Jon irgendwie in London besorgt hatte, war Thomas sich ständig der Versuche aller Anwesenden bewusst, ihn einzubeziehen, ihm das Gefühl zu geben, Teil einer Familie zu sein, wie er sie nie gehabt hatte. Eine Zeit lang beschämte ihn das Wissen, dass er selbst keine Geschenke zu geben hatte – er verzog sarkastisch den Mund bei dem Gedanken, dass dies nun einmal sein Schicksal zu sein schien, doch dann schob Catherine ihm ein in Geschenkpapier gewickeltes Päckchen zu mit der geflüsterten Anweisung, es Julia im passenden Augenblick zu geben. Diese Aufmerksamkeit und Fürsorge empfand er seinerseits wie ein Geschenk, denn Julia war entzückt über die seidenen Handschuhe und gab ihm völlig unbefangen einen innigen Kuss, als befänden sie sich nicht inmitten ihrer Familie.

Jetzt war Lady Harkness dem Beispiel von Jon und Catherine gefolgt und hatte sich in ihr Zimmer zurückgezogen, nachdem Crabbit auch Charles ins Bett gebracht hatte. Nun hatten er und Julia das Wohnzimmer für sich und konnten sich noch ein wenig unterhalten. Draußen fiel leise der Schnee, drinnen am knisternden Kamin herrschte eine wohlige Wärme.

Er legte einen Arm um sie. »Hat dir der Tag gefallen, mein Liebling?«

Julia schmiegte sich enger an ihn und gab ihm einen hauchzarten Kuss. »Er war praktisch perfekt.«

»Praktisch?«

»Ich bin dankbar, dass mein Bruder sich offenbar ein wenig für dich erwärmt hat. Sein verändertes Verhalten macht mir jedenfalls Hoffnung. Wenn doch nur auch meine Mutter zur Vernunft käme!«

Das war wahrlich noch ein Kampf, der ihm bevorstand. Er dachte an die Gnade und Vergebung Gottes, als viele Menschen gegen ihn gewesen waren, und betete um Kraft und um die richtigen Worte. »Ich kann ihr keine Vorwürfe machen. Es ist schwer, Verletzungen zu verzeihen, die einen so lange mit Groll erfüllt haben.« Er zog sie näher an sich. »Aber hast du den Tag genießen können?«

»Ich habe die Zeit mit euch allen zutiefst genossen und das Essen und meine Geschenke, aber du weißt, dass ich mir nur eines wünsche«, flüsterte sie.

»Wirklich? Und was ist das?« Was auch immer – er würde ihr alles geben.

»Ich möchte, dass wir wieder eine Familie sind. Ich wünsche mir, dass wir ohne die ständige Einmischung meiner Mutter oder meines Bruders an einem anderen Ort leben – wie anfangs in Schottland, wo wir so glücklich und frei waren. Wo wir einfach wir selbst sein können, ohne ständig von anderen beobachtet zu werden, wo wir miteinander reden können, ohne dass ständig andere Ohren mithören. Ich wünschte, wir hätten irgendwo ein eigenes Haus.«

Alles, bis auf das. Mutlos überschlugen sich seine Gedanken, während er versuchte, einen Weg zu finden, ihr das zu geben, wovon sie schon immer geträumt hatte. Doch wie immer fiel ihm keine Lösung ein. *Vater im Himmel …*

Plötzlich kam ihm ein Gedanke. Nein. Das war wirklich nur die allerletzte Möglichkeit. Sie würde es nicht wollen – und er wollte es nicht. Es wäre ohnehin zu schwierig. Er seufzte. Doch welche Möglichkeiten blieben ihm sonst?

»Weißt du, ich habe mich immer gefragt …«

»Was gefragt?«, murmelte er in ihr Haar.

»Ich habe mich immer gefragt, wo du aufgewachsen bist.«

Er erstarrte. Konnte sie seine Gedanken lesen?

Lieber Gott, hilf mir. Würden die Kämpfe aus seiner Vergangenheit denn nie aufhören?

Kapitel 31

Am zweiten Weihnachtsfeiertag bekamen normalerweise die Armen der Gemeinde Geschenkpakete mit Lebensmitteln und praktischen Dingen. Außerdem fand das Weihnachtsfest an diesem Tag seinen Höhepunkt in einem großen Ball. Doch in diesem Jahr waren sie wie gefangen in diesem fremden Teil der Grafschaft, kannten keine ihrer Nachbarn und noch viel weniger die Armen der Gemeinde. Dabei waren die Lebensmittelvorräte, die sie aus London mitgebracht hatten, so überreichlich, dass sie gut davon hätten abgeben können.

Obwohl sie darüber traurig war, dass sie das Fest nicht so feiern konnten wie üblich, dachte Julia, es gab Schlimmeres, als Zeit mit der Familie zu verbringen. Zumal mit dieser neuen Freude in ihrem Herzen und einem Frieden, der alle ihre Gedanken erfüllte und sie daran erinnerte, Gott zu vertrauen und sich nicht ständig Sorgen zu machen. Sie blickte quer durch das Wohnzimmer zu ihrem Ehemann, der noch so schwach und wegen seiner Verletzungen eingeschränkt war, jedoch nicht mehr den ausgezehrten Eindruck wie noch vor wenigen Tagen machte. Außerdem wirkte er nicht mehr so deprimiert. Vielleicht lag das auch an Jons neuem Verhalten ihm gegenüber – die beiden hatten zu dem herrlich ironischen Ton aus früheren Zeiten zurückgefunden, der Julia und Catherine so sehr gefiel, wie er Julias Mutter verwirrte.

Die lang ersehnte Verbesserung der Beziehung zwischen den beiden Männern war eine große Erleichterung und hielt vor allem das leichte Unbehagen im Zaum, das sie noch immer empfand.

»Was meinst du, wie lange will Hawkesbury uns hier wie Gefangene halten?«, fragte ihre Mutter gerade.

»Wir sind wohl kaum Gefangene, Mutter«, murmelte Julia. »Er will uns lediglich in Sicherheit wissen, bis bestimmte Dinge geklärt sind.«

»Hmpf. Aber wir wären nicht in dieser dummen Lage, wenn nicht …« Sie warf Thomas einen erbosten Blick zu, bei dem ein weniger tapferer Mann vor Angst gezittert hätte. Doch – Julia sah es mit Befriedigung – sie hatte keinen Feigling geheiratet, wie schon die Tatsache zeigte, dass Thomas die Beleidigung nicht einmal wahrzunehmen schien, sondern sich ganz auf den kleinen Charles konzentrierte.

Wie so oft in den letzten Tagen wurde ihr warm ums Herz. Wie wunderbar, ihn mit dem kleinen Charles im Arm zu sehen! Zu beobachten, wie die beiden sich mit ihren dunklen Augen ansahen und in einer zärtlichen Babysprache leise – leise jedenfalls von Thomas' Seite – miteinander plauderten. Er würde ein wunderbarer Vater sein. In der vergangenen Nacht hatten sie noch über ihre Zukunft gesprochen. Sie waren übereingekommen, dass er Kontakt zu seinem Vater aufnehmen und versuchen musste, eine schmerzliche Vergangenheit zu einer glücklichen Lösung zu bringen. Außerdem waren sie sich einig gewesen, dass sie ein eigenes Haus brauchten. Doch sie hatte Thomas damit nicht mehr bedrängt, weil sie wusste, dass er selbst dafür sorgen wollte, ohne die Mittel anzutasten, die Jon ihnen unter den jetzigen Umständen mit Sicherheit zur Verfügung stellen würde. Wie konnten sie dieses Problem lösen? Was konnte er tun, um zu Geld zu kommen? Doch bevor diese Sorgen von ihr Besitz ergreifen konnten, atmete sie leise tief ein und wieder aus. Sie wollte ihre Zukunft Gott anvertrauen.

»Dieses Herumsitzen macht mich schrecklich müde. Hat vielleicht jemand Lust auf ein Kartenspiel?« Mutter stand auf. »Ich schaue mal nach, ob es hier so etwas gibt. Catherine? Julia? Kommt ihr mit?«

Anscheinend wollte Catherine ihr ihren Wunsch erfüllen, und auch Julia gab ihrem bittenden Blick nach – nicht zuletzt, weil Charles gerade anfing zu weinen. »Natürlich.« Mit einem entschuldigenden Lächeln an ihren Mann gerichtet nahm sie Charles auf, der sich sofort beruhigte, und folgte den beiden Damen und der kleinen Elizabeth in den Salon hinter dem Esszimmer. Die beiden Männer blieben im Wohnzimmer sitzen.

»Ich hätte nicht geglaubt, den Tag zu erleben, an dem ein Mann sich so weit erniedrigt, ein Kind auf diese Weise im Arm zu halten«, beschwerte sich ihre Mutter.

Julia verbiss sich die Antwort, die ihr schon auf der Zunge lag, holte tief Luft und fragte freundlich: »Wie soll Thomas Charles denn deiner Ansicht nach halten?«

»Ich finde es nun einmal sehr würdelos und zudem unnötig, wo wir doch Crabbit haben, deren Aufgabe das eigentlich ist.«

»Ich finde diesen Beweis seiner Zuneigung wundervoll«, sagte Catherine.

»Ich auch«, sagte Julia. »Liebe und Zuneigung sollten niemals herabgewürdigt werden, dafür sind sie in dieser Welt viel zu schwer zu finden.«

»Nun ja, sie sind wohl besser als Gewalt«, gestand ihre Mutter ihnen zu.

»Sehr richtig«, meinte Julia und lächelte ihre Schwägerin an.

Mit einem ganz neuen Gefühl der Einmütigkeit begannen sie ihr Spiel.

Ähnlich einmütig ging es zwischen den beiden Freunden zu. Der neue Geist der Eintracht zwischen Jon und ihm selbst war nach wie vor verwunderlich für beide und fast beschämend für Thomas. Selbst Lady Harkness schien langsam aufzutauen – und das war nun wahrlich ein Wunder Gottes!

»Ich hoffe, dass man McKinley bald findet«, sagte Jon, und die neue Ungezwungenheit in seinem Gesicht wich einem Ausdruck der Besorgnis. »Mir ist irgendwie nicht ganz wohl bei dem Gedanken, dass wir so gar nichts über seinen Aufenthaltsort wissen. Es ist zwar unglaublich großzügig von Hawkesbury, uns hier wohnen zu lassen, aber wenn wir noch länger so eingesperrt sind, werden wir am Ende alle seelischen Schaden nehmen.«

Thomas nickte. Ihm gefiel das Ganze auch nicht. Doch diese Sorge auszusprechen wäre ihm wie ein Äußern von Zweifeln an Gottes Plan vorgekommen, und er wollte doch Gott vertrauen und nicht seinen Instinkten.

»Genug davon vorläufig.« Jon lächelte. »Hast du schon über eure Zukunft nachgedacht?«

»Ich … ich möchte meinen Vater in Norfolk besuchen, sobald wir hier fortdürfen.«

»Deinen Vater?«

»Ja. Ich hoffe, dass er vernünftigen Argumenten gegenüber zugänglich sein wird.« Und hoffentlich auch der Vergebung.

»Er wird entzückt sein, dass ihr Familienzuwachs bekommt.«

Thomas zwang sich zu einem Lächeln. Er war ganz sicher, dass sein Vater noch nie in seinem Leben von irgendetwas oder irgendjemandem entzückt gewesen war, und schon gar nicht von etwas, das Thomas getan hatte. Doch jetzt hatte sich alles geändert und er konnte sich auch im Blick auf seinen Vater in nichts mehr sicher sein.

»Ich weiß, dass du das Richtige für Julia tun wirst. Ich nehme dich beim Wort, was das angeht.« Doch Jons Lächeln sagte ihm, dass diese Ankündigung nicht das Geringste mit seinem einstigen Misstrauen zu tun hatte.

»Danke. Ich bin …« Plötzlich wurde er von einer Bewegung draußen vor dem Fenster abgelenkt. »Was war das?«

Jon runzelte die Stirn. »Hast du etwas gesehen?« Er stand auf und spähte hinaus. »Da ist nichts.«

»Wahrscheinlich habe ich mich getäuscht«, meinte Thomas. »Wäre schließlich nicht das erste Mal.«

»Es war wohl ein Vogel oder vielleicht auch einer von Hawkesburys Männern.«

Thomas nickte. Trotzdem stand er auf, was ihm immer noch

schwerfiel. Gott sei Dank würde er diese elenden Krücken bald nicht mehr brauchen. »Wollen wir die Damen suchen?«

»Sie werden unsere Gesellschaft sicherlich zu schätzen wissen«, sagte Jon lächelnd.

Thomas ging voraus zum Esszimmer, wo sie zuletzt gewesen waren. »Julia?«

Keine Antwort.

»Julia? Wo bist du?«

Nichts. Nicht einmal ein leises Weinen von Charles.

Als er ins Wohnzimmer hinkte, erstarrte er. Die Krücken entglitten ihm.

Da stand McKinley! Er hielt ein Messer in der Hand, das er Julia an die Kehle hielt. Die beiden anderen Frauen standen mit den Kindern auf dem Arm hinter ihm. Er hatte sie offensichtlich in eine Ecke des Raumes gedrängt.

Zitternd vor Angst sah Julia, dass Thomas schneeweiß wurde. Entsetzt weiteten sich seine Augen, und sein noch immer gebrechlicher Körper schien in sich zusammenzufallen. Julia sah, wie Jon hinter ihm auftauchte und spürte den kalten Stahl an ihrer Kehle.

»Nein, Jon!«

Thomas hielt Jon, der vor Schreck kein Wort herausbrachte, mit einem Arm zurück. Seine dunkelbraunen Augen waren fest auf sie gerichtet und schien ihr mit ihnen zu versichern, dass er alles in seiner Macht Stehende tun würde, sie zu retten. »McKinley, bitte, lassen Sie die Frauen aus dem Spiel. Und die Kinder. Sie wollen doch nur mich.«

»Natürlich will ich Sie! Es waren schon immer nur Sie! Sie mit Ihren verfluchten Prinzipien, Ihrem guten Stern und Ihrem unbegreiflichen Glück. Haben Sie wirklich geglaubt, dass ich Sie nicht finde?« Sein Arm schloss sich fester um Julia. »Sie und Hawkesbury sind Idioten, wenn Sie dachten, dass ich dem Herrn da nicht folge.« Die Messerspitze deutete auf Jon.

»Sie sind mir gefolgt?« Jons Stimme schien aus weiter Ferne zu kommen.

McKinley murmelte etwas über Jons Intelligenz und dass er Jons Dienern gefolgt sei. »Dann habe ich mich einfach wie in Poona auf die Lauer gelegt, bis die Gelegenheit günstig war und ich Hawkesburys Männer überwältigen konnte.« Er lachte. »Hier wird euch keiner zu Hilfe kommen. Jetzt ist es aus und vorbei mit eurem Glück.«

»Ich glaube nicht an Glück.« Thomas schüttelte den Kopf. Sein Blick flog zu Julia, dann wieder zurück zu McKinley. »Ich tue, was immer Sie wollen, aber bitte, lassen Sie Julia los.«

»Dann kommen Sie her.«

Julia sah entsetzt, wie er näher trat. »Nicht, Thomas!« Sie musste etwas tun! Sie musste ihn retten! Thomas war noch zu schwach, einem Kampf wäre er nicht gewachsen.

Hinter sich hörte sie das Wimmern der Kinder, Catherines sanfte Bitten und Mutters empörtes Aufkeuchen.

»Jemanden umzubringen, ist keine Lösung«, rief Jon.

»Aber danach werde ich mich besser fühlen.«

»Nicht, wenn Sie dann am Seil eines Henkers baumeln!« Julia wehrte sich gegen seinen Arm, doch sein Griff war wie Stahl. »Thomas, bitte.«

»Julia, lieber sterbe ich, als zuzusehen, wie du verletzt wirst.« Er lächelte sie traurig an. »Ich liebe dich mehr als mein Leben. Das habe ich immer und werde ich immer …«

»Thomas, nein!«

Plötzlich spürte sie, wie sich McKinleys Griff lockerte, und sah das Aufblitzen von Stahl, als sein Arm sich gegen Thomas erhob. Im nächsten Augenblick entwand sie sich ihm und rammte ihm den Ellbogen gegen die Brust.

Er stieß einen Schmerzensschrei aus und taumelte nach hinten, ohne sie ganz loszulassen, doch Thomas packte ihren Arm und riss sie hinter sich in Sicherheit.

»Lassen Sie sie in Ruhe!« Thomas hatte sich wieder umgedreht und stellte sich McKinley, der sich aufgerappelt hatte und ihn fixierte. Jon ergriff die Gelegenheit, an ihm vorbei zu Catherine, Mutter und den Kindern zu laufen und sie aus dem Zimmer zu scheuchen. »Lassen Sie sie in Ruhe. Sie haben nichts mit alldem zu tun.«

McKinley stieß mit dem Messer zu und zwang Thomas, zurückzuspringen, wobei er beinahe Julia gestoßen hätte.

»Julia, geh hinaus!«, rief er ihr zu.

»Aber …«

»Bitte!« Seine Augen waren fest auf seinen Gegner gerichtet, der erneut das Messer durch die Luft sausen ließ, während die beiden Männer sich langsam im Kreis drehten. »Geh einfach!«

Vielleicht würde es eine Zeit geben, in der sie ihrem Mann gehorchen musste, doch die war nicht jetzt. An dem leichten Zittern seiner Beine und seiner Stimme merkte sie, dass seine Kraft rasch schwand. Sie griff nach Thomas Gehstöcken und gab ihm einen. »Hier!«

Ohne die Augen von seinem Gegner zu lassen, griff er danach.

»Sie wollen mit einem lächerlichen Stock auf mich losgehen?« Fluchend sprang McKinley mit erhobenem Messer nach vorne und riss Julia erneut auf seine Seite hinüber.

Erschrocken schrie sie auf, biss dann aber die Lippen zusammen und verbarg ihre Angst. Sie durfte Charles und die anderen nicht noch mehr ängstigen. Von dem Körper des Mannes ging der eklige Geruch nach schalem Schweiß und Verzweiflung aus. Er schlang erneut einen Arm um ihren Hals und presste sie an sich, sodass sie sich nicht bewegen konnte und kaum Luft bekam.

Nun sah sie wieder Jons Gesicht, das so angsterfüllt war, wie sie es noch nie gesehen hatte.

»Bleibt weg!«, keuchte McKinley neben ihrem Ohr und drückte fester mit dem Messer zu. »Ich verletze sie!«

Trotz der Klinge an ihrem Hals versuchte sie, seine Hand wegzudrücken, doch er war viel zu stark!

Langsam kam Thomas näher. Er hatte den Stock erhoben und die Augen fest auf Julia gerichtet.

Gleichzeitig drückte der Arm um ihren Hals immer fester zu. Die Luft wurde immer weniger, und schwarze Flecken tanzten vor ihren Augen. »Thomas!«, keuchte sie.

In einer Bewegung, die in ihrer Plötzlichkeit und grimmigen Wut alle überraschte, hob Thomas den Stock und schmetterte ihn McKinley auf die Schulter. Dem Mann entwich ein Schrei wie der eines verwundeten Tieres. Klirrend fiel das Messer auf den Steinboden vor dem Kamin, bevor sie zu Boden gingen.

Als sie mit dem Kopf auf dem Boden aufschlug, raubte ihr der Schmerz fast den Atem.

Sie hatte das Gefühl, ersticken zu müssen, denn McKinley, der sich nicht mehr bewegte, lag mit seinem erdrückenden Gewicht auf ihr.

Thomas zerrte den Körper von ihr herunter.

Sogleich stürzte sich Jon von hinten auf McKinley und hielt ihn fest, da er langsam wieder zu sich kam.

Benommen spürte Julie, wie ihr Mann seine Arme um sie schlang und ihr zärtlich über das Gesicht streichelte. »Gott sei Dank!«, flüsterte er.

Als einer von Hawkesburys Männern ins Zimmer gerannt kam, half er Jon, den blutenden und fluchenden McKinley zu fesseln. Zusammen zerrten sie ihn aus dem Zimmer.

Gleich darauf stürzten Mutter und Catherine herein und beugten sich über sie. »Julia!«, rief ihre Mutter. Doch Thomas bedeutete ihnen, sie einen Moment in Ruhe zu lassen, sodass sie den Raum wieder verließen, nachdem sie gesehen hatten, dass Julia unverletzt war.

Thomas hatte sie vorsichtig aufgerichtet und drückte sie nun an seine Brust, in der sie seinen jagenden Herzschlag hörte.

Sie klammerte sich an ihm fest und legte ihren Kopf an seine Schulter. »Mein Liebling«, sagte er mit zitternder Stimme. »Bist du verletzt?«

»Nein, nein.« Sie schauderte.

»Das Baby?«

Lieber Gott … »Oh nein!«

»Komm.« Er half ihr aufzustehen und führte sie behutsam zum Sofa. Seine Fürsorglichkeit und seine zärtliche Berührung wärmten ihr das Herz. »Du brauchst eine Tasse Tee.«

»Nein. Ich will nur, dass du mich festhältst.«

Er strich ihr mit dem Daumen die Tränen aus dem Gesicht, drückte zärtlich seine Lippen auf ihre Stirn und hielt sie einfach nur fest.

Kapitel 32

Norfolk

Das Haus, vor dem sie standen, mochte manch anderem unscheinbar vorkommen, doch für sie sah es aus wie das Cottage ihrer Träume. Es war ein quadratisches kleines Haus aus rotem Backstein und weder zu groß noch zu klein. Besonders gefielen ihr die großen Fenster zu beiden Seiten der Eingangstür und das rote Weinlaub über der Tür. Ein von einer Steinmauer umgebener Garten voller alter Sträucher bot einen herrlichen Blick aufs Meer. Das Haus war groß genug für die Kinder – das eine, das sie im Arm hielt, und das andere, das noch sicher in ihrem Leib geborgen war und ihr die tägliche Übelkeit bescherte.

Julia legte sich den kleinen Charles zurecht, der ihr schwer im Arm lag, und sah Thomas an.

»Baby Charlie, was meinst du – kannst du deinen Papa zum Lächeln bringen?«

Sein zustimmendes Glucksen zauberte ein Lächeln auf Thomas' Gesicht. Seit er sich grimmig bereit erklärt hatte, die Stadt, in der er seine Kindheit verbracht hatte – Caister-on-Sea –, mit ihr zu besuchen, hatte er seine ernste Miene kaum einmal verändert. Der Ort schien ihr nicht so recht zu dem zu passen, was er und seine Schwester ihr erzählt hatten. Er wollte seine Erinnerungen offenbar nur höchst ungern wiederbeleben. Doch in den letzten Wochen hatte sie etwas Neues an ihrem Mann wahrgenommen: Er zeigte nun die Bereitschaft, sich Schwierigkeiten zu stellen und Konsequenzen zu akzeptieren. Diese neue Eigenschaft war während des Nachspiels von McKinleys Überfall zutage getreten, der inzwischen aufgrund der Aussagen von Lord Hawkesbury und Jon im Gefängnis saß. Und auch in den Gesprächen mit ihrer Mutter und ihrem Bruder hatte sie diese neue Eigenschaft gespürt, als er ihnen erklärte, dass er und seine Familie das Londoner Stadthaus verlassen und sich an einem anderen Ort niederlassen würde. Mutters Dankbarkeit für Thomas' Verhalten bei dem Überfall hatte bewirkt, dass etwas, was früher ihre Feindseligkeit nur noch verstärkt hätte, jetzt ihre vorsichtige Billigung hervorrief. Doch in ihren Fragen nach ihrer gemeinsamen Zukunft war noch immer ihre frühere Einstellung Thomas gegenüber zu spüren, und manche ihrer Bemerkungen hatten Julia in Tränen ausbrechen und ihn vor stillem Zorn erröten lassen. Dennoch hatte sie in den gekünstelten, unnatürlichen Gesprächen mit ihrer Mutter Thomas' neue Kraft und Entschlossenheit gespürt und bewundert. Körperlich mochte er nach wie vor angeschlagen sein, doch sein Geist wirkte reifer, als sie in Erinnerung hatte.

Vielleicht lag dieses neue Auftreten ja an seinem neuen Glauben. Statt zornig zu werden, war er freundlich geblieben, hatte ruhig geantwortet und sich zurückgehalten, bis Mutters Reizbarkeit schließlich schwand. Julia sah in dieser Freundlichkeit eine große Stärke und Kraft und liebte ihn dafür umso mehr.

Sogar Jon schien die Veränderung seines früheren Freundes bemerkt zu haben. Ihre Freundschaft hatte sich verändert, wie die offenen Gespräche zeigten, die sie vor Jons und Catherines Rückkehr nach Gloucestershire führten. Thomas war danach ruhiger geworden, was einen positiven Einfluss auf Julia gehabt hatte. Alles schien unter dem Leitstern der Versöhnung zu stehen, denn auf ihrer Reise von London nach Norfolk hatten sie eine kurze Rast für einen Besuch bei Thomas' Schwester Jane eingelegt. Sie war eine glücklich verheiratete Frau und Mutter dreier Kinder, die ihren Bruder mit Freudentränen begrüßt und sogleich an ihren üppigen Busen gedrückt hatte.

Doch die Wiedervereinigung, so kurz sie gewesen war, hatte in Thomas auch wieder Erinnerungen an seine Kindheit und damit Sorgen um seine Zukunft geweckt. War es falsch gewesen, dass Julia die Entfremdung zwischen den Geschwistern hatte beenden wollen? Sie konnte nur beten, dass sich am Ende alles als richtig herausstellen würde.

Thomas sah sie an, strich Charles über die kupferfarbenen Locken und klopfte an die schwere Holztür. »Ich kann keinen guten Ausgang versprechen.«

»Aber wenigstens wirst du Klarheit haben.«

Drinnen hörte man ein schlurfendes Geräusch, dann das Klirren von Schlüsseln, woraufhin ein runzliges Gesicht in der Tür erschien. »Ja?«

Julia starrte das Gesicht des Mannes an, der nicht im Entferntesten so aussah, wie sie ihn sich vorgestellt hatte. Er zeigte nicht die geringste Ähnlichkeit mit Thomas.

Erstaunt fragte Thomas: »Wer sind Sie?«

»Und wie kommen Sie als Fremder dazu, an meine Tür zu klopfen und mir eine solch dreiste Frage zu stellen?« Der kleine Mann funkelte sie zornig an. »Wer sind denn *Sie*, bitte schön?«

»An Ihre Tür?« Thomas' Stimme klang belegt. Er sog scharf die Luft ein, doch dann sagte er versöhnlicher: »Verzeihen Sie. Ich bin Thomas Hale. Charles Hale ist mein …«

»Vater! So, so.« Der Mann hob eine Hand und kratzte sich am Kinn. »Das schwarze Schaf der Familie ist also heimgekehrt.«

Julia legte ihrem Mann eine Hand auf den Arm und spürte, wie seine Armmuskeln sich entspannten.

»Tut mir leid, dass ich das sagen muss, aber Sie sehen ihm nicht sehr ähnlich.«

»Man hat nie von uns gesagt, dass wir uns so besonders ähnlich sähen, das stimmt. Und Sie sind?«

»Ich bin Josiah Peachtree«, verkündete der Mann und klemmte dabei die Daumen unter die Hosenträger, als müsse der Name ihnen jeden Aufschluss geben, den sie wünschten.

»Mr Peachtree«, warf Julia ein, »ist Mr Hale zu Hause?«

»Nein.«

»Oh.« Sie spürte, wie Thomas zurückzuckte, und umklammerte seinen Arm fester. »Könnten Sie uns vielleicht sagen, wann er zurück sein wird?«

»Das kann ich nicht.«

Sie blinzelte. »Verzeihung?«

»Ich kann nicht sagen, was nie geschehen wird.«

»Wie meinen Sie das?« Sie keuchte auf, als ihr ein schrecklicher Gedanke kam. »Ist er …?«

Der Mann lachte. »Sie brauchen nicht so betreten dreinzuschauen, junge Dame. Er lebt noch, aber nach dem letzten Schlaganfall ist er nicht mehr ganz richtig im Kopf.«

Sie sah, wie ein Muskel in Thomas' Wange zuckte, und sagte rasch: »Könnten Sie uns sagen, wo wir ihn finden?«

Er wies ihnen die Richtung zum örtlichen Hospital. Während sie einen Dank aussprach und sich beide bereits zum Gehen wandten, drehte sich Thomas noch einmal zu Mr Peachtree um. »Und können Sie uns auch sagen, warum Sie hier wohnen?«

»Oh, ich wohne nicht hier. Ich komme nur einmal in der Woche, um nachzusehen, ob alles seine Ordnung hat.«

»Dann steht das Haus also leer.«

»Ja, das tut es wohl.« Sein Mund verzog sich zu einem Lächeln. »Und das ist wirklich schade, wo es doch so eine schöne Aussicht aufs Meer hat.«

Kurz darauf waren sie bereits bei seinem Vater, und Julia begriff, warum Thomas all die Jahre nicht ein einziges Mal zu Hause gewesen war. Reverend Charles Hale mochte ein wenig senil sein und war mit seiner Lähmung ein erbärmlicher Anblick, doch die Art, wie er sie anging, war für Thomas schlicht und einfach beleidigend, wie sie genau wusste. Sie konnte gut verstehen, warum ihr Mann sich stets geweigert hatte, an einem Gottesdienst teilzunehmen.

»Du! Ich kenne dich«, sagte Caisters ehemaliger Pfarrer zu seinem Sohn. »Du warst der Tod deiner Mutter und der Fluch der Familie in all den Jahren.«

Für einen kurzen Augenblick schien Thomas in sich zusammenzusinken, doch dann richtete er sich wieder auf. »Es tut mir leid, dass du noch immer so denkst, Vater.«

»Mir auch.«

»Ich möchte dich um Vergebung bitten«, fuhr Thomas ruhig fort.

Vor Erstaunen traten die Augen seines Vaters hervor. »Um … was?«, fragte er ungläubig.

»Um Vergebung. Es tut mir leid, dass mein Handeln zu dieser Entfremdung zwischen uns geführt hat.«

»Oh! Gut, nun … ich weiß nicht … ich …« Er schien sich aufrichten zu wollen. »Ich kann nicht vergeben, wo Gott nicht vergeben kann. Gott hasst die Sünder, du erinnerst dich?«

»Gott hasst die Sünde«, korrigierte Thomas ihn freundlich. »Vielleicht interessiert es dich, dass ich Gott um Vergebung gebeten und meinen Frieden mit ihm geschlossen habe.«

»Wirklich?«

Thomas neigte bejahend den Kopf.

Der Besuch währte nicht mehr lange, denn sein Vater erlitt einen schlimmen Hustenanfall und der Arzt, der gerufen wurde, bestand darauf, dass sie gingen. Das taten sie denn auch, doch nicht ohne um die Erlaubnis zu bitten, am nächsten Tag wiederkommen zu dürfen.

In dieser Nacht versuchte Julia in der Ruhe ihres Schlafzimmers des kleinen Gasthofs von Caister ihrem Mann Mut zuzusprechen. »Immerhin hat er dich erkannt. Das ist doch schon etwas.«

Thomas nickte. »Er ist genauso querköpfig, wie er immer war. Ich hatte gehofft, ihn mit der Nachricht über meinen neuen Glauben ein wenig beschwichtigen zu können.«

»Du weißt nicht, wie es in seinem Herzen aussieht. Vielleicht wirkt Gott ja in diesem Augenblick in ihm.« Sie schmiegte sich an ihn. »Nur Gott kennt das Ausmaß der Reue eines Mannes – oder einer Frau.«

Ihre Worte machten ihm Angst. Er wollte nicht zweifeln, doch manchmal musste er sich einfach fragen, ob sie von Dingen sprach, die sie selbst bereute – ihn betreffend.

»Gibt es etwas, das du bereust, Julia?«

»Du meinst in den letzten zwei Jahren? Was ich ungeschehen machen möchte?«

Beklemmung legte sich auf seine Brust. Wollte sie vielleicht lieber nicht bei ihm sein?

Sie seufzte und schmiegte sich fester an ihn. »Bitte, missversteh mich nicht, ich bin immer noch dankbar, dass wir verheiratet sind, aber ich wünschte, wir hätten es ein wenig anders gemacht und nicht diese Spannungen mit meiner Familie heraufbeschworen. Wir hätten es auch so machen können, dass sie einverstanden gewesen wären.«

»Ich glaube, Jon wäre nie wirklich einverstanden gewesen. Seine Liebe zu seiner Schwester war größer als jede Zuneigung zu seinem Freund. Aber so muss es auch sein. Wenn mir jemand genommen werden würde, der mir kostbar ist, würde ich auch alles in meiner Macht Stehende tun, um ihn wiederzugewinnen.« Er zog sie an sich.

»Das ist die richtige Antwort«, sagte sie, reckte sich und küsste ihn auf die Wange. Sie traf genau auf die Stelle, bei der ihm innerlich heiß wurde.

»Ah mein Liebling, bitte necke mich nicht …«

»Wer sagt denn, dass ich dich necke?« Ihr Lächeln erlosch, als sie die Stirn runzelte. »Bereust du es, deinen Vater aufgesucht zu haben?«

»Nein. Du hattest recht, es musste sein.« Es gehörte dazu, wenn er Klarheit über ihre Zukunft gewinnen wollte. Doch Liebe erforderte Geduld – das musste er sich in diesen Tagen immer wieder sagen.

Am nächsten Tag gingen sie erneut ins Hospital. Dort nahm der Arzt Thomas beiseite und informierte ihn etwas eingehender über den Zustand seines Vaters. Offenbar hatte er eine Art Schlaganfall erlitten, der im Verein mit einer Wassersucht Anlass zu der Befürchtung gab, dass er nicht mehr lange zu leben hatte. »Deshalb ist es gut, dass Sie endlich nach Hause gekommen sind.«

Doch das Problem mit ebendiesem Zuhause blieb weiterhin ungelöst. Als Thomas die Frage aufbrachte, ob sie nicht vielleicht in dem Haus wohnen könnten, hatte sein Vater sich so aufgeregt, dass sein Sohn geneigt war, es überhaupt nicht mehr anzusprechen. Und wenn Julia nicht gewesen wäre, hätte er es auch nicht getan. Sie beobachtete seinen Vater aufmerksam, als er jetzt noch einmal auf das Haus zu sprechen kam.

»Es ist ein sehr schönes altes Haus. Es braucht jemanden, der darauf achtgibt, deshalb habe ich Peachtree damit beauftragt.«

»Oh«, sagte sie mit großen Augen, »Sie glauben also, dass er das gut macht?«

Mr Hale funkelte sie wütend an. »Was soll das heißen?«

»Ach, nichts, er ist nur nicht oft dort. Anscheinend schaut er nur einmal die Woche nach dem Rechten.«

»Was? Woher wollen Sie das wissen?«

»Er hat es uns gesagt, als wir dich dort besuchen wollten«, antwortete Thomas.

»Ihr Narren. Ich bin schon monatelang hier.«

Thomas sog scharf die Luft ein. Geduld. Er musste Geduld haben.

»Es sieht jedenfalls wunderhübsch aus«, fuhr Julia fort, »aber ich weiß nicht …«

»Was? Heißt das, Sie würden nicht darin wohnen wollen?«

»Es wirkt ein wenig klein. Und vielleicht ist es ja auch feucht.«

»Feucht? Was soll das nun wieder heißen? Wer sind Sie überhaupt, dass Sie hier solche Behauptungen aufstellen?«

Hatte sein Vater ihren gestrigen Besuch vergessen, bei dem Thomas ihm Julia vorgestellt hatte?

Sie tat Thomas' Sorge mit einer Handbewegung ab. »Ich bin Julia, Thomas' Frau.«

»Ach! Ich wusste nicht, dass er verheiratet ist.«

»Es ging alles ein wenig schnell«, sagte sie und lächelte Thomas an, der widerwillig grinste.

»Und wer ist Ihre Familie?«

»Mein Familienname ist Carlew. Mein Bruder und meine Mutter leben in London.«

»Na! An diesem stinkenden Ort gibt es mit Sicherheit kein einziges so hübsches Haus wie meines hier in Norfolk. Ich war nur zweimal in meinem Leben in London und habe nicht den Wunsch, es noch einmal zu sehen.« Diesem Moment der Klarsichtigkeit folgte ein scharfer Blick aus zusammengekniffenen Augen. »Haben Sie je am Meer gelebt, Miss?«

»Nein.«

»Sie haben also keine Ahnung, wie sich ein Haus anfühlt, das feucht ist, oder?«

»Nun ja, vielleicht nicht, aber …«

»Dann sollten Sie vielleicht einziehen und sich selbst überzeugen. Ich hasse die Vorstellung, dass dieser Peachtree glaubt, er könnte mich zum Narren halten.«

Epilog

London
April 1819

Kerzenlicht erfüllte den Ballsaal, in dem sich alles drängte, was Rang und Namen hatte. Thomas nickte seinen neuen Kollegen zu und trat auf die Galerie, wo er seine Hände fest um das Geländer schloss. Die Anstrengung machte ihm zu schaffen, doch das würde er um nichts in der Welt zugeben. Julia war nun endlich in dem gesellschaftlichen Umfeld, in das sie gehörte, und er würde ihr ganz bestimmt keinen Anlass geben zu denken, dass sie sich vor dem Ende des Festes fortstehlen sollten. So sah er denn den Tänzern zu, die unter ihm herumwirbelten. Er war froh, dass sein Versehrtenstatus ihm einen Grund lieferte, nicht selbst tanzen zu müssen, obwohl er insgeheim hoffte, vielleicht einen Walzer mit seiner Frau hinlegen zu können.

Was für ein erstaunlicher Tag hinter ihm lag – ja wie erstaunlich überhaupt die letzten fünf Monate gewesen waren! Sein Herz war übervoll, sein Leben mit Julia und dem kleinen Charles kam ihm vor wie ein Traum. Er war beinahe besinnungslos glücklich, seine Albträume waren fast vergessen.

Wer hätte gedacht, dass er im Haus seiner Kindheit ein solches Glück finden könnte? Doch das hatte er, und nun füllte sich das Haus mit neuen Erinnerungen. Julias Lächeln. Das Lachen des kleinen Charles. So viele gute Dinge. Er würde Vater werden. Mit seinem Vater hatte er sich – zumindest seinerseits – ausgesöhnt und war mit seiner Schwester und ihrer wachsenden Familie wiedervereint. Nie hätte er für möglich gehalten, wie angenehm Familienbande sein konnten. Und das Allerschönste und Allerwichtigste war, dass er immer tiefer in die Beziehung zu seinem Vater im Himmel hineinwuchs und ständig mehr von der überfließenden Gnade erfuhr, die seine Schande bedeckte.

Nichts konnte beglückender und befreiender sein.

Nicht zuletzt hatten die Neuigkeiten von Hawkesbury zu seiner heutigen Freude beigetragen. Er hatte erfahren, dass Magdalena gelogen hatte und es kein Kind gab. Der Mann, den Hawkesbury mit Nachforschungen beauftragt hatte, hatte berichtet, dass sie in ein Nachbardorf geflohen sei und kürzlich den ältesten Sohn eines Schiffszimmermanns geheiratet hatte. Thomas trug also keine Verantwortung mehr für sie. Zutiefst erleichtert seufzte er auf.

»Ich habe selten einen so frohen Ausdruck im Gesicht eines Mannes gesehen.«

Thomas begrüßte Jon mit einem Lächeln und gab ihm die Hand. »Ich genieße den Abend.«

»Wohlverdient. Aber darf ich fragen ... ich zögere zu mutmaßen – ob du hier oben stehst, weil dich ein neues Amt beschäftigt oder weil du die Mühe auf einem anderen Gebiet scheust?«

»Dein Zögern ehrt dich.«

Jon lachte. »Ich bin froh, dass Mutter heute doch deutlich liebenswürdiger dir gegenüber war.«

Welch eine Untertreibung! »Julia hat keinen Zweifel daran gelassen, wie sie es fand.«

»Ich bin sehr froh und erleichtert über die Rückkehr ihres Kampfgeistes. Sie war allzu lange nur ein Schatten ihrer selbst.«

Thomas sagte nachdenklich: »Ich glaube, sie lernt gerade, wann ein solcher Kampfgeist nötig ist und wann vielleicht nicht.«

»Dein Einfluss?«, fragte Jon mit hochgezogenen Augenbrauen.

»Der Einfluss Gottes. Sie – wir beide – verbringen viel Zeit damit, das Wesen und die Wege Gottes kennenzulernen.«

Voller Zuneigung sah Jon ihn an. »Ich kann dir gar nicht genug dafür danken, dass du meiner Schwester geholfen hast, die Erlösung zu finden. Und dafür, dass ich sehen darf, wie ihr Glaube unter deiner geistlichen Führung ständig wächst.«

Ihm wurde warm ums Herz. Wie schön, diese anerkennenden Worte gerade von Jon zu hören. Er wusste, dass Gott ihn liebte, aber manchmal brauchte man auch die Ermutigung von Menschen. Gute Menschen, deren Worte ihm wertvoll waren, wie Jon und Lord Hawkesbury und vielen anderen, die er lieb gewonnen hatte.

»Hast du in letzter Zeit mal von Henry gehört? Wie geht es ihm und Lady Bevington?«

»Das letzte Mal, dass ich ihn sah, war er in Hochstimmung und überglücklich. Anscheinend wird seine reizende Gemahlin in ein paar Monaten eine Auszeit von ihrer Malerei brauchen, um sich um Dinge zu kümmern, die ganz konkrete Auswirkungen auf die Zukunft des Grafentitels haben.«

»Sie ist schwanger?«

»Ja.«

Thomas lächelte. »Das ist mal eine gute Nachricht.«

»Du weißt ja gar nicht, wie gut. Aber jetzt sag – willst du den ganzen Abend hier oben stehen oder kommst du mit mir nach unten? Ich verspreche auch, nicht zuzulassen, dass Mutter dich auffrisst.«

»Das hat Julia mir auch schon versprochen. Aber ich stehe hier nur, um Kraft zu schöpfen.«

»Das dachte ich mir. Ich glaube, ein Mann, der sich einem wild gewordenen Elefanten in den Weg stellt, verliert schließlich seinen Mut auch vor seiner Schwiegermutter nicht.«

Sie grinsten sich an und wieder einmal dankte Thomas Gott für die Veränderung zwischen ihnen. Denn jetzt waren er und Jon wieder wahre Freunde.

Lächelnd nickte Jon ihm noch einmal zu und ging. Während Thomas wieder hinunter auf die Tänzer blickte, lauschte er dem Geplauder der Umstehenden, von denen ihm viele bereits zur wichtigsten Neuigkeit des Tages gratuliert hatten – seiner neuen Ernennung. Manche sogar schon mehrmals.

»Da ist er ja!«

Kurz merkte er eine innere Anspannung, zwang sich jedoch, wieder locker zu lassen, als seine Schwiegermutter zu ihm trat. Vielleicht würde er ihre Gesellschaft eines Tages ja sogar genießen und nicht nur ertragen können. Julia, die ihrer Mutter gefolgt war, lächelte ihm mitfühlend zu.

»Oh mein lieber Major – ich meine, Lieutenant Colonel Hale! Wir sind alle so stolz auf Sie!« Lady Harkness tätschelte ihm den Arm. »Eine Empfehlung von Lord Liverpool und eine Einladung des Prinzregenten. Ich hätte nie gedacht ...«

Ihre Mutter stolperte in eine Gesprächspause und Julia warf ihm einen amüsierten Blick zu. »Es tut gut zu sehen, dass Thomas für seinen Einsatz belohnt wird.«

»Das ist nur zu wahr«, sagte Lady Harkness leidenschaftlich, als hätte sie niemals Zweifel an ihm gehabt. Seit jenem schrecklichen Tag in Cambridgeshire hatte sie angefangen, in Thomas einen Helden zu sehen, was ihm einerseits schmeichelte, andererseits aber auch recht lästig war, weil er selbst sich nicht im Geringsten als Helden sah. Doch sie war so fest überzeugt, dass er Julia damals gerettet hatte – »so heldenhaft, den sicheren Tod vor Augen!« –, dass keiner von ihnen hatte einwenden wollen, dass der Ausgang ohne Julias rasche Reaktion ein ganz anderer hätte sein können.

»Ah! Da sind Sie ja! Glückwunsch, Lieutenant Colonel, zu Ihrer neuen Stellung und Ihrem neuen Titel.« Lord Hawkesbury schüttelte Thomas die Hand. »Ich könnte nicht erfreuter sein.«

»Vielen Dank noch einmal, Sir, für alles, was Sie für mich getan haben.«

Abwehrend hob Hawkesbury die Hand. »Das war alles ganz allein Ihr Verdienst, Hale. Und ich kann mir einen solchen Posten in keinen besseren Händen vorstellen.« Der Posten, von dem er sprach, war Fallbrights alte Stellung im Außenministerium mit neuen Verantwortungsbereichen. »Lord Bathurst scheint sehr beeindruckt.«

Das hatte der Kriegs- und Kolonialminister bei der Zeremonie in Whitehall bereits selbst zu Thomas gesagt. Lächelnd antwortete Thomas: »Es freut mich nicht zuletzt, weil das bedeutet, dass meine Männer endlich ihren Lohn erhalten.«

»Es ist sehr wichtig, Leute zu haben, denen man vertrauen kann.«

»Das stimmt.« Thomas räusperte sich. »Dem jungen Grafen geht es hoffentlich gut?«

Hawkesbury lächelte breit. »Sehr gut. Lavinia sagt, er benimmt sich wie sein Vater, und meine Mutter ist geneigt, ihr zuzustimmen, was ebenso selten wie schön zu sehen ist.« Er beugte sich vor und flüsterte ihm verschwörerisch zu: »Es ist ein Segen, nicht wahr, wenn eine Mutter endlich den Ehepartner ihres Kindes akzeptiert?«

»Ich glaube, es wird irgendwann so sein«, antwortete Thomas.

»Ich glaube, es ist schon jetzt der Fall«, meinte Hawkesbury und ein Lächeln leuchtete in seinen Augen auf. Damit klopfte er Thomas auf die Schulter und ging.

»Bist du jetzt endlich mal frei, mein Held?« Julia lächelte. »Ich habe gegen sämtliche gesellschaftlichen Regeln verstoßen, indem ich jeden Tanz, um den ich gebeten wurde, abgelehnt habe, weil ich mit meinem Mann tanzen will. Doch der ist offenbar so beliebt, dass ich ihn kaum zu Gesicht bekomme.«

»Meine demütigste Bitte um Verzeihung«, antwortete Thomas. »Hätte ich gewusst, dass meine Frau mit mir tanzen will, hätte ich dem Herzog von Sussex gesagt, dass ich sehr viel Dringenderes zu tun habe, als ihm zuzuhören.« Arm in Arm gingen sie langsam die Treppe hinunter in Richtung Tanzfläche. »Das ist doch hoffentlich ein Walzer, nicht wahr?«

»Deine Hoffnung wird nicht enttäuscht«, sagte sie und schenkte ihm ein Lächeln, das sein Herz schneller schlagen ließ. Ihr blassblaues Kleid betonte ihre Augen, und ihr aufgestecktes Haar ließ sie zart und zerbrechlich wirken. Das einzige Zeichen, dass sie eine verheiratete Frau war, war ihr leicht gewölbter Leib und ihre strahlende Selbstsicherheit, die sie trug wie eine Krone.

Der heutige Abend erinnerte ihn an ihre allererste Begegnung: sie, so hell und schön, und er, der sich fragte, wie ein Mann seiner Herkunft an einen solchen Ort geraten war. Doch dieses Mal ging ihm ein ehrenhafter Ruf voran und mit dem Bewusstsein im Herzen, dass sein Vater im Himmel ihn liebte, empfand er keine Unsicherheit, obwohl er nur allzu gut wusste, dass er Gegenstand zahlreicher Spekulationen hinter vorgehaltener Hand war.

Als die Musik einsetzte, geleitete er Julia auf die Tanzfläche und zog sie so dicht an sich, wie die Schicklichkeit es gerade noch gestattete. Sie lächelte zu ihm auf. »Wie fühlst du dich?«

»Wie ich mich immer fühle, wenn ich dich im Arm halte: als hätte ich nach Hause gefunden.« Er lächelte, als sie seufzte, und ihr Lächeln vertiefte sich. »Und wie fühlen Sie sich, Mrs Hale?«

»So viel besser als in den ersten Monaten. Ich danke Gott für so viele Dinge – dass mir nicht mehr übel ist, ist nur eines davon.«

»Darüber bin ich ebenfalls froh.«

Und das war er wirklich. Gott hatte alles so viel herrlicher gewirkt, als er selbst erbeten oder sich auch nur hatte vorstellen können. Heute Abend hatte er Gelegenheit gehabt, Mr Amherst kennenzulernen, Julias einstigen Bewunderer, und diese Begegnung hatte alle Befürchtungen, die Thomas noch haben mochte, endgültig beschwichtigt. Thomas hatte ihm ruhig für die Tapferkeit gedankt, mit der er Julia an jenem Tag im Hyde Park beschützt hatte. Mr Amherst war rot geworden und hatte etwas davon gemurmelt, dass er dem Major – nein, dem Lieutenant Colonel – für seine Nachsicht sehr verpflichtet sei. Dann war er auf der Suche nach seiner Begleiterin, einem der Aynsley-Mädchen, davongestolpert.

»Er konnte dir kaum in die Augen schauen«, hatte Julia geflüstert.

»Bin ich so furchterregend?«

»Nein, aber in diesem Jackett und mit der Krawatte wirkst du ziemlich Ehrfurcht gebietend und bedeutend.«

Er verzog den Mund. »Willst du mir schmeicheln?«

»Ich glaube, das ist gar nicht mehr nötig, oder?«

Thomas lachte. »Soll das heißen, dass ich eingebildet bin?«

»Aber nicht doch! Obwohl ich zugebe, dass ich ziemlich stolz auf meinen tapferen, klugen Ehemann bin, zumal er heute der bestaussehende Mann in diesem Raum ist.«

Thomas jedoch verschwendete keinen Gedanken an sein Aussehen. Eigentlich dachte er an gar nichts außer an die tiefe Dankbarkeit dafür, dass er seine Frau mit voller Billigung ihrer Familie und ohne jede gesellschaftliche Ächtung in aller Öffentlichkeit zum Tanz führen konnte.

»Sie wirken glücklich, Lieutenant Colonel.«

»Ich bin glücklich«, sagte er und lächelte ihr in die Augen. »Und du?«

»Ich möchte nirgendwo anders sein als hier mit dir.«

Vor den Augen aller Anwesenden küsste er seine Liebste mitten auf der Tanzfläche. Aller Klatsch und Tratsch waren ihm einfach egal!

Sie lachte. »Was für ein skandalöses Betragen, Sir!«

»Meiner Vorstellung von Schicklichkeit nach wäre es skandalös, es nicht zu tun.«

»Mir gefällt deine Vorstellung von Schicklichkeit«, sagte sie und lächelte ihn spitzbübisch an. »Ich liebe dich, Thomas.«

»Und ich liebe dich, du Liebe meines Lebens.«

Und während er sie hielt, sie führte und herumwirbelte, wünschte er sich, bis ans Ende ihrer Tage mit ihr tanzen zu können, ihren Tanz der Liebe, der über viele Irrungen und Wirrungen doch zu einem glücklichen Ziel geführt hatte.

Nachwort der Autorin

Nach Gretna Green durchzubrennen bedeutete in der Regency-Zeit ein massives gesellschaftliches Stigma und doch taten es damals Hunderte Paare. Doch was geschah danach? Konnte eine solche Ehe gut werden?

Ich wollte ein paar der möglichen Konsequenzen eines solchen Schrittes aufzeigen, deshalb finden meine Leser dieses Buch vielleicht ein wenig realistischer und ein wenig härter als meine anderen Bücher. Ich hoffe jedoch, dass Sie die Geschichte trotzdem genießen konnten und vielleicht die Hoffnung daraus schöpfen, dass Gottes Gnade größer ist als alles, in welche Situation Sie auch immer geraten oder welche Menschen auch immer Sie in Verzweiflung stürzen.

Zur Recherche habe ich unter anderem Peter Hutchinsons fabelhaftes Buch *Chronicles of Gretna Green* benutzt. Interessanterweise gelangte eine gewisse Anzahl der Durchgebrannten später in recht einflussreiche Positionen, auch in Regierungskreisen – es gibt also Hoffnung für jeden von uns!

Für die Recherche über die britisch-indische Armee benutzte ich eine Reihe von Onlineartikeln, darunter »The Political History of India, from 1784–1823« von Sir John Malcolm, worin politische Ereignisse jener Zeit ebenso Erwähnung finden wie die Aussagen von Zeitgenossen. Darüber hinaus möchte ich an dieser Stelle meiner Freundin Seema Khan für ihr Wissen über die Bedingungen in der Region Poona aus erster Hand und ihre Bereitschaft, es mit mir zu teilen, danken.

Die Charaktere in diesem Buch sind zwar alle fiktiv, doch ich habe einige bekannte historische Namen des britischen Parlaments benutzt, darunter Lord Liverpool, Lord Goulburn und Lord Bathurst, die tatsächlich die im Buch erwähnten Positionen innehatten.

Ebenfalls danken möchte ich meinem Verlag, Kregel Publications, für die Aufnahme dieser ungewöhnlichen Liebesgeschichte in meine Reihe der Regency Brides. Wir leben in einer Gesellschaft der Beliebigkeit, in der es nur allzu leicht ist, Personen oder Institutionen wie die Ehe abzutun und sich persönlich von Gefühlen und Vorlieben statt von vor Gott abgelegten Gelübden leiten zu lassen. Ich hoffe und bete, dass meine Leser sich ermutigt fühlen, Kraft und Hoffnung in Gott und seiner Gnade zu finden, wie sie in der Bibel, verkörpert im Leben, dem Opfertod und der Auferstehung Jesu Christi, verheißen ist.

Weitere Details zum Buch und eine Leserdiskussion finden sich auf meiner Webseite www.carolynmillerauthor.com.

Wenn Ihnen dieses oder ein anderes Buch aus der Regency-Brides-Reihe gefallen hat, würde ich mich freuen, wenn Sie eine Bewertung auf Amazon, Goodreads und/oder dem Ort, an dem Sie es erworben haben, hinterlassen.

Dank

Ich danke dir, Gott, für die Gabe der Kreativität und die wunderbare Möglichkeit, sie nutzen zu dürfen. Danke für deine nie endende Liebe zu uns und deine Gnade und Hoffnung durch Jesus Christus.

Danke dir, Joshua, für deine Liebe und Ermutigung. Sie ist so kostbar für uns, ebenso wie deine beständige, verlässliche Unterstützung. Ich liebe dich!

Danke euch, Caitlin, Jackson, Asher und Tim – ich liebe euch, ich bin stolz auf euch und dankbar, dass ihr Verständnis dafür habt, dass ich so viel Zeit in Fantasiewelten verbringe.

Meiner Familie, meiner Gemeinde und meinen Freunden, deren Unterstützung, Ermutigung und Gebete ich hoch schätze und so sehr gebraucht habe, danke ich aus tiefem Herzen. Großen Dank auch an Roslyn und Jacqueline, dass ihr mit so großem Sachverstand alle meine Manuskripte gelesen und mir immer wieder Vorschläge gemacht habt, die meine Geschichte zum Klingen brachten.

Danke auch meiner Agentin Tamela Hancock Murray, die mir, der kleinen Australierin, geholfen hat, auf dem großen amerikanischen Markt Fuß zu fassen.

Ich danke den Autoren und Bloggern, die mich empfohlen, immer wieder ermutigt und mir Türen geöffnet haben – ihr seid ein Segen für mich! Danke auch meinen australischen Schriftstellerfreunden – ihr seid unendlich wichtig für mich!

Dem wunderbaren Team bei Kregel danke ich, dass ihr an mich geglaubt und »The Making of Mrs Hale« zum Leuchten gebracht habt.

Last but not least danke ich meinen Leserinnen und Lesern für die vielfältige, liebevolle Unterstützung und die vielen positiven Rückmeldungen. Ich hoffe, Julias Geschichte hat Ihnen gefallen.

Gott segne Sie.